JOY FIELDING

INEVITÁVEL

2015, Editora Fundamento Educacional Ltda.

Editor e edição de texto: Editora Fundamento
Editoração eletrônica: TRC Comunic Design Ltda. (Marcio Luis Coraiola); Willian Bill
CTP e impressão: Centro de Estudos Vida e Consciência e Edit. Ltda.
Tradução: Ampix Comércio e Cine Video Ltda. (Arthur Max)

Copyright © 2009 by Joy Fielding, Inc.

Todos os direitos reservados. Nenhuma parte deste livro pode ser arquivada, reproduzida ou transmitida de qualquer forma ou por qualquer meio, seja eletrônico ou mecânico, incluindo fotocópia e gravação de backup, sem permissão escrita do proprietário dos direitos.

Dados Internacionais de Catalogação na Publicação (CIP)
(Câmara Brasileira do Livro, SP, Brasil)

Fielding, Joy
    Inevitável / Joy Fielding ; [versão brasileira da editora] –
1. ed. – São Paulo, SP : Editora Fundamento Educacional Ltda., 2015.

Título original : Still life : a novel by / Joy Fielding

1. Ficção norteamericana – escritores canadenses

13-02301   CDD – 813.5

Índice para catálogo sistemático:
1. Ficção norteamericana: escritores canadenses 813.5

Fundação Biblioteca Nacional

Depósito legal na Biblioteca Nacional, conforme Decreto n.º 1.825, de dezembro de 1907.
Todos os direitos reservados no Brasil por Editora Fundamento Educacional Ltda.

Impresso no Brasil

Telefone: (41) 3015 9700
E-mail: info@editorafundamento.com.br
Site: www.editorafundamento.com.br

Este livro foi impresso em papel pólen soft 80g/m² e a capa em papel-cartão 250 g/m².

JOY FIELDING

Inevitável

AGRADECIMENTOS

Tenho muitas pessoas a agradecer desta vez. Como sempre, agradeço ao Larry Mirkin e à Beverley Slopen, que leram meus primeiros rascunhos com olhos críticos e corações abertos. Seus conselhos são inestimáveis. Agradeço também à Judith Curr, à Emily Bestler, à Sarah Branham, à Laura Stern, à Louise Burke, ao David Brown e a todos da Atria Books, que tanto trabalharam para o sucesso dos meus livros nos Estados Unidos; e ao John Neale, ao Brad Martin, à Maya Mavjee, à Kristin Corchran, à Val Gow, à Lesley Horlack, à Adria Iwasutiak e a todos da Doubleday Canada, divisão da Random House no Canadá. Agradeço humildemente a todos os meus editores e tradutores ao redor do mundo. Sou muito grata a todos vocês. À Corinne Assayag, do WorldExposure.com, que fez um excelente trabalho com meu site. E à Tracy Fisher e à sua assistente, Elizabeth Reed, da William Morris Agency. Você é insuperável, Tracy, e com certeza Owen está muito orgulhoso do trabalho que vem fazendo. Eu estou.

Sempre me perguntam quanta pesquisa eu faço para escrever meus livros, e sou sempre obrigada a admitir que detesto pesquisar, preferindo "inventar meus fatos". Mas, por vezes é preciso pesquisar de verdade, e eu não teria sido capaz de escrever *Still Life* sem a ajuda das seguintes pessoas: dr. Alan Marcus, que me forneceu muitas informações sobre o que pode acontecer com uma pessoa atropelada por um carro, incluindo os diversos exames, cirurgias e procedimentos que possivelmente seriam realizados; dr. Keith Meloff, que me descreveu detalhadamente o que ocorre com o cérebro de uma pessoa em coma e os exames que poderiam ser feitos; e dr. Terry Bates, que me respondeu a perguntas mais comuns. Esses três cavalheiros não poderiam ter sido mais gentis e prestativos, e lhes agradeço mais uma vez.

Agradeço em especial ao dr. Eddy Slotnick e à sua esposa, Vicki, que me deram muitas informações sobre a Filadélfia e seus arredores. Recorri muitas vezes às notas que tomei durante nossas muitas conversas e espero ter sido fiel ao que me disseram.

E agradeço, é claro – com beijos e abraços – ao meu marido e às minhas filhas. Muito obrigado à Shannon por me ajudar com meu e-mail. E à Aurora, por tornar minha vida mais fácil e por garantir que eu estivesse bem alimentada. E, por fim, a vocês, leitores. Seu apoio e suas cartas de estímulo são uma constante fonte de alegria e satisfação. Continuem lendo, e eu continuarei a escrever.

A todas as mulheres verdadeiramente incríveis da minha vida

Capítulo 1

Menos de uma hora antes de ser atropelada por um carro a quase 80 quilômetros por hora, sendo lançada a três metros de altura, quebrando quase todos os ossos do corpo e batendo a cabeça contra o chão de concreto, Casey Marshall estava no pequeno e elegante Southwark, um dos restaurantes mais chiques e famosos de Filadélfia do Sul, terminando de almoçar com suas duas melhores amigas. Vez por outra, seu olhar desviava para o belo pátio fechado que ficava atrás delas. Ela se perguntava até quando ainda duraria aquele clima ameno, incomum no mês de maio, se teria tempo de dar uma corrida antes do próximo compromisso e se diria ou não a Janine o que realmente achara de seu novo corte de cabelo. Já havia mentido; dissera que tinha gostado. Imaginou que talvez a primavera estivesse começando mais cedo e sorriu. Seu olhar vagou por sobre o ombro direito, passando pelo luminoso quadro de Tony Scherman – uma natureza morta retratando um buquê de peônias – em direção ao magnífico bar em mogno, a peça principal da entrada do restaurante.

– Você detestou, não foi? – ouviu Janine dizer.

– O quadro? – perguntou Casey, embora duvidasse de que Janine o tivesse notado.

Janine sempre dizia ser alheia ao ambiente ao seu redor. No entanto, parecia sempre escolher os lugares mais finos para almoçar.

– Achei fabuloso – completou.

– Os meus cabelos. Você achou horrível.

– Não achei horrível.

– Acha que é sério demais.

Casey olhou fundo nos intensos olhos azuis de Janine, alguns tons mais escuro que os seus.

– Um pouco, sim – concordou, pensando que os ângulos geométricos e duros do corte que emoldurava o rosto magro e comprido de Janine enfatizavam ainda mais o queixo já pronunciado, especialmente com a tintura preto-azulada dos cabelos.

– Ah, eu estava cansada daquele mesmo corte de sempre – explicou Janine, olhando para Gail, amiga das duas, em busca de aprovação.

Gail, sentada ao lado de Janine e em frente a Casey na pequena mesa quadrada, assentiu com a cabeça, de modo complacente.

– Mudar é tão bom quanto não mudar – disse ela quase junto de Janine, de modo que as frases se sobrepuseram, como uma canção cantada em coro.

– Quero dizer, não estamos mais na faculdade – prosseguiu Janine. – Já passamos dos 30. É importante nos mantermos na moda...

– É sempre bom estar na moda – ecoou Gail.

– Já era hora de dar fim àquele penteado de Alice no País das Maravilhas – disse Janine, olhando para os cabelos louros naturais que caíam suavemente sobre os ombros de Casey.

– Eu gostava dos seus cabelos compridos – protestou Casey.

– Eu também – concordou Gail, ajeitando os cachos castanhos crespos atrás da orelha direita.

Gail jamais tivera problemas com seus cabelos. Parecia o tempo todo que tinha acabado de pisar num fio desencapado.

– Mas gosto assim também – acrescentou.

– Bem, era hora de mudar. É o que você sempre diz, não é?

A pergunta veio acompanhada de um sorriso tão doce que Casey não sabia se devia ou não se sentir ofendida. O que não foi difícil para ela foi perceber que não estavam mais falando de cortes de cabelos.

– Hora de tomar mais café – anunciou Gail, fazendo sinal para o garçom.

Casey resolveu ignorar a insinuação contida no comentário de Janine. Que sentido faria reabrir antigas feridas? Em vez disso, apenas estendeu ao bonito garçom de cabelos escuros sua xícara de porcelana chinesa de borda dourada e ficou observando o líquido quente e marrom jorrar do bico do bule de prata como uma bela cascata. Casey sabia que Janine jamais aceitara totalmente sua decisão de romper a sociedade na agência de recolocação profissional para advogados, que haviam aberto juntas logo depois de se formarem, para iniciar seu próprio negócio em outra área totalmente diferente, a de *design* de interiores. Mas Casey queria acreditar que, quase um ano depois, Janine havia ao menos se conformado. E, para complicar ainda mais as coisas, o novo negócio de Casey havia rapidamente decolado, enquanto a agência de Janine estava estagnada. E quem não se ressentiria disso? "É incrível como tudo que você toca vira ouro", Janine costumava comentar, sempre com um sorriso radiante acompanhando o tom ligeiramente desagradável, levando Casey a questionar seus próprios instintos. "Provavelmente é apenas minha consciência culpada", Casey pensava agora, sem saber ao certo por que deveria se sentir culpada.

Tomou um longo gole de seu café preto, sentindo queimar o fundo da garganta. Ela e Janine eram amigas desde o segundo ano de faculdade, na Brown. Janine acabara de se transferir do Direito para Letras; Casey cursava Letras e Psicologia. Apesar das notórias diferenças entre as duas – Casey em geral era mais delicada, mais flexível, Janine era mais irritadiça e extrovertida; Casey era mais conciliadora, Janine era mais confrontadora –, elas se deram bem logo de cara. Talvez fosse um caso de opostos que se atraem, talvez uma percebesse na outra algo que faltava em si própria. Casey jamais havia tentado analisar a fundo as forças que aproximaram as duas ou por que a amizade delas resistira por uma década após a formatura, apesar da miríade de mudanças que esses dez anos haviam trazido; entre elas, o fim da sociedade que haviam iniciado juntas e o recente casamento de Casey com um homem que Janine descrevia – com um sorriso reluzente – como "ridiculamente perfeito, é claro". Casey resolvera que apenas se sentiria grata com o comentário.

Da mesma forma como era grata à sua outra grande amiga, Gail, uma jovem muito menos complicada que Casey ou Janine em praticamente todos os aspectos. Casey conhecia Gail desde os tempos de escola, e, embora mais de 20 anos tivessem se passado, Gail era basicamente a mesma garota franca e ingênua que sempre fora. Com Gail, você podia acreditar no que estava vendo. E o que se via era uma mulher de 32 anos que, apesar de todos os percalços, quase sempre terminava as frases com um risinho, como uma adolescente tímida se esforçando para que gostassem dela. Às vezes, dava risinhos até no meio da frase, ou mesmo *enquanto* estava falando, um hábito tão embaraçoso quanto adorável. Casey considerava isso o equivalente sonoro a um cachorrinho oferecendo a barriga para um carinho.

Diferente de Janine, com Gail não havia segundas intenções, insinuações ou ideias implícitas. Normalmente ela só dava sua opinião sobre algum assunto após saber o que o outro achava. Às vezes, Janine resmungava de sua ingenuidade e de seu *incansável otimismo*, mas até ela era obrigada a concordar que Gail era uma pessoa agradável de se ter por perto. E Casey admirava a habilidade de Gail para ouvir os dois lados em uma discussão e para fazer ambas as pessoas acreditarem que contavam com seu apoio. Provavelmente era isso o que fazia dela uma boa vendedora.

– Está tudo bem? – perguntou Casey, voltando sua atenção para Janine novamente e torcendo para ouvir um simples *sim* em resposta.

– Tudo bem. Por quê?

– Não sei. Você parece um pouco... Sei lá.

– Claro que sabe. Você sabe tudo.

– Está vendo? É exatamente isso que quero dizer.
– O que quer dizer?
– O que *você* quer dizer?
– Eu perdi alguma coisa aqui? – perguntou Gail, com seus grandes olhos castanhos indo de uma para a outra nervosamente.
– Está zangada comigo? – perguntou Casey a Janine, de forma bem direta.
– Por que eu estaria zangada com você?
– Não sei.
– Sinceramente, não sei do que está falando.

Janine tocou o pingente de ouro que trazia junto ao pescoço e ajeitou o colarinho da blusa Valentino branca. Casey sabia que era uma Valentino porque a vira recentemente numa capa de uma revista de moda. Também sabia que Janine não podia pagar quase dois mil dólares numa blusa, mas, desde que se conheceram, Janine usava roupas caras demais para o seu orçamento.

– É muito importante usar roupas finas – dissera Janine certa vez, quando Casey questionou uma de suas compras mais exorbitantes. E acrescentou: – Posso não ter nascido em berço de ouro, mas sei a importância de me vestir bem.

– Está bem – disse Casey, pegando a colher de prata junto à xícara. – Que bom.

– Bem, talvez eu esteja mesmo um pouco irritada – admitiu Janine, balançando os novos cabelos geometricamente cortados.

Vários fios de cabelo pretos ficaram presos em seus lábios generosos, e ela impacientemente afastou-os com a mão.

– Não com você – completou imediatamente.
– Qual é o problema?

Casey pressionou o botão de *replay* em sua cabeça, revendo rapidamente os últimos 60 minutos. Haviam degustado várias saladas e algumas taças de vinho branco; haviam fofocado e se atualizado a respeito de tudo que acontecera nas duas semanas que se passaram desde o último encontro. Tudo parecia bem. A menos que Janine ainda estivesse obcecada com os cabelos...

– É só aquele idiota, Richard Mooney... Você se lembra dele? – perguntou Janine a Casey.– O cara que colocamos no escritório Haskins e Farber?

– Ele próprio. O imbecil era um dos piores da turma – explicou a Gail. – Não tem nenhum carisma. Não conseguia emprego de jeito nenhum. Ninguém, ninguém mesmo queria contratá-lo. Aí, um dia, ele nos procura. Digo a Casey que é um fracassado, que não devemos aceitá-lo como cliente. Mas ela fica com pena, diz que merece chance. Por que não? Ela está de saída mesmo, como descobriríamos depois.

– Ei! – exclamou Casey, erguendo as mãos em protesto.

Janine rejeita a objeção feita por Casey com um sorriso enorme e um gesto, exibindo suas unhas à francesinha.

– Estou só brincando. Além do mais, nós o aceitamos, e de fato você foi embora poucos meses depois. Não é verdade?

– Bem, sim, mas...

– Foi só isso que eu disse.

Casey tentava entender *aonde* exatamente Janine queria chegar.

"Ela teria dado uma grande advogada", pensou Casey, perguntando-se por que estavam falando de Richard Mooney, para começar.

– Então, voltemos a Richard Mooney – disse Janine, como se Casey tivesse expressado sua confusão em voz alta. Virou-se para Gail. – De fato, pudemos fazer algo para ajudar o idiotinha. Por acaso, um dos sócios no Haskins tinha uma queda por Casey. Ela piscou os olhinhos, e ele concordou em dar uma chance a Mooney.

– Não foi esse o motivo – interveio Casey.

– De qualquer forma, Mooney vai trabalhar no Haskins, mal dura um ano, e é demitido. A essa altura, Casey está em seu novo papel de decoradora das estrelas. E quem tem que lidar com as consequências?

– Que consequências? – perguntou Gail.

– Que estrelas? – perguntou Casey.

– Bem, não creio que o Haskins e Farber esteja muito contente – disse Janine. – Não creio que virão bater à minha porta para pedir um substituto. Mas adivinhem *quem* apareceu à minha porta na manhã seguinte? O próprio idiotinha! Ele quer um emprego, disse que fizemos bobagem mandando-o para o Haskins, que deveríamos saber que ele não era a pessoa certa para aquela vaga, e que tenho que arrumar um emprego mais adequado para ele. Quando sugeri que procurasse outra agência, ele ficou irritado e perguntou onde estava a pessoa responsável. No caso, creio eu, ele se referia a você. – Janine acenou com a cabeça na direção de Casey, e uma mecha alongada de cabelos preto-azulados caiu sobre seu olho esquerdo. – Criou um tumulto enorme. Quase tive que chamar a segurança.

– Que horror! – disse Gail.

– Sinto muito – lamentou Casey.

Janine tinha razão; tinha sido mesmo ideia dela aceitar Richard Mooney. Ela sentira pena dele. E talvez tivesse mesmo piscado algumas vezes para Sid Haskins.

– Sinto muito – repetiu, embora soubesse que não era a primeira vez que um advogado que haviam recomendado a um escritório não dava certo.

A própria Janine havia sido responsável por ao menos duas recolocações que se mostraram inadequadas. Era como um *site* de encontros na internet: as pessoas parecem combinar na teoria, mas na prática é diferente. Não há como se prever a química. Casey sabia, assim como Janine, que essas coisas acontecem. No entanto, não achou que fosse o momento apropriado de discutir isso.

– Não é culpa sua – admitiu Janine. – Não sei por que deixei que ele me afetasse tanto assim. Devo estar na TPM.

– Por falar nisso... Bem, não exatamente – disse Casey, interrompendo-se para debater internamente se devia ou não contar. E então soltou de uma vez. – Warren e eu estamos pensando em ter um filho.

– Está brincando – disse Janine, com os lábios finos entreabertos e o queixo pontudo caído.

– Não acredito que esperou terminarmos de almoçar para dar uma notícia tão bombástica – disse Gail, pontuando a frase com uma risada.

– Bem, até agora estávamos apenas pensando no assunto.
– E agora não mais?
– Vou parar de tomar pílula no fim do mês.
– Isso é fantástico! – disse Gail.
– Tem certeza de que é a melhor hora? – questionou Janine. – Quero dizer, não estão casados há tanto tempo assim, e você acabou de abrir um negócio.
– O negócio vai muito bem, meu casamento não poderia estar melhor, e, como você lembrou há pouco, não estamos mais na faculdade. Vou fazer 33 anos, o que deve acontecer mais ou menos quando o bebê estiver nascendo. Se as coisas correrem como planejado, claro.
– E quando não correram? – perguntou Janine com um sorriso.
– Que bom! – disse Gail, esticando o braço sobre a mesa e afagando a mão de Casey. – Que grande notícia. Você será uma ótima mãe.
– Acha mesmo? Não tive um grande exemplo em casa.
– Você praticamente criou sua irmã – lembrou Gail.
– É, e veja no que deu! – Casey olhou novamente para o quadro de natureza morta atrás dela e respirou fundo, como se tentasse sentir o aroma das peônias cor-de-rosa.
– Como está Drew, aliás? – perguntou Janine, mas seu tom de voz indicava que já sabia a resposta.
– Não tenho notícias dela há semanas. Ela não liga, não responde às minhas mensagens.
– Típico.
– Ela vai ligar – disse Gail. Dessa vez, não houve um risinho acompanhando suas palavras.
Janine pediu a conta ao garçom fazendo um gesto com os dedos no ar, como se estivesse assinando o cheque.
– Tem certeza de que quer abrir mão desse corpo perfeito? – perguntou a Casey, enquanto o jovem garçom trazia a conta à mesa. – Ele jamais voltará a ser o mesmo, você sabe.

– Tudo bem. É...

– Hora de seguir em frente? – completou Janine em tom de gracejo.

– Seus peitos vão ficar maiores – disse Gail.

– Isso será bom – respondeu Casey, enquanto Janine calculava a conta.

– Cinquenta e cinco para cada uma, incluindo a gorjeta – anunciou Janine após alguns segundos. – Por que não me dão o dinheiro, e eu pago tudo no cartão, para agilizar?

Casey sabia que a sugestão de Janine não era para poupar tempo, e sim para dar baixa na despesa como almoço de negócios.

– Então, o que vai fazer no fim de semana? – perguntou Casey, entregando a Janine o dinheiro.

– Tenho um encontro com o banqueiro com quem saí semana passada.

Os olhos azuis de Janine já estavam opacos de tédio.

– Que legal – disse Gail. – Não é?

– Não exatamente. Mas ele tem ingressos para o *show* dos Jersey Boys, e você sabe como é difícil arrumar um. Então, como eu poderia recusar?

– Ah, você vai adorar – disse Casey. – É fabuloso. Vi o original na Broadway há alguns anos.

– É claro que viu. – Janine sorriu, afastou a cadeira e se levantou. – E esta semana você estará com seu fabuloso marido, fazendo bebês fabulosos. Sinto muito – disse ela de um só fôlego. – Estou sendo uma babaca. Com certeza é porque estou na TPM.

– Para onde está indo? – perguntou Gail enquanto o *maître* lhes entregava os casacos.

– Acho que vou ficar por aqui mesmo. Estava pensando em ir correr, mas acho que não vai dar tempo. Tenho um compromisso mais tarde.

Casey olhou o relógio. Era um Cartier de ouro, presente de seu marido no segundo aniversário de casamento, no mês anterior.

– Poupe sua energia para esta noite – aconselhou Janine, inclinando-se para dar um beijo no rosto de Casey. – Vamos, Gail. Eu lhe dou uma carona para o trabalho.

Casey observou suas duas amigas descendo a South Street de braços dados, pensando que eram um interessante estudo de contrastes: Janine, alta e contida; Gail, mais baixa e se esparramando em todas as direções ao mesmo tempo; Janine, uma cara taça de champanhe; Gail, uma caneca de chope.

E ela própria, o que era?, Casey se perguntou. Talvez devesse mesmo tentar um corte de cabelos mais atual. Mas quando foi que cabelos louros compridos saíram de moda? E combinavam com seu rosto levemente ovalado, sua pele clara e seus traços delicados. "Nem venha me dizer que não foi rainha do baile de formatura", dissera Janine assim que se conheceram; Casey riu e ficou calada. O que poderia dizer? Ela *havia* sido mesmo rainha do baile. Também tinha sido líder das equipes de debate e de natação na escola e tivera quase pontuação máxima no vestibular, mas as pessoas sempre demonstraram menos interesse nisso que em sua beleza e em sua riqueza. "Dizem que seu pai tem uma fortuna", comentara Janine em outra ocasião. Mais uma vez, Casey ficou em silêncio. Sim, era verdade que sua família era quase obscenamente rica. Também era verdade que seu pai fora um notório mulherengo; sua mãe, uma alcoólatra egocêntrica; e sua irmã caçula era uma festeira drogada rumando para um abismo. Quatro anos depois de se formar na faculdade, seus pais morreram num acidente; o jatinho particular caiu na baía Chesapeake durante uma tempestade. Depois disso, sua irmã surtou de vez.

Eram esses os pensamentos que ocupavam a cabeça de Casey enquanto ela seguia pela South Street, o equivalente ao Greenwich Village da Filadélfia, com seus aromas penetrantes, seus estúdios de tatuagem mal-ajambrados, suas lojas de couro fétidas e suas galerias de arte contemporânea. "Um verdadeiro universo paralelo", pensava, enquanto ingressava na região de South Philly, em direção a um grande edifício-garagem na Washington Avenue. Este era o problema de almoçar naquela região: era quase impossível encontrar um lugar para estacionar. E, ao sair da South Street, a linha que divide o Centro e South Philadelphia, já se estava na terra de *Rocky, o Lutador*.

Casey entrou no estacionamento e subiu de elevador até o quinto andar. Pegou as chaves na enorme bolsa de couro preta enquanto andava em direção ao seu Lexus esporte branco, estacionado no fim do piso. Ouviu um motor dando partida ao longe e olhou por sobre o ombro, mas não viu nada. Exceto pelas filas de carros multicoloridos, o local estava deserto.

Ela não ouviu o carro até que ele estar quase em cima dela. Já estava perto de seu Lexus, com o braço esticado, dedo no botão do controle para abrir a porta do motorista, quando uma van prata virou, cantando os pneus, vindo em sua direção. Não teve tempo nem mesmo de ver se era um homem ou uma mulher atrás do volante. Não teve tempo de sair do caminho. De repente, foi arremessada e saiu voando com os braços e pernas abertos. Segundos depois, caiu no chão, quebrando vários ossos e arrebentando a cabeça no concreto.

Logo depois a van desapareceu pelas ruas de South Philadelphia, e Casey Marshall apagou.

CAPÍTULO 2

Ela abriu os olhos, e tudo estava escuro.

E não era uma escuridão comum, pensou Casey, esforçando-se para enxergar alguma luz, tênue que fosse. Era o preto mais preto que já vira, um muro impenetravelmente denso, intransponível, sem sequer nuances de cinza. Como se tivesse despencado numa profunda caverna subterrânea. Como se tivesse acidentalmente caído dentro no buraco negro do universo.

Onde ela estava? Por que estava tão escuro?

"Olá. Tem alguém aí?"

Estava sozinha? Será que alguém podia ouvi-la?

Ninguém respondeu. Casey sentiu uma minúscula bolha de pânico se materializar dentro do peito e tentou conter seu crescimento com uma série de respirações lentas e profundas. Tinha de haver uma explicação lógica, dizia a si mesma, recusando-se a se entregar ao medo. Sabia que, se o fizesse, ele cresceria até não restar espaço para mais nada, e então a monstruosa bolha explodiria, lançando o veneno por suas veias e espalhando-o por todo o corpo.

"Alguém está me ouvindo?"

Ela abriu bem os olhos, depois os apertou. Lembrou-se de Janine a repreendendo, dizendo que apertar os olhos provoca rugas.

"Janine", sussurrou Casey, lembrando-se vagamente de terem almoçado juntas... Quando? Quanto tempo atrás?

Não muito, com certeza. Não haviam acabado de se despedir? Sim, isso mesmo. Tinha almoçado com Janine e Gail na South Street – tinha comido uma deliciosa salada de frango com papaia e tomado uma taça de *pinot grigio* – e em seguida descera pela Washington Street para pegar seu carro. E depois?

E depois... nada.

Casey se viu subindo a rampa de concreto do velho estacionamento em direção ao carro, ouviu o estalido dos saltos de suas sandálias Ferragamo pretas no piso irregular, e em seguida outro barulho, um estrondo, como um trovão ao longe. E aproximando-se. O que era aquilo? Por que não conseguia se lembrar?

O que estava acontecendo?

Foi nesse exato momento que Casey se deu conta de que não conseguia se mover.

"O que..."

Ela tentou falar, mas a bolha em seu peito imediatamente subiu pela garganta, roubando sua voz. Por que não conseguia se mexer? Será que estava amarrada?

Tentou levantar as mãos; não as sentia. Tentou mexer o pé, mas também não conseguia encontrá-lo. Era como se não existissem, como se ela fosse uma cabeça sem tronco, um corpo sem membros. Se ao menos houvesse alguma luz. Se ao menos pudesse enxergar alguma coisa. Qualquer coisa que lhe desse uma pista do que estava acontecendo. Não sabia nem mesmo se estava deitada ou sentada, ela se deu conta, tentando virar a cabeça. Sem sucesso, tentou com esforço erguê-la.

Fui sequestrada, pensou, ainda tentando compreender a situação em que se encontrava. Algum louco a havia sequestrado no estacionamento e a enterrara viva no jardim. Não tinha um filme assim? Keifer Sutherland fazia o papel de herói, e Jeff Bridges fazia o vilão.

Não era Sandra Bullock quem fazia o pequeno papel de namorada de Keifer, a pobre infeliz que era deixada inconsciente com clorofórmio num posto de gasolina e acabava enterrada num caixão?

"Meu Deus. Meu Deus. Será que algum louco havia assistido àquele filme e resolvido imitá-lo? Fique calma. Fique calma. Fique calma."

Casey se esforçava para controlar a respiração acelerada. Caso tivesse mesmo sido sequestrada, caso estivesse dentro de um caixão e coberta de terra fria, isso significava que seu suprimento de ar era pequeno, e ela não poderia desperdiçá-lo. No entanto, não sentia falta de ar, percebeu. E nem sentia frio. Nem calor. Nem nada.

Não sentia absolutamente nada.

"Tudo bem, tudo bem", sussurrou, tentando ver algum sinal de sua respiração na escuridão. Mas novamente não havia nada. Casey fechou os olhos e contou silenciosamente até dez antes de abri-los novamente.

Nada.

Nada, apenas a profunda e infinita escuridão.

Será que estava morta?

"Isso não pode ser verdade. Não pode ser."

É claro que aquilo não estava acontecendo, ela se deu conta, sentindo um súbito alívio. Era um sonho. Um pesadelo. Qual era o problema dela? Como não tinha percebido antes? Podia ter se poupado daquela aflição desnecessária e não ter desperdiçado energia. Deveria saber desde o início que era tudo um sonho.

Agora tudo que tinha a fazer era acordar.

"Vamos, sua idiota! Você consegue. Acorde, droga! Acorde!"

Só que ela não se lembrava de ter ido para a cama.

"Mas devo ter ido. Devo ter ido."

Obviamente o dia inteiro havia sido um sonho. Ela não havia encontrado Rhonda Miller às 9 horas para discutir ideias para a decoração do novo apartamento dela à beira do rio. Não havia passado duas ou três horas olhando a imensa variedade de tecidos na Fabric Row. Não havia encontrado suas amigas para almoçar em Southwark. Não haviam conversado sobre os cabelos de Janine ou sobre seu desagradável encontro com Richard Mooney. O idiotinha, como Janine o chamara.

Desde quando ela era capaz de lembrar seus sonhos com tantos detalhes?, Casey se perguntava. Especialmente antes de o sonho terminar. Que tipo de pesadelo era aquele? Por que não conseguia acordar?

"Acorde", ela pensava. Repetiu em voz alta: "Acorde." E, em seguida, mais alto ainda. "Acorde!" Havia lido, certa vez, que era possível acordar a si próprio com um grito alto, um grito que o levasse de um nível de consciência a outro. "Acorde!", gritou com toda a sua força, torcendo para não assustar Warren, que com certeza estaria dormindo tranquilamente ao seu lado na cama *king-size*, abraçando-a suavemente.

Talvez por isso não conseguisse se mexer. Talvez Warren tivesse adormecido com o corpo em torno do dela, ou talvez o edredom de penas estivesse enrolada nele, como se fosse um casulo, impedindo-a de se mover ou de sentir os braços e as pernas. Mas Casey sabia que não era isso. Sempre fora capaz de sentir seu marido ao seu lado. Agora, não sentia coisa alguma.

Warren Marshall tinha mais de 1,80 metro de altura e 85 quilos de músculos fortes, graças aos exercícios que fazia três vezes por semana numa pequena e elegante academia no subúrbio de Rosemont, no chique distrito de Main Line, onde eles moravam. Casey não sentia nenhum sinal de sua presença nem de seu cheiro másculo.

Não, ela se deu conta, enquanto uma nova bolha medo se formava em seu estômago. Warren não estava ali. Ninguém estava ali. Ela estava sozinha.

E não estava sonhando.

"Alguém me ajude", gritou. "Por favor, alguém me ajude."

Suas palavras ecoavam nos próprios ouvidos, provocando apenas algumas pequenas ondulações no silêncio sufocante que a cercava. Casey esperava em vão que os olhos se acostumassem à escuridão de seu buraco negro e gritava para o vácuo.

Ela adormeceu e sonhou que ainda era criança e estava jogando golfe com seu pai. Tinha apenas 10 anos quando ele a levou pela primeira vez ao Merion Golf Club, o campo privado exclusivo do qual era sócio. Ele passava horas lá com ela, pacientemente aperfeiçoando as tacadas da filha e anunciando orgulhosamente a quem quisesse ouvir que ela era um talento nato. Tinha 12 anos quando fez seu primeiro *break 90*, 15 anos quando fez o primeiro *break 100* e 20 quando fez o primeiro de seus dois *hole-in-one*. Ela se lembrava de ter se oferecido para ajudar a irmã mais nova a melhorar seu jogo. Mas Drew dispensava sua ajuda, preferindo dar tacadas a esmo, para, em seguida, jogar o taco no chão e ir embora resmungando, irritada.

– Deixa – ouvia seu pai dizer. – *Você* é a atleta da família, Casey. – Seu nome era uma homenagem a Casey Stengel, o jogador de beisebol, ele a lembrava. – Eu sei, escolhi o esporte errado – dizia rindo, e sua mãe revirava os olhos azul-claros e virava o rosto escondendo um bocejo, sem achar mais nenhuma graça da piada já tantas vezes ouvida. Se é que achara graça alguma vez.

– Está bem, alguém pode me atualizar, por favor? – dizia seu pai agora.

Casey sentiu o ar em torno de sua cabeça tremular, como se alguém estivesse sacudindo um pandeiro perto de seu rosto.

– Sim, dr. Peabody – disse seu pai.

Quem era dr. Peabody? O médico da família era o dr. Marcus, desde que ela se lembrava. Quem era esse tal de dr. Peabody? E o que ele estava fazendo em seu sonho?

Foi então que Casey percebeu que não estava mais dormindo. A voz que ouvia não era a de seu falecido pai, mas a de alguém que estava vivo e próximo dela. Abriu os olhos. Ainda estava um breu total; não podia ver ninguém. Mas ao menos não estava mais só e ficou contente ao descobrir isso. As vozes definitivamente estavam próximas. Com certeza, mais cedo ou mais tarde, alguém a encontraria. Tudo que tinha a fazer era usar a própria voz para guiá-los.

"Estou aqui!", berrou.

– A paciente – respondeu alguém, ignorando seu chamado – é uma mulher de 32 anos, vítima de um atropelamento seguido de fuga ocorrido há aproximadamente três semanas. Dia 26 de março, para ser exato.

"Ei, você!", chamou Casey. "Dr. Peabody, eu presumo. Eu estou aqui!"

– Ela está respirando por aparelhos. Sofreu politraumatismo, incluindo fraturas na pélvis, nas pernas e nos braços, que exigiram grandes cirurgias – prosseguiu o médico. – Será necessário usar fixadores externos nas fraturas por pelo menos mais um mês, bem como gesso nos braços. Mais grave que isso, houve intensa hemorragia no abdômen, o que provocou sangramento dentro da cavidade abdominal. Os médicos fizeram uma laparotomia exploradora e descobriram um rompimento no baço, que foi então removido.

O que diabos ele estava falando?, perguntava-se Casey. *De quem ele estava falando?* E por que a voz dela ficava indo e voltando, ora forte, ora fraca? Era uma voz de homem? E por que soava tão pesada, como que coberta por uma grossa camada de melado de cana? Estavam debaixo d'água?

"Ei!", gritou. "Não podem falar disso outra hora? Eu queria muito sair daqui."

– A ressonância magnética mostrou que, por sorte, não houve fratura na espinha, o que poderia causar paralisia dos membros inferiores...

– Sorte é uma palavra estranha neste caso, não acha, dr. Peabody? – interrompeu a primeira voz. – Considerando que a paciente pode ficar em coma pelo resto da vida.

"Que paciente?", Casey se perguntava. Quem eram aquelas pessoas? Será que ela estava no túnel subterrâneo de um hospital? Por isso estava tão escuro? Como tinha ido parar ali? E por que ninguém a escutava? Estariam mais distantes do que ela havia imaginado?

– Sim, senhor. Eu não quis...
– Dr. Benson, gostaria de continuar?

"Dr. Benson? Quem era dr. Benson?"

– Descobrimos que a paciente tinha uma hemorragia subdural – prosseguiu outra voz, mas estava ficando difícil distinguir as vozes umas das outras – e o dr. Jarvis fez uma perfuração em seu crânio para drenar o sangue coagulado.

– E o prognóstico?

– Em geral, o prognóstico é bom na maioria dos casos, especialmente quando o paciente é jovem e em boas condições de saúde, como a sra. Marshall...

Sra. Marshall? *Sra. Marshall?*

"Desculpe, mas esse é o *meu* nome."

De quem estavam falando? Havia outra sra. Marshall? Ou estavam lhe pregando uma peça muito bem elaborada por Janine?

"Está bem, gente. Já se divertiram. Já basta. Alguém pode por favor me dizer o que está acontecendo?"

–Mas a paciente sofreu também uma grave concussão cerebral, o que a levou ao coma. Fizemos diversas ressonâncias nas últimas três semanas, que mostram que a hemorragia subdural está se dissolvendo e desaparecendo. Mas o cérebro continua em choque; portanto, é muito cedo para saber se haverá sequelas permanentes.

– Então, diga-me, dr. Rekai – disse o médico responsável –, qual é o prognóstico final?

– É impossível afirmar neste momento – respondeu. – O cérebro da paciente foi chacoalhado, como dizem.

"Quem diz isso?", questionou Casey, indignada com o tom rude e casual do médico. Uma pobre mulher estava em coma, e eles tratavam o assunto de forma insensível e superficial.

– Quanto tempo estima que permanecerá ligada a aparelhos? – alguém indagou.

– É bastante improvável que a família considere desligá-los no momento. E nem o hospital aprovaria algo nesse sentido. A paciente tem um coração forte, e seu organismo está funcionando, então sabemos que seu cérebro também está funcionando, ainda que em nível de atividade reduzido. Casey Marshall pode ficar respirando por aparelhos por anos, ou pode acordar amanhã.

"Casey Marshall?", repetiu Casey incrédula. Do que ele estava falando? A probabilidade de existir outra Casey Marshall...

– O fato de ter aberto os olhos ontem tem algum significado? – perguntou alguém.

– Infelizmente não – veio imediatamente a resposta. – Não é incomum um paciente em coma abrir os olhos. Como se sabe, é uma ação involuntária, como piscar. Ela não pode enxergar, embora suas pupilas estejam reativas à luz.

Mais uma vez Casey percebeu movimentação à sua volta, embora não fosse capaz de compreender o que era. De que luz estavam falando?

– E o tubo traqueal?

– Faremos uma traqueostomia amanhã à tarde.

"Traqueostomia?", perguntou Casey. "Que diabos é isso?"

– Dr. Benson, poderia nos explicar em que consiste uma traqueostomia?

"Você me ouviu?", Casey foi tomada por uma onda de excitação. "Você ouviu minha pergunta! Graças a Deus. Ah, graças a Deus. Não sou a mulher de quem estão falando, essa pobre mulher em coma. Vocês me deixaram tão preocupada."

– Uma traqueostomia normalmente é realizada quando o paciente já está com tubo endotraqueal há algumas semanas – respondeu dr. Benson. – Se o paciente não estiver sofrendo de insuficiência respiratória e estiver relativamente confortável, como parece ser o caso, então deve ser feita uma traqueostomia, pois o tubo endotraqueal pode ferir a traqueia.

– Mas em que exatamente consiste uma traqueostomia, dr. Zarb?

Dr. Zarb? Dr. Rekai? Dr. Benson? Dr. Peabody? Quantos médicos estavam presentes ali? Por que não podia ver nenhum deles? E por que continuavam a ignorá-la? Ela não era a mulher de quem estavam falando, essa pobre infeliz em coma. Talvez por anos. Não, não podia ser. Possivelmente pelo resto da vida.

"Por Deus, não! Não pode ser! Era terrível só de imaginar. Tenho que sair daqui. Tenho que sair daqui já."

– Fazemos um óstio, isto é, uma incisão – começou a explicar o dr. Zarb imediatamente –, através da qual é inserido um tubo diretamente pelo pescoço, sem passar pela boca. Se posteriormente a paciente for capaz de respirar sem auxílio de aparelhos, então removemos o tubo e deixamos a traqueia se fechar por conta própria.

– Há boas chances de isso acontecer neste caso, dr. Ein?

– É impossível dizer a esta altura. A paciente tem muitas coisas a seu favor: Casey Marshall é jovem. Está em boa forma. Seu coração está funcionando perfeitamente...

"Não. Não vou ficar ouvindo isso. Não pode ser verdade. Simplesmente não pode ser. Não sou a mulher de quem estão falando. Não estou em coma. Não estou. Não estou. Por favor, Deus. Tire-me daqui."

– ... e não se esqueça de que ela é filha de Ronald Lerner.

"Estou ouvindo vocês! Como posso estar em coma se estou ouvindo vocês?"

– Para os mais jovens que não se lembram, Ronald Lerner era um homem de negócios de caráter moral duvidoso que ganhou uma fortuna na bolsa de valores e morreu num acidente de avião alguns anos atrás. Deixou a maior parte de seu vultoso patrimônio para esta jovem que estão vendo em coma, provando não só que o dinheiro *não pode* comprar a felicidade, mas também que não protege contra os caprichos do destino. Apesar de que Casey Marshall ao menos poderá bancar o melhor serviço médico domiciliar quando puder deixar o hospital.

"Isto não está acontecendo. Não está acontecendo."

– Mais alguma pergunta? – indagou alguém. Casey achou que podia ser o dr. Ein, mas era cada vez mais difícil distinguir as vozes.

– Quando o tubo de alimentação poderá ser retirado? – ela achou ter ouvido alguém perguntar. Talvez o dr. Peabody? Ou o dr. Zarb?

Que diabos era um tubo de alimentação?, ela se perguntava enlouquecida.

– Só quando a paciente for capaz de comer por conta própria – alguém respondeu, e Casey concluiu que devia ser algum tipo de tubo conectado ao estômago.

"Quero ir para casa. Por favor, deixem-me ir para casa."

– E já se pode suspender o antibiótico intravenoso?

– Ainda não, pelo menos até a semana que vem. A paciente está muito suscetível a infecções devido aos procedimentos por que passou. Espero que possamos começar com a fisioterapia depois que forem retirados os gessos. Tudo certo? Mais alguma pergunta antes de prosseguirmos?

"Sim! Vocês têm que recomeçar do início. Explicar tudo que aconteceu: o acidente, como vim parar aqui, o que acontecerá comigo agora. Não podem simplesmente me deixar sozinha aqui no escuro. Não podem sair andando e fingir que não existo. Eu posso ouvir vocês. Isso não quer dizer nada?"

– Dr. Ein – disse alguém.

– Sim, dr. Benson.

– A paciente parece estressada. Está fazendo caretas, e seus batimentos cardíacos estão acelerados.

"O que está acontecendo?"

– É possível que esteja sentindo dor. Vamos aumentar a dose de Dilaudid, Demerol e Ativan.

"Não, eu não preciso de drogas. Não estou sentindo dor. Preciso é que vocês me escutem. Por favor, me escutem!"

– Isso deverá fazer você se sentir mais confortável, Casey – disse o médico.

"Não. Eu não estou confortável. Não estou nada confortável."

– Certo, vamos em frente.

"Não. Esperem, não vão embora. Por favor. Está havendo um grande engano. Não sou a mulher de quem estão falando. Não pode ser. Nada disso está acontecendo. Vocês têm que voltar aqui. Tenho que mostrar a vocês que não estou em coma. Por favor, Deus. Faça-os entender que posso ouvi-los. Se fizer isso, juro que serei uma pessoa melhor. Serei uma esposa melhor, uma amiga melhor, uma irmã melhor. Por favor. Vocês têm que me ajudar. Estou com tanto medo. Não quero passar o resto da vida deitada aqui, sem conseguir enxergar, nem me mexer, nem falar. Quero abraçar meu marido novamente e rir com meus amigos. Quero ajudar a Drew. Por favor. Não deixe isso acontecer. Não pode estar acontecendo. Não pode."

Casey sentiu seus pensamentos começarem a ficar confusos e se dispersarem. De repente, ficou muito tonta. Dilaudid, Demerol, Ativan, ela pensava ao sentir seus olhos de fecharem.

Segundos depois, adormeceu.

Capítulo 3

— Casey — *ela ouviu alguém* chamar baixinho. E mais uma vez, agora mais alto. – Casey. Acorde, querida!

Relutantemente, Casey foi sendo levada de volta à consciência pela voz do marido. Abriu os olhos e viu Warren sobre ela. A proximidade de seu rosto distorcia seus belos traços, fazendo-o parecer inchado e grotesco.

– O que está acontecendo? – perguntou, tentando esquecer o estranho sonho que estava tendo e notando que o despertador ao lado da cama *king-size* marcava 3 horas.

– Tem alguém na casa – sussurrou Warren, olhando nervoso sobre o ombro esquerdo.

Casey acompanhou seu olhar que penetrava na escuridão e, com o coração disparado, sentou-se na cama.

– Acho que alguém entrou na casa pela janela do porão – prosseguiu ele. – Tentei ligar para o 911, mas o telefone não funciona.

– Meu Deus!

– Tudo bem, eu tenho o revólver. – Ele ergueu a arma, e o cano reluziu, refletindo a luz da Lua crescente que entrava pela janela.

Casey assentiu com a cabeça, lembrando-se da briga que tiveram devido à insistência dele em manter uma arma em casa.

– É para nossa proteção – ele dissera. E agora parecia que tinha mesmo razão.

– O que faremos? – perguntou ela.

– Vamos nos esconder no armário e fechamos a porta. Se alguém a abrir, atiro primeiro e pergunto depois.

– Meu Deus, isso é terrível – disse Casey, usando a voz de Gail. – Alguém realmente fala desse jeito?

– Na TV, sim – respondeu Warren.

"O quê? O que está acontecendo? Que TV?"

– Acho que não vi este – disse Gail.

"O que Gail está fazendo no nosso quarto? Por que ela invadiu nossa casa?"

– Ninguém deve ter visto. Deve ser um desses filmes feitos para TV. Mas os médicos acham que deixar a TV ligada pode ajudar a estimular o cérebro de Casey. E, para ser franco, me ajuda a passar o tempo.

– Quando chegou aqui? – perguntou Gail.

– Umas 8 horas.

– Já são quase 13 horas. Você almoçou?

– Uma das enfermeiras me trouxe um café uma hora atrás.

– Só isso?

– Estou sem fome.

– Precisa comer algo, Warren. Precisa se manter forte.

– Estou bem, Gail. Mesmo. Não quero comer nada.

– Estão se aproximando. Posso ouvi-los na escada. Não temos tempo.

"Do que está falando? Quem está na escada? O que está havendo?"

– Entre embaixo da cama. Rápido.

– Não vou a lugar algum sem você.

"Quem são essas pessoas?"

– Já basta dessa porcaria – disse Warren. Um clique. Depois, silêncio.

"O que está acontecendo?", Casey se perguntava, espantando-se ao perceber que não sabia se seus olhos estavam abertos ou fechados. Será que estava dormindo? Há quanto tempo? Aquilo tinha sido um sonho? Por que não conseguia distinguir o que era ou não real? Aquelas pessoas eram mesmo o *seu* Warren, a *sua* Gail? Onde ela estava?

– A cor dela está melhor – observou Gail. – Houve alguma mudança?

– Não. Só seus batimentos cardíacos que estão oscilando mais que o normal...

– Isso é bom ou ruim?

– Os médicos não sabem.

– Eles parecem não saber muito sobre coisa alguma, não é?

– Acham que pode estar sentindo mais dor...

– O que não é algo necessariamente ruim – interrompeu Gail. – Quero dizer, pode significar que ela está voltando.

– Mesmo em coma profundo uma pessoa pode sentir dor – disse Warren, indiferente. – Muito justo, não? –acrescentou.

Casey quase podia vê-lo balançando a cabeça. "Aquele definitivamente é o *seu* Warren", pensou, reconhecendo o ritmo e a suave cadência de sua voz. "Ah, Warren. Você me encontrou. Sabia que me encontraria. Sabia que não me deixaria neste lugar escuro e tenebroso."

– Não dá para acreditar que seja a Casey – disse Gail. – Da última vez em que a vi estava tão linda, tão cheia de vida.

– Ela ainda está linda – disse Warren, e Casey percebeu um tom defensivo em sua voz. – A garota mais bonita do mundo – disse, com a voz sumindo.

Casey imaginou seus olhos cheios d'água e sabia que estava se esforçando para que as lágrimas não escorressem.

"Queria poder enxugar aquelas lágrimas", pensou ela. "Queria poder beijá-lo e tornar tudo melhor."

– Sobre o que vocês conversaram naquele dia, aliás? – perguntou ele. – Você nunca me contou direito como foi aquele almoço.

– Não tinha muito o que contar – respondeu Gail, com um risinho no início e no fim de sua curta resposta. – Para dizer a verdade, não me lembro bem sobre o que conversamos. O de sempre, acho. – Ela riu baixinho de novo, mas foi um riso mais triste que divertido. – Eu não sabia que devia dar àquele almoço mais importância que o normal. Não sabia que poderia ser nossa última conversa. Meu Deus.

Um soluço alto ecoou pelo quarto, como um trovão repentino.

"Ah, Gail. Por favor, não chore. Vai ficar tudo bem. Eu vou melhorar. Prometo."

– Desculpe. Vivo esquecendo – disse Warren. – Isso deve lhe trazer lembranças muito tristes.

Casey imaginou Gail erguendo ligeiramente os ombros e, depois, prendendo alguns cachinhos rebeldes atrás da orelha direita.

– O Mike passou dois meses no hospital antes de morrer – disse Gail, referindo-se ao marido que morrera de leucemia cinco anos atrás. – Não havia nada a fazer, apenas vê-lo indo embora lentamente. Mas ao menos tivemos alguns anos para nos preparar – prosseguiu. – Embora nunca se esteja realmente preparado – acrescentou, após retomar o fôlego. – Não quando a pessoa é tão jovem.

– A Casey não vai morrer – insistiu Warren.

"Ele tem razão. Os médicos diagnosticaram errado. Tudo isso é um grande engano."

– Não vou nem considerar a hipótese de desligar os aparelhos.

– Desligar os aparelhos? – Desta vez foi Gail quem perguntou. – Quando os médicos sugeriram desligar os aparelhos?

– Não sugeriram. Eles concordam que é cedo demais para pensar nisso.

– É claro que é. Quem sugeriu, então?

– Adivinhe.

– Ah – disse Gail. – Não sabia que Drew esteve aqui recentemente.

"Minha irmã esteve aqui?"

– Está brincando? Ela só esteve aqui logo após o acidente. Diz que não aguenta ver a irmã nestas condições.

– É bem a cara dela – disse Gail.

– Ligou ontem à noite pedindo notícias – continuou Warren. – Eu disse que não tinha novidades, e ela quis saber quanto tempo mais eu pretendia deixar a Casey sofrendo deste jeito. Ela disse que a conhece há muito mais tempo que eu e que a irmã jamais ia querer viver como vegetal pelo resto da vida...

"Um vegetal? Não, os médicos cometeram um terrível engano. Deixaram todos preocupados sem necessidade."

– ... mantida viva por intermédio de tubos e máquinas.

– É só até ela voltar a respirar por conta própria – disse Gail enfaticamente. Fazia tempo que Casey não ouvia a amiga falar de forma tão enérgica. – A Casey vai passar por esta. Os ossos quebrados vão calcificar. Seu corpo vai se recuperar. Ela vai recobrar a consciência. Vai ver só. A Casey vai voltar a ser como antes. O coma é apenas uma forma de o corpo se curar. Devemos ficar contentes por ela não estar consciente, não saber o que está acontecendo...

Mas ela sabia, Casey foi obrigada a reconhecer, enquanto a sensação de terror repentinamente se reestabelecia, espalhando-se pela escuridão ao seu redor como uma mancha repugnante.

A paciente é uma mulher de 32 anos, vítima de um atropelamento seguido de fuga ocorrido há aproximadamente três semanas... Está respirando por aparelhos... politraumatismo... grandes cirurgias... fixadores externos... intensa hemorragia no abdômen... rompimento no baço, que foi removido... a paciente pode ficar em coma pelo resto da vida.

Em coma pelo resto da vida.

"Não! Não! Não!", Casey gritou. Já não podia mais continuar se recusando a aceitar a verdade. Por mais que negasse, por mais que racionalizasse, por mais que fingisse que os médicos estavam equivocados, não dava mais para se recusar a aceitar sua terrível situação – uma mulher de 32 anos presa num coma possivelmente irreversível, que cruelmente lhe permitia ouvir, mas não ver; pensar, mas não falar; existir, mas não agir. Meu Deus, ela não era capaz nem mesmo de respirar sem auxílio de uma máquina. Isto era pior que estar numa caverna subterrânea úmida e gelada, era pior que ser enterrada viva. Era pior que a morte. Estava condenada a passar o resto de seus dias pairando neste limbo escuro, incapaz de distinguir entre o que estava realmente acontecendo e o que era mera imaginação? Quanto tempo isso poderia durar?

Hemorragia subdural... perfuração no crânio para drenar o sangue... grave concussão cerebral... Casey Marshall pode ficar respirando por aparelhos por anos, ou pode acordar amanhã.

Quantas horas, quantos dias, quantas semanas passaria ali deitada, suspensa na escuridão, ouvindo uma sucessão de vozes passando por sua cabeça como nuvens no céu? Quantas semanas, quantos meses, quantos anos – meu Deus, anos! – poderia sobreviver, incapaz de tocar as pessoas que amava?

O cérebro da paciente foi "chacoalhado".

Aliás, quanto tempo levaria para que seus amigos deixassem de visitá-la, para que mesmo seu marido seguisse adiante? Gail já quase não falava mais de Mike. E Warren tinha só 37 anos. Ele poderia permanecer por perto por mais alguns meses, talvez até por um ou dois anos, mas alguma hora seria atraído aos braços ansiosos de alguém. E os outros, em seguida, também voltariam às suas rotinas. Logo todos teriam ido embora. Mesmo os médicos, por fim, perderiam o interesse. Ela seria levada de maca para algum centro de reabilitação, abandonada num canto de um corredor rançoso numa cadeira de rodas, e lá ficaria, ouvindo uma interminável sucessão de passos indo e vindo. Quanto tempo levaria para que enlouquecesse de frustração, de ódio, do tédio da previsibilidade de tudo aquilo?

Ou pode acordar amanhã.

"Eu posso acordar amanhã", repetiu Casey, tentando buscar consolo nessa ideia. Pelo que tinha ouvido, o acidente ocorrera três semanas atrás. Então, talvez o otimismo de Gail não fosse totalmente infundado. Talvez o fato de ser capaz de ouvir fosse um bom sinal, um sinal de que estava a caminho da recuperação. Sua audição voltara. Havia aberto os olhos. Talvez amanhã a escuridão se desfizesse, e ela voltasse a enxergar. Talvez, quando tirassem o tubo de sua boca... Ou já haviam tirado? Será que os médicos já haviam feito a traqueostomia de que tinham falado? Quando? Há quanto tempo? Ela conseguiria voltar a usar as cordas vocais. Já estava começando a distinguir melhor as vozes externas das internas. Elas não mais se fundiam nem pareciam estar vindo detrás de uma grossa parede. Talvez amanhã estivesse ainda melhor. Talvez até conseguisse piscar os olhos em resposta a alguma pergunta que lhe fizessem. Poderia encontrar uma forma de mostrar a todos que estava alerta e ciente do que estavam dizendo.

Talvez estivesse melhorando.

Ou talvez não viesse a ficar melhor do que já estava, imaginou, sentindo seu otimismo se esvaziar, como o ar escapando do balão de um criança. Nesse caso, sua irmã tinha razão.

Ela preferia estar morta.

– A polícia tem alguma nova pista? – ouviu Gail perguntar.

– Não que eu saiba – disse Warren. – Em nenhuma oficina de lanternagem da Filadélfia deu entrada um carro com avarias compatíveis com a de um acidente daquela natureza. Não apareceu nenhuma testemunha, apesar de toda a repercussão do caso. Parece que o carro que a atropelou evaporou no ar.

– Como alguém é capaz de fazer algo tão terrível? – perguntou Gail. – Quero dizer... Além de atropelá-la, ainda largá-la assim...

Casey imaginou Warren sacudindo a cabeça. Viu seus cabelos castanhos macios caindo sobre a testa e sobre os olhos castanhos escuros.

– Talvez o motorista tivesse bebido. Deve ter entrado em pânico – teorizou Warren. – Como saber o que se passa na cabeça das pessoas?

– A essa altura, era de se imaginar que sua consciência culpada fosse mais forte que ele – disse Gail.

– Sim – concordou Warren.

Outro silêncio.

– Ah – exclamou Gail, de repente.

– Que foi?

– Acabei de me lembrar de algo que conversamos durante o almoço – elaborou, com tom de tristeza na voz.

– O quê?

– A Casey contou que vocês vinham conversando sobre ter um filho, que ia parar de tomar pílula no fim do mês.

Casey sentiu uma pontada de culpa. Isso deveria ser segredo, ela se lembrou. Prometera a Warren que não contaria nada a ninguém até que fosse fato consumado.

Quer que todo mundo fique perguntando como as coisas estão indo, todo mês? – perguntara ele carinhosamente, e Casey tinha concordado. Será que ele ficaria decepcionado, talvez até zangado, por ela não ter guardado o segredo?

– Sim – ela o ouviu dizer. – Ela estava toda empolgada. Um pouco nervosa também, é claro. Acho que por causa da mãe dela.

– Sim, a mãe dela era uma peça rara.

– É mesmo, eu me esqueci. Você a conheceu, não?

– Acho que ninguém conheceu Alana Lerner de verdade – disse Gail.

– A Casey quase nunca fala dela.

– Não há muito o que dizer. Era o tipo de mulher que jamais devia ter filhos.

– E no entanto teve duas – observou Warren.

– Só porque o sr. Lerner queria um menino. Ela não tinha relação com as filhas depois de botá-las no mundo. Foram praticamente criadas pelas babás.

– Babás que viviam sendo demitidas, pelo que sei.

– Porque a sra. Lerner estava certa de que o marido dormia com elas. O que provavelmente era verdade. Ele certamente não era de esconder seus casos.

– Que família!– É incrível que a Casey tenha se tornado o que é – disse Gail, e então começou a chorar. – Desculpe.

– Não precisa pedir desculpa. Sei quanto você a ama.

– Sabia que ela foi minha madrinha de casamento? – perguntou Gail, e prosseguiu antes que Warren pudesse responder. – Eu me casei com o Mike logo que terminei o ensino médio, acredita? Eu tinha 18 anos. Dezoito, meu Deus. Era um bebê. O Mike era dez anos mais velho e acabara de ser diagnosticado com leucemia. Todos me disseram que eu ia arruinar minha vida, que era louca de me casar com ele. Todos, exceto a Casey. Ela me disse: "Vá em frente."

A voz de Gail novamente se perdeu em meio a uma série de soluços suaves.

– Ela vai melhorar, Gail.

– Jura? – indagou Gail, ecoando a pergunta silenciosa de Casey.

Mas antes que Warren pudesse responder, começou uma repentina agitação. Casey ouviu o ruído de uma porta se abrindo, seguido de passos pesados, e várias vozes se aproximando.

– Desculpem, mas teremos que pedir que saiam por alguns minutos – anunciou uma voz feminina. – Temos que dar banho de esponja na paciente e mudá-la de posição, para que não tenha escaras.

– Não levaremos mais que dez ou 15 minutos – disse uma segunda voz, mais aguda.

– Por que não vamos comer algo na lanchonete? – sugeriu Gail.

– Está bem – concordou Warren.

Casey percebeu relutância em sua voz, e sentiu-o sendo retirado do quarto.

– Não se preocupe, sr. Marshall – disse a primeira enfermeira. – Patsy e eu vamos cuidar bem de sua esposa.

– Já volto, Casey – disse Warren.

Casey pensou ter sentido Warren inclinando-se sobre ela, talvez até afagando sua mão sob o lençol. Estaria apenas imaginando?

– Que homem adorável – declarou Patsy à surdina, quando a porta bateu. – Meu coração dispara por ele.

– Sim. Eu certamente não queria estar no lugar dele – disse a outra enfermeira. – Você viu os sapatos dela?

– O quê? Não, Donna. Não vi.

– Muito elegantes. Muito caros.

– Não reparei. Certo, sra. Marshall – disse Patsy, voltando-se para Casey. – Vamos deixá-la limpinha para esse seu belo marido.

Casey ouviu o barulho dos lençóis e, embora não sentisse nada, jamais se sentira tão exposta. Será que estava vestindo uma camisola de hospital ou uma de suas próprias camisolas? Será que estava vestindo *alguma coisa*? Será que estava sendo tocada? Onde exatamente?

– Quanto tempo acha que ele ainda vai ficar por aqui? – questionou Donna, ecoando o que Casey se perguntara pouco antes. – Assim que se der conta de que ela não vai melhorar...

–Shh. Não diga isso – repreendeu Patsy.

– Que foi? Ela não pode me ouvir.

– Não temos certeza disso. Ela abriu os olhos, não foi?

– Isso não quer dizer nada. Ouvi um dos médicos dizendo. Ele disse que abrir os olhos costuma ser mau sinal. Pode significar o início de um estado vegetativo profundo.

– Bem, vamos torcer para estarem enganados.

Casey se perguntava como seriam Donna e Patsy. Imaginou uma alta e loura, e a outra baixa e morena. Ou talvez alta e morena, teorizou, a mente alternando suas características físicas, colocando diferentes cabeças em diferentes corpos. Imaginou a enfermeira Patsy com seios enormes, e Donna reta como uma panqueca. Ou talvez Patsy fosse ruiva. Talvez Donna tivesse pela macia, negra e aveludada. Como quer que fossem, tinham razão numa coisa: Warren Marshall era um homem bonito.

Casey riu, sabendo que não podiam ouvi-la. Para elas, era um objeto inanimado. Nem mais, nem menos. Era um corpo a ser girado regularmente, para que não se formassem escaras, e lavado, para que não começasse a cheirar mal. Uma desinteressante natureza morta. Foi isso que me tornei, pensou, a risada se desfazendo e se dissolvendo na garganta.

– Oh, veja o rosto dela! – disse Patsy, de repente.
– O que tem o rosto dela? – indagou Donna.
– Ela parece tão triste de repente.
– O que você está dizendo? – perguntou Donna.
– Não acha que os olhos dela parecem tristes?
– Acho que os olhos dela parecem abertos. Ponto. Certo, terminei a parte da frente. Você me ajuda a virá-la de lado?

Casey sentiu seu corpo sendo manipulado, a cabeça colocada num ângulo diferente, mas não sabia ao certo se aquilo estava mesmo acontecendo ou se era só sua imaginação.

– Certo, terminei – disse Donna, depois de alguns minutos. – E você?
– Acho que vou ficar mais um pouco e escovar os cabelos para deixá-la mais bonita. Pode ir, se quiser.
– Como preferir.
– Vou deixá-la bem bonitinha para esse seu lindo e dedicado marido – disse Patsy, enquanto Donna saía do quarto.

Casey imaginou-a passando a escova delicadamente em seus cabelos.

– No entanto, é de se imaginar... – prosseguiu, a voz perdendo a suavidade após a porta se fechar, como uma cobra trocando de pele. – Quero dizer, ele é um homem, afinal de contas. Um homem incrivelmente lindo, aliás. Incrivelmente lindo e muito rico. É de se supor que a fila de garotas esteja dando volta no quarteirão. E ele repara nas mulheres, esse seu maridinho lindo. Ah, repara!

Casey imaginou Patsy largando a escova e inclinando-se para sussurrar em seu ouvido.

– Sei disso porque o flagrei olhando a minha bunda – ela riu. – Quanto tempo acha que vou precisar para levá-lo para a cama? – riu novamente. – O quê? Não acredita que vou conseguir? Quer apostar? Aposta quanto? Dez dólares? Cem? Ah, vamos apostar logo mil. Você pode bancar.

A porta se abriu.

– Patsy – chamou Donna do corredor. – Precisam da gente no 307.

– Claro – respondeu Patsy, sorridente. – Já terminei aqui.

Capítulo 4

Tinha 3 anos de idade quando descobriu que aquela mulher bonita, de cabelos louros naturais até a cintura e com cheiro de chiclete e algodão-doce, era a sua mãe, e não apenas uma misteriosa mulher chamada Alana que estava sempre com um copo na mão e que dormia na cama de seu pai.

– Casey, querida, pode levar este copo para sua mãe lá em cima? Estou no telefone com a companhia de TV a cabo e me deixaram esperando na linha.

– Minha mãe? – perguntou a criança.

De quem Maya estava falando? Maya não morava com eles há muito tempo. Era possível que ainda não conhecesse todo mundo.

– Aquela loura bonita casada com seu pai? – disse Maya, como se Casey devesse saber. – Que passa o dia todo na cama? – acrescentou com uma risada.

Sua pele normalmente branca imediatamente ruborizou.

– Não ouse contar a ela que eu disse isso.

Casey pegou o copo que Maya lhe estendeu, contendo um líquido transparente, e aproximou-o do nariz.

– O que é isso?

– Água.

Casey levou o copo à boca.

Maya rapidamente tomou de volta o copo. Com um 1,80 metro de altura, era uma mulher imponente, cujos olhos escuros não davam margem a discussão.

– O que está fazendo?

– Estou com sede.

– Vou pegar água para você.

Maya, no mesmo instante, estava junto à pia, segurando o telefone entre o ombro e a orelha, enchendo um copo de água para Casey.

– Por que não posso beber *essa* água?

Casey apontou com o queixo para o copo que Maya segurava. A outra água era gelada e tinha até uns cubos de gelo boiando.

– Porque não é bom beber do copo dos outros – disse Maya, firme.

Mesmo tendo apenas 3 anos, Casey sabia que Maya estava mentindo. Bem como sabia que estava inventando aquela história de que aquela bela mulher lá em cima na cama de seu pai era sua mãe. Não que Casey soubesse exatamente o que era uma mãe. Sua única experiência com mães havia sido no parque algumas semanas antes, quando uma mulher de cabelos castanhos despenteados, vestindo uma calça jeans *baggy* desbotada, agachou-se num canto da caixa de areia e começou a brincar com um garotinho de nariz coberto de manchas laranja, que Maya mais tarde lhe diria serem sardas.

– Você é nova por aqui – disse Maya para a mulher, enquanto entrava na caixa de areia com Casey.

Então sentou-se e começou a bater papo com a mulher como se a conhecesse há muito tempo.

– Sim. Nós nos mudamos semana passada. Ainda estamos descobrindo o bairro. – A mulher estendeu a mão para cumprimentar Maya. – Eu me chamo Ellen Thomas. E este é o Jimmy.

– Prazer em conhecê-la. Prazer em conhecê-lo também, Jimmy – disse Maya para o garotinho, que estava tão compenetrado cavando a areia que nem ouviu. – Eu me chamo Maya, e esta é a Casey. Tem esse nome em homenagem a Casey Stengel.

Ellen Thomas sorriu, expondo os dentes de cima tortos.

– Obviamente o pai dela gosta de beisebol.

– Ah, não só de beisebol. O sr. Lerner adora esportes. E você trabalha para quem? – perguntou Maya logo em seguida.

Ellen pareceu confusa.

– Ah, eu não sou babá do Jimmy. Sou a mãe dele.

– É mesmo? – Maya parecia muito surpresa. – Isso é muito raro aqui por essas bandas.

Casey imediatamente olhou ao redor, procurando alguma banda por ali, quando Maya soltou outra bomba.

– Acho que você é a primeira mãe de verdade que vejo neste parque – disse ela.

– O que é uma "mãe de verdade"? – perguntou Casey mais tarde, esforçando-se para acompanhar o passo da babá enquanto subiam a ladeira, de volta para casa. Maya apenas riu, sem dizer nada, e Casey deixou para lá a pergunta. Já tinha concluído, após observar Ellen Thomas por quase uma hora, que mães de verdade eram mulheres de cabelo castanho despenteado e dentes tortos que brincavam com garotinhos em caixas de areia.

A mulher que dormia na cama de seu pai não podia ser uma mãe de verdade. Tinha cheiro adocicado, cabelos louros que vivia penteando e dentes brancos perfeitamente alinhados. Casey estava quase certa de que ela jamais botara os pés numa caixa de areia, pois raramente saía do quarto. E, quando saía, já era de noite, quando o parque estava fechado.

– Venha dar um beijo de boa-noite em Alana – mandava seu pai, enquanto eles se preparavam para sair à noite, e Casey obedecia alegremente.

– Você está bonita – dizia ela para a mulher, oferecendo a bochecha fofa para um beijo. Uma vez Casey cometeu o erro de abraçá-la, enfiando o nariz em seus cabelos macios e com cheiro de algodão-doce. A mulher bufou irritada e empurrou-a para longe.

– Olhe os meus cabelos! – alertou.

Casey passou o minuto seguinte observando atentamente os cabelos da mulher, esperando para ver o que ele ia fazer.

– Qual é o problema com essa garota? – indagou a mulher chamada Alana ao pai de Casey, enquanto se dirigiam à porta. – Por que está sempre olhando para mim desse jeito?

– O que está esperando? – perguntava Maya agora. – Leva o copo lá para ela. – Novamente entregou o copo para Casey. – Cuidado para não derramar, hein? E não tome nem um gole, ok?

Casey consentiu com a cabeça e foi devagar em direção à enorme escadaria circular no meio do *foyer*. A casa estava muito silenciosa naquele dia. Mais cedo, ouvira Maya ao telefone resmungar que a empregada havia ligado avisando que estava doente, então ela estava tendo que assobiar e chupar cana ao mesmo tempo; mas Casey não a vira chupando cana e pensou nisso enquanto subia vagarosamente a escadaria de carpete verde e cinza. Uma gota daquele líquido incolor espirrou na mão de Casey, e ela rapidamente o lambeu para evitar que pingasse no chão. Tinha gosto amargo, parecia remédio. Casey fez uma careta e se perguntou se Alana estaria doente, e, por isso, ela não podia beber do copo.

Bateu de leve na porta do quarto.

– Até que enfim – disse rispidamente a mulher lá dentro. – Que diabos estava fazendo a manhã toda?

Casey entrou. A mulher chamada Alana estava sentada na cama de carvalho escuro com dossel, cercada de travesseiros de renda brancos. A cortina pesada de brocado estava aberta de um lado e fechada do outro, fazendo o grande quarto parecer um pouco enviesado. Alana vestia um *baby-doll* rosa e seus cabelos, presos por uma faixa rosa larga, caíam sobre os ombros e tocavam o colo nu.

– Ah! – exclamou ela. – É você.

– Eu trouxe sua água.

Casey estendeu o copo para ela.

– Traga aqui. Meus braços não têm dois metros de comprimento.

– Você está doente?

Casey entregou o copo a Alana, e observou-a enquanto tomava um longo gole.

Alana deu uma olhadela para Casey por cima do copo e continuou bebendo. Não disse nada, nem mesmo *obrigada*.

– Você é minha mãe?

– O quê?

– Você é minha mãe?

– Claro que sou sua mãe. Qual é o seu problema?

Casey e a mãe trocaram olhares confusos.

– Jamais me chame assim em público – ordenou Alana.

Casey não sabia o que significava "em público", mas teve medo de perguntar.

– Como é para chamar você? – perguntou então.

A mãe virou o restante do copo num longo gole. Em seguida, afastou o cobertor e pôs os pés para fora da cama, deixando a pergunta de Casey sem resposta.

– Venha me ajudar a ir ao banheiro – disse ela.

– Você está gorda! – exclamou Casey com um risinho, notando a barriga grande e redonda de sua mãe, que descia da cama.

– Não banque a sabichona.

Casey segurou a mão dela e a conduziu até o banheiro de mármore rosa da suíte.

– O que é "sabichona"?

– É uma menina que diz coisas idiotas.

Casey não sabia o que havia dito de idiota, mas ficou sentida com a bronca da mãe e preferiu ficar calada.

Alana foi até o vaso, vomitou e, depois, voltou para a cama.

– Mande a Maya me trazer outra bebida – disse ela, antes de se cobrir até a cabeça como o cobertor rosa.

– Sua mãe vai ter um bebê – explicou Maya, mais tarde. – Acho que não está muito contente com isso.

– Por que não?

– Acho que ela não curte muito ser mãe.

– E o que ela curte? – perguntou Casey, sem saber direito do que estavam falando, como sempre acontecia quando conversava com Maya.

Mas Maya era o único adulta na casa que lhe dava alguma atenção, então Casey torceu para que a pergunta não fosse estúpida. Não queria que Maya pensasse que era uma sabichona.

– Sua mãe é uma mulher muito complicada – disse Maya, recusando-se a explicar.

– Queria que você fosse minha mãe – disse Casey.

E então, de repente, Maya tinha ido embora, sendo logo substituída pela dupla não muito dinâmica Shauna e Leslie. A primeira era uma adolescente irlandesa de cabelos escuros, cujo trabalho era tomar conta de Casey. A outra era uma *ex-bartender* peituda de Londres que deveria cuidar do bebê, mas que passava mais tempo cuidando do pai de Casey. Leslie foi rapidamente substituída por Rosie, a filha do jardineiro português. Ela também passava mais tempo tomando conta do pai de Casey do que da irmãzinha e logo sumiu, sendo substituída por Kelly, depois por Misha e, finalmente, por Daniela.

– Seu pai é bem mais velho que sua mãe – comentou Shauna um dia, enquanto levava Casey à escola chique em que estudava, a três quadras de distância.

– Dezessete anos – completou Casey. Não tinha certeza de como sabia disso, mas sabia. Provavelmente ouvira adultos cochichando não tão baixinho por cima da cabeça dela, como se ela não estivesse ali. Foi assim que aprendeu a maior parte das coisas que sabia. Assim ficou sabendo, por exemplo, que seu pai ficara desapontado com o fato de o bebê ser "outra menina fedorenta", como dissera Leslie, que pouco durou ali. Foi também como soube que sua mãe fizera uma cirurgia para não ter mais bebês. Com Kelly, ela descobriu que seu pai era um "cafajeste" que "transava com qualquer coisa que se movesse"; e, com Misha, que sua mãe era algo chamado "troféu para exibir", e que eles eram "ricos imundos", apesar de tomarem banho todo dia.

– Não imaginava que uma pessoa em coma pudesse ficar tão suja – Casey ouviu alguém dizer agora. O comentário a tirou à força de seus devaneios. Há quanto tempo estaria dormindo?

– É só pele morta – disse outra pessoa.

Casey reconheceu as vozes de Donna e Patsy. Não haviam acabado de lhe dar banho? Quanto tempo fazia? Não haviam acabado de sair do quarto?

– Onde está o belo marido hoje? – perguntou Donna, quase como se esperasse uma resposta.

– Não o vejo há dois dias – disse Patsy, respondendo por ela.

"Dois dias?", repetiu Casey silenciosamente. *Dois dias*? Havia perdido dois dias?

Melhor isso que ficar acordada naquela cama por dias intermináveis, reconheceu. Embora os dias fossem melhores que as noites, pensou. Ao menos durante o dia havia muita atividade: pessoas entrando e saindo, fazendo alvoroço no quarto, discutindo seu estado de saúde, ajustando os tubos, fofocando sobre amigos diversos e celebridades. As noites, por outro lado, eram quase totalmente silenciosas, pontuadas apenas por risadas ocasionais na sala das enfermeiras ou por um gemido num quarto vizinho.

"Nada, basicamente", pensava ela; e era tomada por uma onda de depressão. A desesperança de sua condição se reafirmava, e o pânico voltou. "Isto não pode estar acontecendo", gritava em silêncio. "Não pode ser real. Por favor, alguém me ajude. Tirem-me daqui. Não posso viver assim. Não quero viver assim. Desliguem as máquinas. Apenas desliguem tudo. Façam alguma coisa para acabar com este tormento. Por favor. Têm que me ajudar."

– Cuidado com o tubo no pescoço – disse Patsy. – Para que serve?

– É para ajudá-la a respirar.

"O.k., calma. Fique calma", disse Casey a si mesma, dando-se conta de que os médicos já deviam ter feito a traqueostomia. E pensou que era quase cômico que, quase um quarto de século depois da infância, sua principal fonte de informação ainda fossem adultos falando por cima dela como se ela não estivesse presente.

— Não é a coisa mais atraente do mundo — disse Donna.

— Acho que ninguém está muito preocupado com isso — respondeu Patsy em tom de reprovação, como se realmente se importasse.

Seria possível, Casey se perguntava, que tivesse imaginado toda aquela cena com Patsy dias antes, que a jovem enfermeira não tivesse falado nenhuma daquelas coisas terríveis?

— Ela está em boa forma, considerando o que está passando — observou Donna. — Veja o bíceps dela.

— Impressionante.

— Deve fazer musculação.

— Queria ter tempo para fazer exercício — disse Patsy.

— Não precisa fazer exercício. Tem um corpo lindo.

— Tenho? — indagou Patsy com um sorriso na voz. — Acha mesmo?

— Você é muito bonita e sabe disso.

Casey imaginou Patsy sobre um pequeno círculo girando ao lado da cama.

— Obrigada.

— Não precisa agradecer. Certo, quase acabei do meu lado. Como está indo aí?

Uma porta se abriu.

— Desculpe, não pode entrar agora — disse Donna rispidamente.

— Posso ajudá-lo? — perguntou Patsy logo em seguida.

— Estou procurando Warren Marshall — respondeu um homem.

Casey tentou, sem sucesso, identificar a voz.

— Disseram-me que eu o encontraria aqui.

— Eu não o vi hoje — respondeu Donna.

— Posso dar o recado a ele — prontificou-se Patsy.

– Não, obrigado – respondeu o homem bruscamente. – Vou esperar um pouco e ver se ele aparece.

"Quem será ele?", Casey se perguntou. "O que há de tão urgente?"

– A sala de visitantes fica no fim do corredor – informou Patsy.

– Bonitas covinhas – comentou Donna depois que ele saiu.

– Diga uma coisa... – falou Patsy. – Tem algum homem no mundo que você não ache atraente?

– Não muitos.

Patsy riu.

– O que será que ele quer com o sr. Marshall?

– Não é da nossa conta.

– Parece problema. Você não acha?

– Sei lá.

– Não quero que ele aborreça o sr. Marshall.

– Você é muito sensível.

– Enfermeiras devem ser sensíveis – lembrou Patsy.

– Não somos enfermeiras – corrigiu Donna. – Somos auxiliares de enfermagem.

– Dá na mesma.

– Diga isso ao cara que assina nossos contracheques. O.k., terminei aqui. E você?

– Preciso de mais cinco minutos.

"Será que Patsy pretende sussurrar mais confidências venenosas em meu ouvido?", perguntou-se Casey, contando os segundos. Parou em 85.

– O.k., prontinho – disse Patsy.

Logo em seguida, alguém bateu à porta.

– Pode entrar! – berrou. – Já terminamos.

Casey se perguntou se era o homem de belas covinhas de novo, e o que ele queria com seu marido, por que viera ao hospital. Por que Patsy dissera que parecia problema?

– Ah, olá, sr. Marshall! – disse Patsy, com a voz repentinamente baixa e suave. – Como vai o senhor?

– Bem, obrigado! – respondeu Warren, aproximando-se da cama. – Como está minha esposa?

– Mesma coisa.

– Parece estar mais confortável – disse Donna –, depois que colocaram esse tubo em sua garganta.

– Sim. Espero que em breve comece a respirar por conta própria, então poderão tirá-lo.

– Estamos torcendo por ela – disse Patsy.

"Sim, claro."

– Obrigado.

Casey percebeu que as mulheres juntaram suas coisas e foram saindo.

– Ah, veio um homem aqui procurando o senhor há alguns minutos – disse Donna. – Nós o mandamos para a sala de visitantes.

– Posso dizer a ele que está aqui, se quiser – ofereceu Patsy.

– Ah, não precisa se incomodar.

– Não é incômodo algum. Ah, sr. Marshall... – emendou, e em seguida fez uma pausa. – Se precisar de alguma coisa, qualquer coisa...

– Obrigado. Você é muito gentil.

– Ficaria contente em lhe oferecer meus serviços, se precisar de ajuda quando sua esposa voltar para casa.

"Ah, você é esperta... Muito esperta!"

– Mas e seu emprego aqui?

– É só temporário.

– Então, obrigado! Com certeza vou considerar sua oferta...

– Patsy – disse ela.

– Patsy – repetiu ele.

"Deixe de ser trouxa", Casey teve vontade de berrar.

– Bem... – disse Patsy, demorando-se. Casey imaginou-a baixando o queixo e erguendo o olhar de forma provocadora. – Posso imaginar o que tem passado...

– Obrigado. Sei que Casey ficaria muito grata pelo cuidado que tem dispensado a ela.

"Eu não teria tanta certeza."

– Vou ver se encontro aquele cavalheiro.

Warren agradeceu novamente, e Patsy saiu do quarto.

"Nem pense em contratar essa mulher", alertou Casey. "Não a quero nem perto de mim. Não está vendo que ela só está interessada em você? Até eu estou vendo, e eu estou em coma, meu Deus!"

Que problema é esse que os homens têm? São mesmo tão cegos assim quando se trata de mulheres? "Homens são basicamente criaturas muito simples", observara Janine certa vez. Mas Casey não dera atenção ao comentário, considerando-o apenas cinismo de alguém que já fora magoada muitas vezes. Será que tinha razão?

"Nós nos casamos com nossos pais", Janine também afirmara um dia. Casey se lembrou desse comentário ao notar que estava se apaixonando por Warren. Desde que o conhecera, Casey sabia que era assediado pelas mulheres. Elas não escondiam a atração, fosse flertando na rua ou sorrindo para ele do bar num restaurante cheio. Certa vez, Casey chegou a ver uma jovem especialmente ousada lhe entregar discretamente um bilhetinho, quando ele cruzou com ela a caminho do banheiro. Casey perdeu o fôlego por um instante, lembrando-se de seu pai e de todos os bilhetinhos perfumados com números de telefone não identificados que ela sempre encontrava escondidos pela casa. Mas, segundos depois, Casey viu Warren jogar o papel numa lata de lixo, sem nem se dar o trabalho de olhá-lo. Então Warren Marshall não era como Ronald Lerner. Não era em nada como seu pai.

Isso significava que mulheres como Patsy não representavam perigo algum para ela.

– Vamos ligar a TV? – perguntou Warren, apertando o botão do controle. Imediatamente, outras vozes ocuparam o quarto.

– Você jamais me amou – dizia uma mulher. – Você mente para mim desde o princípio.

– Talvez não desde o princípio – respondeu um homem, dando uma risada cruel.

– Como está você, querida? – perguntou Warren, novamente ao seu lado.

Ela imaginava se ele estaria acariciando sua mão, ou talvez afagando seus cabelos. Lembrou-se da suavidade de seu toque e se perguntou se voltaria a senti-lo algum dia.

– A enfermeira disse que você parece mais confortável depois que colocaram o tubo.

"Elas não são enfermeiras. São auxiliares de enfermagem. E aquela tal de Patsy, cuidado com ela."

– Ela parece muito simpática – disse ele, com um suspiro.

Parecia exausto, Casey pensou, como se alguém tivesse arrancado o coração dele de dentro do peito. Muito diferente daquela primeira vez em que ele entrou no pequeno escritório Lerner e Pegabo, no centro da cidade, vestindo terno cinza escuro, camisa rosa claro e gravata de seda vinho; bronzeado e esbelto, emanando confiança e energia.

– Olá, tenho uma reunião marcada com Janine Pegabo, às 11 horas – anunciou, pondo a cabeça para dentro da sala.

– Você é Warren Marshall? – perguntou Casey, tentando ignorar o coração acelerado e o nó na garganta. – Desculpe, Janine teve um imprevisto. Ela quebrou um dente comendo um bagel, imagine só, e o dentista só pôde encaixá-la... – pensou por que estava tagarelando tanto. – Eu sou Casey Lerner, sócia dela. Ela me pediu para atendê-lo. Espero que isso não seja um problema.

– De jeito nenhum – respondeu Warren, sentando-se na cadeira de veludo vermelho em frente à mesa dela. – Sala interessante – disse ele.

Seus penetrantes olhos castanhos observavam casualmente o carpete de estampa de oncinha, a mesa de nogueira escura, as paredes cinza amarronzadas decoradas com fotos em preto e branco de frutas e de arranjos florais.

– É... ousado – disse ele.

– Ousado?

– Isso é um elogio. Ousadia é bom, sempre achei. Quem foi?

– Perdão?

– O decorador – explicou com um sorriso.

– Ah. Não contratei um decorador. Eu que fiz. Projetei o escritório todo, na verdade. A sala de Janine também. Ela não se interessa por essas coisas e, para mim, sempre foi uma espécie de *hobby*... – ela se deu conta de que estava tagarelando de novo e parou. – Como posso ajudá-lo, sr. Marshall?

– Bem, como expliquei à sra. Pegabo pelo telefone outro dia, trabalho no escritório Miller e Sheridan há cinco anos e quero sair de lá. Mandei meu currículo por fax...

– Sim, seu currículo é excelente. Formado em Administração pela Princeton, em Direito pela Columbia. Creio que não será difícil encontrar um novo emprego para você. Incomoda-se em dizer por que quer sair do Miller e Sheridan?

– Procuro um escritório de mais visão, mais arrojado – respondeu, sem precisar pensar. – O Miller e Sheridan é um bom escritório, competente, mas um pouco antiquado, e eu prefiro algo mais...

– Ousado?

Ele sorriu.

– Não quero ter que esperar dez anos para me tornar sócio.

– Um homem sem tempo a perder – observou Casey.

– Prefiro acreditar que sou um homem que sabe seu valor.

Casey olhou novamente para o currículo, embora já soubesse de cor todas as informações relevantes. Warren Marshall estudara em Princeton com bolsa integral e se formara na Columbia entre os melhores da turma. Sua especialidade era Direito Corporativo e Comercial. Já ganhava centenas de milhares de dólares por ano.

– Não sei se posso lhe conseguir um salário maior do que o que já ganha, ao menos inicialmente.

– Com certeza pode – disse com um sorriso.

Ele era um pouco arrogante, Casey concluiu. Mas tudo bem. Nas mãos certas, um pouco de arrogância pode ser bem atraente. Desde que tivesse alguma razão para ser arrogante. O pai dela era arrogante. Ela se flagrou verificando se Warren Marshall usava aliança, e ficou contente ao ver que não, embora isso não necessariamente quisesse dizer alguma coisa. O que ela estava fazendo? Esse tipo de coisa não era do feitio dela.

– Veja bem, ninguém se torna advogado para ficar rico – disse Warren. – Ganha-se um salário decente, é verdade. O.k., mais que decente. Mas, contabilizando despesas, impostos, custos fixos... certamente não vou me aposentar aos 40.

– É isso o que você quer? Aposentar-se aos 40?

– Não, esse não sou eu. Mas 60 soa razoável. Velho – acrescentou com uma risada –, porém razoável.

Casey riu também. Passaram a meia hora seguinte conversando sobre as preferências, posições políticas, gostos, objetivos e sonhos dele, todos compatíveis com os dela. Mais de uma vez, um completou uma frase do outro. Casey ficou surpresa com a cumplicidade espontânea, como se já se conhecessem há muito tempo. Pena não poder alongar mais a entrevista, pensou.

– Então, acha que pode fazer algo por mim? – perguntou ele, levantando-se da cadeira.

– Creio que não será difícil – respondeu Casey sinceramente. Warren Marshall era um presente, ela pensou, o cliente mais fácil que já tivera.

– A propósito, quer se casar comigo? – perguntou ele, logo em seguida.

– O quê?

– Desculpe. Esse foi o homem sem tempo a perder falando. Podemos começar com um jantar, se preferir.

– O quê? – indagou Casey novamente.

– Não acredito nisso – resmungou Janine, ao voltar ao escritório, meia hora depois. – Eu quebro o dente, você arruma um pretendente.

Tinha arrumado mais que isso, pensava Casey agora. Ele era um cavaleiro de armadura brilhante, um príncipe, o homem de seus sonhos. Dez meses depois, ela e Warren estavam casados.

A porta do quarto no hospital de repente se abriu.

– Eu o encontrei – anunciou Patsy, com uma voz estridente e irritante.

– Sr. Marshall – disse uma voz masculina. – Eu sou o detetive Spinetti, da polícia da Filadélfia.

– Encontrou a pessoa responsável pelo acidente da minha mulher? – indagou Warren imediatamente.

– Não – respondeu rápido o detetive. – Mas precisamos conversar sobre uma coisa.

– Obrigado, Patsy – disse Warren, dispensando a auxiliar de enfermagem.

– É só tocar a campainha se precisar de algo.

Ela saiu e fechou a porta.

Casey não sabia por que, mas tinha certeza de que, se não estivesse ligada a um respirador, teria ficado sem ar.

Capítulo 5

– Como está sua esposa? – perguntou o detetive.

– A mesma coisa – respondeu Warren. – Alguma novidade quanto ao acidente?

– Eu gostaria de lhe fazer algumas perguntas, se não se importar.

– Que tipo de pergunta?

– Sabe o que sua esposa estava fazendo em South Philly no dia do acidente? – perguntou o detetive Spinetti, sem rodeios.

– O que ela estava fazendo em South Philly? – repetiu Warren, como se estivesse tentando entender a pergunta. – Tinha ido almoçar com amigas. Por quê?

– O senhor lembra o nome do restaurante?

– Por que quer saber? Acho que é Southwark, na South Street. Que importância tem isso?

– Por favor, peço que tenha paciência e colabore.

Houve uma breve pausa. Casey imaginou Warren assentindo com a cabeça, em silêncio.

– O senhor disse que ela estava almoçando com amigas – prosseguiu o detetive. – Sabe quem eram essas amigas?

– Claro que sei.

– Pode me dar seus nomes?

– Janine Pegabo e Gail MacDonald.

– É P-E-G...

– A-B-O – completou Warren rapidamente, enquanto Casey ouvia uma caneta escrevendo. – MacDonald, M-A-C – acrescentou, sem que o detetive pedisse. – São grandes amigas. Sou obrigado a perguntar mais uma vez: o que isso tem a ver com o acidente?

Outra pausa, mais longa. E em seguida:

– Na verdade, não estamos mais certos de que foi um acidente.

"O quê?"

– O quê?

"Como assim?"

– O que o senhor está dizendo?

– Temos razões para acreditar que sua esposa tenha sido atropelada intencionalmente.

"Não entendo."

– Que razões?

– Revendo as imagens das câmeras de vigilância do estacionamento...

"Câmeras de vigilância? Havia câmeras de vigilância?"

– Conseguiram ver o rosto do motorista? – interrompeu Warren. – Conseguiram reconhecê-lo?

– Não, infelizmente não. O motorista usava um capuz e óculos escuros, e manteve a cabeça abaixada. E, como a qualidade das imagens é baixa, não foi possível obter uma identificação.

– Então não entendo. O que o leva a crer que alguém tenha atropelado minha esposa intencionalmente? – A voz de Warren falhou, e ele tossiu para disfarçar.

"Alguém me atropelou de propósito?"

– Talvez seja melhor se sentar, sr. Marshall – disse o detetive Spinetti. – Está um pouco pálido.

– Não quero me sentar. Quero saber por que não acredita mais que tenha sido um acidente.

– Por favor, sr. Marshall. Sei que isso é perturbador...

– Está me dizendo que alguém tentou matar minha mulher, meu Deus. Claro que estou perturbado.

"Um instante. Está dizendo que alguém tentou me matar? É isso que está dizendo?"

– Deixe-me explicar, por favor... – começou a falar o detetive.

"Deve haver algum engano. Quem poderia querer me matar?"

– Perdão. Claro. Continue. Perdão – desculpou-se Warren mais uma vez.

Casey ouviu o barulho de cadeiras sendo arrastadas e ocupadas, Warren e o policial lado a lado. Ela imaginou o detetive alto e moreno, com cabelos escuros ralos e ondulados, e com rugas pronunciadas no rosto. Sua voz, forte e sem emoção, indicava que estava acostumado a estar no controle. Concluiu que provavelmente tinha em torno de 40 anos, embora pudesse facilmente estar errada em dez anos, para mais ou para menos. Vozes enganam muito, pensou.

– Como eu ia dizendo, nós revimos as imagens das câmeras de vigilância. – O detetive Spinetti fez uma pausa, como se esperasse ser interrompido novamente; depois prosseguiu, já que não houve interrupção. – Infelizmente, o estacionamento é muito antigo, e as câmeras de vigilância estão nas últimas. Então só sabíamos, com certeza, que o veículo que atingiu sua esposa foi um SUV Ford último modelo, provavelmente de cor prata. Ampliamos as imagens e conseguimos ver parte da placa. Mas o senhor já sabia disso.

– Mas tem mais alguma que eu não sei.

– Investigamos a placa e descobrimos que é falsa. Considerando que sua esposa é filha de Ronald Lerner, e que Ronald Lerner era um homem que incomodava bastante gente...

– Isso já faz muito tempo. Ele já morreu há anos – disse Warren em tom de desprezo. – Por que alguém iria atrás da filha dele agora?

– Não estou dizendo que foi isso que aconteceu. Só estou dizendo que isso nos fez pensar que pode não ser um mero caso de atropelamento seguido de fuga, como imaginamos a princípio. Aí assistimos às fitas novamente, tanto as da entrada como as da saída, tentando descobrir quando a SUV chegou ao estacionamento. Infelizmente, as câmeras localizadas em cada andar não estavam gravando, então não serviram de nada.

– E o que descobriram?

– Vimos sua esposa entrando pouco antes do meio-dia...

Outra pausa. "Está hesitante para causar efeito dramático?", perguntou-se Casey impaciente. "Fala logo de uma vez."

– Prossiga – disse Warren.

– ... e o carro que a atropelou entrou logo depois.

– Quanto tempo depois?

– Segundos depois.

"Segundos depois. O que isso quer dizer?"

– Está dizendo que acha que ela foi seguida?

– Seria uma incrível coincidência, caso contrário. Pense bem, sr. Marshall. Sua esposa entra no estacionamento pouco antes do meio-dia, seguida imediatamente pela mesma SUV que a atropela algumas horas depois.

– Mas pode ter sido coincidência – disse Warren, claramente esforçando-se para entender o que já se tornara óbvio até mesmo para Casey.

Alguém a seguiu até o estacionamento, esperou que retornasse e então tentou matá-la.

– Pode – concordou o detetive, em tom cético.

– Meu Deus – sussurrou Warren.

Casey imaginou-o afundando o rosto entre as mãos.

– Faz ideia de quem poderia querer ferir sua esposa, sr. Marshall?

– Ninguém – respondeu Warren sem hesitação. – Casey é uma mulher fantástica. Todos a adoram.

– Talvez um ex-namorado ciumento...

Casey sentiu Warren sacudindo a cabeça, imaginando seus cabelos castanhos macios caindo sobre a testa.

– Sua esposa trabalha, sr. Marshall?
– Ela é decoradora. Por quê?
– Algum cliente insatisfeito?
– Se você está insatisfeito com a sua decoradora, você a demite, detetive. Não a atropela.
– Ainda assim, eu gostaria de ter uma lista de seus clientes.
– Providenciarei amanhã cedo.
– E as pessoas que trabalham para ela? Algum empregado descontente?
– Casey trabalhava sozinha. O negócio é relativamente novo. Antes ela... – ele interrompeu a frase.
– Antes ela...? – repetiu o detetive Spinetti.
– Antes Casey tinha uma agência de recolocação profissional com sua amiga Janine.
– Janine Pegabo, certo?

Casey o imaginou consultando suas anotações.

– Sim.
– Elas eram sócias?
– Sim.
– Mas não trabalhavam mais juntas.

O comentário era em parte uma pergunta.

– Não. Romperam a sociedade há cerca de um ano.
– Por que motivo?
– Casey queria experimentar coisas diferentes. Ela sempre teve interesse em *design*...
– E o que a sra. Pegabo achou disso?
– Ficou chateada a princípio, o que era compreensível. Mas depois aceitou, e elas fizeram as pazes. Certamente não tentaria matar Casey por causa disso.
– Sabe qual é o carro dela, sr. Marshall?
– Um Toyota, acho.

"É um Nissan. E é vermelho, não prata."

– E é vermelho – acrescentou Warren. – A Janine só compra carro vermelho.

– E Gail MacDonald?

– Não tenho ideia de que carro ela tem.

"É um Ford Malibu, e é branco."

– A Gail é a pessoa mais amável do mundo – disse Warren. – Uma vez eu a vi pegando uma formiga com um lenço e levando para fora, em vez de matar. É impossível que machucasse Casey.

"Isto é ridículo. Nem Gail nem Janine têm nada a ver com o que aconteceu."

– Não pode estar imaginando que elas tenham algo a ver com isso – disse Warren, ecoando os pensamentos de Casey.

– Estou apenas cercando por todos os lados – respondeu o detetive, de forma evasiva. – Disse que até um ano atrás sua esposa tinha uma agência de recolocação profissional de advogados.

– Sim.

– Algum advogado que pudesse estar zangado com ela?

– Advogados, por natureza, estão sempre zangados com alguma coisa – respondeu Warren. – Mas Casey tinha algo de diferente...

"Espere um instante. Tinha aquele advogado... O idiotinha! Foi como Janine o chamou durante o almoço."

– Honestamente, não consigo pensar em ninguém que pudesse estar tão zangado com ela a ponto de tentar matá-la.

"Droga, como era o nome dele? Moody? Money? Não. Mooney. Era isso. Richard Mooney."

– Seria melhor conversar com a Janine sobre isso.

"Mas será que Richard Mooney realmente tentaria me matar só porque o emprego que arrumamos para ele não deu certo?"

– Diga uma coisa – disse o detetive Spinetti –, alguém se beneficiaria com a morte de sua esposa?

"Como assim?"

– Beneficiaria?

– Não é segredo que sua esposa é uma mulher muito rica, sr. Marshall. Caso ela morresse, quem herdaria o patrimônio?

– Provavelmente a irmã dela – respondeu Warren, após pensar por um instante. – Para lhe dizer a verdade, não tenho certeza.

– Não tem certeza? O senhor é advogado...

– Não sou o advogado da Casey, detetive.

– Mencionou uma irmã...

– A irmã caçula da Casey, Drew.

– Elas eram próximas?

– Não especialmente.

– Posso perguntar por quê?

Warren pensou por um instante novamente e depois respondeu:

– Embora ela leve uma vida confortável – disse Warren escolhendo as palavras –, a Drew sempre se ressentiu do fato de seu pai ter nomeado a Casey sua testamenteira.

– Na prática, a Casey controlava as finanças da irmã?

– A Drew não é a pessoa mais responsável do mundo – explicou Warren. – Ela andou tendo problemas com drogas e álcool.

– Sabe que carro ela tem?

– Não faço ideia. Ela troca de carro quase com a mesma frequência que troca de namorado.

Casey quase pôde ver o detetive Spinetti erguendo as sobrancelhas.

– Entendi.

– Não, o senhor não entendeu – disse Warren categórico. – A Drew pode ser maluca. E com certeza tem problemas. Mas ela jamais faria mal à Casey.

– Faz ideia de quem seja o namorado atual dela? – perguntou o detetive, ignorando a objeção de Warren.

– Acho que o nome dele é Sean. Desculpe, não lembro o sobrenome.

– Então não saberia qual é o carro do Sean.

– Não, sinto muito. O senhor teria que perguntar à Drew. Mas, novamente, não pense que...

– Estou apenas coletando informações, sr. Marshall.

Warren inspirou ruidosamente.

– Nesse caso, imagino que queira saber onde eu estava na tarde em que minha mulher foi atropelada – disse pausadamente.

"O quê? Não!"

– Compreenda, sou obrigado a perguntar.

"Eu não compreendo."

– Conheço os procedimentos, detetive. E também sei que o marido é sempre o principal suspeito em casos como este. Mas saiba que estou prestes a me tornar sócio de um dos escritórios de advocacia mais importantes da cidade e que tenho uma renda bastante substancial. Jamais tive interesse na fortuna de minha mulher. E eu estava no meu escritório, em reunião com um cliente, na hora em que ela foi atropelada. Posso lhe dar uma lista de pelo menos uma dúzia de pessoas que vão confirmar que não saí da minha mesa o dia todo, nem para almoçar. Estava lá quando ligaram do hospital...

Mais uma vez, sua voz falhou. Mais uma vez, ele tossiu, tentando disfarçar.

– Sua esposa tem algum seguro de vida em seu nome, sr. Marshall?

– Não.

– Isso não parece coisa de advogado – comentou o detetive Spinetti.

– Como se sabe, advogados são displicentes com suas próprias coisas. Além disso, a Casey é jovem, tinha excelente saúde e não temos filhos. Achávamos que ainda teríamos muito tempo para falar dessas coisas. – Sua voz pairou suspensa no ar por vários segundos antes de se evaporar. – Não me casei com minha mulher por interesse, detetive. Eu me casei com ela porque a amo. Eu a amo demais.

"Oh, Warren. Eu também o amo. Você nem imagina quanto."

– Se eu pudesse trocar de lugar ela, eu trocaria ¬– sua voz falhou pela terceira vez. Desta vez, ele não se esforçou para esconder.

A porta de repente se abriu.

– Ah, desculpe! – disse alguém. – Eu devia ter batido.

– Dr. Ein – cumprimentou Warren, levantando-se. A cadeira moveu-se para trás e bateu contra a lateral da cama. – Este é o detetive Spinetti, da polícia da Filadélfia.

– Eles pegaram a pessoa que...

– Ainda não – respondeu o detetive Spinetti. – Mas vamos pegar.

– Que coisa terrível! – disse o médico.

– É – concordou o detetive. – Bem, é melhor eu ir embora e deixá-los à vontade.

"Não. Não pode simplesmente vir até aqui, anunciar que alguém tentou me matar, levantar suspeitas sobre todo mundo que eu conheço e depois ir embora."

O barulho de outra cadeira sendo empurrada para trás.

– Pode me manter informado? – pediu Warren.

– Pode ter certeza.

– Está tudo bem? – perguntou o médico, assim que o detetive saiu.

– Você que me diz – rebateu Warren.

Casey sentiu o médico se aproximando da cama e o imaginou olhando para ela.

– Bem, dadas circunstâncias, sua esposa está ótima. Ela passou muito bem pela traqueostomia. Parece estar tudo bem com o tubo traqueal. Não deve ficar uma grande cicatriz. E sua respiração está estável a 14 ciclos por minuto.

– O que exatamente isso significa?

– Significa que em breve poderemos começar a tirá-la do respirador; é o que esperamos.

– E isso é prudente?

– Eu lhe asseguro que não faremos nada precipitadamente.

– E depois que o respirador for desligado e Casey estiver respirando por conta própria, o que acontece?

– Aí removemos o tubo traqueal.

– E depois disso?

– Não sei – admitiu o médico, após uma longa pausa. – Eu gostaria de poder lhe dizer algo mais concreto. Mas temos que encarar um dia de cada vez.

"Um dia de cada vez", pensou Casey depois que todos saíram. "Um dia de cada vez", repetiu silenciosamente, enquanto os barulhos diurnos diminuíam, e surgiam os sussurros da noite.

"Alguém me atropelou intencionalmente", ela pensava enquanto o sono começava a rondar seu cérebro, como um helicóptero procurando um local para pousar. "Alguém está tentando me matar."

"Alguém quer que eu morra."

"Quem?"

– Onde estava você na noite em questão? – perguntou um homem, de repente.

"Detetive Spinetti?"

– Estava em casa a noite toda – outro homem respondeu.

"Quem era aquele homem? Tem alguém aqui?"

– Havia alguém com você?

– Não. Eu estava sozinho.

"Não estou entendendo. Quem são vocês? Do que estão falando?"

E, então, de repente, ela entendeu. Não havia ninguém no quarto. Estava sozinha, como o homem sendo interrogado na TV estava na noite em que sua mulher foi cruelmente assassinada.

Ela imaginara aquilo tudo.

Todo o episódio fora apenas uma mistura de sonhos e reprises que passavam na TV, algo que sua mente criara para passar o tempo e evitar que ela enlouquecesse de tédio. Ninguém havia tentado matá-la. Não havia ninguém chamado detetive Spinetti. Seu cérebro havia sido chacoalhado! Foi isso que os médicos disseram. Não foi? Ou talvez sua imaginação tivesse inventado isso também. Como poderia saber?

Como poderia ter certeza de qualquer coisa?

"Acorde! Acorde! Acorde! Este sonho não tem mais graça nenhuma. Já parou de fazer sentido há muito tempo."

"Não fui atropelada por um carro. Não estou com escoriações e em coma numa cama estreita de hospital. Minha respiração não depende de uma máquina, não há um tubo na minha traqueia. Não ouvi uma auxiliar de enfermagem confidenciar que pretendia seduzir meu marido. Com toda certeza, não ouvi um detetive de polícia especular que meu estado é resultado de uma ação deliberada e que todas as pessoas que prezo, minhas amigas, minha irmã, até mesmo meu adorado marido, são suspeitas."

"Não ouvi. Não ouvi. Não ouvi."

"Acorde! Acorde! Acorde!"

Casey tinhas os olhos cegos, abertos, voltados para o teto.

"O céu está caindo", pensou, lembrando-se da clássica história infantil *Chicken Little* e esforçando-se para lembrar o final. Um pedaço do céu realmente havia caído, ou tinha sido só um galinho idiota correndo por aí batendo as asas, entrando em pânico sem motivo, por pura histeria? O que acontecera com aquele galinho? Casey ainda se fazia essas perguntas quando finalmente sucumbiu ao sono.

Capítulo 6

— **Bem, então você perdeu** o festival de cinema este ano – disse Janine, trazendo Casey de volta à consciência.

Há quanto tempo estaria dormindo? Quando Janine chegara? Do que ela estava falando?

– Mas não se preocupe. Escolheu uma boa hora para estar em coma. Os filmes deste ano eram uma merda. O que vi ontem à noite... era tão ruim, você nem ia acreditar. Acho que, se não fosse legendado, tinham interrompido a sessão de tanto que a plateia ia rir. Mas as pessoas sempre acham que sendo um filme francês... – disse Janine, suspirando.

Casey tentou se concentrar. Se o modesto festival de cinema da cidade tinha acabado, queria dizer que ainda estavam em abril. Quanto tempo será que estivera inconsciente, desde a última visita de Janine?

– Bem, eu trouxe o jornal. Os médicos disseram que seria bom ler para você, que isso pode ajudar a estimular seu cérebro ou algo assim. Mas parece que não tem muita coisa estimulante acontecendo.

"Não se preocupe com isso. Meu cérebro parece estar fazendo hora extra já. Tenho tido alucinações extraordinárias."

– Então, vejamos. Sabia que, da década de 1960 para cá, a Filadélfia perdeu aproximadamente 600 mil habitantes? Isso foi devido a algo chamado "mangra urbana". Mangra... para mim parece mais nome de DST. Há mais de 60 mil prédios em ruínas ou abandonados pela cidade, apesar de todo o recente desenvolvimento. Está achando isso estimulante? Pisque duas vezes se a resposta for sim.

"Estou piscando. Uma vez. Duas. Está vendo?"

– Certo, nenhuma piscada, então não deve ser muito estimulante.

"Droga, estou piscando. Olhe para mim, estou piscando. Estou piscando. Por que não consegue ver?"

– Vejamos o que mais temos aqui. Que coisas incríveis você vai perder no mês de maio que vai começar, caso não saia desse coma ridículo?

Casey ouviu o barulho do jornal sendo folheado. Ou seria apenas a imaginação dela criando os efeitos sonoros apropriados? Será que Janine estava mesmo lá?

– Certo, tem a Regata Dad Vail, que, como você sabe, é a maior regata universitária dos Estados Unidos e atrai milhares de remadores e espectadores ao rio Schuylkill todo ano. Tenho certeza de que não gostaria de perder isso. E tem a Philadanco!, que também parece nome de DST, mas na verdade é uma companhia de dança de West Philly que vai se apresentar no Kimmel Center em temporada de apenas uma semana. Ainda há bons lugares disponíveis. Vou ligar para comprar. E por último, mas não menos importante, maio é o mês em que as casas históricas da Filadélfia ficam abertas à visitação. Sua casa é um tanto histórica, não acha? Já pensou em abri-la para ser pisoteada pelo público? Não, acho que não. Mas acho que atrairia uma multidão. Um monte de gente ia querer ver onde o Ronald Lerner morava. Embora a realidade nunca seja tão interessante quanto a imaginação das pessoas, não acha?

"Com certeza, Janine. Você nem faz ideia."

– Mudando de assunto, conversei ontem com o detetive de polícia de novo.

"O quê?"

– Por que na TV os policiais são sempre uns caras tipo o Chris Noth, e na vida real são que nem o detetive Spinetti?

"Ele é real? Não sonhei com ele?"

– Mas, enfim... ele me disse que interrogou o Richard Mooney, depois que contei que ele esteve na agência. O Mooney alega que estava visitando a mãe na hora do acidente. Mas está claro que o Spinetti não acredita que tenha sido um acidente.

"Certo, hora de mudar de sonho. Este aqui está virando um pesadelo."

– Parece que a mãe do Mooney confirma. Mas o Spinetti diz que a polícia não confia muito em mães em situações como essa.

"Eu diria que não confio em mães em situação alguma."

– Mas ainda não o excluíram da lista de suspeitos, principalmente porque... ouça só: o cara tem uma SUV prata. Mas, francamente, todo mundo tem, não é? Além do mais, se ele fosse matar alguém, seria a mim. Foi comigo que ele brigou naquele dia. Mas é sempre você a escolhida, não é?

Casey imaginou o sorriso radiante que acompanhava a pergunta de Janine.

– Mas parece que o Mooney não é o único suspeito. O Spinetti me fez um milhão de perguntas sobre a Drew. Ele disse que deixou uma dúzia de recados no celular, mas ela não respondeu. Eu falei para ele: "Bem-vindo ao clube. A Drew é famosa por não retornar telefonemas." Ele perguntou se eu a conhecia bem, se achava que era capaz de tentar matar você. Respondi que, sinceramente, não sabia. Quer dizer, alguém sabe alguma coisa sobre a Drew? E, claro, ele fez um monte de perguntas sobre o Warren.

– Está falando daquele detetive? – perguntou Gail, junto à porta.

– Ah, oi! – disse Janine, com a voz sumindo ao girar na cadeira. – Há quanto tempo está aí?

– Acabei de chegar. Como está ela hoje?

– Mesma coisa.

Barulho de passos se aproximando, o ar se tornando mais pesado sobre o rosto de Casey, a risada meiga, como uma brisa suave, soprando em sua face.

– Está com uma cor boa.

– Para quem gosta de cor de leite desnatado... – disse Janine irônica. – Ele procurou você também?

– Quem?

– Aquele detetive. Spinetti.

– Suponho que esteja falando com todo mundo próximo a ela.

– Ele lhe fez perguntas sobre o Warren?

– Eu disse que ele está acima de qualquer suspeita – insistiu Gail. – Que Warren adorava Casey, que é impossível ele ter alguma coisa a ver com isto.

– Acredita mesmo nisso?

– Você não?

– Acho que sim.

"Como assim, "acha"?"

– Como assim, acha? – disse Gail, no lugar de Casey.

– Bem, em casos assim, o culpado não é sempre o marido?

– Não neste caso – disse Gail inflexível.

– Ele podia contratar alguém.

– Está vendo TV demais.

– Tem razão – disse Janine.

– O Warren é um homem maravilhoso.

– Sim, é.

– Ele adora a Casey.

– Sim, adora.

– Então, por que diz uma coisas dessas?

– Não sei. Culpa daquele detetive, com suas perguntas idiotas.

– Ele me perguntou muitas coisas sobre você, na verdade – disse Gail.

– Sobre mim? Como assim? Que tipo de pergunta?

– Sobre sua relação com a Casey, se você tinha ficado muito chateada quando ela rompeu a sociedade, se você tinha inveja ou se ressentia do sucesso dela...

– Que imbecil. O que você falou?

– O mesmo que falei sobre o Warren, que você estava acima de qualquer suspeita.

Casey podia sentir Janine sacudindo a cabeça irritada, e notou que estava quase se divertindo com o desconforto dela. Ela merecia, após levantar dúvidas sobre Warren.

– Que babaca. Por acaso mencionou que eu estava com você na hora em que a Casey foi atropelada?

– Ele disse que você tinha tempo mais que o suficiente para me levar e voltar ao estacionamento.

– E ele tem também uma explicação para como transformei meu Nissan vermelho numa SUV Ford prata? Ele acha que eu sou o David Copperfield, meu Deus?

– Poderia ter contratado alguém – disse Gail, repetindo a observação que Janine fizera pouco antes.

– Muito engraçado. Bem, vamos falar de algo mais agradável. Como foi seu encontro ontem à noite?

"Gail saiu com alguém? Com quem?"

– Foi legal – disse Gail, envergonhada, dando um risinho.

– Defina "legal".

– Ah, foi legal. Você sabe.

– Não, não sei. A palavra "legal" não faz parte do meu vocabulário.

– Foi bom.

– Bom? Só bom? Foi divertido?

– Sim, foi divertido. Você é pior que o detetive Spinetti.

– Divertido como? – pressionou Janine.

– Foi muito legal – disse Gail com um suspiro. – Nossa, estou me sentindo uma traidora.

– E por quê?

– Porque nossa melhor amiga está aí deitada em coma...

– Acha que a Casey ia gostar se ficássemos em casa fazendo nada?

– Não, acho que não.

– Pois eu lhe garanto que não – disse Janine, como se soubesse dos pensamentos mais secretos pensamentos de Casey. – A última coisa que a Casey ia querer é que ficássemos sentadas lamentando. Se o que aconteceu com a Casey serviu para alguma coisa, foi para provar que a gente nunca sabe quanto tempo nos resta neste planeta e, portanto, temos obrigação de nos divertir enquanto podemos.

"Foi isso o que provou?", perguntou-se Casey e concluiu que Janine devia estar certa.

– Então, conte mais. Como ele é?

– Ah, é um cara normal.

– Ele tem nome?

– Que importância isso tem? Você não o conhece.

– Eu conheço todo mundo.

– Você não o conhece – repetiu Gail, sem um risinho acompanhando.

– Você está sendo muito evasiva.

Janine tinha razão, Casey pensou, também ficando curiosa. Gail não costumava ser tão discreta.

– Você o conheceu no trabalho?

– Não.

– Como se conheceram?

Casey sentiu Gail encolhendo os ombros, com seu risinho nervoso agora de volta.

– Por que não quer me contar quem ele é?

– Porque...

– Porque gostou dele, né? – disse Janine, dando o bote.

Casey sentiu as bochechas de Gail ficando quentes, como se ela mesma estivesse ruborizando.

– Não sei. É cedo demais para dizer. Nós só saímos uma vez. Ele não deve nem me ligar de novo.

– E por que não ligaria? Você foi fácil demais? Já foi para a cama com ele?

– Claro que não. Sério, Janine, podemos falar de outra coisa?

– Você é tão pudica, às vezes – disse Janine.
– Não sou pudica.
– É, sim – rebateu Janine.
– Não sou.
As duas riram, dissipando imediatamente a tensão no ar.
– Bem, tenho que ir – disse Janine, levantando-se. – Acho que vou trazer um livro para ler para a Casey, da próxima vez.
– É uma boa ideia.
– Melhor que ficar com essa maldita TV ligada o tempo todo. Acho que vou trazer *Middlemarch*. Ela odiava esse livro na faculdade.
– Então por que vai trazer logo esse? – questionou Gail.
– Porque talvez, se tiver que ouvi-lo de novo, ela acorde. Só para me mandar calar a boca.
– Você é louca.
– Isso nem discuto. Bem, vou indo. Até amanhã, Casey.
– Vou até o elevador com você – ofereceu Gail, saindo atrás de Janine.

Casey ouviu os passos se afastando pelo corredor, recapitulando os detalhes da visita. Como era estranho ser uma observadora passiva das conversas delas, estando bem ali... e ao mesmo tempo nem um pouco ali. Isso a deixava triste, ela percebeu, lembrando-se repentinamente de um episódio dos tempos de faculdade. Dois alunos tinham sido flagrados transando no chão da biblioteca, na seção de livros raros. Foram levados imediatamente ao gabinete do reitor. "Você não adoraria ser uma mosquinha lá dentro?", perguntara Janine com um sorriso malicioso no rosto, enquanto eles passavam pelas duas. E Casey assentiu, entusiasmada. "O que poderia ser melhor do que ser invisível?", pensara na ocasião. Poder ir e vir à vontade, saber mais que todo mundo, sem nem saberem que você está presente. Poder espiar escondido, ouvir conversas particulares, descobrir o que as pessoas realmente pensam, conhecer seus segredos mais ocultos, observar o que fazem quando acham que ninguém está olhando.

Cuidado com o que deseja, pensava Casey agora.

Pois invisível era exatamente o que se tornara. Apesar de todos os cabos, e tubos, e respiradores, e todas as traquitanas que mantinham seu corpo funcionando, apesar de todos os médicos, e enfermeiras, e funcionários do hospital que pairavam sobre sua cama, apesar de todas as máquinas que a mantinham viva, ninguém realmente a via. Ninguém sabia que ela estava ali.

Era invisível.

E isso não era divertido. Não era nada divertido. Nem por um instante. Era o inferno.

– Oi, meu amor! Como está se sentindo hoje? Dormiu bem?

Casey sentiu a voz aveludada de Warren se aconchegando em seus ouvidos, como um gatinho num cesto. Quanto tempo dormira desta vez, ela se perguntava, agora totalmente desperta, com o coração batendo loucamente dentro do peito e sendo tomada pelo pânico, embora externamente permanecesse imóvel. Ela o ouviu andando inquieto pelo quarto por alguns segundos antes de puxar uma cadeira e sentar-se ao lado da cama, claramente tentando ficar confortável num lugar que não se prestava a tal luxo.

Ela tentou imaginar o quarto, num esforço para se acalmar. Imaginou que provavelmente era pequeno, pintado num verde pálido, com venezianas feias sobre uma janela lateral solitária, e talvez uma ou duas cadeiras de encosto reto estofadas em vinil jogadas num canto. Talvez uma pintura em pastel desbotada e desinteressante, representando uma paisagem bucólica, decorasse a parede atrás da cama. E a cama em si devia estar cercada pelo que havia de mais moderno em tecnologia médica. Sem dúvida havia um criado-mudo ao lado da cama e uma televisão pequena suspensa presa ao teto.

– Os médicos acham que talvez esteja pronta para começar a respirar por conta própria – disse Warren, com a voz suave e reconfortante. – Esta tarde eles vão começar a desligar gradativamente o respirador, o que é uma ótima notícia.

"É?", Casey se perguntou, voltando agitada à consciência e tentando entender tudo que estava acontecendo. Mas como poderia entender sem saber nada; sem saber se estava claro ou escuro, se era dia ou noite, maio ou junho, este ano ou o seguinte, sem fazer ideia de quanto tempo se passara desde que estivera consciente pela última vez. E que diferença fazia se ela respirava por conta própria ou com auxílio de uma máquina, se não podia ver, mover-se ou comunicar-se?

– Todo mundo continua telefonando. Amigos, vizinhos, clientes. Não faz ideia de como é querida por todos.

"Com uma evidente exceção."

– Acho que você, sozinha, está sustentando todas as floriculturas desta cidade.

"Eu recebi flores?"

– Janine e Gail toda semana mandam um arranjo – prosseguiu Warren. – O desta semana é de tulipas brancas e cor-de-rosa. Tem também um vaso de flores do campo, mandado pelos meus sócios no escritório. Infelizmente as únicas flores que sei identificar são o narciso silvestre e a flor-de-lis, de modo que não posso lhe falar muito sobre isso, mas tem umas flores brancas que você ia amar. Ah, e umas flores de salgueiro. Acho que é isso. Além do buquê de rosas vermelhas que eu trouxe, que são muito bonitas, embora não tenham cheiro. Lembra que antigamente as rosas tinham cheiro? Agora não têm mais – disse ele, meio triste.

Casey se lembrou vagamente de ter lido algo sobre por que as rosas não tinham mais aroma, mas não conseguia lembrar o que era. E que diferença fazia, já que ela não sentia cheiros? Não fazia diferença alguma, concluiu, enquanto sua mente colocava as flores do campo no peitoril da janela e as rosas sem cheiro no criado-mudo ao lado da cama.

Alguém bateu de leve na porta.

– Desculpe interromper – disse Patsy gentilmente. – Eu o vi chegando e pensei em vir ver como o senhor está.

– Estou bem, obrigado – disse Warren.

"Agora que já sabe, já pode ir embora."

– Parece um pouco cansado.
– Não tenho dormido o bastante estes dias.
– Imagino que não esteja acostumado a dormir sozinho.
"Ah, que simpática. Boa essa, Patsy. Simpática e sutil."
– É, acho que não.
– Sinto muito. Não foi o que quis dizer.
"Ah, sei."
– Tudo bem. Eu entendi.
– Não se torna mais fácil, não é? Vê-la deste jeito... – prosseguiu Patsy.

Casey sentiu a auxiliar de enfermagem adentrando o quarto, seguida pelo cheiro de lavanda.

Ela cheirava mesmo a lavanda?, Casey se perguntou, tentando desesperadamente sentir o aroma no ar. Seria possível? Ou será que aquele papo todo sobre flores tinha incitado sua imaginação já hiperativa?

– O detetive Spinetti esteve aqui de novo – disse Patsy –, fazendo um monte de perguntas.
– Que tipo de pergunta?
– Quem vem visitá-la, quanto tempo ficam, se vimos algo incomum ou suspeito.
– E vocês viram?
– Vou lhe dizer exatamente o que disse ao detetive: a única coisa que vi foi um monte de gente muito triste e com muito amor no coração. Casey devia ser uma mulher muito especial.
– Ainda é – corrigiu Warren.
– É claro. Sinto muito. Eu não quis...
– Eu sei que não. Desculpe. Não quis ser rude. É que esta história toda já era terrível quando achávamos que tinha sido um acidente. Imaginar que alguém possa ter feito isso propositalmente...
– Nem posso imaginar...
– É tão estranho vê-la tão inerte. Casey estava sempre tão animada, tão cheia de vida.
– Conte mais sobre ela – pediu Patsy, soando como se realmente se importasse.

Não. Não conte nada a ela. Para ela, isso são só preliminares.

Warren riu carinhosamente, irradiando ternura e amor. Casey sentiu-se envolvida por um par de braços fortes e acolhedores.

– Bem, ela é linda. Você pode ver, mesmo na condição em que está. E não digo só externamente. Por dentro também. E ela é divertida. A gente ria tanto junto.

"É verdade", pensou Casey. "Nós ríamos o tempo todo."

– E ela é sensível – prosseguiu Warren, como se uma torneira tivesse sido aberta em seu cérebro, deixando jorrar adjetivos. – Forte, inteligente, *sexy*. Sinto tanta falta dela – murmurou Warren.

Casey sentiu Patsy aproximando-se e imaginou-a tocando carinhosamente o ombro de Warren.

– Se ela tiver metade da força que o senhor imagina que tem, vai encontrar o caminho de volta até você.

– Obrigado – disse Warren.

– Por nada. Quer alguma coisa? Um café? Algo para comer?

– Um café seria ótimo. Deixe-me lhe dar o dinheiro.

– Não, imagine. Pode deixar. Já volto.

Casey imaginou Patsy saindo do quarto rebolando exageradamente. Perguntava-se que tipo de uniforme estaria usando, se o tecido valorizava suas formas, se seus quadris eram largos. Perguntava-se quantos anos ela tinha e se Warren a achava bonita.

– Garota simpática – disse Warren depois que ela saiu. – Não é feia – prosseguiu, como se soubesse o que ela estava pensando. – Mas imagino que você a acharia comum. Deve ter 1,60 metro e uns 50 quilos, dos quais uns cinco são maquiagem. Cabelos louros avermelhados, olhos castanhos. E a mãe dela obviamente nunca lhe ensinou a nobre arte de passar rímel, que ela tem a desafortunada tendência de aplicar como se fosse creme de barbear. Imagino que tenha uns 20 e tantos anos. Ah, e acho que não usa calcinha.

Casey ouviu-o virando-se na cadeira.

– Vejamos, que mais posso lhe dizer? Está perdendo um belo dia. Ensolarado, uns 24 graus. Vivem tentando me arrastar para jogar de golfe. O campo está aberto. E dizem que está ótimo. Ainda não fui lá conferir. Não consigo me animar a ir, com você aqui deitada. "Você não pode passar o dia todo no hospital", todo mundo vive me dizendo. Mas o que eu posso fazer? Tudo parece tão... fútil. "Você tem que sair, viver sua vida", as pessoas me dizem. E eu sempre respondo que minha vida está aqui neste hospital.

Casey sentiu os olhos se encherem d'água, embora duvidasse de que realmente houvesse alguma lágrima.

"Sempre respondo que minha vida está aqui neste hospital", ela repetiu, tentando manter a exata inflexão.

– Você se lembra do Ted Bates, aquele advogado? Nós jantamos com ele e a mulher, uns meses atrás. Bem, ele andou me ligando, tentando me levar para jogar golfe. Vive falando que será bom eu me distrair, que tenho que relaxar um pouco. A vida continua, aquele papo idiota. Eu disse que ia pensar. Fazer um pouco de exercício seria bom. Não vou à academia desde... Droga. O que estou dizendo? Não vou a campo de golfe nenhum antes de você poder ir comigo. Embora eu pudesse aproveitar esse tempo para praticar – disse ele, tentando rir. – Assim, quando você acordar, posso surpreendê-la com minha recém-descoberta habilidade. – O riso saiu arranhando a garganta, antes de se transformar num choro sufocado.

– Meu Deus, Casey. Sinto tanto a sua falta.

"Também sinto sua falta."

Outra batida suave na porta.

– Desculpe – disse Warren, engolindo as lágrimas. – Não percebi que estava aí.

– Perdão por interromper. Não queria que seu café esfriasse – disse Patsy.

Então, agora, nem seus momentos mais íntimos com o marido eram só seus, pensou Casey, enquanto a mente absorvia mais essa perda e o coração apertava.

"Eu *vou* encontrar meu caminho de volta até você."

"Eu vou. *Eu vou.*"

CAPÍTULO 7

— NÃO ESTOU ACREDITANDO QUE VOCÊ disse para aquele policial que acha que tentei matar a minha irmã! – gritou Drew.

– Eu não disse isso – protestou Warren.

– Volto de viagem e encontro metade da polícia do estado acampada na portaria do meu prédio! Meu Deus, parecia até que eu era o Bin Laden. E aí sou praticamente acusada de matar minha própria irmã! Minha irmã! Como imagina que eu me senti?

– Sinto muito...

– Como pôde me acusar de uma coisa dessas?

– Acredite em mim, Drew. Eu não a acusei de nada.

Casey podia ouvir a resignação na voz do marido. É impossível vencer uma discussão com Drew, ela sabia. E lembrou-se daquele dia, três meses antes de seu quarto aniversário, em que sua irmã nasceu.

– Drew? De onde tiraram esse nome? – zombou Leslie quando a trouxeram da maternidade.

Leslie era a babá recém-contratada para cuidar do bebê – uma jovem com forte sotaque inglês, rechonchuda, de bochechas avermelhadas e cabelos castanhos espetados que caíam o tempo todo nos olhos, de forma que parecia estar sempre espiando você por trás de um véu.

– Esperavam um menino, ia se chamar Andrew – explicou Shauna, a jovem irlandesa contratada para tomar conta de Casey após a partida repentina de Maya.

Casey não morria de amores por Shauna, que tinha a expressão sempre ligeiramente franzida, como se estivesse o tempo todo sentindo dor, e pernas grossas sob as saias excessivamente curtas.

– Mas nasceu outra menina fedorenta – comentou Leslie despreocupadamente, como se Casey não estivesse no quarto.

Shauna fez um muxoxo estranho e assentiu com a cabeça, concordando.

– Meninos são muito melhores – disse ela.

Casey estava de pé entre as duas jovens, em frente ao trocador, no quarto azul e branco de Drew. O bebê se remexia sem parar, esperando uma fralda limpa.

– Ela não é fedorenta – protestou Casey.

– Não? Então pode trocar a fralda dela – disse Leslie, metendo a fralda suja nas mãos relutantes de Casey.

Casey rapidamente jogou a fralda na lata de lixo que havia ao lado.

– Ela cheira melhor que você.

Leslie riu.

– Está dizendo que não gosta do meu perfume?

– É asqueroso.

– É almiscarado – corrigiu a babá. – E seu pai acha ótimo.

Deu um risinho e piscou para Shauna, que tentava passar a fralda por baixo do bumbum de Drew.

– Cuidado – alertou Shauna. – Já teve gente que foi para a rua por causa desses papos.

Leslie deu de ombros, ignorando o alerta. Ergueu Drew no ar e colocou aquele embrulhinho sacolejante deitado de costas no berço. Casey viu as perninhas e os bracinhos imediatamente se debatendo no ar, como se sua irmã fosse um inseto que alguém por maldade virou de cabeça para baixo. O bebê contorcia o rosto fazendo caretas zangadas, com a boca aberta num choro silencioso que logo se encheu de fúria. O berro agudo saiu rasgando o ar como cacos de vidro voando.

– Meu Deus, que choradeira insuportável – resmungou Leslie.

– Vai ver ela está com fome – sugeriu Casey.

– Acabei de dar mamadeira para ela.

– Vai ver não deu o bastante.

– Vai ver é hora da sua soneca.

– Não tiro mais soneca.

– Que pena – disse Leslie para Shauna.

O bebê gritava cada vez mais alto.

– Minha nossa, qual é o problema dessa menina? Ela chora o tempo todo!

– Eu estava conversando com a Marilyn – disse Shauna, referindo-se a outra babá da rua –, e ela acha que a Drew talvez sofra de síndrome alcoólica fetal.

– O que é isso? – perguntou Leslie, antes que Casey pudesse fazê-lo.

– É uma doença que os bebês pegam ainda na barriga. Quando a mãe bebe – sussurrou, porém Casey não teve dificuldade de escutar.

– Essa mãe dela é uma peça rara. Não é à toa que o marido vive pulando a cerca.

– Ssh – alertou Shauna, olhando na direção de Casey. – As paredes têm ouvidos.

Casey olhou rapidamente ao redor. Não viu nenhuma parede com ouvido.

– Além disso – prosseguiu Shauna, sob os berros cada vez mais altos do bebê –, é difícil saber o que veio primeiro, a bebedeira ou as puladas de cerca.

– Acho que ela quer colo – disse Casey, puxando o bolso da saia jeans de Leslie.

– Ah, você acha? Quer pegá-la, então?

Prontamente tirou a menina chorona do berço e entregou-a nos braços de Casey.

Casey levou a irmãzinha, cujo rosto molhado de lágrimas se tornara uma bolinha vermelha e furiosa, até o canto do quarto e sentou-se cuidadosamente no carpete azul macio. Os berros de Drew subiam em direção ao teto como vapor.

– Tudo bem, neném – disse ela baixinho. – Eu estou aqui. Não precisa mais chorar.

Em resposta, Drew chorou ainda mais alto.

– Muito bom, garota – disse Leslie.

Ela e Shauna soltaram uma risada, um som desagradável como o de unhas arranhando a parede.

– Você leva jeito para isso – zombou.

– Acha que pode ficar com ela um instante enquanto vamos lá fora fumar um cigarro? – perguntou Shauna.

Casey ficou olhando para as duas garotas, que saíram do quarto sem esperar a resposta. Assim que foram embora, Drew começou a se acalmar.

– Também não gosto delas – confidenciou Casey, embalando o bebê até que seus berros se transformaram num choro baixinho. – Boa menina – sussurrou. – Está se sentindo melhor agora, não está? Eu também. Eu me chamo Casey. Sou sua irmã mais velha e vou cuidar de você. Não precisa mais chorar.

Só que ela não parou. Chorava o tempo todo. "De manhã, de tarde e de noite", resmungava Leslie exausta. E, de repente, Leslie tinha sumido, e, então, era uma garota de cabelos escuros chamada Rosie quem se queixava.

– Acho que nunca vi um bebê chorar tanto – dizia Rosie, com as mãos grandes apoiadas nos quadris largos. – Cólica é normal, mas isto... isto é...

– É uma síndrome – explicou Casey.

E Rosie gargalhava, uma gargalhada sonora que fazia Casey rir junto. Casey estava contente por Rosie ter ido morar com eles. Rosie tinha uma cara simpática e olhos grandes escuros. Uma vez,

Casey ouviu seu pai dizendo a ela que pareciam duas grandes piscinas de chocolate. Rosie riu quando ele disse isso e, sempre que Rosie soltava aquela risada deliciosa e contagiante, Casey se sentia momentaneamente segura e contente.

– Que diabos está acontecendo aí embaixo? – berrou sua mãe do alto das escadas, interrompendo abruptamente a gargalhada dela. – Alguém pode fazer ela parar com esse maldito berreiro? Onde está... essa garota, sei lá como se chama.

– Estou aqui, sra. Lerner – respondeu Rosie da porta do quarto de Drew. – Já vou dar comida para ela.

A resposta foi um barulho de porta batendo.

– Eu diria que ela se levantou da cama com o pé esquerdo, se... – disse Rosie, interrompendo a frase no meio.

"Se ela se levantasse da cama", completou Casey silenciosamente.

– Qual é o problema dela, afinal?

– É porque ela é popular – explicou Casey, tentando lembrar o que seu pai dissera a Leslie uma vez.

Sua esposa era bipopular, dissera ele, e por isso ela agia daquele jeito.

– Como alguém pode ser popular sem nunca sair do quarto? – perguntou Rosie.

Alguns dias depois, Casey ouviu um barulho estranho no meio da noite e levantou para ver o que era. Seu quarto ficava na ala oeste da casa, no primeiro andar, ao lado do quarto de Drew. ("Assim não incomodamos sua mãe", seu pai lhe explicara.) O quarto de Rosie ficava no fim do corredor, junto ao de Shauna. Casey foi seguindo os gritinhos e risinhos, até chegar ao quarto de Rosie, e empurrou a porta.

Os olhos levaram alguns segundos para se acostumar com a escuridão, e, mesmo depois disso, ainda era difícil entender o que exatamente Rosie estava fazendo. Parecia estar sentada sobre alguma coisa, balançando violentamente para a frente e para trás, como se estivesse tendo uma convulsão. No instante seguinte, estava quicando para cima e para baixo, com duas mãos grandes segurando seus quadris nus. Parecia estar rindo e chorando ao mesmo tempo.

Então, de repente, as luzes se acenderam, e Casey foi empurrada de forma brusca, e sua mãe estava atrás dela gritando, e Rosie estava pulando da cama, tentando esconder sua nudez, e gritando tão alto quanto a mãe de Casey, e seu pai estava sentado na cama, implorando que todos se acalmassem. Enquanto Casey se perguntava o que seu pai estava fazendo na cama de Rosie, e por que ele também aparentemente estava nu, sua mãe atravessou o quarto voando, e começou a arranhar a cara dele com as unhas, chorando. E, de repente, Drew estava berrando no quarto ao lado, e Shauna pegando Casey no colo e correndo para longe, e, na manhã seguinte, tanto sua mãe quanto Rosie tinham sumido.

– Rosie arrumou outro emprego – disse Shauna durante o café da manhã. – E sua mãe foi viajar por uns dias.

E nada mais foi explicado.

Dois dias depois, apareceu uma nova babá para Drew. Seu nome era Kelly. Assim que Alana Lerner voltou para casa e viu as pernas compridas, o sorriso sedutor e os cabelos castanhos ondulados de Kelly, mandou-a embora. Casey deu um suspiro de alívio quando a agência de empregos mandou Misha, que era mais velha, sem forma e "mais calada, impossível", segundo Shauna. "Não deve haver mais mudanças por um tempo", previu ela. Estava enganada, pois a própria Shauna foi dispensada poucas semanas depois, por causa de 300 dólares em interurbanos internacionais. Em seu lugar, entrou Daniela, gorda, 40 anos e imperturbável. Durou quase dois anos e foi a última das babás da família Lerner.

– O que aconteceu com Daniela? – perguntou Drew, muitos anos depois.

– Foi dispensada quando entrei no jardim de infância – respondeu Casey.

– Eu gostava dela.

– Como pode se lembrar dela? Quando ela foi embora você tinha o quê...? Uns 2 anos?

– Eu me lembro dela – insistiu Drew. – Ela faz parte da primeira memória que tenho.

Casey sabia exatamente a que memória sua irmã se referia: Drew entrando correndo no quarto da mãe, ansiosa para lhe mostrar o ursinho de pelúcia que ganhara de aniversário, sua mãe atirando o ursinho na parede, furiosa, e gritando: "Alguém tire essa garota de perto de mim." E Daniela chegando apressada, pegando Drew no colo e levando-a para o quarto de Casey, no andar de baixo, enquanto Drew berrava.

– Não acredito que disse àquele policial que tentei matar minha irmã – berrava Drew agora.

"O quê?"

– Eu disse claramente ao detetive Spinetti que não acreditava que você tivesse algo a ver com isso.

– Então por que estão xeretando, fazendo perguntas, insinuando que fugi da cidade...?

– Você não retornou os telefonemas dele. Ninguém sabia onde você estava.

– Passei algumas semanas nas Bahamas. Processe-me por isso.

– Estava nas Bahamas – repetiu Warren, seco.

– Eu precisava dar um tempo. Isso é crime?

– Sua irmã está em coma, Drew.

– Sim, e isso já faz quase dois meses – lembrou Drew, irritada.

– E nesse tempo você esteve aqui quantas vezes?

– Eu já disse que para mim é muito difícil vê-la desse jeito.

– É difícil para todos nós.

– Achei que os médicos tinham dito que ela estava melhorando.

– Ela está melhorando. Como pode ver, já tiraram os gessos. Os ferimentos já estão praticamente curados. Estão tirando-a do respirador. Já até começaram a fisioterapia.

– Fisioterapia? Para quê, meu Deus? Ela não vai a lugar algum.

Silêncio.

– Sinto muito – desculpou-se Drew. – Só estou nervosa. Por causa desse maldito detetive. Do que ele está falando afinal de contas? Quem ia querer matar a Casey?

– Não sei. Tem alguma ideia?

– Eu? Não. Por que eu teria?

– Você a conhece há mais tempo que qualquer outra pessoa. Tem alguém do passado que imagine...

– Não andávamos exatamente nos mesmo círculos.

– E tem alguém do seu círculo...?

– O que está querendo dizer com isso?

– Um de seus amigos, talvez um conhecido...

– Talvez um conhecido? – repetiu Drew, em tom jocoso. – Por acaso estaria se referindo a algum dos meus conhecidos que são marginais e traficantes?

– Só estou tentando imaginar, Drew.

– Pois imaginou errado.

– Ouça. Não quero discutir. Especialmente na frente da sua irmã.

– Por quê? Acha que ela pode nos ouvir?

– Não, claro que não.

– Pode nos ouvir, Casey? – perguntou Drew, aproximando-se dela.

Casey sentiu a respiração da irmã contra sua bochecha, como a língua áspera de um gato. Será que estava imaginando aquilo?

– Entende o que estamos falando?

"Sim. Sim, entendo tudo."

– Ninguém em casa – atestou Drew, afastando-se.

– Cuidado com o cotovelo dela – alertou Warren. – Já tem hematomas o suficiente.

Drew fez um muxoxo de desprezo.

– E então, o que acontece agora?

– Bem, esperamos que continue melhorando. Agora que começou a fazer fisioterapia, seus músculos vão se fortalecer. E os médicos vão continuar reduzindo o auxílio do respirador. Estão confiantes de que em uma ou duas semanas ela seja capaz de respirar por conta própria.

– Está dizendo que ela vai recobrar a consciência?

– Não. Ninguém está dizendo isso.

– O que eles estão dizendo então? Que ela pode ficar assim para sempre?

"Não, não. Isso não vai acontecer. Warren, diga a ela que isso não vai acontecer."

Silêncio.

– Repito: o que acontece agora? – insistiu Drew.

Warren deixou escapar dos lábios um longo suspiro.

– Quando a Casey for capaz de respirar sem aparelhos, posso começar a pensar em levá-la para casa, contratar pessoas especializadas...

– Quero dizer, o que acontece comigo? – interrompeu Drew.

Casey talvez tivesse rido, se pudesse. Parecia estranhamente reconfortante o fato de algumas coisas jamais mudarem, não importavam as circunstâncias. Uma rosa é uma rosa é uma rosa, pensou. E Drew era Drew era Drew. Sempre seria.

Podia ser criticada por isso?

Sua irmã aprendera desde muito cedo que a única pessoa com quem podia contar para cuidar dela era ela mesma. Algumas vezes, Casey tentara fazer o papel de seus pais, mas Drew a lembrava veementemente: "Você não é minha mãe." E, então, Casey recuava.

Casey, no entanto, era a depositária dos bens de seus pais, era quem tomava as decisões, quem assinava os cheques.

– O que acontece com *você*? – repetiu Warren.

– Sim. É uma pergunta pertinente, nestas circunstâncias.

– Creio não poder responder.

– Por que não?

– Porque não tenho a resposta.

– Você é advogado. Achava que advogados entendiam dessas coisas.

– Não sou advogado imobiliário.

Casey podia ouvir na voz do marido o esforço que fazia para manter a calma.

– Mas com certeza já procurou um.

– Na verdade, não.

– Não conversou com ninguém sobre o que acontece com a fortuna da sua mulher caso permaneça em estado vegetativo?

"Não estou em estado vegetativo. Não estou. Não estou."

– Acho difícil de acreditar – prosseguiu Drew.

– Tenho tido outras preocupações na cabeça, Drew.

Casey podia sentir a irmã andando ao redor da cama. Podia ouvir os estalidos dos saltos e tentou imaginar o que estaria vestindo. Provavelmente uma calça *legging* preta e um pulôver largo. Os cabelos longos, louros escuros, deviam estar presos num rabo-de-cavalo, e devia estar usando suas típicas argolas de prata nas orelhas. E, sem dúvida, seus olhos verdes estavam fuzilando Warren.

– Achava que, se acontecesse alguma coisa com a Casey, o patrimônio do meu pai seria automaticamente transferido para mim.

– A Casey não está morta, Drew – lembrou Warren.

– Pode ser que esteja.

"Meu Deus."

– Está bem, já basta – disse Warren.

Os estalidos dos sapatos de Drew pararam, junto ao pé da cama.

– Acho que você vai precisar ter paciência.

– Para você é fácil dizer. Não precisa se preocupar com dinheiro.

– Talvez se arranjasse um emprego... – sugeriu Warren.

– Esqueceu que tenho uma filha para cuidar?

Casey sentiu um nó começando a se formar no estômago ao lembrar-se da sobrinha de 5 anos, que era um clone em miniatura da mãe em quase tudo. Ficou imaginando se, quando crescesse, Lola seria tão linda como a irmã previa. Lembrou que faziam as mesmas previsões a respeito de Drew. Drew amadureceu – se é que se pode dizer isso a respeito dela – e se tornou uma jovem inegavelmente atraente, porém a um passo de ser bonita. Seus traços eram um pouco convencionais demais, e seu olhar, meio ausente, carente daquele certo mistério que a verdadeira beleza exige.

– Onde está a Lola? – perguntou Warren.

– O Sean a levou para tomar sorvete na lanchonete.

– Quem é esse cara, afinal? – indagou Warren. – Há quanto tempo exatamente o conhece?

– O que *exatamente* está dizendo?

– Não estou dizendo nada. Só estou perguntando.

– O que está perguntando, Warren? Se o Sean teria alguma coisa a ver com isso? Se eu pedi para o meu namorado atropelar minha irmã? É isso que está perguntando?

"É claro que ele não perguntou isso. Ele não imagina isso. Não é, Warren?"

– Mamãe! – gritou uma vozinha, seguida de passos alvoroçados.

– Meu Deus. Tire-a daqui. Não. Vão embora. Achei que fosse levá-la para tomar sorvete – disse Drew, de um só fôlego.

– Já levei – protestou uma voz de homem.

– Então leve-a para tomar mais.

– O que a tia Casey tem? – perguntou a garotinha. – Ela está dormindo?

– Ela não está se sentindo bem – respondeu Drew impaciente.

– Ela está doente?

– Ela sofreu um acidente de carro – explicou Warren.

– Ela vai ficar boa?

– Espero que sim. Estamos de dedos cruzados.

– Posso cruzar os dedos também?

– Acho que isso vai ajudar.

– Legal. Viu, mãe? Estou de dedos cruzados.

– Ótimo – disse Drew. – Agora, Sean, por favor... Quarto de hospital não é lugar para criança.

– Eu posso ler para ela, mãe.

– Talvez outra hora. Sean...

– Está bem, está bem. Vamos, Lola. Vamos comprar aquele bolo em que você estava de olho.

– Não estou mais com fome.

– Sean, pelo amor de Deus...

– Lola, sabia que lá embaixo tem um parquinho? – interrompeu Warren. – Quer ir lá?

– Posso ir, mãe?

– Claro.

– Vou levar você – disse Warren.

– O Sean pode levá-la – disse Drew para Warren. – Ainda precisamos conversar algumas coisas.

– Acho que já conversamos o bastante por hoje.

Casey notou, pela voz de Warren que ia sumindo, que ele já estava na porta.

– Pode ir também, Sean – disse Drew, dispensando-o. – Warren, vou esperar você voltar.

– Faça como quiser.

A porta se fechou, deixando Casey sozinha com a irmã.

– Eu sempre faço – disse Drew.

Capítulo 8

— Então aqui estamos nós novamente continuou Drew, e Casey a imaginou andando até a janela. – Como nos velhos tempos. Só que, naquela época, era eu quem estava praticamente em coma, e era você quem andava para lá e para cá, pensando no que ia fazer de mim.

"Verdade", pensou Casey, recapitulando todos aqueles anos em que dividiram o mesmo teto, as noites em que passou acordada, esperando ansiosa a irmã voltar para casa, os dias que passou observando-a dormindo depois de chegar embriagada, ainda com o inconfundível cheiro azedo de sexo e de maconha entranhado nas roupas.

– Você vivia me dizendo que, se eu não tomasse jeito, não estaria viva para comemorar meu aniversário de 30 anos.

Drew riu, mas foi uma risada vazia.

– E olhe só a gente agora.

Casey sentiu a irmã sentando-se na beirada da cama.

– Isso é o que eu chamo de ironia. – Respirou fundo, soltando o ar lentamente pela boca. – Meu Deus, não consigo mesmo ficar olhando para você.

"Sinto muito que tenha que me ver assim", pensou Casey, lembrando-se da aversão que a irmã sentia por qualquer coisa vagamente desagradável.

– Não que você esteja horrível. Não mesmo. Na verdade, está com uma cara bem boa para uma morta-viva. Sua cor está ótima, os hematomas sumiram, e os médicos a remendaram bastante bem. Ouça, Casey – disse Drew zangada. – Já basta. Já entendi o recado. Eu sou um desastre total e não dou conta de nada sem você. Já saquei. Agora saia desse coma ridículo e volte para a gente. Vamos lá. Sei que você está aí.

"Sabe? Sabe mesmo?"

– Você tem que acordar. Não é justo. O que está fazendo não é certo. E não venha com papo de que não tem escolha. Quantas vezes você mesma me disse que *sempre* temos uma escolha? Então não venha me dizer que não pode... Como era mesmo que você dizia? "Comece a efetuar uma mudança positiva"? Sim, era isso. Então, comece a efetuar uma mudança. Preciso que você fique boa. E preciso que fique boa até sexta, porque passei um monte de cheques que vão começar a bater sem fundo se você não acordar e transferir algum dinheiro para a minha conta. Dinheiro que é meu de direito, aliás, caso tenha esquecido.

"Ah, Drew."

– Desculpe ter que jogar isso em cima de você nestas circunstâncias, mas estou meio encrencada aqui. Encrenca essa, devo dizer, que podia ter sido evitada, se o papai não a tivesse designado a única testamenteira do patrimônio dele, ou se você não tivesse aceitado.

"Por favor, pare."

– O problema no momento – prosseguiu a irmã, quicando sobre o colchão de forma não muito suave – é que não recebo minha mesada desde que você entrou em hibernação. Tive que bancar a viagem do Sean para as Bahamas e comprar roupas para a primavera, e isso estourou meus cartões de crédito. Em breve não vou ter dinheiro para alimentar a minha filha. Sei que você ama a Lola de paixão, ainda que não tenha ficado muito feliz quando eu engravidei. E, sim, caso esteja curiosa, eu sei quem é o pai. Ou ao menos reduzi a lista de suspeitos a três nomes. Brincadeirinha – acrescentou rapidamente. – Dois – disse baixinho. – Então, o que eu devo fazer? Preciso de dinheiro, e seu marido diz para eu ter paciência. E é tudo culpa sua, pois é você quem tem a chave do cofre. Então me diga: como eu saio dessa?

"Gostaria de saber."

– É horrível dizer isso, mas ia ser tudo mais fácil se você simplesmente tivesse morrido.

"O quê?"

– Eu teria dinheiro, a polícia não estaria na minha cola, eu não teria que pedir esmola para o Warren...

"Ah, Drew...Você realmente me odeia tanto assim?"

Casey sentiu Drew se levantando da cama. Ela jamais fora capaz de parar sentada por mais de um minuto, pensou Casey, imaginando a irmã na janela. "O que será que ela vê?", Casey se perguntava, imaginando um sol laranja sendo engolido por um grupo de nuvens negras sinistras.

A situação financeira de Drew era *de fato* sua culpa, Casey era obrigada a admitir. Como depositária dos bens do pai, havia sido dela a decisão de dar uma mesada a Drew. Sua irmã ficou revoltada com as restrições impostas, dizendo que o acordo era injusto, apesar da generosidade da quantia. Até ameaçou processá-la, mas recuou ao descobrir que, caso considerassem que estava contrariando o desejo do pai, poderia ser deserdada. Ela tentou argumentar com a irmã mais velha, alegando que, dando a ela uma mesada, Casey estaria na verdade impedindo-a de amadurecer. Estaria *infantilizando* a irmã, dissera Drew. Casey ficou tão tocada, tanto com a palavra quanto com a argumentação, que transferiu centenas de milhares de dólares para a conta dela.

O dinheiro se foi em um ano, gasto na abertura equivocada de uma franquia que logo faliu, em uma Ferrari amarela, em algumas viagens ao Caribe e em muito pó. Depois disso, Casey voltou a dar apenas mesadas a Drew. Drew mais tarde vendeu a Ferrari, e o dinheiro desapareceu rapidamente pelo nariz. Foi nessa época que Drew descobriu que estava grávida e decidiu ter o bebê, embora se recusasse a dizer quem era o pai. No entanto, aceitou ser internada numa clínica de reabilitação e conseguiu manter-se limpa e sóbria até o nascimento de Lola.

Os últimos cinco anos tinham sido a mesma coisa de antigamente. Casey instalou a irmã num apartamento maior em Society Hill, contratou uma mulher mais velha e responsável para cuidar de Lola e bancou as repetidas internações de Drew em clínicas para dependentes. Ocasionalmente, Drew dava a impressão de que estava começando a mudar, mas, em seguida, sumia do mapa; às vezes, por semanas. Pouco antes do acidente, Casey se deu conta – recusando-se na hora a pensar muito sobre o assunto – que não falava com a irmã havia quase um mês.

Drew tinha razão, reconheceu mais uma vez, sentindo a irmã se aproximando da cama novamente. Não devia tê-la colocado nessa posição, não devia tê-la obrigado a ser dependente dela quando o dinheiro era seu de direito. Devia ter dividido a fortuna em partes iguais e deixado as coisas nas mãos do destino. O que Drew faria com sua parte era problema dela. Casey não tinha o direito de ditar a vida da irmã caçula, nem de tentar impor a ela seus próprios princípios morais.

– Não se pode proteger alguém que se coloca o tempo todo em risco de propósito – Warren lhe dissera mais de uma vez. Ele argumentara veementemente que a melhor coisa que Casey podia fazer pela irmã era mantê-la em rédeas curtas, financeiramente, ao menos até que provasse ser capaz de cuidar de todo aquele dinheiro de forma responsável.

Talvez Drew tenha se dado conta de que esse dia nunca chegaria.

– Meus pés estão me matando – dizia Drew agora.

Casey ouviu o barulho de uma cadeira sendo arrastada para perto da cama.

– Se lhe disserem que Manolos são tão confortáveis que você se sente descalça, não acredite. Quem foi mesmo que disse isso? Acho que foi a Carrie, em *Sex and the City*. Já viu essa série? Eu adorava. Até hoje assisto às reprises. Passa toda hora. Devo saber todos os episódios de cor, de tanto que já assisti. Será que está passando agora?

Ligou a TV pelo controle remoto e começou a passar os canais, continuando a falar por cima do desfile de vozes que vinha da TV.

– Mas tenho que admitir: esses sapatos são muito lindos.

Casey imaginou a irmã erguendo os pés no ar para exibir os sapatos.

– Sim, eu sei que 700 dólares é um preço absurdo por uma tira de couro marrom e um salto de sete centímetros. Mas na realidade eles são uma obra de arte. Quando foi a última vez em que pagou apenas 700 dólares por uma obra de arte? – Respirou fundo mais uma vez. – Pena que não possa vê-los – prosseguiu. – Pena que não possa ver como estou bonita com eles. Pena que não possa ver como estou bonita, ponto.

Ela riu, de novo sem nenhuma alegria.

– Na verdade, eu ando bem bonita ultimamente. Estou bronzeada e comecei a fazer exercício. Não a correr. Quem curte isso é você. Estou na aula de dança, e comecei até a fazer *spinning*. Agora sou oficialmente uma daquelas loucas suando em bicas em cima daquelas bicicletas que não saem do lugar, o que você provavelmente diria que é uma metáfora da minha vida.

"Diria?", perguntou-se Casey, sentindo-se imediatamente culpada. Será que diria isso? Será que julgava a irmã tanto assim?

– Enfim, estou mesmo bonita. Não tanto quanto a Bela Adormecida aí, é claro. Mesmo em coma, você ainda é a irmã a ser batida. Se bem que estou vendo umas linhas ao redor da sua boca que nunca tinha notado. Devia pensar em aplicar toxina botulínica quando acordar. Apesar de que a ideia de injetar veneno no próprio organismo de propósito me dá calafrios. E eu já sei o que você está pensando, ainda que, tecnicamente, não esteja pensando. Mas está enganada. Está aí uma coisa que nunca fiz. Nunca usei agulhas. Você sabe que sempre odiei agulhas. Lembra aquela vez que foram vacinar as crianças na escola? Estávamos todas em fila, e eu comecei a berrar e saí correndo. Tiveram que tirar você da aula para ajudar a me encontrar. Lembra? Você tinha uns 12 anos? Eu tinha 8 ou 9 – deu um risinho. – Bons tempos aqueles, não?

"Velhos tempos..."

– Enfim, não faça isso. Tenho medo de Botox. Sei que é aprovado pelo governo e que todo mundo usa. Mas paralisa os músculos, e isso é meio assustador. E, se algo der errado, e seu corpo todo ficar paralisado? Merda – murmurou Drew imediatamente. – Que diabos estou dizendo? Desculpe. Isso não foi muito legal. Com certeza, não era isso que os médicos tinham em mente quando disseram para conversarmos com você o máximo possível. Mas, enfim, desculpe. Eu não quis... Por que estou pedindo desculpa? Você não está mesmo me ouvindo... Está? Você consegue me ouvir? Às vezes, eu acho que sim.

"Sim. Você está certa. Você está certa."

– Não. Isso é muito ridículo – disse Drew, com um suspiro. – E então, o que achou do Sean? – perguntou em seguida.

"Sean?"

– O cara que estava aqui ainda agora – respondeu, como se estivessem realmente conversando.

"Será que Drew a ouviu?", Casey se perguntou. "Será que falou o nome dele?"

– Não me lembro se vocês se conheceram. Um cara de cabelos castanhos ondulados, nariz pequeno achatado, olhos castanhos bonitos. Meio baixinho para o meu gosto, mas o que falta em altura sobra em largura, se é que me entende – deu um risinho. – É, eu sei. Estou falando besteira. Papai não aprovaria. Se bem que ele gostava de falar besteira também – pensou em voz alta. – Mas, enfim, o Sean é legal. Não é muito inteligente. O que não acho ruim. Mas definitivamente ele não é um cara para casar, então não precisa se preocupar. Já tem muito com que se preocupar no momento.

Casey sentiu Drew se inclinando sobre ela.

– Casey? – disse baixinho, a voz agora preocupada. – Casey, o que está acontecendo aí dentro? Por que acho que você consegue me ouvir?

"Porque você me conhece melhor que qualquer outra pessoa. Porque você é minha irmã, e, apesar de tudo, somos conectadas, há um elo inquebrantável entre nós."

– Ela não é capaz de ouvi-la – disse uma voz masculina suavemente.

"Quem é esse?"

– Eu sei – concordou Drew. – É que de repente surgiu algo diferente na expressão dela. Por um instante pensei que talvez... Sei lá. Você é o médico dela?

– Não. Sou seu fisioterapeuta. Jeremy Ross.

Casey tentou imaginar como ele era. Imaginou um homem alto, de cabelos claros, queixo quadrado e olhos fundos. Talvez com um nariz quebrado na juventude. Devia ter trinta e poucos anos, pensou, imaginando se estaria estendendo a mão a Drew.

– Drew Lerner – disse Drew. – Irmã da Casey.

– Sim, dá para notar a semelhança. Muito prazer, Drew. Como está nossa paciente hoje?

Casey sentiu Drew dando de ombros.

– Ela vem progredindo bem – observou o fisioterapeuta, aproximando-se da cama.

Ele segurou a mão de Casey e apertou-a suavemente.

Segurou? Ou ela estava imaginando aquilo? Estava mesmo sentindo os dedos serem manipulados?

– Sinto claramente a melhora – disse ele.

– É?

– Está ficando bem mais forte. Está melhor que dois dias atrás, posso sentir. E quando os médicos se livrarem dessa coisa – explicou, obviamente se referindo ao aparelho que controlava a respiração dela –, vamos poder começar a movimentá-la muito mais.

– E se ela não for capaz de respirar por conta própria?

– Os médicos não vão remover o respirador sem ter certeza de que é seguro.

– Acha que ela vai recuperar a consciência?

– É difícil dizer. – Jeremy soltou uma das mãos de Casey e levantou a outra. – Algumas pessoas se recuperam. Outras não – completou.

– Quais são as chances?

– Não sei. – Ele começou a manipular o pulso de Casey, fazendo pequenos círculos. – Em geral, quanto mais longo o coma, menores são as chances de recuperação total. Mas nunca se sabe. Vocês não podem perder a esperança.

Casey sentiu os dedos sendo suavemente pressionados. Um formigamento agradável foi subindo pelo braço, e sentiu uma onda de empolgação. Será que seus sentidos aos pouquinhos estavam retornando? Ou era apenas seu cérebro projetando o desejo de sentir aquelas coisas? Tinha que tomar cuidado para que não criar expectativas antes de ter certeza.

"Por outro lado, por que não?", perguntou-se. Que diferença faria se ficasse esperançosa e depois se decepcionasse? Poderia tudo ficar pior do que já era?

– Muito bem, garota. Está indo muito bem – disse Jeremy a ela.

– Quer que eu saia? – perguntou Drew.

– Não, tudo bem. Pode ficar se quiser. Ao que está assistindo?

– Ahn? Ah, nada. Não tem mais nada a que valha a pena assistir.

As vozes na televisão silenciaram-se abruptamente.

– Nesse caso, pode ficar me observando – disse Jeremy. – Aprenda alguns dos movimentos, assim você pode fazer com ela na próxima vez em que vier visitá-la.

– Ah, não. Eu ia ter medo. Não quero machucá-la.

– Não vai machucá-la. Venha, deixe eu lhe mostrar. Pegue a mão dela.

– Não consigo. Sério.

– É claro que consegue. Vamos lá. Juro que não vai machucá-la.

Casey sentiu sua mão sendo passada para a mãos menos firmes de Drew. Estou sentindo isso, pensou empolgada. Estou sentindo.

– É isso aí. Agora, comece a mover os dedos devagar, com muito cuidado, para cima e para baixo, um de cada vez. Bem devagar, bem delicado. Isso. Viu? Está conseguindo. Agora, gire o pulso dela, como estou fazendo. Ótimo. Ótimo. Viu? Você leva jeito.

– Acho que não – desdenhou Drew.

– Eu *sei* que sim. Não se menospreze. Casey precisa de você agora.

– Acredite: eu sou a última coisa de que ela precisa.

Rapidamente devolveu a mão de Casey ao fisioterapeuta.

– E por que motivo?

Jeremy começou a massagear os antebraços de Casey.

"Isto não é minha imaginação. Estou sentindo de verdade."

– A expressão "ovelha negra da família" lhe diz algo? – perguntou Drew.

Jeremy riu.

– Pelo que sei, há algumas ovelhas negras nesta família.

Drew também riu.

– Andou fazendo o dever de casa.

– Procuro sempre estar informado sobre a história dos meus pacientes.

– Bem, boa sorte com esta família. Ela é bem ferrada. Exceto a Casey. Ela sempre foi perfeita.

– Deve ser difícil competir com a perfeição – comentou Jeremy, manipulando o cotovelo de Casey.

– Ah, parei de competir logo cedo.

– Provavelmente foi uma boa ideia.

– E você? – indagou Drew. – Você tem irmãos?

– Dois irmãos e duas irmãs.

– Uau. Família grande. Você tem filhos?

– Não. Minha esposa e eu estávamos pensando nisso, aí ela achou melhor tê-los com outra pessoa, e, agora, estamos divorciados. E você?

– Tenho uma filha. Mas não sou casada – acrescentou rapidamente.

– Olá, Jeremy – cumprimentou Warren da porta. – Drew, talvez devesse sair para deixar o fisioterapeuta trabalhar.

– Tudo bem. Ela não está atrapalhando...

– O Sean e a Lola estão esperando você lá embaixo.

– Precisamos conversar – protestou Drew.

– Agora não.

– Tudo bem – interveio Jeremy. – Posso voltar em alguns minutos. Prazer em conhecê-la, Drew.

– O prazer foi meu.

– Por favor, diga-me que não estava flertando com o fisioterapeuta da sua irmã – disse Warren assim que Jeremy saiu.

– Qual seria o problema? Ela não está vendo.

– Não vou discutir isso.

– Ele parece um pouco com o Tiger Woods, não acha?

– Também não vou discutir isso. Ouça, seu namorado está lá embaixo com a Lola. Não deveria deixá-los esperando mais. Tome este dinheiro para quebrar o galho.

– Para que vão me servir 500 dólares?

– É tudo que tenho aqui.

– Não quero o *seu* dinheiro. Quero o *meu* dinheiro.

– É o melhor que posso fazer no momento.

– Quanto tempo isso vai durar?

– Não sei, Drew. A situação é complicada.

– Então, simplifique-a.

– Estou de mãos atadas.

– Desate-as.

– Você não compreende? Não depende de mim.

"Por favor. Não aguento mais ouvir isso."

– Meu Deus, olhe só – disse Drew subitamente. – Olhe o rosto dela.

– O que tem de errado?

– Ela pode nos ouvir.

– O que você está dizendo?

– Ela está nos ouvindo, Warren. Sei que está.

Casey sentiu Warren chegando mais perto, sua respiração tocando os lábios dela, enquanto os olhos fitavam os dela.

– Você está louca, Drew – afirmou após uma longa pausa. – Agora, por favor... Faça um favor a todos nós e vá para casa.

Houve outra pausa, seguida de um suspiro profundo e cansado. Quando voltou a falar, a voz dele estava mais branda, mais amistosa.

– Ouça. Vou conversar com um advogado lá do escritório sobre a sua situação. Espero que a gente consiga dar um jeito.

– Eu lhe agradeço.

– Desculpe se falei algo que a aborreceu – disse Warren.

– Desculpas aceitas. Você me liga depois de conversar com o seu sócio?

– Pode deixar.

Casey ouviu os estalidos dos Manolos da irmã, que deixou rapidamente o quarto sem dizer adeus.

Capítulo 9

— **Vamos lá. Está pronta,** Casey? – perguntou o dr. Ein.

"O quê? Você disse alguma coisa?"

– Estamos dando um grande passo agora.

"Do que está falando? Que grande passo?"

Casey sentia-se indo e voltando entre a consciência e a inconsciência. Estava sonhando com Janine, com a época de faculdade, quando moravam juntas. Não estava preparada para acordar e abandonar aquela Casey mais jovem e despreocupada – ou seria descuidada? Não estava pronta para dar grandes passos.

– Ao desconectarmos este último cabo, você estará oficialmente respirando por conta própria – anunciou o médico.

"Desculpe. Você disse alguma coisa?"

Casey se viu sentada na cama de Janine, no pequeno apartamento de dois quartos que um dia dividiram. O apartamento ficava no terceiro e último andar de um prédio de arenito pardo, a menos de um quilômetro do *campus* da Universidade Brown, numa rua coberta de árvores. Suas antigas casas imponentes agora funcionavam como extensão do alojamento universitário, abrigando um fluxo rotativo de estudantes da graduação e da pós-graduação.

– O que ele está falando? – perguntava Janine impaciente atrás dela. – Casey, o que ele está falando?

"Acho que está falando algo sobre eu respirar por conta própria."

– Sai, Casey – ordenou Janine, quando Casey se rendeu à insistência do passado. – Não está fazendo isso direito. Deixa que eu tente.

– Como assim não estou fazendo direito? Como se pode fazer isso errado?

Casey observou aquela jovem que ela, um dia, havia sido, entregar nas mãos ansiosas de Janine o copo que até então segurava entre a orelha e a parede.

– Ele não está falando nada.

– Impossível – disse Janine. – Estão falando de mim. Posso sentir.

Elas haviam se conhecido três meses antes, quando Casey respondeu ao anúncio que Janine publicara no jornal da universidade procurando uma estudante para dividir o apartamento.

– Não sei – disse Janine ao abrir a porta, olhando Casey de alto a baixo e pulando formalidades como "Oi, tudo bem?"

Deu um passo atrás para que Casey entrasse, sem tentar esconder que estava dando uma sacada nela.

– Você é excessivamente bonita. Nem venha me dizer que não foi a rainha do baile de formatura.

Casey não sabia bem o que dizer, então não disse nada. Decidiu que provavelmente seria melhor deixar aquela garota alta de olhos azuis penetrantes falar. Já havia decidido que queria morar ali. O apartamento era claro e aconchegante – apesar de pequeno – e poderia ganhar uma corzinha, pensou, já colocando mentalmente umas almofadas verde-amareladas naquele sofá bege sem graça, e jogando um tapete de estampa de zebra sobre o piso de madeira clara. Um vaso de flores também cairia bem, pensou, enquanto Janine fazia um gesto para que se sentasse.

– Pois bem, o negócio é o seguinte... – foi dizendo Janine sem se dar o trabalho de se apresentar. – Sou falante, mandona e teimosa. Odeio bicho, e isso inclui peixinhos. Então, animais de estimação estão fora de cogitação. E vou vomitar se começar a falar emocionada do cachorrinho que você tinha aos 3 anos. Procuro alguém que seja organizado, calado e inteligente, porque odeio gente burra.

– Não sou burra.

– E também não é muito calada – retrucou imediatamente, abrindo um grande sorriso. – Você não é nenhuma psicopata, é?

– O quê?

– Já assistiu *Mulher Solteira Procura*?

Casey balançou a cabeça negativamente.

– Sorte sua. É horrível. Então, o que está estudando?

– Estudo Psicologia e Letras.

– É mesmo? Letras já é o bastante para mim. Pedi transferência do Direito quando descobri que odeio advogados. Exceto os bonitinhos, claro.

– Claro – concordou Casey.

Janine odiava muitas coisas, pensou. Já eram três até agora.

A entrevista transcorreu sem percalços dali em diante. Casey tomava o cuidado de falar o mínimo possível, deixando Janine explanar sobre o que bem entendesse. Meia hora depois, Janine estava dando a ela uma cópia da chave.

– Certo. Vamos fazer uma tentativa. No mínimo, você ajudará a atrair homens mais interessantes.

– E então? Está ouvindo alguma coisa? – perguntava Casey meses depois, enquanto Janine deslizava o copo ao longo da parede, buscando o ponto ideal.

– Só passos para lá e para cá.

Janine agachou-se de joelhos sobre sua cama de casal, reencaixando o copo na orelha.

– O que estamos tentando ouvir, afinal? Quem é esse cara?

– Não sei o nome dele. Só sei que ele é lindo. Exatamente o meu tipo. Ele estava lá fora conversando com o Peter, que não é bem o meu tipo, embora fique quase babando toda vez que me vê. Enfim, é um cara lindo que me olhou *daquele* jeito quando eu estava subindo a escada da portaria, parecendo ter gostado do que viu. Você sabe qual é o olhar.

Janine baixou os olhos e os apertou, para ilustrar.

– Sabe do que estou falando. E acabamos entrando todos juntos. Mas o idiota do Peter não pensou em nos apresentar. Ou talvez tenha pensado, mas não quis nos apresentar. Mas, enfim, ouvi o Peter dizer o nome dele enquanto subíamos pelas escadas. Aí, entrei correndo em casa e pedi para você trazer o copo. Não dá para acreditar que essas paredes sejam tão grossas. Parede de edifício antigo costuma ser fina que nem papel.

– Vou tentar de novo.

Alguém bateu à porta.

– Está esperando alguém? – perguntou Janine.

Casey balançou a cabeça.

– Vá lá e se livre de quem quer que seja – ordenou Janine.

Casey saiu do quarto e foi até a porta da frente.

– Quem é?

– Peter, seu vizinho.

Casey virou-se, Janine já atrás dela.

– O que está esperando? – sussurrou Janine.

Ela puxou a camiseta para marcar mais os seios, ajeitou os cabelos com as mãos e fez sinal para que Casey abrisse a porta.

Casey respirou fundo e abriu a porta de uma só vez. Peter, o vizinho magricela de 20 anos, tinha um sorriso torto no rosto estreito e uma garrafa de vinho na mão direita. À sua esquerda, um jovem bonito, charmoso, de olhos azul-claros e sorriso confiante.

– Meu amigo e eu pensamos que poderiam estar interessadas em dividir uma garrafa de vinho com a gente – arriscou-se Peter, timidamente.

– Seu amigo tem nome? – perguntou Janine, passando à frente de Casey e assumindo o comando.

– Eric – disse o belo jovem ao lado de Peter, entrando sem esperar ser convidado. – E você é...? – perguntou, olhando diretamente para Casey.

– Ela é a Casey. E eu sou Janine – respondeu Janine. – O que você trouxe?

– É um *merlot* – respondeu Peter.

– Um *merlot* – repetiu Janine, como se soubesse o que isso significava. – Casey, pode trazer umas taças?

Casey se perguntou se haveria algum copo limpo, já que era dia de Janine lavar a louça, e ela não chegara nem perto da pia. O único copo limpo da casa estava no quarto de Janine.

– Vou ver o que arranjo.

– Eu a ajudo – ofereceu-se Eric.

– Não precisa – rebateu Casey rapidamente, cruzando olhares com Janine.

– Fiquem à vontade – disse Janine, seguindo Casey até a minúscula cozinha nos fundos do apartamento.

–Maldito Peter! – sussurrou Janine. – Já deve ter dito ao Eric que gostou de mim, então o Eric está praticamente de mãos atadas.

Casey passou água em quatro taças, enquanto Janine observava com cara preocupada.

– Como vamos resolver isso? – indagou Janine.

– Resolver o quê?

– Você poderia distrair o Peter um pouco, puxar conversa. Se não me engano, ele adora cinema. Assim posso conversar com o Eric e explicar que não estou a fim do amigo dele.

Casey tentou. Sentou-se na cadeira marrom em frente ao sofá, permitindo que Janine ficasse entre os dois. Estrategicamente, tentou prender a atenção de Peter com um papo sobre filmes, embora não curtisse nem ficção científica, nem terror, que pareciam ser os gêneros preferidos dele.

– Está brincando. Nunca viu *O silêncio do lago*? – perguntou Peter, incrédulo. – Como assim? É um clássico!

– O que é um clássico? – perguntou Eric, interrompendo algo que Janine dizia e abandonando-a de boca aberta no meio da frase.

– Ela nunca viu *O silêncio do lago* – disse Peter sacudindo a cabeça.

– Ah, você tem que assistir a esse filme – repetiu Eric.

– Não é aquele com o Kiefer Sutherland e a Sandra Bullock? – perguntou Janine, inclinando o corpo à frente e fingindo interesse.

– Jeff Bridges faz um assassino em série assustador que sequestra pessoas e as enterra vivas no quintal – disse Peter, como se Janine não tivesse dito nada.

– Só que você deveria ver a versão original, holandesa – interrompeu Eric. – É melhor ainda.

– Se conseguir achar – disse Peter. – Nem toda locadora tem.

– Posso conseguir para você – ofereceu Eric, baixando os olhos e apertando os lábios, reproduzindo exatamente o olhar que Janine imitara para Casey pouco antes, o olhar que revelava seu interesse.

Casey fingiu não ter notado.

– Não curto muito filmes de terror – disse ela.

– É mais de suspense que de terror. Não tem muito sangue. Nem pessoas retalhadas com uma serra elétrica.

– Só pessoas enterradas vivas – acrescentou Casey.

Os dois rapazes riram mais do que o necessário.

– Vocês viram *Halloween*? – perguntou Janine. – Ou *Sexta-feira 13*? O primeiro, lógico.

– E quem não viu? – perguntou Peter sem interesse.

– Eu não vi – respondeu Casey.

– Jura? – perguntou Eric. – Eu tenho uma fita. Posso trazer um dia desses. Seguro sua mão, se ficar com medo.

Casey levantou-se num salto.

– Alguém quer queijo e torradas? Peter, pode me dar uma ajuda? – pediu ela, de um só fôlego.

– Eu a ajudo – ofereceu-se Eric, já de pé antes que Peter tivesse chance de responder.

– Acho que não temos queijo nem torradas – disse Janine, com um sorriso.

– A gente encontra alguma coisa – retrucou Eric, puxando Casey pelo braço.

Assim que entraram na cozinha ele a tomou nos braços e a beijou.

– O que está fazendo? – indagou Casey, afastando-o. Porém, seu corpo inteiro formigava.

– Beijando você – respondeu ele, e beijou-a novamente. – E acho que desta vez você me beijou também.

– Encontraram algum queijo? – perguntou Janine, com uma voz simpática, porém Casey podia sentir o ácido escorrendo.

Casey imediatamente escapou do abraço de Eric. Sabia que não havia nada que pudesse dizer àquela altura e preferiu ficar calada.

– Como eu disse, acho que não temos nenhum petisco – prosseguiu Janine, abrindo um belo sorriso.

A reuniãozinha improvisada terminou minutos depois, quando Janine anunciou que tinha de terminar um trabalho para o dia seguinte.

– Vamos sair para jantar no sábado? – sussurrou Eric no ouvido de Casey ao sair. – Eu ligo para você – acrescentou antes que ela pudesse responder.

– Então... – disse Janine sorrindo, enquanto fechava a porta. – Foi ótimo.

– Sinto muito, mesmo – desculpou-se Casey imediatamente. – É claro que não vou sair para jantar com ele.

– O que está dizendo? É óbvio que vai. Está maluca? Ele é lindo. E você gosta dele. Por que não iria?

– Porque *você* gosta dele e o viu primeiro.

Janine afastou do rosto os cabelos escuros.

INEVITÁVEL

– Não seja idiota. Não é porque eu vi primeiro que ele é meu. Está bem claro que não está interessado em mim. Ele gosta de você. E está bem claro também que você gosta dele.

– Não sei se gosto.

– Ei, eu não sou cega. Eu vi o beijo que você tascou nele na cozinha.

– Foi ele que me beijou. Fui pega totalmente de surpresa – protestou Casey.

– Na primeira vez, pode ser – corrigiu Janine. – Mas não na segunda.

Casey ficou muda. Janine testemunhara os dois beijos? Tinha visão de raios X? Ou estava só jogando verde?

– Feche a boca – disse Janine, claramente se divertindo com o constrangimento de Casey. – Senão entra mosca.

– Não se importaria mesmo se eu saísse com ele?

– Faria diferença se eu me importasse?

– Sim – insistiu Casey. – Claro que faria.

– Então você está sendo burra. E sabe que odeio gente burra. Meu Deus, que vinho horroroso – disse pegando a garrafa. – Podemos enfiar uma vela e fingir que estamos nos anos 1960.

Alguém bateu à porta.

– Não me diga que eles voltaram – surpreendeu-se Janine.

– Quem é? – perguntou Casey, sem sair do lugar.

– Casey... – chamou uma voz familiar e soluçante.

– Drew? – perguntou Casey incrédula.

Correu para a porta e abriu-a. Sua irmã de 16 anos estava no corredor, os olhos inchados de tanto chorar, o rosto coberto de lágrimas.

– O que está fazendo aqui?

– Não tinha mais para onde ir. Posso entrar?

– O quê? Claro que pode entrar. Meu Deus, o que aconteceu com você? Olha só o seu estado.

Casey conduziu a irmã até o sofá, atirou as almofadas verdes no chão e sentou-se ao lado dela. Afastou com os dedos os cabelos emaranhados que caíam sobre o rosto da irmã.

103

– O que houve? Achei que estivesse em Nova York.

– Eu estava. Fui passar o fim de semana em casa. – Olhou para Janine. – Você deve ser a Janine. Desculpe invadir sua casa desse jeito.

Janine sentou-se no sofá também.

– Tranquilo. Você está bem?

Drew sacudiu a cabeça.

– Não.

– O que houve?

Drew enxugou algumas lágrimas teimosas.

– Odeio aquela escola idiota em que o papai e Alana me botaram.

– Mas ela tem fama de ser boa – argumentou Casey. – Muito mais legal que a minha.

– Eu sei. É a "melhor escola particular do país". Eu sei, eu sei. Mas eu odeio aquilo lá. É horrível. Todo mundo é tão... estudioso.

Drew olhou de soslaio para a garrafa na mão de Janine.

– Posso tomar um pouco?

– Não – respondeu Casey. – Caso não saiba, em Rhode Island quem tem 16 anos não pode beber.

– Puxa vida, Casey.

– Conte o que aconteceu.

– Eu me meti em encrenca na escola – disse, após uma breve pausa.

– Que tipo de encrenca?

– Nada sério. Fui flagrada fumando maconha no estacionamento dos professores.

– Fumando maconha? Drew!

– Casey, por favor. Poupe-me do sermão. Estou exausta. Viajei o dia inteiro – disse e olhou para o agasalho sujo. – Minha nossa, estou imunda.

– Como assim viajou o dia todo? Como chegou aqui?

– Pedindo carona.

– Veio de carona? Ficou doida? Não sabe que está cheio de maluco por aí? Imagina o que podia ter acontecido com você.

– Casey – censurou Janine baixinho. – Pega leve.

Casey respirou fundo.

– Certo. Desculpe. Parei com o sermão. Apenas me conte o que aconteceu.

– Fui suspensa.

Casey mordeu o lábio inferior para se conter e não gritar: "Suspensa?"

– Só por uma semana. Nada de mais. Daí, decidi ir para casa.

– E aí? Papai e Alana falaram muito na sua cabeça?

– Não.

– Não ficaram zangados?

– Eles não estavam lá.

Casey tentou relembrar a agenda de viagens dos pais. Até onde sabia, estavam na Filadélfia.

– A governanta não a deixou entrar?

– Também não estava lá.

– Não tinha ninguém em casa?

– Ah, tinha. Tinha gente em casa – respondeu Drew. – Um casal muito simpático, Lyle e Susan McDermott. Parece que compraram a casa há alguns meses.

Casey ficou confusa.

– Você foi para a casa da avenida Brynmaur?

– É óbvio que fui para a casa da avenida Brynmaur. Era lá que eu morava, ora.

– Mas o papai vendeu aquela casa meses atrás.

– Você sabia?

– Você não sabia?

– Como eu poderia saber? Ninguém nunca me conta nada. Eles me enfiam num colégio interno e, quando decido ir para casa, descubro que meus pais venderam a droga da casa e se mudaram sem me dizer uma palavra. Quem faz uma coisa dessas? Quem se muda sem avisar aos filhos? Ah é, esqueci – berrou. – *Você* foi avisada.

– Com certeza, acharam que tinham avisado você também.

– Para onde diabos eles foram, afinal?

– Compraram uma casa menor perto do campo de golfe. Menor é relativo, claro – acrescentou Casey, lembrando-se da casa de mil metros quadrados para a qual os pais haviam se mudado, na Old Gulph Road.

– Sinto muito, Drew. Eu imaginei que você soubesse.

– Bem, então, da próxima vez, não imagine. Eu queria muito um pouco desse vinho.

– Não.

– Por favor, Casey – insistiu Janine, entregando a garrafa a Drew. – Um gole não vai fazer mal a ninguém.

Drew deu um longo gole antes que Casey pudesse protestar.

– Está bem, Drew, já basta – disse por fim, ao perceber que ela ia virar a garrafa toda.

– Dá para acreditar nessas pessoas? – indagou Drew a Janine.

Arrancou os tênis, trouxe os joelhos junto ao peito e começou a balançar para frente e para trás.

– Seus pais fariam uma coisa dessas?

– Meus pais se divorciaram quando eu tinha 7 anos – respondeu Janine, impassível. – Meu pai nunca pagou um centavo de pensão, embora tivesse um bom emprego e salário fixo. Minha mãe vivia processando-o, mas nunca adiantava nada. Aí, como ele se casou de novo e formou nova família, a Justiça perdoou o que ele nos devia e reduziu o valor da pensão, que ele continuou sem pagar. Por isso minha mãe foi obrigada a ter três empregos, ou seja, eu quase nunca a via. Aí ela ficou doente e teve que parar de trabalhar. E morreu três meses antes de fazer 47 anos.

Janine virou o que restava na garrafa.

– Você nunca me contou nada disso – disse Casey a Janine mais tarde, enquanto Drew roncava serenamente no sofá. – Deve ter sido tão duro para você.

– Bem, é como dizem... A vida é dura – disse Janine com seu sorriso mais deslumbrante. – E depois você morre.

– Então, o que acontece agora? – perguntou um dos médicos, enquanto Janine literalmente evaporava no ar, deixando para trás apenas seu sorriso, como o gato de *Alice no País das Maravilhas*.

– Ela parece estar respirando bem por conta própria – respondeu o dr. Ein, claramente aliviado, enquanto Casey retornava ao presente. – Acho que temos que esperar para ver.

Casey imaginou o médico balançando a cabeça.

– É o que também acho.

Capítulo 10

— ...Um MILAGRE ELA NÃO TER morrido – dizia uma voz. – Se eu fosse apostar, teria dito que ela tinha menos de 10% de chance de sobreviver.

– Ela é mesmo uma guerreira – confirmou uma segunda voz.

Casey tentava controlar a onda de pânico que sempre surgia quando despertava na completa escuridão. Será que algum dia se acostumaria àquilo? Algum dia se acostumaria a despertar ouvindo vozes estranhas por cima dela, comentando sua aparência e seu estado, como se ela fosse um objeto inanimado? Como se não passasse de uma natureza morta, pensou. Decorativa, impassível, ocupando o lugar a ela designado, para ser vista e espanada de vez em quando.

Mas alguém queria que ela realmente estivesse morta.

– Quando me pediram para avaliá-la pela primeira vez, dei uma olhada nela e pensei: "Avaliar o quê? Essa pobre coitada é caso perdido" – prosseguiu a primeira voz. – A extensão dos ferimentos era terrível.

– Ninguém acreditava que ela fosse sobreviver àquela primeira noite – concordou a segunda voz. Era Warren, Casey se deu conta, enquanto a voz dele penetrava seu subconsciente.

– Mas ela surpreendeu a todos – disse o outro homem, com a voz grave repleta de admiração. – E agora está respirando por conta própria...

– Porém... – interrompeu Warren, claramente lutando contra os próprios pensamentos. – Sua qualidade de vida... – Warren pigarreou. – Sei que ela jamais ia querer passar o resto da vida nestas condições – acrescentou.

– Sei que é muito difícil para o senhor...

– Não é em mim que estou pensando – protestou Warren com veemência.

– Estou pensando na Casey. Uma vez até conversamos sobre isso. Lembra aquela mulher, esqueci o nome dela... Uma que ficou anos em coma, e o marido queria desligar o tubo de alimentação para pôr fim ao sofrimento. Mas os pais queriam desesperadamente mantê-la viva e entraram na Justiça. Foi uma confusão, a imprensa fez um grande sensacionalismo. E lembro que a Casey me pediu que, se algum dia algo assim acontecesse com ela, eu pusesse fim ao seu sofrimento...

"Sim, eu me lembro de ter dito isso."

– Está dizendo que quer desconectar o tubo de alimentação?

"Não, vocês não podem fazer isso. Ainda não. Pelo menos até eu saber quem é o responsável."

– Não, claro que não estou dizendo isso.

"Preciso saber quem fez isso."

– Para ser honesto, não sei mais o que estou dizendo, dr. Keith. Sei que a Casey não ia querer passar o resto da vida assim, e quero fazer a coisa certa. Não quero que ela sofra mais. Eu me sinto um traidor, porque sei que estou sendo egoísta. Não estou pronto para deixar que ela se vá.

O que será que ela faria se fosse o contrário, pensou Casey subitamente. E se fosse Warren quem estivesse em coma numa cama de hospital, cego, imóvel, semana após semana, e ela ali ao lado, observando? Não estaria dizendo exatamente a mesma coisa que ele diz agora? Não estaria ao menos considerando a hipótese?

– A situação aqui é muito diferente – explicou o dr. Keith educadamente. – Aquela mulher a quem se refere estava em estado vegetativo profundo. Jamais recobraria a consciência. Ainda não sabemos se é o caso da sua esposa.

– E quando saberemos? Daqui a um ano? Cinco anos? Quinze anos?

"Quinze anos? Meu Deus. Não. Ele tem razão, dr. Keith. Não quero de jeito algum viver assim por mais 15 anos. Ou mesmo cinco. Cinco meses já são mais do que posso imaginar. Vou enlouquecer. O Warren tem razão, dr. Keith. Eu prefiro morrer do que viver assim."

"Mas ainda não. Não antes de saber quem fez isso comigo."

Era esse mistério, ela se dava conta, tanto quanto os diversos tubos a que estava ligada, o que a mantinha viva. Isso ocupava sua cabeça mais do que qualquer coisa que ouvia na TV, era mais estimulante que as conversas dos amigos, mais excitante que os boletins de sua miríade de médicos. O fato de alguém ter tentado matá-la tomava conta de seus pensamentos e ocupava seu cérebro como um insistente intruso. Que cruel ironia, pensava Casey, que sua razão de viver se resumisse a descobrir quem tentara matá-la.

– Sei que é difícil – disse o dr. Keith. – Mas temos todos os motivos para sermos otimistas. Sua esposa já contrariou as probabilidades. Sobreviveu a um acidente que teria matado qualquer outra pessoa. Seus ossos estão se consolidando muito bem. O coração está forte. Seu estado melhora dia a dia. Já saiu do respirador e respira normalmente. E seu cérebro está funcionando, ainda que em nível de atividade baixo.

– Que tal fazermos um eletroencefalograma para determinar o nível exato de função cerebral?

– Só se faz um eletroencéfalo se há suspeita de morte cerebral. Como o corpo de sua esposa está funcionando, sabemos que não é o caso. Vamos dar mais tempo a ela, sr. Marshall. Não temos certeza de nada...

– E quem me diz isso é o melhor neurologista da cidade – comentou Warren com amarga resignação.

– O cérebro é um órgão muito complexo. Veja, vou desenhar para você.

Casey ouviu o barulho do papel e o clique de uma caneta esferográfica.

– Isto é o cérebro – disse o dr. Keith, e Casey imaginou-o desenhando um grande círculo no verso do prontuário –, e esta área aqui embaixo é o cerebelo.

Ela esforçou-se para lembrar das aulas de Biologia no colégio, arrependida de não ter prestado mais atenção. Imaginou um círculo menor, sobreposto à metade inferior do primeiro.

– O cérebro está ligado à medula espinhal pelo tronco encefálico, que é cheio de nervos. Doze, para ser exato. Esses nervos controlam os diversos sentidos, como também...

– Há alguma chance de que minha mulher esteja mais consciente do que imaginamos? – interrompeu Warren. – De que ela possa ver ou ouvir?

Casey sentiu-se prendendo o fôlego. Tinha como perceberem?

– É extremamente improvável – respondeu o médico. – Mas é relativamente fácil de se descobrir. Podemos fazer uma pesquisa do nistagmo optocinético...

– Como exatamente é isso?

– Usamos um instrumento em forma de cone com quadrados claros e escuros alternados. Esse cone é girado lentamente em frente aos olhos do paciente. Uma pessoa normal pisca com a alternância de claro para escuro.

– Certamente os médicos do hospital já fizeram esse teste.

– Sim. Mais de uma vez – confirmou o médico. – A primeira, assim que sua esposa deu entrada, e novamente após as cirurgias. É claro que podemos refazer o teste, se quiser, embora...

– Embora...?

– Bem, acho que, se sua esposa estivesse enxergando, estaria fazendo tudo que pudesse para nos dizer isso.

Casey ouviu alguém respirando fundo.

– Está sugerindo que sua mulher poderia estar deliberadamente simulando seu estado?

– O quê? Não. Claro que não – rebateu Warren rapidamente. – Por quê? Isso seria possível?

– Bem, existe algo chamado reação neurótica ao estresse. A histeria de conversão transforma a ansiedade extrema em sintomas físicos. Não é voluntário; portanto, o paciente não está deliberadamente fingindo. Eu diria que podemos afastar essa hipótese neste caso. Mas podemos fazer um teste de sensibilidade corneana – acrescentou após uma breve pausa.

– O que é isso?

– Colocamos um tufo de algodão sobre a córnea. Isso provoca uma piscada vigorosa, e nos diz se há sensibilidade no olho. É muito difícil não piscar.

– Mas ela pisca.

– É puramente um ato reflexo. Estou falando de piscar como resposta a um estímulo direto.

Casey sentiu o médico se debruçando sobre ela. Ouviu um clique.

– Veja – prosseguiu o dr. Keith. – Estou colocando esta luz diretamente sobre os olhos de sua esposa. Uma pessoa normal piscaria. Uma pessoa em coma não.

– O que significa que ela não está enxergando – afirmou Warren.

– Mas não significa que não possa estar amanhã.

– E para descobrir se ela é capaz de escutar? Li sobre algo chamado prova calórica gelada.

– Vejo que alguém aqui andou navegando na internet – observou o médico, com um sorriso compreensivo na voz.

– Dr. Keith, a ideia de que minha mulher possa estar consciente, porém incapaz de se comunicar, de que possa ser prisioneira do próprio corpo, encurralada na própria mente, desesperada para nos dizer que...

— Eu compreendo sua frustração, sr. Marshall, mas o teste de que está falando é bastante agressivo. Consiste em esguichar água gelada com uma seringa diretamente no tímpano, para estimular o sistema vestibular. A reação do paciente é vômito, possivelmente convulsão...

"Não importa. Façam. Façam."

— Mas se isso servir para sabermos com certeza se ela é capaz de escutar...

— Acredite, a prova calórica gelada é capaz de despertar um cadáver.

— Então talvez devêssemos tentar.

"Com certeza deveríamos tentar."

— Eu prefiro começar com algo bem menos invasivo.

"Tipo o quê? Gritar no meu ouvido?"

— Vou pedir um PEATE — disse o médico. —É a sigla para: potencial evocado auditivo de tronco encefálico.

— Como funciona?

— Colocamos fones de ouvido no paciente — explicou o dr. Keith. — Então reproduzimos uma série de tons, especialmente cliques, em diferentes padrões, frequências e níveis de intensidade. Registramos a resposta cerebral com eletrodos, e os resultados são enviados para um computador. Assim podemos visualizar as ondas eletromagnéticas de resposta ao estímulo. É um pouco complicado, pois temos que separar os microvolts que o cérebro produz daqueles produzidos ao mesmo tempo pelo coração, pulmões e outros órgãos. O computador filtra esses ruídos externos e registra apenas as ondas cerebrais. Se a imagem que virmos no monitor for uma linha, significa que os neurônios estão mortos. Se houver ondas, significa que ela é capaz de ouvir.

— Ótimo. Faça o exame.

"Faça."

— Mais uma vez, sr. Marshall, devo lembrar que já realizamos esse exame...

— Mas não recentemente — afirmou Warren.

— Não. Não recentemente. Diga-me uma coisa: aconteceu algo que o leve a crer que a condição dela mudou?

— Não. Não exatamente. É que semana passada minha cunhada me disse uma coisa que não me saiu mais da cabeça. Ela disse que, às vezes, a Casey tem uma expressão diferente, quase como se estivesse ouvindo, como se estivesse entendendo...

Casey sentiu o médico se aproximando novamente para examiná-la mais de perto.

— Francamente, não vejo nada na expressão dela que indique isso. Mas também não sou parente dela. Vocês a conhecem muito melhor do que eu. E tudo é possível. Então, sugiro agendarmos o exame de potencial evocado auditivo, e depois disso voltamos a discutir.

— E quando podemos fazer esse exame? — perguntou Warren.

— Acredito que muito em breve. Amanhã ou depois.

"Quanto antes, melhor."

— Mas esteja ciente de que, mesmo que o exame indique que sua esposa pode escutar — acrescentou o dr. Keith —, não necessariamente significa que ela entende o que está ouvindo.

— Compreendo. Mas preciso saber.

— Procure não ficar ansioso demais, sr. Marshall. Se sua esposa estiver escutando, e sabemos que há um mês ela não estava, significa que está progredindo. Pode significar até mesmo que esteja a caminho da recuperação total.

Recuperação total, Casey repetiu. Isso é possível?

— Já sabe para onde vai levá-la durante a reabilitação?

— Vou levar a Casey para casa — disse Warren resoluto.

— Talvez devesse repensar isso — aconselhou o dr. Keith. — Casey vai necessitar de cuidados 24 horas por dia, pelo menos por mais dois ou três meses. Vai estar no soro, conectada ao tubo de alimentação, terão que mudá-la de posição algumas vezes por dia, para evitar escaras... Cuidar dela será um trabalho em tempo integral. É muito pesado para você. Se quiser, minha secretária pode lhe mandar uma lista de lugares...

– Já providenciei uma enfermeira e um fisioterapeuta – informou Warren. – E já encomendei uma daquelas camas especiais que alternam a posição automaticamente.

– Bem, vejo que já pensou em tudo.

– Acho que minha mulher ia preferir estar em casa, doutor.

– Com certeza. Boa sorte, sr. Marshall.

Casey ouviu o dr. Keith deixando o quarto.

– Ouviu isso, Casey? –Warren puxou uma cadeira para perto da cama e sentou-se. – Vamos descobrir se a Drew tinha razão, se você consegue ouvir. Não é ótimo?

"Seria um começo."

– Se você pode escutar... – disse ele, hesitando antes de prosseguir. – Se você estiver me ouvindo, quero que saiba que esses últimos dois anos foram muito importantes para mim. Você tem sido uma esposa fantástica, a melhor amante e companheira que um homem poderia querer. Esse tempo que estamos juntos tem sido o mais feliz da minha vida. É muito importante para mim que você saiba disso.

"Eu sei. Eu sinto a mesma coisa."

– Sr. Marshall – interrompeu uma voz vindo da porta.

"Ah, por favor, Patsy. Se manda."

– Desculpe incomodar. Vi o dr. Keith no corredor. Está tudo bem?

– Sim, tudo bem.

"Você não tem chance alguma aqui. Vá embora."

– Tem certeza? Parece tão triste.

– Estou bem. E, por favor, me chame de Warren.

– Warren – repetiu Patsy baixinho.

Casey quase podia ouvi-la ronronando.

– Como está a sra. Marshall hoje?

– Nada de novo.

Casey sentiu a mudança no ar com a chegada de Patsy. O cheiro de lavanda repentinamente rodopiava em torno de sua cabeça, dançava sob as narinas e penetrava pelos poros. Casey agarrava-se àquele aroma como se ele fosse o próprio ar. Era real? E se fosse, o que isso significava? Que estava recuperando mais um de seus sentidos? E, caso estivesse realmente recuperando o olfato, quanto tempo levaria para recuperar os demais sentidos? Quanto tempo demoraria para que pudesse ver, e se mover, e falar, para voltar a ser um ser humano, para poder tomar seu marido em seus braços saudosos e sussurrar suaves palavras de amor em seu ouvido, como ele estava fazendo antes de Patsy chegar, em péssima hora. Quanto tempo até que pudesse dizer à Patsy o que ela devia fazer com aquelas palavras falsas de solidariedade?

– Os cabelos dela já cresceram bastante no lugar onde foram raspados – observou Patsy, ajeitando os travesseiros sob a cabeça de Casey. – Algum problema na nuca?

Casey levou um instante para entender que Patsy se dirigia a Warren.

– Ah, está só um pouco tensa – respondeu Warren. – Devo ter dormido de mau jeito.

– Deixe eu dar uma olhada. Fiz um curso de massoterapia ano passado.

"É claro que fez", Casey pensou.

– Uma mulher de muitos talentos.

– Espero que sim. Onde está doendo?

– Bem aqui. Sim, é esse o ponto.

– Está muito tenso – disse Patsy. – E o ombro também.

– Não me dei conta de que eu estava tão tenso.

– Está brincando? E o que esperava? Está aqui todos os dias, sentado nessa cadeira desconfortável, preocupado com sua esposa. Aposto que não tem dormido o bastante. Provavelmente suas costas inteiras estão tensas.

Warren gemeu.

– Apenas relaxe. Isso. Agora respire fundo.

Warren inspirou.

– Expire bem devagar. Ótimo. De novo.

Outra inspiração profunda, seguida de uma expiração prolongada.

– O que você precisa é de uma massagem completa para se livrar de todos estes nós.

– O que preciso é que minha mulher fique boa – disse Warren.

– Ficar doente não vai ajudá-la em nada. Tem que cuidar de você, sr. Mar... Warren. Senão, como vai dar conta quando ela for para casa?

– Bem, estou contando com você para me ajudar com isso. Isto é, se aquela oferta que você fez ainda estiver de pé.

"Ah, não. Não é uma boa ideia."

Casey não precisava de olhos para ver o sorriso que se abriu no rosto de Patsy.

– É claro que sim. Estou pronta para ir. Assim que souber que dia a sra. Marshall terá alta, avise-me. Estarei lá.

– A casa é grande. Você terá um ótimo quarto, bem ao lado do de Casey.

"Como assim? Onde você vai dormir?"

– Acha que é seguro? – perguntou Patsy, encabulada.

– Seguro?

– Não acha que a pessoa que tentou matar Casey poderia tentar de novo?

Warren deu um suspiro que tremulou no ar.

– Acho que o acidente de Casey foi apenas isso. Um acidente – disse ele com tristeza. – O resto não passa de coincidências e especulações.

"Será que Warren tinha razão?", Casey se perguntou. Será que a pessoa que a atropelou havia entrado no estacionamento imediatamente depois dela por mera coincidência? Será que o detetive Spinetti havia formulado toda aquela teoria baseado apenas em especulações?

– Nossa, isso é muito bom – dizia Warren. – Já lhe disseram que suas mãos são mágicas?

– O que está acontecendo aqui? – interrompeu uma voz. – Eu achava que a paciente era aquela na cama.

– Janine – disse Warren, sua voz tomando todo o quarto. – Minha nuca estava meio rígida. A Patsy estava só...

–A Patsy já pode ir – disse Janine de forma incisiva.

Movimentos apressados. O cheiro de lavanda afastando-se.

– Tem certeza de que é só a nuca que está rígida? – perguntou Janine, sarcástica.

– Preciso de um café – disse Warren sucinto. – Quer que eu traga algo para você?

– Não, obrigada.

Janine sentou-se na cadeira antes ocupada por Warren e passou as unhas longas delicadamente pela testa de Casey.

– O que é que estava acontecendo aqui? – indagou.

CAPÍTULO 11

– O QUE É QUE ESTÁ ACONTECENDO?

Casey ouviu a si mesma berrando, uma adolescente de 16 anos de idade em lágrimas, sacudindo o jornal em frente ao rosto confuso de seu pai.

– Não estou entendendo. Como pôde deixar que escrevessem estas coisas aqui? Por que não os processa, pai?

Seu pai riu, ignorando a indignação de Casey.

– Deixe que eles falem o que quiserem. Os cães ladram, e a caravana passa. Não há provas de que eu tenha feito nada ilegal.

– Ilegal? – repetiu Drew, sentada entre eles à mesa da cozinha. – Você fez alguma coisa ilegal?

Ronald Lerner ignorou a filha caçula, como se ela não estivesse ali.

Casey suspirou silenciosamente em seu sono, as distantes memórias de seu pai se reavivando em seu leito de hospital. Ela sempre pensou que, se houvesse uma palavra que melhor descrevesse Ronald Lerner, essa palavra seria "demais". Ele era bonito demais, rico demais, charmoso demais, atlético demais, bem-sucedido demais. Seu cabelo era macio demais; suas mãos, grandes demais; sua voz, suave demais; seu sorriso, sedutor demais. Tudo – mulheres, dinheiro, reputação, poder – sempre estivera ao alcance de suas mãos. Suas façanhas – e elas remontavam aos tempos de escola – eram lendárias: a vez em que persuadiu a secretária do diretor a deixar que desse uma olhada na prova final de Química; a vez em que não apenas conseguiu se livrar de uma multa de estacionamento, mas ainda terminou na cama com a guarda de trânsito; a vez em que saiu com a garota mais popular da escola só para depois trocá-la pela mãe.

O avô paterno de Casey havia conseguido muito dinheiro na bolsa de valores e deixou para o único filho uma herança de alguns milhões de dólares, que o filho transformou numa imensa fortuna de quase um bilhão. Ao longo do caminho, Ronald Lerner adquiriu a merecida fama de astuto e esperto, e de não se recusar a pegar atalhos. Grande era também grande sua fama de mulherengo, que ele jamais negava. E vez por outra corriam rumores sobre supostos golpes, que ele sempre menosprezava como conversa de gente medíocre e invejosa.

– Você viu que ele não negou – ressaltou Drew, depois que o pai terminou o café e saiu da cozinha.

– Cale a boca, Drew.

– Cale a boca você.

– Acha mesmo que ele sabia que aquela empresa ia falir? – perguntou Casey à irmã de 12 anos. – Como ele poderia saber?

– Como *eu* vou saber?

– Você não sabe de nada – insistiu Casey, enfática.

– Nem você.

– Conheço o papai.

– Então, está bem.

Drew engoliu de uma vez só o resto do suco de laranja e sumiu da cozinha.

Casey ficou ali imóvel por alguns segundos, depois baixou a cabeça e explodiu em lágrimas. Não estava chorando por causa da briga com a irmã. Brigar com Drew tornara-se um ritual diário, assim como escovar os dentes e pentear os cabelos. Não, Casey chorava porque sabia que Drew tinha razão. Apesar da fingida indiferença do pai e de seu sorriso fácil, ele jamais negara ter feito algo ilegal.

E, Casey se deu conta, Drew também tinha razão sobre outra coisa: ela não conhecia nem um pouco o pai. Deixara suas fantasias calarem seus instintos. "Um hábito difícil de romper", pensava agora, abrindo os olhos.

Casey levou alguns segundos para se dar conta de que a escuridão era menos densa do que era antes de dormir. E levou ainda menos tempo para se dar conta de que conseguia distinguir formas – a ponta da cama, uma cadeira no canto, o brilho tímido da Lua entrando furtivamente por entre as palhetas da veneziana e refletindo de forma sinistra na minúscula TV suspensa no teto.

Ela estava enxergando.

Lentamente, Casey moveu os olhos de um lado para o outro. Havia uma cadeira ao lado da cama e outra encostada na parede à frente. Havia um pequeno banheiro à direita da porta do quarto, e podia-se entrever uma privada. A porta que dava para o corredor estava fechada, porém via-se um facho estreito de luz fluorescente sob ela. Ouvia lá fora os barulhos típicos do hospital à noite – pacientes gemendo, passos apressados de enfermeiras no corredor, o tique-taque dos relógios marcando os minutos até o amanhecer.

Casey ouviu passos se aproximando e viu uma sombra interrompendo o facho de luz sob a porta. Havia alguém lá fora? Estava prestes a entrar? Quem seria? O que queriam ali no meio da noite?

A porta se abriu. Casey se retraiu, cegada pelo clarão repentino, como se o próprio sol tivesse explodido em frente aos seus olhos. Um vulto adentrou o quarto e se aproximou da cama, deixando a porta bater. Era algum de seus médicos? Será que um daqueles monitores ligados a ela havia de algum modo informado os médicos que ela podia enxergar?

– Puxa, você está mal – disse uma voz nasalada vagamente familiar.

Quem estava ali?, Casey se perguntava, tomada por uma onda de pânico que crescia conforme o vulto se aproximava.

– Quantos tubos e fios! Não lhe favorecem muito. Mas tudo que sobe desce, não é mesmo?

"Do que está falando? Quem é você?"

– Você me jogou no inferno, sabia?

"Alguém pode me dizer o que está acontecendo? Quem é esse homem?"

– Sabia que a polícia já me interrogou três vezes desde que você inventou de ser atropelada?

"Eu inventei de ser atropelada!"

– Parece que para os nossos estimados homens da lei a palavra de uma mãe não basta. Parece que mães sempre mentem para proteger os filhos. Um policial teve o desplante de me dizer isso, como se eu não soubesse. Sou advogado, afinal de contas. Ainda que atualmente desempregado.

"Meu Deus. Richard Mooney."

– Graças a você.

"O que você está fazendo aqui? O que você quer?"

– Queria ver com meus próprios olhos em que estado você se encontra. Não me pareceu boa ideia vir no horário normal de visita, com a polícia ainda rondando por aí. E vejo que ainda está respirando.

Ainda respirando, Casey repetiu, perguntando-se se ele podia ouvir seu coração disparado.

– Mas vamos já cuidar disso.

"O quê? Não!"

– Minha mãe sempre me disse para terminar o que comecei.

Ele puxou o travesseiro debaixo da cabeça de Casey e rapidamente pressionou-o contra o rosto dela, cobrindo os olhos, o nariz e a boca.

E de repente Casey estava gritando, gritando o mais alto que podia, gritando até que se esgotassem o ar nos pulmões e as forças de seu corpo debilitado.

"Alguém me ajude!", berrava, sentindo o que ainda restava de ar escapando do corpo, e ouvindo os passos de Warren correndo lá fora, mas sabendo que não chegaria a tempo.

Casey estava deitada em sua cama, os olhos cegos fitando o teto, e compreendeu que era um sonho. Richard Mooney não estava ali. Warren não estava vindo correndo para salvá-la.

Não havia nada além de escuridão.

As noites eram o pior de tudo.

Era quando vinham os sonhos, os pesadelos afloravam, e os fantasmas a visitavam. Quantas vezes sonhara que podia enxergar e, depois, acordara no mesmo buraco negro em que despencara naquela tarde de março? Quantas vezes sonhara que podia falar e, depois, acordara no silêncio? Quantas vezes fantasiara que podia se mover, andar, correr, dançar, para em seguida se ver presa àquela cama por correntes invisíveis; o corpo outrora forte e vibrante agora transformado numa masmorra inescapável?

Quanto tempo levaria até enlouquecer, até abandonar intencionalmente sua sanidade para escapar deste inferno na Terra? Quem tinha feito aquilo com ela, e por quê – e que diferença isso fazia? Seu pai não vivia dizendo que só o que importava eram os resultados?

– Isso mesmo, Casey – ouvia agora seu pai lhe dizendo, sua voz penetrando a noite. – Transfira o peso para o outro pé. Baixe o lado direito do quadril antes de dar a tacada.

Era tão fácil para ela – transferir o peso de um pé para o outro, baixar instintivamente o quadril direito, girar graciosamente o madeira 5, como se os braços e o taco fossem uma coisa só, as costas se arqueando suavemente enquanto as mãos erguiam o taco sobre o ombro esquerdo.

– Que jogo mais idiota! – reclamava Drew, observando Casey no campo de treino.

Casey acabara de terminar o 1º. ano na Brown e fora passar as férias de verão em casa. Ronald e Alana Lerner foram para a Espanha três dias depois, deixando as meninas com a governanta.

– Papai sempre diz que golfe não é um jogo...

– Ah, não! – resmungou Drew, interrompendo Casey no meio da frase. – Se eu ouvir mais uma vez essa bobajada de que o golfe simboliza a vida, eu vomito.

– Mas é verdade. Pode-se dizer muita coisa sobre o caráter de uma pessoa observando como joga golfe.

– O papai trapaceia – disse Drew impassível.

– Papai tem *handicap* zero. Foi campeão do clube cinco anos seguidos. Ele não precisa trapacear.

– Ninguém disse que ele precisa. Ele trapaceia porque quer.

– Isso é ridículo. Você não sabe o que está falando.

– Eu sei o que falam dele – rebateu Drew em tom presunçoso. – Ouvi uns caras conversando sobre ele no clube. Diziam que quando o papai perde uma bola entre as árvores, joga outra no chão e diz que encontrou.

– São só invejosos...

– Diziam que uma vez deu uma tacada num par três, e ninguém viu onde a bola foi parar. Papai disse que a viu passando do *green* e foi procurá-la. Enquanto isso, um cara encontrou a bola no buraco. Ele fez um *hole-in-one*! Quando o cara ia anunciar, o papai berrou: "Achei!", e mostrou outra bola. Aí o cara meteu a bola do papai no bolso e não disse nada.

– O papai fez um *hole-in-one*, e o cara não disse a ele?

– Quem rouba perde.

– O papai deve ter se enganado.

– Por que você sempre o defende? – questionou Drew.

– E por que você sempre o ataca? – rebateu Casey.

– Você é cega – disse Drew, largando Casey sozinha no campo de treino.

Casey ficou observando Drew andando de cabeça baixa até a sede. Seu corpo de menina de 15 anos começava a ganhar forma. Logo os moletons largos e os jeans rasgados seriam substituídos por camisetas curtas justinhas e por *shorts* tão curtos que despertariam a fúria das sócias mais velhas. Como resultado, tais roupas foram consideradas inapropriadas e banidas do clube. Assim como foi banido um golfista júnior, flagrado com Drew numa posição que definitivamente não era do jogo de golfe.

Ronald Lerner estava evidentemente constrangido.

– Lembre-se de uma coisa – disse, repreendendo a filha. – Quando um garoto é displicente, as pessoas dizem que isso é coisa de garoto. Mas se é uma garota, as pessoas dizem que ela é uma vagabunda.

Drew era displicente, mas estava feliz. Finalmente encontrara um jeito de ganhar a atenção do pai.

Não que tenha durado muito. Nada prendia a atenção de Ronald Lerner por muito tempo.

– Onde está o seu pai? – Casey ouviu a mãe perguntar, a voz de Alana vindo do canto do quarto no hospital.

– Acho que ele saiu.

Casey parou de arrumar a mala e virou-se para a mãe, que estava em pé na porta. Era raro sua mãe sair do quarto, mas o copo na mão era mais que normal.

– O que está fazendo? – perguntou a mãe. – Vai viajar?

– Estou me mudando para o centro – Casey relembrou a mãe. – Para a minha própria casa.

Não deu mais explicações. Não tinha por quê. Sua mãe não se lembraria depois mesmo. Já dissera a ela várias vezes que o negócio que havia aberto com Janine estava começando a decolar e que queria morar na cidade.

– Eu já tinha contado.

– Todo mundo me abandona – disse Alana, fazendo-se de vítima.

– Tenho certeza de que meu pai logo estará em casa.

– Por que nunca fazemos nada juntas? – falou em tom de recriminação.

"Porque você nunca me chamou para fazer nada", replicou Casey silenciosamente. "Porque você está sempre bêbada, ou dormindo, ou viajando. Porque você nunca demonstrou o mínimo interesse por mim. Nunca. Em todos esses anos."

Porque...

Porque...

Porque não.

– Você me odeia – disse a mãe.

Casey não respondeu. Estava pensando que aquela era a conversa mais longa que já tivera com a mãe.

E foi também a última.

Três meses depois, Alana Lerner morreu, junto do marido, quando o pequeno avião que ele pilotava caiu na baía, numa tarde de tempo muito ruim. A autópsia revelou níveis elevados de álcool no sangue de ambos.

– E como fica agora? – indagou Drew, puxando uma cadeira para perto da cama de Casey no hospital, botando as mãos atrás da cabeça. – Dividimos os espólios?

– Não exatamente.

Casey se preparou para a explosão que ela sabia que viria a seguir.

– Por que isso não está me cheirando bem?

Drew baixou as mãos e inclinou-se à frente. Estava grávida de quase quatro meses e quase não tinha barriga ainda, embora os seios estivessem visivelmente maiores sob o suéter branco.

– Está dizendo que ele deixou tudo para você?

– Não, claro que não. Ele dividiu a herança em partes iguais.

– Mas...?

– Ele estabeleceu condições – começou a dizer Casey.

– Que tipo de condições?

– São para a sua própria proteção...

– Sem papo furado. Vá direto ao ponto.

– O ponto é que o papai me nomeou testamenteira.

– Ele a nomeou testamenteira – repetiu Drew, batendo o pé inquieta.

– Eu preferia que não tivesse feito isso.

– Não tenho dúvida.

Drew levantou-se num salto e começou a andar de um lado para o outro.

– Então pode simplesmente me dar meu dinheiro, certo?

– O papai queria que eu lhe desse uma mesada – disse Casey, evasiva.

– Mesada?

– É uma quantia significativa.

– Uma mesada – repetiu Drew. – Como se eu fosse criança.

– Você tem só 21 anos, Drew.

– E você mal fez 25. Que mesada ele determinou para você? – disse, e os olhos se encheram de lágrimas. – Foi o que eu imaginei. Isso é injusto, e você sabe.

– Vamos relaxar, respirar fundo...

– Seria tudo muito mais fácil se você simplesmente tivesse morrido – disse Drew.

– Uau – disse Janine, saindo do banheiro, com o batom vermelho sangue recém-retocado nos lábios. – Isso é coisa que se diga para a sua irmã?

– Ela tem todo o direito de estar zangada – disse Casey, enquanto Drew se fundia à parede.

– Por que simplesmente não dá o dinheiro a ela? – sugeriu Gail, materializando-se junto à janela, e limpando botões mortos num vaso de gerânios laranja.

– Já tentei – Casey relembrou a amiga. – Dei a ela mais de cem mil dólares para comprar uma franquia de uma academia que ela queria desesperadamente. A academia naufragou em menos de um ano.

– Se bem me lembro, também deu a ela 50 mil... – começou a dizer Janine.

– E ela cheirou tudo – completou Gail.

– Talvez pudesse fazer dela sua sócia no novo negócio – sugeriu Janine, com um resto de ressentimento em seu sorriso radiante.

– Por favor, Janine. Eu achava que já tínhamos superado isso.

– E eu achava que fôssemos amigas.

– Nós somos amigas.

– Não tenha tanta certeza.

"Não, não, não. Não quero ouvir isso."

– A paciente é uma mulher de 32 anos, vítima de um atropelamento seguido de fuga ocorrido há aproximadamente três semanas – anunciou o dr. Peabody de repente, lendo de sua prancheta ao entrar no quarto, seguido por Warren e Drew, ambos vestindo uniformes hospitalares.

– Como vai nossa paciente hoje? – perguntou Warren, olhando o prontuário.

– Seria tudo muito mais fácil se ela simplesmente tivesse morrido – disse Drew.

"Acorde. Por favor, acorde."

– É melhor nós sairmos – sugeriu Gail. – Vamos deixar os médicos trabalharem.

– Este exame pode demorar um pouco – explicou o médico.

– Vamos pegar um café. Quer alguma coisa, Warren? – ofereceu Janine.

Casey ouviu o marido dar um profundo suspiro de nervoso.

– Não, obrigado.

– Tente não se preocupar – pediu Gail. – Como o médico disse, se ela estiver escutando, pode significar que esteja a caminho da recuperação total.

– Vamos torcer – disse Warren.

"Espere. Do que estão falando?"

Segundos depois, Casey ouviu o equipamento sendo trazido para o quarto. E o burburinho dos médicos, e as canetas tomando notas. Minutos depois disso, sentiu mãos tocando sua cabeça e fones sendo colocados nos ouvidos.

Naquele instante ela entendeu que já não era mais noite e que todos os fantasmas tinha ido para casa. Era de manhã, e ela estava totalmente acordada.

Aquilo estava mesmo acontecendo.

CAPÍTULO 12

— "Quem quer muito conhecer a história do homem e como a misteriosa mistura se comporta sob os variáveis experimentos do Tempo não se ateve, ainda que brevemente, à vida de Santa Teresa, não sorriu com carinho ao pensar na menininha que certa manhã saiu andando de mãos dadas com o irmãozinho ainda menor, em busca do martírio no país dos mouros?" Hein? Pode repetir isso? – pediu Janine. – Certo. De novo. "Quem quer muito conhecer a história do homem e como a misteriosa mistura se comporta sob os variáveis experimentos do Tempo..." Não é de se admirar que você detestasse este livro. Só as primeiras frases já me deixaram totalmente confusa. Isso nem parece que é inglês. Eu achava que George Eliot era da Inglaterra.

Barulho de páginas sendo viradas.

– Sim. Diz aqui na introdução que Eliot nasceu em 22 de novembro de 1819, em Nuneaton, em Warwickshire, na Inglaterra, e é considerado o maior romancista da era vitoriana. Melhor até que Henry Fielding, ao menos na opinião de Henry James, que escreveu uma crítica em 1873. É frequentemente comparado a *Guerra e Paz* e a *Irmãos Karamazov*, e um professor chamado Geoffrey Tillotson diz que *Middlemarch* é "certamente o melhor dentre os melhores romances do mundo". Lembrando que ele disse isso em 1951, quando *O vale das bonecas* ainda não havia sido escrito. Enfim, continuando: "Com passos hesitantes, partiram da acidentada Ávila, de olhos arregalados, parecendo vulneráveis como dois filhotes de cervo, mas com corações humanos que já batiam por uma ideia de nação." Caramba. Não é a minha onda. Ideias nacionalistas nunca foram o meu forte.

Mais páginas sendo viradas.

– Sabia que George Eliot na verdade era uma mulher chamada Mary Anne Evans? É óbvio que sabia. E que seu objetivo ao escrever *Middlemarch* era ilustrar todos os aspectos da vida no interior às vésperas da Grande Reforma? Parece que ela queria mostrar "os efeitos das ações e das opiniões sobre indivíduos de diversas classes". O que poderia ser interessante, se Mary Anne Evans tivesse um pouco mais de Jacqueline Susann. Vejamos. Onde eu parei? "...já batiam por uma ideia de nação." Blá-blá-blá. Sério, esta parte não é muito interessante. Acho que podemos pular. "Alguns sentiram que essas vidas desajeitadas se devem à inconveniente indefinição que o Poder Supremo conferiu à natureza das mulheres: se houvesse um nível da incompetência feminina tão estrito quanto a habilidade de contar apenas até três, o fado das mulheres poderia então ser tratado com precisão científica." Não faço a menor ideia do que ela está dizendo. É melhor acordar logo, senão vou entrar em coma também. Por favor, Casey. Você não vai querer ouvir mais 600 páginas deste negócio, vai?

Uma gargalhada, seguida de passos. Alguém se aproximando da cama.

Um risinho.

– O que está fazendo? – perguntou Gail.

Outro risinho.

– Cumprindo minha ameaça.

– Você vai ler esse livro todo?

– Espero que eu não precise. Espero que ela fique tão irritada que acorde e acerte minha cabeça com ele.

– Acha que ela está entendendo o que você está lendo?

– Se estiver, está melhor que eu – admitiu Janine.

Um suspiro profundo. O barulho de um livro sendo fechado.

– Depois dos exames que indicaram que Casey pode ouvir, os médicos acham que devemos estimular ainda mais seu cérebro. E eu lhe pergunto: o que pode ser mais estimulante que *Middlemarch*? Droga, não sei se isso é boa ou má notícia – disse Janine.

– Como assim?

Janine baixou a voz.

– O fato de Casey poder ouvir significa que sua condição definitivamente está melhor, e que ela pode estar voltando. Mas, ao mesmo tempo – a voz tornou-se um sussurro –, não consigo não pensar em como deve ser terrível para ela ficar aí deitada, incapaz de enxergar, falar ou se mexer, mas ouvindo tudo. E se ela estiver entendendo tudo que ouve? E se ela souber que alguém pode ter tentado matá-la?

– Aonde quer chegar?

O sussurro ganhou certo tom de apelo.

– Acha que ela pode pensar que fui eu?

– Não seja ridícula.

– Nós conhecemos a Casey. E eu nem sempre concordei com ela em tudo. As coisas ficaram bastante tensas quando ela decidiu desfazer a sociedade, e admito que tive pensamentos bem ruins.

– Por exemplo?

– Eu rezei para que o negócio dela desse errado, para que ela perdesse todo o dinheiro e até para que os cabelos dela caíssem.

– Você rezou para os cabelos caírem? – A voz de Gail era tão alta quanto incrédula.

– Ssh! Eu não queria isso de verdade.

– Mesmo assim.

– Eu não desejaria isso nem ao meu pior inimigo – disse Janine.

"Será que você é exatamente assim? Será que todo este último ano foi uma grande encenação? Será que você me odeia a ponto de querer me ver morta? Que você estava apenas fingindo ser minha amiga, esperando o momento certo para agir? Que você é de alguma forma responsável pelo inferno pelo qual estou passando?"

– Sabe que eu amo você – disse Janine melancólica. – Não sabe, Casey?

"Sei?"

– Temos que pensar positivo – estava dizendo Gail. – Temos que acreditar que ela estar ouvindo é uma coisa boa, que ela está a caminho da recuperação. E, Casey, se estiver entendendo o que falamos, imagino como deve ser assustador e frustrante. Mas ao menos está vendo o quanto todos nós nos importamos com você, e quanto o Warren a adora, e como todos estão torcendo por você. Então, fique boa logo.

"Oh, Gail. A doce, generosa, ingênua e crédula Gail. Sempre vendo o lado bom em todos. Ao menos posso contar com você, sempre."

– Mas, e se os anos se passarem – disse Janine baixinho –, e ela não melhorar? Se ficar aprisionada aí, talvez para sempre...?

– Não vai ficar. Casey é forte. Já passou por muita coisa na vida...

– Ah, por favor – interrompeu Janine, mudando de tom rápida e visivelmente. – Sim, a Casey não teve os melhores pais do mundo, mas ao menos eles tiveram a decência de morrer e deixar para ela uma fortuna obscena. Além disso, ela não foi exatamente azarada no critério beleza. Sem falar que é inteligente, teve boa educação e...

– Está em coma.

– Sim, ela está em coma.

Janine respirou fundo.

– Sinto muito, Casey. Caso esteja entendendo alguma coisa, desculpe. Não foi o que eu quis dizer. Sei que devo soar invejosa, mas não é assim que me sinto.

"Não?"

– Ela sabe disso – disse Gail.
Pareceu-me bem convincente.
– Lembra-se de quando nos conhecemos? – perguntou Janine, e Casey imaginou por um instante que estava falando com ela.
– Claro que lembro – respondeu Gail. – Foi ódio à primeira vista.
– Você me odiou?
– *Você* me odiou – corrigiu Gail.
– Foi assim tão óbvio?
– Só para quem não é cego.
– É... bem, acho que me senti ameaçada – admitiu Janine. – Afinal, você e a Casey eram amigas desde sempre. Eu era a novata.
– Você morava com ela, era a colega de faculdade. Eu era a amiga de infância que preferiu se casar a estudar, que jamais poderia competir intelectualmente com você...
– Pouca gente pode – comentou Janine, tendo a decência de rir em seguida.
Gail deu um risinho.
– Acho que todo mundo que conhece a Casey a quer só para si.
– Então, como acabamos virando amigas?
– Acho que a Casey não nos deu muita escolha. Ela foi persistente. Não foi, Casey? "Ela é uma pessoa muito legal" – imitou Gail. – "É que demora um pouquinho para conhecê-la direito."
– "Não a subestime. Ela é muito esperta. Dê uma chance a ela" – emendou Janine.
– Todos aqueles almoços...
– Traumáticos.
– Todas aquelas baladinhas.
– Excruciantes.
– E quando seus sentimentos mudaram? – perguntou Gail.
– Quem disse que mudaram? Não gosto de você até hoje. – disse Janine rindo. – Sabe que estou brincando, não é?
– Eu sei.
"Não tenha tanta certeza."

– Acho que foi durante a última internação do Mike – emendou Janine espontaneamente. – Você era tão amável e forte que era difícil não admirá-la. Você simplesmente aceitava o que estava acontecendo, jamais ficava zangada nem amaldiçoava o destino. Diferente de mim, que passei a vida maldizendo alguma coisa. Eu achava aquilo incrível. E daí passei a achar você incrível também.

– Não sou – negou Gail.

"É, sim."

– Por fim, percebi que a Casey tinha razão, que eu tinha subestimado você, que por baixo desses cabelos desgrenhados e desse sorriso tímido havia uma força da natureza. Era impossível não admirá-la. Mas já basta de falar de você – disse Janine, novamente rindo. – Quando você se deu conta de que estava enganada ao meu respeito?

Gail riu.

– Mais ou menos na mesma época – admitiu. – Eu estava mais perdida que cachorro em dia de mudança, tentando tomar todas as providências necessárias e, ao mesmo tempo, dar amparo à mãe do Mike, que estava arrasada. Estava totalmente sem rumo, mas tinha que segurar a onda. É claro que Casey estava me dando apoio, solidária como sempre. Isso não me surpreendeu. Mas você me surpreendeu. Você também estava por perto. Toda vez que eu me virava, via você ajudando com alguma coisa, organizando não sei o quê. E depois do funeral foi você quem assumiu a cozinha, preparando bandejas de sanduíches, colocando os pratos na lava-louças, limpando tudo, enquanto eu recebia os convidados na sala.

– Eu só não queria que a Casey levasse os créditos sozinha.

– Por que tem tanto medo de que as pessoas vejam quem você realmente é?

"Quem você realmente é, Janine?"

– Talvez porque descobririam que não há muito o que ver.

"Ou talvez haja demais."

Barulho de páginas sendo viradas.

– Como George Eliot sabiamente observa: "Quem quer muito conhecer a história do homem e como a misteriosa mistura se comporta sob os variáveis experimentos do Tempo não se ateve, ainda que brevemente, à vida de Santa Teresa...?"
– O quê?
– "Essa mulher espanhola que viveu há trezentos anos certamente não foi a última de seu tipo" – prosseguiu Janine. – "Muitas Teresas nasceram e não encontraram para si uma vida épica onde houvesse o permanente desenrolar de uma ação de grande ressonância..."
– Está se comparando a Santa Teresa?
– "...talvez apenas uma vida de enganos, o fruto da má combinação entre uma certa grandeza espiritual e a inferioridade de oportunidades."
– Isso é realmente adorável – comentou Gail. – Eu acho.
– E eu acho que já basta de Literatura por hoje para mim. Tenho que ir.

Barulho de uma cadeira sendo empurrada. Cheiro de perfume francês caro. Os lábios de Janine tocando sua bochecha.

"Está tudo voltando", pensou Casey, quase explodindo de euforia, embora permanecesse inerte. Ela estava ouvindo. Sentia cheiros. Sentia toques. A qualquer momento seu corpo não conseguiria mais conter suas emoções, e ela sairia andando, falando, gritando na janela, com certeza.

– Você me liga mais tarde? – pediu Janine.
– Claro.

O ruído abafado de um abraço, estalidos de salto alto no assoalho, a porta abrindo e fechando, a cadeira sendo arrastada para perto da cama.

– Espero que não tenha levado nada disso muito a sério – disse Gail. – A Janine se faz de rude, mas no fundo é uma flor. Sabia que ela vem visitar você todos os dias, desde o acidente?

"Segundo o detetive Spinetti, não foi acidente."

– Por que ela viria aqui todo dia se não amasse você?

"Talvez para monitorar minha recuperação, esperando uma oportunidade de terminar o serviço?"

Casey sentiu uma mão macia tocando sua testa e sentiu o cheiro gostoso de sabonete Ivory. Existiria cheiro melhor?

– Mas, enfim, estamos todos tão empolgados com as novidades. O Warren ligou para todo mundo ontem à noite. Está felicíssimo. "Ela pode ouvir", ele gritou quando atendi ao telefone. Antes mesmo de eu dizer alô. "O exame mostrou que ela pode ouvir." Ainda não sabemos se isso significa que você entende alguma coisa, mas ele disse que os médicos estão esperançosos e que temos motivos para ficarmos cautelosamente otimistas. Foram as palavras do médico: cautelosamente otimistas. Mas é melhor que estar cautelosamente pessimista, certo? Acho que sim. Mas enfim...

Sua voz foi sumindo aos poucos.

– Não vou ler para você. Vou deixar isso por conta da Janine. Vou ficar aqui conversando com você, se não se incomodar. Vou lhe contar o que aconteceu na minha vida nas últimas semanas. E, acredite, não vai querer perder uma palavra. Juro. É coisa bem picante. Bem – corrigiu ela –, picante para mim.

Respirou fundo antes de seguir adiante. Sua respiração atravessou ondulante o quarto.

– Conheci um cara.

Mais uma pausa. Puxou a cadeira mais para perto da cama. Um penetrante cheiro de morango misturado com limão pairou no ar.

Provavelmente era o xampu de Gail, pensou Casey, deleitando-se com aquele aroma magnífico.

Gail deu um risinho, e prosseguiu:

– Deve ter ouvido quando comentei com a Janine. Mas eu não contei muita coisa a ela. Conhece a Janine. Ia querer saber tudo, ia me fuzilar de perguntas. E é tão recente, tenho medo de atrair azar. Faz algum sentido o que estou dizendo? – deu outro risinho. – Certo, então vamos lá. Ele se chama Stan Leonard e tem 38 anos. A mulher teve câncer de mama e morreu há três anos. Tem dois filhos: o William, de 10 anos, e a Angela, de 7. Ele é programador e mora numa casa própria em Chestnut Hill. E não é financiada. Ele gosta de cinema, de teatro e de viajar, mas, depois que a mulher morreu, não teve muitas chances de fazer essas coisas. Que mais?

Ela continuou:

– Deixe-me ver... Não é muito alto, uns dois ou três centímetros mais alto que eu, mas para mim está bom. O Mike também não era muito alto. E poderia perder uns quilinhos, nada demais. Na verdade, gosto do Stan do jeito que ele é: não muito perfeitinho. Mas sei que a Janine ia dizer que ele poderia emagrecer, foi um dos motivos pelos quais eu não quis contar muita coisa a ela. Não quero que fique julgando o Stan. Ou talvez eu não queira que ela *me* julgue. Não sei. Só sei que eu o acho muito fofo. Sim, ele tem um barriguinha, e seus cabelos estão ficando meio ralos no alto da cabeça. Mas tem os olhos azul-acinzentados mais lindos que já vi. São realmente fora do comum. E quando ele sorri, os cantos da boca se viram para baixo, e não para cima. Acho isso estranhamente charmoso, não me pergunte por quê.

O som suave de uma risada de Gail se sobrepôs ao fim da descrição que fazia dele.

– Mas, surpreendentemente, ele é bem forte. Faz musculação e tem bíceps incríveis. Não tipo Arnold Schwarzenegger, nada disso. Mas é mais musculoso do que seria de se esperar de um *nerd*. É assim que ele se descreve, um *nerd*, embora eu não o ache tão *nerd* assim. Acho que você concordaria comigo. Você ia achá-lo bonitinho, eu imagino.

Fez uma pausa e continuou:

– E ele é tão legal, Casey. Tenho certeza de que iria gostar dele. Ele faz aquela coisa de se inclinar para a frente, apoiado nos cotovelos, quando você está falando, como se você fosse a única pessoa presente. Mas não é falsidade. Ele se interessa de verdade. E sinto que posso contar a ele coisas que ninguém mais sabe, exceto você. Coisas sobre o Mike. E ele me entende, pois a mulher dele morreu jovem também, então temos essa tristeza em comum. Isso soa sentimentaloide? Porque não é. A gente não fica o tempo todo chorando e se lamuriando. Na verdade, rimos bastante juntos. Estou parecendo insensível? Espero que não.

"Você jamais pareceria insensível."

– Primeiro eu me sentia muito culpada. No começo. Parecia que eu não estava sendo fiel ao Mike, mesmo depois de tanto tempo. Você sabe que saí com poucos homens depois que o Mike morreu, e, mesmo assim, eram caras por quem eu não sentia atração de verdade. Então não me sentia culpada. Mas com o Stan é diferente. Já contei como nos conhecemos?

"Conte."

– Foi na praça Rittenhouse, ao lado daquela escultura do leão esmagando a serpente. No fim do mês passado, na hora do almoço. Eu estava terminando de comer um sanduíche de atum que tinha levado de casa, tentando não fazer muita sujeira. Aí, um cara chegou e ficou analisando a escultura por uns minutos. Depois se sentou ao meu lado no banco e me perguntou se eu sabia o que ela representava. Eu expliquei para ele: foi feita por um francês há mais de cem anos e simboliza o triunfo da monarquia sobre a turba da democracia. O que parece uma frase saída direto de *Middlemarch*, pensando agora. Mas enfim... Começamos um longo bate-papo sobre arte, e ele me convidou para ver a nova exposição do Art Institute. E, para minha surpresa, eu aceitei. Até agora, não acreditei. Deixei um completo estranho me seduzir. E logo numa praça pública. Nunca faço uma coisa dessas.

Riu e prosseguiu com o discurso:

– Então, alguns dias depois, fomos à exposição. Era uma exposição de expressionistas alemães, muito boa. Depois ele me levou para jantar num restaurante mexicano em Lancaster. A academia do Warren fica em Lancaster, não?

Continuou:

– Mas, enfim, passamos a noite toda conversando. Quer dizer, até as 23 horas, que era o horário em que a babá dos filhos dele ia embora. Ele não tentou me beijar, nem nada assim, mas, antes de ir embora, ele me perguntou se nos veríamos de novo. E eu me vi dizendo *sim*. Quando me dei conta, já estava me ligando todo dia. Saímos de novo, e, no terceiro encontro, ele enfim me beijou. E foi incrível! Casey, foi tão incrível. Língua na medida certa. Meu Deus!, não acredito que estou dizendo isso alto. Estou parecendo ridícula?

"Está parecendo uma mulher apaixonada."

– Mas agora ele está falando em viajarmos no fim de semana, o que significa que deve estar imaginando que vou dormir com ele. Quer dizer, não deve estar planejando que fiquemos em quartos separados, certo? Não é que eu não queira dormir com ele. Não me entenda errado. Eu quero. Não penso em outra coisa. Mas faz anos que não durmo com ninguém. Desde o Mike, meu Deus. Dizem que é como andar de bicicleta, mas nunca fui muito boa andando de bicicleta. Lembra que quando éramos pequenas eu sempre perdia o equilíbrio e caía? E a ideia de tirar a roupa na frente dele... Não sei se vou conseguir. E se ele me vir nua e se jogar dentro do rio Schuylkill?

Deu um risinho e acrescentou:

– Então, preciso de você, minha melhor amiga, para me dizer o que fazer, porque realmente não sei. E nem acredito que estou aqui tagarelando sobre isso. É tão fútil, comparado com o que você está passando. E eu me sinto mais ou menos como me sentia com o Mike. Fico pensando: como eu posso sair e me divertir com você aqui deitada em coma? Como posso rir? Como posso me dar o luxo de me divertir?

"Porque você merece. Porque a vida continua. Porque só temos uma chance e nunca sabemos o que o destino nos reserva."

– Apenas saiba que amo você, preciso de você e nem tenho palavras para dizer quanto sinto sua falta.

"Oh, Gail! Também amo você."

– Por favor, volte para nós, Casey. Por favor, volte!

Gail fungando.

– Tudo bem por aqui? – perguntou uma voz no corredor.

– Sim. Desculpe. Você é o médico da Casey?

– Não. Sou Jeremy, o fisioterapeuta.

– Muito prazer, Jeremy. Eu sou a Gail, amiga dela.

– Muito prazer, Gail.
– Como ela está?
– Um pouco mais forte a cada dia.
– Isso é ótimo. Ouviu isso, Casey? Você está ficando mais forte a cada dia.

"Estou ficando mais forte."

– Vamos continuar trabalhando para esses músculos voltarem à ativa.

– Acho que é melhor eu ir embora – disse Gail. – Para deixar você trabalhar.

– Posso lhe dar mais alguns minutos, se quiser.

– Obrigada.

Uma ligeira pausa, um risinho tímido.

–Eis aí um homem bonito. Você tem mesmo que acordar logo, Casey. Ele definitivamente vale uma olhadela. Parece uma mistura de Denzel e Brad. Quase tão perfeito quanto o Warren.

Inclinou-se à frente e deu um beijo no rosto de Casey.

– Até amanhã.

"Até amanhã", repetiu Casey silenciosamente, e as palavras ecoaram na caverna de sua mente, até se tornarem uma prece.

Capítulo 13

— Lester Whitmore, venha para cá! – chamou o locutor. – Você é o próximo participante de *O preço certo*!

— Meu Deus, olha só esse cara! – berrou Drew ao lado do ouvido de Casey. – Ah, desculpe! Vivo esquecendo que você não pode ver. Droga, borrei minhas unhas.

O cheiro forte de esmalte fresco dizia a Casey que sua irmã provavelmente estava fazendo as unhas. Ela se perguntava há quanto tempo Drew estaria no quarto.

— Tinha que ver esse cara – prosseguiu Drew. – Parece que vai ter um infarto, de tão empolgado que está. Está suando em bicas dentro de uma camisa havaiana horrorosa e pulando que nem um maluco. Agora está abraçando os outros participantes, mas nenhum deles parece muito feliz com o abraço.

"*O preço certo*", pensou Casey. Ela crescera assistindo a esse programa. O fato de estar no ar até hoje era estranhamente – e imensamente – reconfortante.

— Ih, olha só. Eles têm que adivinhar o preço de um conjunto de tacos de golfe, incluindo a bolsa.

— Quatrocentos dólares – arriscou o primeiro participante.

– Quatrocentos dólares? – repetiu Drew. – Tá maluco? Até eu sei que custa muito mais que isso.

– Setecentos e cinquenta dólares – apostou o segundo.

– Mil – palpitou o terceiro.

– Mil e um – disse Lester Whitmore.

– O que acha, Casey? Com certeza você sabe a resposta.

"Supondo que sejam tacos bons e uma bolsa decente, eu diria 1.600 dólares."

– A resposta certa é: 1.620 dólares – anunciou o apresentador. – Lester Whitmore, você é o vencedor de *O preço certo*!

– E aí, chegou perto? – perguntou Drew. – Muito perto, aposto. Em se tratando de golfe, você é imbatível, não é?

– Uau, que tacada! – Casey ouviu Warren dizer surpreso, em algum recôndito distante de seu cérebro, com a voz cheia de admiração.

Casey viu Warren deixando a escuridão de sua mente para ser banhado pelo sol fulgurante de um belo dia de primavera.

– Onde aprendeu a bater numa bola de golfe desse jeito?

– Meu pai me ensinou – disse Casey, colocando-se ao lado dele sob o sol.

– Quem é seu pai? Arnold Palmer?

Casey riu e saiu caminhando, puxando o carrinho com os tacos.

– Seu *drive* parece ter sido melhor que o meu – disse Warren, enquanto se aproximavam das duas bolinhas brancas, distantes apenas alguns centímetros uma da outra, a cerca de 200 jardas da área do *tee*.

De fato, a tacada inicial de Casey havia sido melhor que a de seu belo oponente.

– Não vai nem me dizer que foi apenas uma tacada de sorte? Não vai consolar meu ego masculino ferido?

– Ele precisa de consolo?

– Talvez algumas palavras gentis.

– Você fica lindo inseguro – respondeu Casey.

E ficou aliviada quando Warren riu. Não queria parecer maliciosa ou convencida. Dias antes, quando Warren ligou convidando-a para sair e perguntou timidamente se ela jogava golfe, Casey omitiu que pertencia ao clube mais grã-fino da cidade e que tinha *handicap* nove. Respondeu simplesmente que adoraria jogar. Até aquela manhã ainda estava pensando se deveria jogar abaixo de seu nível normal, permitindo que Warren se sentisse viril e superior.

E decidiu que não.

Casey ficou observando Warren ensaiar concentradamente seu *swing* para a próxima tacada. E o viu bater na bola com um *slice*, fazendo-a aterrissar no belo córrego que serpenteava pelos primeiros nove buracos do Cobb's Creek, recentemente eleito o sexto melhor campo municipal de golfe do país pela revista *Golfweek*. Lembrou-se de seu pai. "Se tiver chance de chutar o traseiro de alguém, chute", ele costumava dizer. Porém ela não estava interessada em chutar o traseiro de ninguém, muito menos o belo traseiro de Warren. Que mal havia em deixá-lo vencer? Bastaria inclinar-se, baixar o cotovelo esquerdo ou tirar o olho da bola na hora de bater, e assim também jogar a bola na água. Mas, em vez disso, ela assumiu a postura apropriada, alinhou o corpo, abandonou a lembrança do pai e qualquer outro pensamento, e deu a tacada. Segundos depois, a bolinha atravessava sem esforço o córrego para aterrissar no meio do *green*, a uns três metros da bandeira.

– Por que tenho a impressão de que você já fez isso antes? – indagou Warren, após ver sua terceira tacada colocar a bola próxima à dela.

– Na verdade, sou uma boa golfista – admitiu, partindo para fazer um *birdie*.

– Já percebi.

– Eu recusei uma bolsa de estudos para jogar pela Duke – contou a ele dois buracos (e dois pares) depois.

– E por quê?

– Por que acho que esporte é diversão, não trabalho.

– Deixe-me ver se entendi direito: em vez de passar a vida jogando golfe nesses cenários deslumbrantes, prefere ficar dentro de um escritório encontrando emprego para advogados insatisfeitos.

– Eu preferia estar decorando os escritórios deles – rebateu Casey.

– E por que não está?

Casey tirou a bola do buraco, guardou-a no bolso e saiu andando rapidamente para o buraco seguinte. Warren seguiu atrás, esforçando-se para alcançá-la.

– Meu pai achava que coisas como decoração eram fúteis e não valiam meu tempo. Ele insistia que, já que não queria a bolsa da Duke, ao menos fosse estudar algo mais sério. Por isso, acabei indo estudar Psicologia e Letras na Brown, apesar de não entender bulhufas de comportamento humano e de ter vontade de arrancar os cabelos quando leio George Eliot.

– Isso ainda não explica por que acabou abrindo uma agência de recolocação profissional para advogados.

– Para ser honesta, eu mesma não sei direito como isso aconteceu. Você teria que perguntar à Janine. Foi ideia dela.

– Janine?

– Minha sócia, Janine Pegabo. Com quem você estava com uma reunião marcada na manhã em que nos conhecemos.

– Aquela que quebrou o dente comendo um *bagel* – lembrou-se Warren.

– Essa mesma.

– Como está ela?

– Vai precisar refazer uma coroa.

– Ui.

– Ela não está nada feliz.

– E você? – perguntou Warren.

– Eu não preciso refazer uma coroa.

– Você está feliz?

Casey pensou por um instante antes de responder.

– Razoavelmente feliz, acho.

– Razoavelmente ou para além de qualquer dúvida razoável?

– Existe tal coisa?

Antes de colocar o *tee*, Casey aguardou que as duas duplas que jogavam à frente deles liberassem o *green* daquele complicado buraco de par três. A pergunta de Warren ainda ecoava em seus ouvidos ao dar a tacada. E o resultado disso foi um *swing* um pouco forte demais, que mandou a bola baixa e descaindo para a esquerda, indo parar no banco de areia atrás do *green*.

– Aí está. Esta é a minha chance.

Warren pegou o ferro sete e deu a tacada. A bola subiu alto e aterrissou delicadamente no *green*.

– Isso! – gritou ele, antes de a bola descair para a direita e sumir numa moita. – Droga. Isso não é justo.

– Um advogado que espera que a vida seja justa. Interessante – disse Casey, caminhando pelo estreito *fairway*. – Na verdade, estou fazendo um curso de decoração de interiores à noite, faz alguns anos. Espero receber meu diploma muito em breve.

– E o que seu pai acha disso?

– Meu pai faleceu.

Seria possível que ele não soubesse quem era o pai dela?

– Sinto muito.

– Ele e minha mãe morreram num acidente no seu jatinho particular há cinco anos.

Já eram pistas suficientes.

– Sinto muito – repetiu Warren, parecendo ainda não se dar conta. – Deve ter sido terrível para você.

– Foi difícil. Especialmente com aquele assédio todo da mídia.

– Por que a mídia assediava vocês?

– Porque meu pai era Ronald Lerner – respondeu Casey, aguardando a reação de Warren.

Nenhuma reação.

– Nunca ouviu falar de Ronald Lerner?

– Eu deveria?

A expressão de Casey indicava que sim.

– Eu cresci em New Jersey e estudei Direito em Nova York – disse, relembrando-a. – Só me mudei para a Filadélfia quando fui trabalhar no Miller e Sheridan. Talvez possa me atualizar do que eu perdi.

– Talvez outra hora – respondeu Casey.

Ela entrou no banco de areia, cujo formato lembrava vagamente o de um coração, enquanto Warren se encaminhava para o outro lado do *green*. Afundou os calcanhares na areia macia e firmou bem os pés antes de levantar os olhos para traçar a trajetória. Viu de canto de olho Warren esperando para dar a próxima tacada. Sua bolinha estava pousada sobre um pequeno monte de folhas. Estava tão visível assim antes?, ela se perguntou, revendo mentalmente a tacada inicial. "Droga", dissera ele antes de a bolinha sumir de vista. "Isso não é justo." É claro que a bolinha não havia parado dentro da moita, como imaginaram a princípio. E ela estava olhando de um ângulo diferente agora.

– Preocupe-se com seu próprio jogo – repreendeu-se baixinho.

Errou completamente a bola, algo que não acontecia desde que era criança, ainda aprendendo a jogar.

Terminou com 85, o que era bastante respeitável, mas ainda quatro tacadas acima de seu *handicap*. Warren fez 92, mas, pelos cálculos silenciosos de Casey, na verdade eram 93. (Não estava contando os pontos dele intencionalmente; era algo que ela fazia sem pensar.) Mas podia estar enganada. Ou talvez Warren tivesse se equivocado. Eles conversaram sem parar, era fácil perder a conta. Ou talvez quisesse apenas impressioná-la.

– Ele rouba no golfe – pensou ouvir a irmã dizer.

– Cala a boca, Drew! – murmurou Casey.

– Perdão – disse Warren. – Você falou alguma coisa?

– Eu falei: sabe por que golfe é uma palavrinha pequena?

– Não. Por quê?

Casey sorriu lembrando-se da velha piada que Warren certamente já ouvira dúzias de vezes, embora tivesse dito que não por educação.

– Porque de palavrão já bastam os que dizemos durante o jogo.

– Droga – xingou Drew novamente, tirando Casey de seus devaneios. – É nisso que dá fazer as próprias unhas. Quem costuma fazer minhas unhas é a Amy. Lembra da Amy, aquela que tem um *piercing* de diamante na língua? Ela trabalha naquele salão chamado You've Got Nails!, na Pine Street. Enfim... Ela é a melhor manicure da cidade. Eu ia lá uma vez por semana, há séculos. Até, claro, você vir parar aqui. Agora não posso mais gastar 25 dólares por semana, míseros 25 dólares – enfatizou Drew – para manter minhas mãos apresentáveis. Nada de manicure, a não ser que resolva deixar minha filha passando fome. O que não seria má ideia, porque a pequena Lola está começando a virar uma bolinha. Sim, eu sei que ela só tem 5 anos, que pode deixar para se preocupar com dietas mais tarde. Mas, para uma garota, cuidado não é nunca demais.

Drew bufou com desprezo.

– Acho que não preciso lhe dizer isso. Se tivesse olhado para os dois lados, não estaríamos nesta situação agora.

– Angela Campbell, venha para cá! Você é a próxima participante de *O preço certo*!

Drew continuou tagarelando, sua voz competindo com os gritinhos da concorrente seguinte. Após alguns minutos, Casey foi apagando. Estava exausta daquele falatório que queimava seus ouvidos como ferro quente desde que os médicos descobriram que ela podia escutar e recomendarem que todos falassem com ela o máximo possível. Desde então, as vozes não cessavam jamais, num esforço bem-intencionado, ainda que desnecessário, de estimular mais seu cérebro. O barulho começava pela manhã com a ronda dos internos, continuava durante o dia com a visita de médicos e enfermeiras, e em seguida de parentes e amigos, e estendia-se até tarde da noite, quando vinha o pessoal da limpeza. Quando não estavam falando com ela, estavam lendo para ela: as enfermeiras liam a primeira página do jornal; sua sobrinha contava orgulhosa a história da Chapeuzinho Vermelho; Janine continuava com seu torturante passeio pelas ruas de *Middlemarch* do século XIX.

Além disso, tinha a TV com sua procissão de programas de entrevistas idiotas matutinos, *game shows* histéricos e novelas recheadas de sexo à tarde. Depois vinha Montel, e dr. Phil, e Oprah, e Ellen, seguidos dos peritos forenses de *C.S.I.* e dos médicos libidinosos de *Grey's Anatomy*, ou dos advogados bizarros de *Boston Legal*. Todos disputando sua atenção exclusiva.

E, claro, Warren.

Ele vinha todos os dias. Sempre lhe dava um beijo na testa e acariciava sua mão. Depois puxava a cadeira para perto da cama, sentava-se e falava com ela com ternura, contando como fora seu dia e relatando as conversas que tivera com os diversos médicos. Dissera que queria que houvesse outros exames a serem feitos, exames que indicassem se ela entendia o que estava ouvindo e quanto entendia. Tinha de haver algum modo de avaliar sua atividade cerebral, ela o ouvira discutir com o dr. Zarb. Quanto tempo levaria para voltar a usar os braços e as pernas?, perguntara a Jeremy. Quando poderia levá-la para casa?

Imaginou-o fitando fixamente seus olhos abertos e cegos. Qualquer pessoa que visse aquela cena certamente daria meia-volta, para não interferir naquele momento tão íntimo. Quer dizer, qualquer pessoa exceto Janine, que não tinha nenhum constrangimento em chegar sem pedir licença, e Drew, sempre alheia a tudo que não dizia respeito a ela.

Ou será que Drew era menos alheia do que parecia?

Seria possível que sua irmã tivesse tentado matá-la para pôr as mãos na fortuna que acreditava ser dela por direito?

– "Achei que devia lhe contar, porque você seguia adiante como sempre faz, sem ver onde está, pisando no lugar errado" – lia Janine. – "Você sempre vê o que ninguém mais vê, e entretanto jamais enxerga o óbvio."

Será que não via o óbvio quando se tratava de sua irmã? Será que estava pisando no lugar errado, recusando-se a enxergar o óbvio?

Uma coisa era óbvia, Casey era forçada a admitir: Drew tinha um motivo e teve a oportunidade.

"Não, não vou fazer isso. Não vou permitir que as suspeitas do detetive Spinetti envenenem minha mente. Warren ainda está convencido de que foi um acidente. Confie nos instintos dele. Concentre-se em algo mais agradável. Ouça a porcaria da televisão. Descubra quanto custa aquele tubo grande de pasta de dente."

– Então, fale-me um pouco de você – pediu o apresentador ao novo concorrente histérico.

– Então, fale-me mais sobre Casey Lerner – ouviu Warren dizer, a voz dele afagando sua nuca, chamando-a de volta a um passado não tão distante, à época em que o relacionamento estava começando, quando cada encontro trazia maravilhosas descobertas, e o amor se escondia em cada suspiro, pairando tentadoramente em cada silêncio da conversa.

– O que quer saber?

Estavam passando a manhã no mercado de produtores em Lancaster, uma aprazível cidadezinha de menos de 60 mil habitantes, uns cem quilômetros a oeste da Filadélfia. Era antigamente uma colônia menonita chamada Gibson's Pasture, fundada por imigrantes suíços, em torno de 1700. Hoje, é um centro urbano formado por ruas de pedestres, onde antigos prédios históricos dividem espaço com lojas modernas. O mercado de produtores, onde muitos fazendeiros *amish* vendem carne, frutas, legumes, verduras, biscoitos e artesanato, estava em funcionamento desde o início do século 18. O prédio de tijolos vermelhos era um dos mais antigos mercados cobertos dos Estados Unidos.

– Quero saber tudo – disse Warren.

– Só isso?

– Não sou de pedir muito.

Casey deu um sorriso.

– Não sou muito complicada.

– Por algum motivo, duvido.

– É verdade. Sou bastante direta. Sou basicamente o que você está vendo.

Ela fez uma pausa e inclinou a cabeça de lado, os cabelos louros compridos caindo sobre o ombro direito.

– Diga-me você. O que está vendo?

Outra pausa. Warren se aproximou mais, deixando o rosto a centímetros do dela.

– Vejo uma bela mulher de olhos azuis e tristes.

– O quê?

– E só fico me perguntando o que a tem deixado tão triste – prosseguiu, ignorando a interrupção.

– Está enganado – refutou Casey. – Não sou...

– E tenho vontade de tomá-la em meus braços, abraçá-la e dizer que vai ficar tudo bem...

– ... triste.

– E de beijá-la, e tornar tudo melhor.

– Bem, talvez só um pouco triste.

Casey levantou o rosto enquanto ele movia os lábios em direção aos dela, tocando sua boca como uma leve pluma.

– Pensando melhor, na verdade estou um tanto confusa – sussurrou, envolvendo-o com os braços enquanto ele a beijava novamente.

Passaram a noite, sua primeira noite juntos, no King's Cottage, um casarão em estilo espanhol transformado em pousada, uma das duas pousadas da região. Construído em 1913, tinha oito quartos com banheiro privativo, mobília antiga e camas grandes e confortáveis.

– Que adorável! – disse Casey, ao receber as chaves da proprietária de cabelos cor de fogo.

– Você que é adorável – disse Warren, novamente abraçando-a.

Fizeram amor, a primeira de muitas vezes que fariam amor ao longo daquela noite e das semanas que se seguiram. E cada vez era *mágica*, como mais tarde confidenciaria a Janine e a Gail.

– Parece que ele consegue ler minha mente – disse a elas.

– Que romântico! – disse Gail.

– Com licença, vou ali vomitar – disse Janine.

O assunto filhos surgiu durante outra de suas fugas de fim de semana, desta vez para a cidade histórica de Gettysburg. Estavam quase terminando a trilha de 1,5 quilômetro que contornava o monte Big Round Top quando três adolescentes passaram rápido por eles, quase derrubando Casey.

– E então, quantos filhos gostaria de ter? – indagou Warren, segurando-a pelo cotovelo para que não caísse.

– Não sei. Nunca pensei sobre isso – mentiu Casey.

Na verdade, ela pensava muito em ter filhos. Sempre se perguntava que tipo de mãe ela seria – ausente e indiferente, como havia sido sua mãe, carente e perdida, como Drew, ou talvez, esperava, como a mãe "de verdade" que se lembrava de ter visto na caixa de areia quando criança, uma mulher que curtia seus filhos e queria cuidar deles.

– Acho que dois. E você?

– Bem, lembre-se de que sou filho único. Por isso sempre imaginei uma casa cheia de crianças, mas dois está bom.

Ele sorriu, como se tivessem acabado de chegar a um acordo e tomado uma decisão.

Casey fingiu não ter percebido.

– Como eram seus pais?

– Na verdade, não conheci direito meu pai – disse Warren com naturalidade. – Ele morreu quando eu era pequeno. Minha mãe, por outro lado... – ele riu. – Ela era feroz. Uma força a ser enfrentada.

– Como assim?

– Para começar, ela se casou cinco vezes.

– Está brincando!

– É sério. Segundo se conta na família, ela se divorciou do primeiro marido depois que ele a empurrou escada abaixo. O segundo foi preso por estelionato. O terceiro, meu pai, o único que prestava, de acordo com minha mãe, morreu de infarto aos 49 anos. Não me lembro bem do quarto e do quinto. Eu estudava no colégio interno durante esses dois fiascos. No entanto, minha mãe conseguiu sair dessas duas experiências com dinheiro bastante para manter o estilo de vida que sempre ambicionou. Por falar nisso, tenho que insistir para que façamos um acordo pré-nupcial.

– O quê?

– Antes de seguirmos adiante com esse papo de casamento...

– Que papo de casamento?

– No seu escritório, no dia em que nos conhecemos... Já esqueceu que a pedi em casamento aquele dia?

– Não estava falando sério – disse Casey, embora soubesse desde sempre que ele falava mesmo sério.

– Quero que procure um advogado e peça a ele para redigir um minucioso acordo pré-nupcial. No caso de um divórcio, o que jamais vai acontecer, acredite, pois pretendo fazer de você a mulher mais delirantemente feliz do mundo, quero ter certeza de que seus bens estejam totalmente protegidos. Ninguém, absolutamente ninguém, jamais poderá questionar minha motivação para me casar com você nem me acusar de estar interessado no seu dinheiro.

– E então, e o meu dinheiro? – perguntava Drew agora.

Casey imediatamente retornou ao presente. Com quem Drew estava falando?

– Como eu já lhe expliquei, a situação é muito complicada... – disse Warren.

– O que tem de complicado? É o meu dinheiro.

– Sim, é o seu dinheiro. Mas estava sob os cuidados da Casey, e ela agora está...

– Dormindo com os anjos. Diga algo que ainda não sei.

– Estou tentando.

Casey visualizou a irmã cruzando os braços com os dedos esticados para não borrar o esmalte e recostando-se na cadeira, cerrando os dentes impaciente.

– Sou toda ouvidos, doutor – disse ela. Vejamos se consegue.

CAPÍTULO 14

– COMO EU IA DIZENDO, a situação é muito complicada.

Warren fez uma pausa, como se esperasse ser interrompido novamente por Drew. Mas a interrupção não ocorreu; então, ele prosseguiu.

– Falei com William Billy, um de meus sócios...
– Esse é o verdadeiro nome dele?
– William Billy, sim.
– O nome dele é Willy Billy?

Drew deu uma gargalhada.

– Acha isso engraçado?
– E você não?
– Não especialmente.

"É um pouco engraçado", pensou Casey, imaginando o homem. Quase dois metros de altura, ombros largos e pescoço da largura de um tronco de árvore, tudo isso arruinado por um timbre de voz quase feminino. Tinha cabelos ruivos ralos, e a pele branca fantasmagórica ganhava o mesmo tom vermelho quando ele ficava agitado ou irritado, o que infelizmente acontecia a maior parte do tempo, devido em boa parte ao seu nome. William Billy. Billy Billy. Willy Billy. Willy Nilly.

– William Billy por acaso é um dos melhores advogados imobiliários da cidade.

– Tinha que ser.

– Posso continuar? Achei que estivesse ansiosa por esta informação.

– E estou. Por favor, vá em frente.

Ela riu novamente.

– Você está drogada?

– O quê?

– Está drogada, não está?

– Não.

– Não está? – repetiu Warren. – Você parece que tem 5 anos.

– Não, essa é a Lola, sua sobrinha, que aparentemente você pretende matar de fome.

– O que você usou? Cocaína? Ecstasy?

– Ah, dá um tempo! Quem me dera.

– Alguma coisa você usou.

– Não estou sendo julgada aqui, Warren. Não me trate como uma dessas testemunhas... Como se chamam?

– De Jeová? – completou Warren, impassível.

Mais risadas.

– Essa agora foi engraçada. Sabia que você tinha senso de humor. Mas não, não é disso que estou falando.

– Você por acaso sabe o que está falando?

– Adversa – disse Drew. – Era essa a palavra que eu estava procurando. Não sou uma testemunha adversa. Bem, talvez eu seja adversa. Uma testemunha de Jeová adversa.

Ela riu de novo.

– Não vou nem tentar conversar com você nesse estado.

– Não estou drogada, Warren – insistiu Drew. – E pode baixar o tom de voz alguns decibéis, por favor. O hospital inteiro não precisa ficar sabendo. Sim, talvez eu tenha fumado um pouco de maconha antes de vir para cá – admitiu, agora sussurrando. – Vai me condenar por tentar aliviar um pouco isso tudo? Não é exatamente agradável vir aqui e ver minha irmã nessa condição...

– A quem você acha que engana? – indagou Warren, finalmente perdendo a paciência. – Você só olha para o próprio umbigo.

– E você não? –perguntou Drew, em tom acusador. – Bem, deixe-me adivinhar o que vai me dizer. Posso?

Casey imaginou Warren levantando as palmas das mãos, como se entregasse o palco a Drew.

– Você conversou com nosso estimado William Billy, um dos maiores advogados imobiliários da Filadélfia. Willy Billy de Fili! Não é perfeito?

Ela riu novamente.

– Desculpe. Desculpe. Não resisti. E a Casey também achou engraçado.

– O quê?

– Olhe a cara dela – apontou Drew. – Ela está rindo. Eu posso ver.

Tinha razão, pensou Casey. "Willy Billy de Fili" foi boa. Apesar de tudo, Drew conseguira fazê-la rir, ainda que Drew fosse a única pessoa capaz de ver isso.

– Você não sabe o que está dizendo – disse Warren com desdém.

– Eu tinha razão quando disse que ela podia ouvir – lembrou Drew. – E tenho razão agora de novo. A Casey está rindo. Ela está entendendo. Então, é melhor ser legal comigo, senão ela vai ficar zangada com você quando recobrar a consciência.

– Estou tentando ajudá-la, sua tola.

– Como? Roubando meu dinheiro?

– Não estou... Ouça, não quero discutir. Conversei com meu sócio...

– E você é o novo testamenteiro dos bens dos meus pais – exclamou Drew triunfante. – Estou certa?

– Não é tão simples assim.

– Então, por favor, simplifique.

– Na... ausência da Casey, fui nomeado testamenteiro temporário do patrimônio. É apenas temporário – enfatizou ele, já esperando que Drew fizesse objeções –, até termos uma noção melhor do que está acontecendo com a Casey, quando um tribunal irá decidir...

– Então pode levar anos – interrompeu Drew.

– Talvez, sim.

– E durante esses anos meu dinheiro estará temporariamente sob seu controle.

– Você vai receber seu dinheiro, Drew. Pretendo seguir os desejos de sua irmã ao pé da letra. Continuará recebendo sua mesada mensal.

– Isso é papo furado, e você sabe disso.

– Nada mudou.

– Tudo mudou. Minha irmã está em coma. É você quem está dando as cartas.

– O que quer que eu faça, Drew?

– Que me dê o que é meu. Por que você tem que tomar parte nas decisões?

– Porque sou marido da Casey.

– Você é marido dela há... quanto tempo? Dois anos, no máximo? Eu sou irmã dela a vida toda. E ainda que meu pai não tenha me confiado seu rico patrimônio, tenho certeza de que não ia querer deixá-lo nas suas mãos.

– É apenas temporário, até...

– Até a Justiça decidir. O que pode levar anos. Já saquei tudo. E a Casey também. Não é, Casey?

"Se está insinuando que Warren está interessado no meu dinheiro, está enganada."

– Ouça, não vamos chegar a lugar algum assim – disse Warren. –É uma questão controversa.

– O que significa que está aberta ao debate.

– Significa que é uma questão teórica, sem valor ou consequências práticas.

– Significa que isso tudo é papo furado. Vou conversar pessoalmente com esse tal de Willy Billy...

– Por favor. Ficarei contente em marcar uma reunião para você.

– Não preciso que faça nada por mim. Já fez mais que o bastante. Vou contratar meu próprio Billy Babaca e vou processar você. Está entendendo?

– Faça isso, Drew. Mas, quando for me processar, lembre-se de que é muito caro me levar aos tribunais e que esse tipo de processo leva muito tempo para ser julgado. Pense também no provável resultado de uma ação como essa, considerando que sou não apenas marido e procurador legal da Casey, mas que também sou um advogado *bom para caramba*. E você é uma mãe solteira com longo histórico de uso de drogas e promiscuidade.

– Uau. Essa é uma bela tese, doutor. A Casey já conhecia esse lado seu?

– Você atiça o melhor em mim.

– O melhor? Ou o mais bruto?

– Ouça, faça o que achar melhor – prosseguiu Warren, ignorando a pergunta. – Vá em frente, contrate um advogado e me processe. Se é assim que quer jogar fora seu dinheiro, problema seu. É melhor que gastar com pó.

Silêncio, exceto pelo ruído de respiração ofegante.

Casey não sabia quem respirava mais forte, Warren ou Drew. Percebeu que na verdade sentia pena de sua irmã caçula. Ela não era páreo para Warren. Ele jamais deixaria que Drew o esmagasse como um rolo compressor, como Casey tantas vezes deixara.

– Quem é você para me dizer o que posso ou não posso fazer? – Casey lembrou-se de Drew gritando certa tarde, na sala de estar em forma de L do escuro apartamento de quarto e sala em Penn's Landing, com vista para o rio Delaware.

Cortinas pesadas mostarda, entranhadas com cheiro de maconha, impediam que o sol entrasse naquele espaço entulhado de coisas e bagunçado. Mesmo assim podia-se ver todos os seus apetrechos para drogas – um velho cachimbo preto, alguns quadrados de papel branco fino, uma nota de 20 dólares amassada, restos de pó branco; tudo sobre a mesinha de centro retangular com tampo de vidro.

– Está usando de novo – afirmou Casey, sem rodeios. – Como pode pensar na ideia de ter um filho?

– Vai tentar me impedir de pensar também?

– Sou sua irmã. Só quero o melhor para *você*.

– Você quer o melhor para você.

– Não pode ter um filho na posição em que se encontra.

– Pelo contrário – rebateu Drew. – Eu estava na posição perfeita, deitada de costas.

– Definitivamente não é hora para piadinhas infames.

– Não achei tão ruim. De qualquer jeito, o bebê não é piada. É real. E vou ter o bebê, aprove você ou não.

– Ao menos sabe quem é o pai?

– Isso importa? Sou eu que vou criar essa criança.

– Como? Com quê? Acha que vai ser fácil criar um filho sozinha?

– E quando a vida foi fácil para mim?

– Ah, nem comece com esse papo de coitadinha. Isso já cansou.

– Desculpe se aborreço você.

– Não se trata disso. Trata-se de colocar um bebê inocente no meio dessa... – os braços de Casey desenharam um círculo no ar, que tinha o cheiro doce e enjoativo de haxixe – bagunça.

– Acha que serei uma mãe tão horrível assim?

– Acho que será uma ótima mãe – disse Casey com sinceridade –, quando chegar o momento certo. Quando estiver limpa, sóbria e pronta para se assentar.

– Talvez eu esteja agora.

– Não me parece.

– Talvez não saiba de tudo.

– Sei que você teve toda sorte de problemas quando era bebê porque Alana bebia durante a gravidez...

– Está me comparando com a nossa mãe? Isso não foi legal, Casey. Não foi legal mesmo.

– Pelo amor de Deus, Drew. Este bebê não tem nenhuma chance. Ele já vai nascer viciado.

– Não se eu me internar numa clínica de reabilitação. Não se eu ficar limpa.

– Quer fazer isso?

– Farei o que for preciso.

Drew limpou as lágrimas do rosto e esfregou o nariz com as costas da mão.

– Quero muito esse bebê, Casey. Entende isso? Quero ter algo só meu, que ninguém possa tirar de mim. Alguma coisa que eu possa amar e que me ame. Incondicionalmente.

Ela se abraçou e começou a balançar para a frente e para trás, como se estivesse embalando uma criança.

– Sempre há condições – disse Casey à irmã. – E não é uma coisa, Drew. É um ser humano.

– Eu sei disso. Acha que não sei?

– O que vai fazer quando o bebê ficar chorando a noite toda?

– Vou cantar para ele dormir.

– E se ele não dormir? E se tiver cólica, se estiver mal-humorado e...

– Vou amá-lo ainda mais. Serei tão boa para ele, Casey. Eu lhe darei tanto amor. Não me importa se será menino ou menina. Vou amá-lo de qualquer jeito. E vou cuidar tão bem dele. Sei que não acredita que eu seja capaz...

– Acredito que é capaz de fazer o que quiser – argumentou Casey, percebendo a clara falta de convicção em sua voz e ciente de que Drew também a percebia. – Só acho que não é a melhor hora para tomar uma decisão como essa.

– Não me interessa o que você acha – berrou Drew. – Sabe o que *eu* acho? Que você devia ir para o inferno. Ouviu? Vá para o inferno!

E então, como era de se esperar, menos de um ano depois, sua irmã estava andando para lá e para cá, naquela mesma sala, com um bebê histérico nos braços.

– O que vou fazer, Casey? Ela me odeia.

– Ela não odeia você.

– Ela chora o tempo todo.

– Ela é um bebê. É isso que bebês fazem.

– Eu tento de tudo, Casey. Eu a embalo. Canto para ela. Troco a fralda. Dou comida. Nada faz diferença. Ela chora o dia todo. Chora a noite toda. Chora quando eu a coloco no berço. E chora mais ainda quando a pego no colo.

– Deve estar com gases.

– Eu devia tê-la amamentado – disse Drew, agora chorando também. – Os médicos no hospital tentaram me convencer, disseram que seria melhor para ela. Mas eu tinha medo de que ainda houvesse drogas no meu organismo, embora eu esteja limpa há meses. Juro que estou. Só estava sendo cautelosa, porque não queria fazer nada que a prejudicasse. E agora é tarde demais. Meu leite já secou.

– A Lola está bem tomando a mamadeira. Está ganhando peso. Está linda.

– Ela é linda mesmo, não é?

– Igual à mãe.

– Eu a amo tanto.

– Eu sei disso.

– Por que ela me odeia? – indagou Drew, melancólica.

– Ela não odeia você.

– Tinha que ver o jeito que me olha às vezes, parece que sente nojo de mim.

– Ah, Drew... Ela não sente nojo...

– Você não viu como ela me olha, Casey. Ela franze a cara e fica toda vermelha, parecendo um balão enrugado. E me olha de um jeito penetrante com esses olhões escuros, como se soubesse tudo sobre mim. Como se estivesse me julgando.

– Bebês não pensam, Drew. Não fazem juízos de valor.
– Eu só queria que ela me amasse.
– Ela ama você.
– Não – insistiu. – Ela sabe que sou uma farsa.
– Você não é uma farsa. Você é a mãe dela.
– Sou uma mãe horrorosa.
– Não, não é.
– Sou, sim. Às vezes, quando ela chora, eu tenho vontade de sufocá-la com um travesseiro. Claro que eu jamais faria uma coisa dessas – acrescentou rapidamente.
– Eu sei disso.
– Mas só de pensar em tal coisa...
– Você está exausta – sugeriu Casey.
– Não durmo há dias – confirmou Drew. – Talvez há mais de uma semana. Toda vez que me deito, toda vez que fecho os olhos, ela começa a chorar. Parece que ela sabe, parece que faz de propósito.
– Ela não faz de propósito.
– Estou tão cansada.
– Que tal contratar uma pessoa para ajudá-la? – sugeriu Casey cuidadosamente.

Já havia feito essa sugestão várias vezes, e Drew sempre recusava.

– Quer dizer... uma babá? – Drew proferiu a palavra como se fosse um xingamento.
– Alguém para lhe dar uma mão, para que você consiga dormir um pouco. Todo mundo precisa descansar de vez em quando.
– Minha filha não vai ser criada por estranhos.
– Não é para sempre.
– Não posso bancar uma babá.

Casey sacudiu a cabeça. Já haviam tido aquela conversa antes.

– Eu pago para você.
– Não quero sua caridade.
– Não é caridade.

– Só porque vai sair da herança. Porque é meu dinheiro – berrou Drew, ainda mais alto que os berros cada vez mais desesperados do bebê.

– Isso é ridículo, Drew. Não vê que só quero ajudar? Por que para você sempre se trata de dinheiro?

– Porque se trata de dinheiro! Você é tão cega assim ou é só idiota?

– Meu Deus! – disse Casey totalmente exasperada. – Por que não cala a boca?

– Por que não vai para o inferno? – rebateu Drew.

– E então, quando vou receber meu dinheiro? – perguntava Drew agora, a voz baixa e abafada, como se estivesse com o queixo encostado no peito.

– Posso fazer um cheque agora mesmo, se quiser – disse Warren.

Casey ouviu um barulho de esferográfica escrevendo.

– Confira. Verifique se o valor está correto – aconselhou Warren.

– Está certo.

Uma segunda pausa.

– Não vou mais incomodar. Fique bem, Casey – disse Drew.

E foi embora.

CAPÍTULO 15

– É *BOM VER QUE* não perdeu o jeito com as mulheres – disse uma voz vinda da porta, segundos depois.

Warren levantou-se num salto.

– Que diabos está fazendo aqui? –indagou, claramente desconcertado.

"Quem será?"

– Só vim ver como está indo a paciente.

– Está louco?

– Relaxe. Respire fundo. Está exagerando.

– Estou exagerando? E se Drew acordar? E se chegar alguém?

– Diga que sou apenas um amigo da academia que veio dar uma força.

"Qual é o problema? Por que Warren está tão zangado? Quem é esse homem?"

– Vá embora agora mesmo.

– Não vou a lugar algum – disse o homem calmamente, andando em direção à cama enquanto a porta se fechava. – Já faz mais de dois meses, Warren. Você não telefona. Não retorna meus telefonemas. Não apareceu mais na academia.

– Tenho andado ocupado.

– O marido amoroso e cumpridor de seus deveres.

A voz do homem pingava sarcasmo, como uma garrafa de água gelada. Subitamente, Casey sentiu um calafrio por dentro, embora não soubesse por quê.

– Não me deixou muita escolha – disse Warren.

"O que isso queria dizer? Que tipo de escolha?"

– E então, como vai a Bela Adormecida? – perguntou o homem.

– Acho que dá para ver.

– Na verdade, parece melhor do que eu imaginava. A polícia está mais perto de descobrir o que aconteceu?

Warren bufou com desprezo.

– Não. Estão perdidos. Ouça, podemos falar disso mais tarde? Não é a hora nem o lugar...

– E quando será?

"Hora e lugar para quê?"

– Sabe que não é culpa minha – prosseguiu o homem, depois de uma pausa.

– Ah, não? – replicou Warren.

– Não.

– Minha mulher está em coma, ligada a um tubo de alimentação. Pode ser que fique assim pelo resto da vida. E você acha que não é culpa sua?

"Não entendo. Do que estão falando? Está dizendo que esse homem está de alguma forma ligado ao que aconteceu comigo?"

– Ei – protestou o homem. – Sinto muito pelo que aconteceu. Mas eu a acertei a quase 80 quilômetros por hora. Uma pessoa normal estaria morta depois disso.

"O quê? O quê?! O QUÊ?!"

– Pelo amor de Deus, cale a boca!

"O que estava acontecendo? Isso era real, ou eu apaguei novamente? Seria um sonho, ou talvez outro filme na TV?"

– Ouça – sussurrou Warren. – Tem que falar baixo. Fizeram uns exames. Os exames indicam que Casey pode ouvir...

– É mesmo?

Casey sentiu o peso do homem debruçando-se sobre ela, o braço roçando no seu, o hálito de hortelã sobre seu rosto.

– Está me ouvindo, Bela Adormecida?

Ela sentiu-o recuando.

– Está dizendo que ela entende o que falamos?

– Provavelmente não. Mas é possível.

O homem estalou a língua, admirado.

– Tiro meu chapéu para você, Bela Adormecida – disse o homem. – Você é dura na queda.

"Não, isto não pode estar acontecendo. Estou sonhando. Ou estou sonhando, ou estou me iludindo."

Quantas vezes não se perguntara a mesma coisa nos últimos meses?

– Ouça – implorou Warren. – Tem que dar o fora daqui.

– Não antes de chegarmos a um acordo.

– Um acordo sobre o quê?

– Não se faça de bobo, Warren. Não combina com você.

– Se se trata de dinheiro...

– É claro que se trata de dinheiro. Não sou diferente de você. Sempre se trata de dinheiro. Cinquenta mil dólares, para ser exato.

"Cinquenta mil dólares? Para quê?"

– Não pago 50 mil dólares para gente que estraga tudo.

– Não estraga nada.

– Então, o que estamos fazendo aqui?

"O que estamos fazendo aqui?", repetiu Casey, os pensamentos girando enlouquecidamente na cabeça como roupas na secadora. "Do que eles estão falando?"

– Acho que estamos esperando – respondeu o homem com voz resignada. – É obviamente uma questão de tempo.

– Questão de tempo – repetiu Warren, cansado. – De acordo com os médicos, ela pode viver mais que todos nós.

Um longo silêncio.

– Então teremos que acelerar as coisas um pouco.

"Que coisas? Do que estão falando?"

– Como sugere que façamos isso?

– Ei, cara, eu sou apenas um *personal trainer*. Você é que é cheio dos diplomas.

– Bem, quando conversamos na academia, você me deu a clara impressão de que já tinha feito esse tipo de coisa antes. Achei que estivesse lidando com um especialista.

O homem riu.

– Já pensou em desligar um desses tubos, ou talvez injetar uma bolha de ar no soro? Vi isso na TV uma vez. Foi bem eficiente.

"Meu Deus. Alguém em ajude! Drew! Patsy! Alguém!"

– Ah, claro! Ninguém acharia isso enigmático.

– Enigmático. Está falando difícil, doutor.

– Só para um idiota.

– Ei, cara, pegue leve! Sei que está chateado, mas não tem motivo para se irritar.

– Costumo ficar irritado, como você diz, quando contrato uma pessoa, e ela não realiza o serviço.

"Warren contratou esse homem para me matar? Ele lhe ofereceu 50 mil dólares para me atropelar? Não, não pode ser. Não pode ser."

– O trabalho será feito.

– E então receberá seu dinheiro.

Um suspiro resignado.

– Então, qual é a parada? Ela vai ficar aqui para sempre?

– Não. Devo levá-la para casa muito em breve.

– E qualquer coisa pode acontecer depois disso.

"Não. Isto não está acontecendo. Os médicos me deram algum remédio novo que está me provocando alucinações."

– Não será tão fácil – disse Warren. – A polícia já suspeita de que não foi acidente. Tenho que tomar muito cuidado.

– Não se preocupe, cara. Não há nada que o relacione a isso.

– Exceto Casey. Se é que ela entende o que ouve. E se ela recobrar a consciência.

Casey sentiu um par de olhos queimando sua pele como ácido.

– Então não podemos deixar que isso aconteça.

"Meu Deus."

– E como exatamente faremos isso?

– Você é um cara inteligente – disse o homem. – Tenho certeza de que pensará em algo.

Mais uma vez, Casey sentiu a boca do homem a centímetros dela, seu hálito roçando provocantemente seus lábios, como se estivesse prestes a beijá-la.

– Adeus, Bela. Fique bem.

Ele deu um risinho, o ruído gorgolejando na garganta como petróleo sob a terra.

– Pode dar o fora daqui?!

– Vai me ligar quando pensar em algo?

– Pode ter certeza.

– Não demore demais.

Passos se afastando, seguidos pelo som de uma porta abrindo e fechando.

"Isto não pode estar acontecendo", Casey pensou novamente. "Isso não está acontecendo." Ela não tinha realmente ouvido seu marido e um homem conversando sobre a tentativa fracassada de matá-la e fazendo planos para tentar novamente. Isso era ridículo. Não tinha acontecido.

Warren jamais iria querer machucá-la; muito menos contratar alguém para matá-la. Isso era ridículo. Totalmente, absolutamente, absurdamente ridículo. Qual era o problema dela? Primeiro, suspeitara de Janine. Depois foi a vez de Drew. E agora... Warren? Como podia ser capaz de ter uma ideia tão maluca?

"Qual é o problema comigo? Warren é um bom homem, cujo trabalho é fazer cumprir a lei, não desrespeitá-la. Não a estraçalhar, meu Deus."

Era a porcaria da televisão. Como poderia pensar direito com aquele falatório constante na cabeça?

"Warren me ama."

Ela sentiu um movimento, um corpo se aproximando. Quem? Warren ainda estava lá? Havia mesmo alguém lá?

– Esse era o Nick – disse Warren de modo casual. – Certamente já falei dele. Ótimo instrutor. Péssimo ser humano. Mau é pouco. Do tipo que gosta de arrancar asas de borboletas. Fiz uma piada um dia, disse que ele estava perdendo tempo torturando idiotas que nem eu, que deveria se tornar matador de aluguel. Ele me mandou dizer a hora e o local. – Warren suspirou. – Eu não deveria estar lhe contando isso, mas dane-se. Já não é mais segredo.

Aproximou-se ainda mais para sussurrar em seu ouvido.

– Você não podia simplesmente ter morrido como estava planejado?

E depois, tudo parou. Foi como se o ar tivesse parado de circular de repente, e ela parou de respirar. Uma onda de pânico correu pelas veias de Casey, como uma injeção de adrenalina. Será que ele tinha injetado uma bolha de ar no soro dela, como seu cúmplice sugerira?

"Você não podia simplesmente ter morrido como estava planejado?"

– Vou pegar um café – disse Warren, a voz sumindo conforme se afastava. – Não creio que queira alguma coisa.

Então, o mistério estava resolvido.

Como era possível? Eles eram tão felizes. Nunca brigavam, raramente discutiam. Jamais discordavam, exceto aquela vez em que ela quis se mudar da mansão herdada de seus pais para um apartamento na cidade, e Warren relutara em deixar o bairro rico e tranquilo. Por fim, chegaram a um meio termo e concordaram em começar a procurar uma casa menor, mas sem sair de Main Line. Foi pouco depois disso que começaram a conversar sobre ter filhos.

E todo o tempo ele tramava sua morte.

Será que seus impulsos assassinos haviam surgido só recentemente, ou ele planejava matá-la desde o início? Será que o homem sem tempo a perder era capaz de ter paciência o bastante para esperar dois anos antes de colocar seu plano em ação?

Mas por quê? Por que ele queria matá-la? O que acha?, perguntou a si mesma. Dinheiro.

– Sempre se trata de dinheiro – dissera Nick.

"Mas Warren jamais teve interesse na minha fortuna", argumentou Casey. Ele que insistira em fazer um acordo pré-nupcial. E ela não tinha seguro de vida...

Ele não precisa de nada disso, ela se deu conta. Como marido dela, herdaria boa parte de seu patrimônio, mesmo sem um testamento. No mínimo, sairia com mais de cem milhões de dólares. Sendo advogado, com certeza sabia disso.

"Ninguém se torna advogado para ficar rico", ela o ouvira dizer. "Mas contabilizando despesas, impostos, custos fixos... certamente não vai se aposentar aos 40."

Era isso o que ele queria, afinal? Aposentar-se aos 40? Não. Impossível. Warren tinha uma carreira bem-sucedida e que ele amava. Tinha tudo de que precisava. Tinham uma vida incrível juntos. Ele jamais faria aquilo.

"Ele me ama."

Cem milhões de dólares poderiam comprar muito amor.

– E então, como vai a paciente hoje? – perguntou alguém.

"O quê? Quem disse isso?"

– Está assistindo a *Gaslight*? Filme velho e ótimo.

– Acho que nunca assisti – disse outra voz. – Do que se trata?

– O de sempre: marido inescrupuloso tenta convencer a esposa de que ela está ficando louca. Ingrid Bergman era uma bela mulher, não?

"Tchau, Bela."

– A pressão está um pouco acima do normal. O que está havendo, sra. Marshall? Está sentindo dor?

"Você tem que me ajudar. Estou tendo pensamentos loucos e horríveis."

– Vamos aumentar a medicação.

"Não. Por favor, não aumente nada. Já estou dopada o bastante, acredite. Se você soubesse as ideias malucas que passam pelo meu cérebro chacoalhado... Se eu não estivesse em coma, recomendaria que me levassem para um hospício."

– Tenho que lhe pedir um favor – disse um médico ao outro, indo em direção à porta.

– Que foi?

– Se algum dia eu vier parar aqui nesse estado, você enfia um travesseiro na minha cara e acaba logo com tudo, está bem?

– Só se prometer fazer o mesmo por mim.

– Fechado.

Saíram do quarto.

"Não. Não vão embora. Não vão embora. Por favor, alguém me ajude antes que eu enlouqueça."

Do que estava falando? Já estava louca. Como se não bastasse sua situação desesperadora, agora estava imaginando que a pessoa que a amava mais que tudo no mundo, mais do que ela imaginava ser possível, era um sociopata sanguinário que contratara um homem para atropelá-la. E que estava neste instante saboreando uma xícara de café e tramando um jeito de terminar o serviço.

Seria possível que ela *não estivesse* tendo alucinações?

"Confiei em você, Warren", pensou ela, incapaz de continuar não enxergando o óbvio.

"Confiei a você a minha vida."

Capítulo 16

— "Ficou órfão assim que saiu da escola" – lia Janine. – "Seu pai, um militar, pouco deixara para o sustento dos três filhos. Quando o filho Tertius quis se tornar médico, seus tutores acharam mais fácil atender ao seu pedido colocando-o como aprendiz de um médico do interior do que fazer objeções baseadas na dignidade da família. Ele era um desses raros jovens que, logo cedo, têm uma inclinação e decidem fazer algo por vontade própria, e não apenas por ser a profissão do pai."

– O que é isso que está lendo para ela? – perguntou Patsy, ajeitando o travesseiro sob a cabeça de Casey. O cheiro de lavanda rodeava o rosto de Casey, como uma mosca teimosa.

– *Middlemarch*.

"Vá embora, Patsy. Estava de fato começando a gostar desse livro idiota."

– *Middlemarch*? O que isso quer dizer?

– É o nome da cidade onde se passa a história.

– Sobre o que é?

– Sobre a vida.

"Ele me ajuda a parar de pensar em desculpas esfarrapadas."

Patsy emitiu um som entre um bufo e uma risada.
– E é bom?
– É considerado uma obra-prima.
– Parece longo – disse Patsy.
Barulho de páginas sendo viradas.
– 630 páginas.
– 630! Ah, não, longo demais para mim. E olha o tamanho da letra. Eu ficaria cega.
– Gosta de livros de letras grandes, não é?

Casey imaginou um sorriso generoso preenchendo o rosto fino de Janine.

– Não sou de ler muito – confessou Patsy.
– Bem, o tempo é sempre curto. Certamente, você é muito ocupada.

Casey imaginou o sorriso de Janine se expandindo até os olhos, fazendo as sobrancelhas arquearem.

– Gosto de livros de suspense, com assassinatos – disse Patsy. – Eles me fazem rir.
– Acha assassinatos engraçados?
– Bem, não engraçados – corrigiu-se rapidamente. – Mas são divertidos.
– Divertidos?
– Bem, interessantes, então. Por exemplo, o caso da sra. Marshall – Patsy inspirou ruidosamente. – Acha que alguém realmente tentou matá-la?

Houve um silêncio de alguns segundos antes que Janine respondesse.

– Bem, a polícia praticamente já descartou todos os seus principais suspeitos. Parece que as pistas não levaram a lugar algum. Então parece ter sido mesmo um atropelamento seguido de fuga, afinal.

"Como assim, a polícia descartou todos os principais suspeitos? Está dizendo que encerraram as investigações?"

– Bem, desculpe por interromper. Continue. Leia um pouco mais.

Casey imaginou Janine erguendo as costas e endireitando os ombros, enquanto levantava o livro do colo. Sempre detestou que lhe dissessem o que fazer.

Após um prolongado silêncio, durante o qual, pensou Casey, Janine devia estar medindo as consequências de atirar o livro na cabeça de Patsy, ela prosseguiu:

– "A maioria de nós, dos que se dedicam a algo com amor, lembra-se de uma manhã ou noite em que subimos num banco alto para alcançar um livro ainda não lido, ou em que sentamos com os lábios entreabertos ouvindo um novo narrador, ou mesmo em que, na falta de livros, começamos a ouvir nossas vozes internas, como o primeiro traço reconhecível do começo do nosso amor."

– O que isso quer dizer? – perguntou Patsy.

– Acho que é sobre lembrar-se do momento em que percebemos que amávamos algo. Ou alguém.

– Por que ele não diz logo isso então?

– Ela – corrigiu Janine.

– Hein?

– Deixa para lá.

"Eu percebi que estava apaixonada por Warren no momento em que pus os olhos nele", pensou Casey. Mas especialistas afirmariam que era apenas atração física. O amor, argumentariam, viera mais tarde, ao conhecê-lo.

Só que ela não o conheceu. Não de verdade.

Quem era aquele homem com quem se casara? Será que Warren Marshall era mesmo seu verdadeiro nome? O que era verdade em tudo que lhe contou sobre ele próprio? Se é que algo era verdade. Sua mãe realmente se casara cinco vezes? Seu pai morreu quando ele era pequeno? Os dois últimos casamentos de sua mãe existiram com o proposito básico de mantê-la com o padrão de vida com que se habituara? Foi dela que Warren herdou o gosto pelas coisas boas da vida?

E agora ele estava em busca de sua própria herança.

Ele era mesmo um advogado – e dos bons. "Mais esperto que Deus", dissera William Billy admirado. Certamente, esperto o bastante para saber como manipulá-la. Esperto o bastante para não pesar demais a mão. Esperto o bastante para enganar a polícia.

A polícia praticamente já descartara todos os seus principais suspeitos.

"Sabe por que todos esses pobres infelizes são pegos?", ela lembrava-se de ele dizer certa manhã, não fazia muito tempo, enquanto liam o jornal na cozinha. Estava se referindo à reportagem sobre um homem que matara a mulher um dia depois de se tornar beneficiário do seguro de vida dela. "Não é porque são gananciosos. Isso é óbvio. É porque são tremendamente burros. Quem mata a mulher um dia depois de se tornar o beneficiário do seguro de vida? Não pensam que isso pode parecer suspeito? Meu Deus, era melhor colocar logo um anúncio nos jornais dizendo: 'Fui eu!' Usem o cérebro, meus camaradas", disse ele, e ela riu concordando.

Ela havia rido muito durante esse tempo em que estavam juntos.

– Adoro ver você rindo – dissera ele mais de uma vez.

Claro que adorava, pensava Casey agora. Isso significava que eu estava caindo no charme dele.

– Amo você – dizia ele todos os dias.

– Amo *você* – respondia ela, sem demora e de coração.

– Meu Deus, Casey, sinto tanto a sua falta – dissera a ela não fazia muito tempo, sentado ao lado de sua cama.

– Você tem que sair um pouco – supostamente lhe diziam os amigos. – Tem que viver a vida.

– Sempre respondo que minha vida está aqui – retrucava ele. – Neste hospital.

E todas aquelas coisas lindas que dissera a Patsy sobre ela? Estava sendo sincero? Ou estava simplesmente montando o cenário, interpretando o marido amoroso e desolado em benefício dela? E, é claro, em seu próprio. Como qualquer sociopata, pensou Casey, ele estava dizendo às pessoas o que elas precisavam ouvir.

A polícia já praticamente descartou todos os principais suspeitos.

– Quero que saiba que esses últimos dois anos foram muito importantes para mim. "Você tem sido uma esposa fantástica, a melhor amante e companheira que um homem poderia querer."

"Alguma parte daquilo era sincera?", Casey se perguntava agora. Estaria confessando seus verdadeiros sentimentos ou apenas tentando impressionar a Patsy?

– Desculpe. Não percebi que estava aí – ela o ouvira dizer, tantas e tantas vezes, à auxiliar de enfermagem que observava da porta.

– O tempo que estamos juntos tem sido o mais feliz da minha vida – dissera ele. – É muito importante para mim que você saiba disso."

Por quê? Era sua forma de dizer a ela para não tomar como pessoal o fato de ter tentado matá-la? Que o fato de querer que ela morresse não indicava que estava insatisfeito com seu desempenho como esposa?

Deve ter ficado muito desapontado ao descobrir que sobrevivera ao atropelamento. Deve ter ficado chocado ao descobrir que poderia envelhecer em coma e, nas palavras dele, "viver mais que todos nós". E depois ao saber que ela não só estava melhorando a cada dia, mas também ficando mais forte. Que sapo teve de engolir, especialmente depois que os exames indicaram que ela de fato podia escutar.

Será que essa informação lhe tirou o sono? Será que ele ficou rolando na cama pensando, que nem ela, qual seria a próxima medida e qual seria o melhor momento para tomá-la?

– Vocês duas são amigas há muito tempo, certo? – a voz de Patsy interrompeu seus pensamentos.

– Desde a faculdade.

"E mesmo assim desconfiei de você. Que tipo de amiga eu sou?"

– O sr. Marshall disse que vocês tinham um negócio juntas.

– É mesmo? Quando foi que ele lhe contou isso?

– Depois da sua última visita. Eu comentei que você e aquela outra mulher... Como ela se chama mesmo?

– Gail?

– Isso, Gail. Que bom ter amigas tão leais.

Minhas únicas amigas, na verdade, pensou Casey. Tinha muitos conhecidos, é claro, mas seu círculo de amigos diminuíra ao longo dos anos, especialmente depois de se casar com Warren. O tempo é sempre curto, como Janine observara pouco antes, e Warren preenchera boa parte dele.

– E então, o que mais o sr. Marshall contou sobre mim? – indagava Janine.

– Foi basicamente isso.

– Basicamente isso – repetiu Janine distraída. – E como lhe parece que ele está?

– Como assim?

– Como ele está encarando?

– Eu o acho incrível.

– Incrível, para dizer o mínimo.

– Acho que eram loucos um pelo outro, não?

– Por que diz isso?

– Ah, dá para notar. O modo como olha para ela. E está sempre segurando a mão dela, sussurrando no ouvido dela. Deve ser tão difícil, não é? Quero dizer, num instante, você está casado e feliz e, no instante seguinte...

– A vida é cheia de pequenas surpresinhas – disse Janine.

"Nem me fale."

Pobre Patsy, pensou Casey, quase sentindo pena da garota. Warren está jogando com você, da mesma forma que jogou comigo. É claro que você também está jogando com ele. Talvez os dois se mereçam.

– Ele é um bom advogado? – perguntou Patsy.

– Por quê? Está metida em problemas?

– Eu? Não. Claro que não. Estava só puxando conversa.

– Não é necessário – disse Janine.

Patsy pigarreou.

– É melhor eu ir andando.

Casey sentiu Janine dar um grande sorriso em resposta.

– Não quero prender você.

– Bem – disse Patsy, ainda enrolando. – Foi bom conversar com você.

– Tenha um bom dia – respondeu prontamente Janine.

– Ah, olá, sr. Marshall! – exclamou Patsy de repente, sua voz subindo ao menos meia oitava. – Chegou tarde hoje.

"Então era por isso que estava enrolando aqui."

– Tive uma reunião com os médicos da Casey – disse Warren, aproximando-se da cama e dando um beijo na testa da esposa. – Oi, meu amor! Como está se sentindo hoje?

"Melhorando um pouquinho a cada dia. Não era isso o que temia?"

– Oi, Janine! Como vão as coisas em *Middlemarch*?

– Marchando – disse Janine, fazendo um trocadilho.

Patsy riu.

– Sua amiga é muito engraçada.

Casey sentiu a tensão em cada músculo do corpo de Janine.

– Sim, é – disse Warren, com um gracejo na voz. – A Casey parece ótima hoje, não?

– Sua traqueia está cicatrizando muito bem – disse Patsy. – Agora que o ventilador foi desligado, e os tubos foram retirados, eu diria que é só questão de tempo.

"E tempo é exatamente o que não temos, não é mesmo, Warren? Não se eu estiver a caminho da plena recuperação."

– O que é questão de tempo? – perguntou Janine.

– Estou planejando levar a Casey para casa – respondeu Warren.

– É mesmo? Acha que é uma boa ideia?

– Acho que é ótima ideia. Acho que não há melhor lugar para a Casey que sua própria casa, em seu próprio quarto, cercada das coisas que ama.

"Se não se importa, eu prefiro ficar por aqui mesmo."

– O que os médicos dizem?

Eles acham que, agora que os ferimentos estão curados e que ela já é capaz de respirar por conta própria, não há razão para mantê-la aqui.

"Só que, assim que tiver alta do hospital, estou morta."

– Ela ainda está sendo alimentada pelo tubo – lembrou Janine.

– Isso não será problema.

– Ainda está inconsciente – insistiu.

– E pode permanecer assim por algum tempo – um traço de impaciência começava a brotar na voz de Warren. – Mas isso é irrelevante a esta altura.

"Irrelevante?"

– Irrelevante?

– Os médicos já fizeram tudo que podia ser feito aqui e estão desesperados para liberar este leito. A questão é se a Casey vai para uma clínica de reabilitação ou para casa.

"Não deixe que ele me leve para casa. Por favor, Janine. Ele só quer me levar para casa para terminar o que começou."

– Mas como vai cuidar dela? Ela precisará de enfermeiros 24 horas por dia.

– E terá – respondeu Warren. – Já contratei também uma empregada fixa e acertei com o Jeremy, o fisioterapeuta, para que a veja em casa três vezes por semana.

"Sem falar no matador de aluguel que contratou para me assassinar."

– E eu estarei lá – intrometeu-se Patsy.

– Você? – perguntou Janine.

– Casey vai precisar de todo o amor possível – disse Warren.

– Bem – disse Janine. – Parece que já pensou em tudo.

"Tudo, não. Ainda não planejou os detalhes finais. Ele sabe que não pode agir apressadamente; no entanto, não pode também esperar demais. Não pode fazer nada que levante suspeitas da polícia, mas também não pode deixar que eu acorde, não se entendi bem o que ouvi. É uma situação delicada, um complicado número de equilibrismo. Ele tem que agir muito cautelosamente."

Um crime premeditado.

– E quando será a grande mudança?

– Assim que toda a burocracia estiver resolvida.

Warren inclinou sobre Casey, acariciando sua face.

– Se Deus quiser, talvez possa levar minha mulher para casa amanhã mesmo.

Casey sentiu os olhos dele penetrando os seus.

– Não é fantástico, Casey? Estamos indo para casa.

CAPÍTULO 17

CHEGARAM ÀS 10 HORAS da manhã seguinte.

– Este é um grande dia para você – disse um dos internos, irradiando aquela falsa alegria que todos pareciam fingir ao falar com ela, como se fosse uma menina de 3 anos não muito inteligente.

Casey achava que era a voz do dr. Slotnick, mas não tinha certeza. Um novo grupo de internos havia chegado na semana anterior, e ela ainda não tivera tempo de associar seus nomes às respectivas vozes. Preciso de mais tempo, pensou.

– Aposto que mal pode esperar para sair daqui.

"Não, está enganado. Não quero ir. Por favor, não deixem que me levem. Preciso de mais tempo."

Mas Casey sabia que era tarde demais para um adiamento de última hora. Já estava tudo pronto. As contas haviam sido acertadas, as autorizações estavam assinadas. Durante toda a manhã, enfermeiras e assistentes hospitalares chegavam para dar adeus e lhe desejar boa sorte. Internos, residentes, cirurgiões e especialistas também vinham se despedir.

"Como se eu já tivesse morrido", pensou Casey.

– Boa sorte, Casey – disse outro interno, tocando seu braço.

– Bem, acho que é isso – avisou Warren, entrando no quarto de supetão. – Papéis assinados e carimbados; tudo pronto. Devem estar chegando com a maca a qualquer instante, e aí partiremos.

– Vai nos manter informados do progresso dela? – perguntou o dr. Keith.

"Alguém informou à polícia? O detetive Spinetti sabe que estou prestes a ter alta?"

– Claro – respondeu Warren. – Qualquer pequena melhora, você será o primeiro a saber.

– Se houver algum problema, se em determinada altura sentir que está sendo muito difícil...

– Entro em contato com você imediatamente.

– O Hospital Lankenau, em Wynnewood, possui um ótimo centro de reabilitação, e tem também a clínica Moss, em...

– Tenho certeza de que não será necessário, mas muito obrigado. Obrigado a todos – agradeceu Warren com a voz embargada. – Vocês foram tão gentis com a Casey e comigo. Não tenho palavras para expressar minha gratidão ao Hospital Pennsylvania por tudo que fizeram por nós durante esse momento tão difícil.

Casey ouviu pessoas fungando e se deu conta de que estavam segurando as lágrimas.

– Mas agora é a minha vez de cuidar da Casey – prosseguiu Warren. – Se Deus quiser, da próxima vez que nos virmos, minha mulher estará ao meu lado e poderá agradecer a cada um de vocês.

– Se Deus quiser – diversas vozes repetiram.

– Amém – acrescentou alguém.

"Parece que a casa está cheia", pensou Casey, imaginando a pequena multidão reunida ao redor da cama. Será que Patsy estava entre os presentes?, ela se perguntava quando ouviu o rangido da maca descendo o corredor e batendo na porta do quarto. O ruído reverberou por todo o seu corpo, subindo pela espinha e se assentando no estômago, como uma leve dor.

– Bem, aí está – anunciou Warren.

– Abram espaço, pessoal! – pediu o dr. Keith.

Casey sentiu o ar se movimentando conforme as pessoas saíam do caminho e se colocavam em suas novas posições. Sentiu corpos sobre sua cabeça e lençóis sendo puxados.

– Cuidado com a cabeça dela – alguém alertou.

Mãos fortes agarraram seus tornozelos, quadris e ombros.

"Não. Não me tirem daqui. Por favor, vocês não sabem o que estão fazendo."

– No três. Um... dois... três.

O corpo de Casey foi facilmente transferido da cama estreita que lhe serviu de lar por três meses para uma maca ainda mais estreita. No instante seguinte, estava sendo presa à maca e retirada do quarto.

"Talvez seja tudo um sonho. Logo vou acordar e Drew estará ao meu lado assistindo ao programa *O preço certo*."

– Adeus, Casey – ouviu várias enfermeiras dizerem enquanto a maca era empurrada pelo corredor.

O cheiro de doentes e moribundos tomou suas narinas e a acompanhou até o elevador.

– Boa sorte, Casey – outras vozes desejavam.

"Não, não quero ir. Por favor, não deixem que me levem."

E, de repente, tudo parou. Será que tinham ouvido? Será que tinha realmente dito aquilo em voz alta?

– Esses elevadores demoram horas – comentou alguém.

Então estavam simplesmente esperando o elevador, ela se deu conta. Ninguém a ouvira. Casey escutou o som distante de cabos se movimentando e percebeu que o elevador estava chegando. Sua audição se tornara muito aguçada nas últimas semanas, e seu olfato melhorava a cada dia. Ela sabia quando estava sendo tocada. Sentia dor e desconforto, era capaz de diferenciar calor e frio. Reconhecia quando a cabeça doía e quando os músculos precisavam de massagem.

Lentamente, tudo estava voltando. Só precisava de mais tempo.

Quanto tempo levaria para recuperar a visão, estar apta a usar braços e pernas, conseguir falar? Quanto tempo levaria até poder contar a todo mundo o que realmente acontecera com ela – que seu amado marido contratara um homem para matá-la e que logo tentaria de novo, era só questão de tempo?

E desta vez, Casey estava convicta, ele teria sucesso.

A menos que ela conseguisse se comunicar com alguém.

"Por favor. Tem que haver um jeito."

– Aqui está.

– Até que enfim – disse Warren quando as portas do elevador se abriram, e algumas pessoas saíram.

Um homem e uma mulher, Casey deduziu a partir do cheiro nauseante de loção pós-barba e perfume que sentiu ao passarem por ela. Será que alguém notara sua presença, ou teriam virado instintivamente a cabeça evitando seu olhar, como a maior parte das pessoas fazia quando confrontada com a fragilidade da própria vida? Será que estavam murmurando alguma prece – "Que eu seja saudável, que nada assim me aconteça" – enquanto desciam apressadamente o corredor? Será que faziam ideia da sorte que têm?

Porque, no fim das contas, é tudo questão de sorte, Casey concluiu após as portas do elevador se fecharem. Algumas pessoas têm sorte, outras não. Simples assim. Algumas pessoas tinham uma vida toda de sorte, enquanto outras só conheciam momentos fugazes de sorte. E outras ainda... como dizia mesmo a canção? "Se eu não tivesse má sorte, não conheceria sorte alguma."

Ela sabia que a maioria das pessoas a considerava uma mulher afortunada. Nascida em família de grande prestígio, dona de beleza e inteligência, bem-sucedida em tudo que decidiu fazer. Tinha o toque de Midas, como Janine comentara mais de uma vez.

Até certa tarde de um dia excepcionalmente quente no fim de março, quando toda a sua sorte se foi, o ouro se transformou em serragem, e o céu azul radiante se tornou irremediavelmente negro.

O elevador parava brevemente em cada andar, para que pessoas entrassem e saíssem.

– Perdão – disse um homem ao perder o equilíbrio e esbarrar em sua maca.

O pedido de desculpa foi seguido de uma tosse e um pigarro. Casey imaginou o homem rapidamente recompondo-se e virando-se para a porta, olhando fixamente os números dos andares, até o elevador parar com um solavanco no destino final.

"Não consegue olhar para mim", pensou, lembrando-se do comentário que Drew fizera.

Onde estaria sua irmã? Será que estava em outra de suas viagens idiotas? Ou estaria na cama de um estranho, totalmente drogada? Será que estava cuidando de si e de sua filha?

– Abram espaço, por favor, pessoal – pediu o assistente hospitalar, saindo do elevador e empurrando a maca através do longo corredor que levava à saída. – Vai na ambulância com sua esposa, sr. Marshall?

– Claro – respondeu Warren.

Um pesado cobertor de calor e umidade desceu sobre a sua cabeça como uma mortalha.

– Uau – espantou-se o assistente. – Dia quente hoje.

– 32 graus.

– Nós assumimos daqui – anunciou outra voz.

Quem eram todas aquelas pessoas?, Casey se perguntava enquanto a maca era colocada na ambulância. Warren estava bem ao seu lado, com a mão sobre a dela.

– Boa sorte com tudo, sr. Marshall – disse o assistente, fechando a porta da ambulância.

– Obrigado – agradeceu Warren, acomodando-se ao lado de Casey.

Um minuto depois, a ambulância partia.

– Vamos pela Main Line, correto? – perguntou o motorista.

A mesma voz que fizera um comentário sobre o calor, Casey reconheceu.

– Old Gulph Road, 1923 – informou Warren. – Distrito de Rosemont. Logo depois de Haverford. Cerca de meia hora daqui. Provavelmente é melhor subir a Nona e virar à direita na Vine, até a autoestrada Schuylkill.

— Vamos torcer para não ser o estacionamento Schuylkill – comentou a segunda voz, a que dissera que assumiriam dali.

Então havia dois homens no banco da frente, concluiu Casey.

— Não deve estar tão ruim a essa hora – opinou Warren. – Eu sou Warren Marshall, a propósito.

— Ricardo – apresentou-se o motorista. – E este aqui é o Tyrone.

— Obrigado por tudo, rapazes.

— Não há de quê. É o nosso trabalho. Sinto muito por sua esposa, cara.

— Obrigado.

— Há quanto tempo está em coma? – perguntou Ricardo.

— Desde o fim de março.

— Nossa. Como foi isso?

— Atropelamento.

— É mesmo? E pegaram o cara?

— Ainda não.

— Sabe o que eu acho? Acho que gente assim merecia levar bala.

— Você acha que todo mundo merecia levar bala – disse Tyrone.

— Se começassem a meter bala em gente assim, gente que dirige bêbada, que foge do local do acidente... Bastava pegar uns desses, arrancar do carro e meter um tiro ali, na hora. Aposto que ia ter muito menos gente bebendo e usando outras coisas antes de pegar num volante. Iam pensar duas vezes. Está me entendendo?

— Acha mesmo que as pessoas conseguem pensar com clareza depois de beber? – argumentou Tyrone.

— Estou dizendo que vão pensar duas vezes antes de beber. Se souberem que têm grande chance de tomarem um tiro, vão chamar um táxi em vez de ir dirigindo para casa. Só precisa de um pouquinho de planejamento.

Um pouquinho de planeamento.

— Você tem muita fé nas pessoas.

— Caramba, gente estúpida a esse ponto merece tomar tiro. É claro que metade de Hollywood estaria morta.

Seguiram em silêncio por alguns minutos. Casey sentia cada irregularidade da estrada. Ficou surpresa ao notar que estava curtindo aquela sensação, o fato de estar fora do hospital, daquela cama, e acelerando pelas ruas. Sentiu o corpo voar e planar sobre o tráfego, junto do ar. Por alguns minutos, mergulhou na ilusão de liberdade. Por alguns minutos, rendeu-se à possibilidade de felicidade.

– Mas, em vez disso, o que acontece é que pessoas inocentes, como a sra. Marshall aí atrás, saem machucadas – prosseguiu Ricardo. – Aposto que o cara que a atropelou está muito bem. Nenhum ferimento. São sempre os inocentes que sofrem. Tudo bem aí, sr. Marshall?

– Tudo bem, Ricardo. Obrigado.

– Disseram que você é advogado. Não é isso?

– Sou culpado, confesso – disse Warren. – Quem lhe contou?

– Uma das auxiliares de enfermagem. Patsy alguma coisa. Lukas, acho que é esse o sobrenome dela.

– Aquela com grandes... – começou a dizer Tyrone, e então se interrompeu, ou porque se deu conta de que tais comentários poderiam ser considerados inapropriados, ou porque não era necessário dizer mais nada.

– Essa mesma – disse Ricardo.

– Ela é gostosa – disse Tyrone. – Para quem gosta do tipo.

– E como não gostar?

– Na verdade – interveio Warren –, contratei-a para ajudar a cuidar de minha mulher.

– Está brincando – disse Tyrone, constrangido.

Casey imaginou Tyrone afundando no assento, enfiando o queixo dentro do jaleco.

– A Patsy tem sido maravilhosa com a minha mulher.

"Tem sido maravilhosa para você, quer dizer."

– Ela está nos aguardando em casa – disse Warren.

"Ah, que ótimo! Estou ansiosa para reencontrá-la."

O restante do trajeto transcorreu quase em total silêncio. Os dois homens à frente obviamente haviam concluído que silêncio é ouro. A ambulância pegou a autoestrada sem imprevistos, e Casey se viu contando as saídas. Montgomery Drive... City Avenue... Belmont Avenue... Passaram o distrito de Gladwynne e cruzaram Haverford e Rosemont, por fim chegando à saída para a Old Gulph Road.

A Old Gulph Road era uma rua larga, com árvores frondosas altas, dominada por mansões imponentes com imensos jardins à frente, onde trilhas sinuosas de cavalos ocupavam o lugar de calçadas. Entre 1775 e 1783, soldados revolucionários se abrigaram em muitas daquelas casas antigas, bem como em casas ao longo da Main Line. Mais tarde, a Old Gulph Road se tornaria casa de soldados de um tipo muito diferente: soldados da fortuna, homens de dinheiro.

Homens como Ronald Lerner.

O pai de Casey havia comprado a casa da Old Gulph Road sob fortes protestos da esposa. Alana Lerner não tinha desejo algum de se mudar da residência ainda maior e mais suntuosa em que moravam, em Brynnmaur, para uma casa menor na Old Gulph Road, e eles brigaram acaloradamente muitas vezes antes da compra.

– Não vamos vender esta casa! – gritava sua mãe, e Casey tapava os ouvidos, tentando estudar para uma prova.

Tinha ido passar o fim de semana em casa por insistência do pai. Ele os havia inscrito no torneio de pais e filhos do clube, em que defenderiam o título ganho no ano anterior; Drew estava no colégio interno.

– Qual é o seu problema? – berrava o pai de volta. – As meninas estão no colégio interno. Nós passamos mais tempo viajando do que em casa. Não precisamos mais de uma casa tão grande. E eu estaria mais perto de Merion.

– Quer que eu me mude para você ficar mais perto da sua amante?

A fúria de Alana quase fez estremecer o lustre de cristal no *foyer* principal.

– O Clube de Golfe Merion, sua idiota – esbravejou o pai, e Casey teve que pôr a mão na boca para não gargalhar alto.

– Não vou me mudar daqui – insistiu a mãe, batendo a porta do quarto.

– Já está decidido – disse o pai, dando a palavra final.

Ele levou Casey para conhecer a casa logo após vencerem o torneio. Ela ficava no centro de um terreno muito bem cuidado de 12 mil metros quadrados. Tinha 14 cômodos grandes, sete banheiros e um lavabo, e tetos ornamentados de seis metros de altura. Casey sabia que mobília alguma faria com que se sentisse em casa naquele lugar.

– O que acha? – indagou Ronald Lerner à filha.

– É formidável.

– É quase 300 metros quadrados menor que a outra.

– E ainda assim é bem grande.

– Como você a decoraria?

Havia um misterioso brilho nos olhos do pai.

– Eu colocaria uma mesa Biedermeier ao longo daquela parede – respondeu prontamente –, uns sofás bem macios ali, outro sofá ali, e talvez um piano de cauda naquele canto.

– Gostei. Vá em frente.

– Sério? Está dizendo que posso fazer a decoração? Da casa toda? Não só o meu quarto?

– Foi exatamente o que eu disse.

Casey ficou tão empolgada que teria dado um abraço em seu pai, se ele já não tivesse saído andando.

É claro que não foi o que aconteceu. Quando Casey foi para casa novamente, carregando um fichário cheio de ideias e recortes de revistas, a casa já estava nas mãos de decoradores profissionais. Ela não pôde dar opinião alguma.

O testamento deixado pelo pai estipulava que a casa seria mantida até Drew completar 30 anos, quando seria então vendida, e o montante da venda dividido. Até lá, ambas poderiam morar na casa, e o espólio pagaria os impostos e a manutenção geral.

A princípio, nenhuma das duas quis morar naquele horroroso "mausoléu", como Drew o apelidara. Foi só após o casamento que Warren conseguiu convencer Casey a fazerem uma tentativa. "É a sua chance de decorá-la exatamente como queria", disse a ela. "Encare como seu grande experimento."

Casey topou o desafio, mas, após se mudarem para lá, ela se viu estranhamente relutante em redecorar qualquer coisa. Não se sentia realmente em casa, logo percebeu, e tentou persuadi-lo a se mudarem de volta para a cidade. Mas ele adorava morar em Rosemont, e Casey concordou em permanecerem na região. Podiam procurar com calma a casa perfeita para a família. Afinal, Warren a lembrava, só tinham de se mudar quando Drew completasse 30 anos.

O que aconteceria em pouco mais de um ano, Casey se deu conta, enquanto a ambulância começava a reduzir a velocidade.

– É a segunda casa depois da curva – orientou Warren.

– Sim. Lá está a Patsy, esperando na porta – disse Ricardo, enquanto a ambulância percorria a longa passagem em curva que levava à porta da casa.

– Gostosa mesmo – completou Tyrone baixinho.

Warren apertou os dedos de Casey.

– Aqui estamos, meu amor – disse ele. – Lar, doce lar.

CAPÍTULO 18

— Posso lhe trazer alguma coisa, sr. Marshall? – perguntava Patsy. – Posso pedir para a empregada fazer um chá ou um café antes que ela vá embora.

— Que tal algo mais forte?

— É só pedir.

— Um gim-tônica seria perfeito neste momento.

— Um gim-tônica, certo.

— Por que não prepara um para você também?

— Sério?

— Foi um dia muito atribulado. Acho que ambos merecemos um descanso.

— Obrigada, sr. Marshall. Já volto.

— Patsy...

— Sim, sr. Marshall?

— Não tínhamos combinado deixar de lado as formalidades agora que estamos fora do hospital? Insisto em que me chame de Warren.

Um suspiro satisfeito.

— Já volto, Warren.

– O gim está no armário ao lado do bar – berrou Warren depois que ela saiu. – E deve ter bastante água tônica na geladeira.

– Eu encontro – respondeu Patsy descendo as escadas.

– E você, meu amor? – perguntou Warren, acariciando suavemente a testa de Casey. – Queria poder trazer algo para você. Você está bem? Será que sabe onde está?

Casey sentiu o coração bater mais depressa ao ser tocada pelo marido, como sempre acontecia. Mas desta vez não era de desejo. Era de medo.

– Deve estar exausta – prosseguiu. – Toda essa movimentação. Todos esses solavancos. Foi um dia agitado para você. Mas agora está de volta ao seu quartinho gostosinho. Espero que goste da cama nova. Parece ser bem confortável. E tinha mesmo que ser, custou uma pequena fortuna. Pedi para os rapazes da entrega levarem a velha. Imagino que não vamos mais precisar dela. De todo jeito, sempre a achei meio feminina. E quando você estiver boa, voltaremos a olhar casas. Aí compramos tudo novo. Poderá ter tudo do jeitinho que sempre quis. Com muitas cores claras e estampas de animais. O que lhe parece?

"Parece maravilhoso", pensou Casey, perguntando-se por que seu marido estava sendo tão amável. Havia mais alguém no quarto?

– Eu me mudei para a suíte principal – prosseguiu. – Sei que nunca gostou daquele quarto, mas obviamente ele não traz para mim as mesmas más recordações que traz para você, então levei minhas coisas para lá, temporariamente.

"Você se mudou para o quarto dos meus pais?"

– Acredito que seu pai não se incomodaria. E achei que você devia ter seu próprio espaço. Aqui eu ia acabar atrapalhando. Posicionei sua cama virada para a janela dos fundos e, se esticar um pouquinho o pescoço, dá até para ver o córrego que passa atrás do salgueiro. Tudo bem, talvez eu esteja exagerando. Para ver o córrego provavelmente teria que sair da cama. O que pode ser um estímulo para você, não é? Está me ouvindo, Casey? Pode entender o que estou falando?

"Estou ouvindo. E não estou entendendo nada."

Estava em casa. Até aí, ela entendia. No quarto branco e lilás que ocupava no fim da adolescência, o mesmo que dividia com Warren desde que se mudaram para lá.

Só que, agora, ele havia se livrado da cama *queen-size* e se mudado para a suíte principal. Ela iria dormir na cama nova sozinha.

"E onde Patsy vai dormir?", ela se perguntou.

O telefone tocou. Casey sentiu Warren levantando-se da cadeira ao lado da cama. "Qual cadeira?", perguntou-se. A cadeira de braços, de listras brancas e violeta, que costumava ficar junto à parede oposta, ao lado da lareira a gás, ou uma das duas poltronas que costumavam ficar em frente à grande janela saliente?

– Alô? – disse Warren. – Ah, oi, Gail! Sim, a Casey está bem. Chegamos na hora do almoço. Desculpe, eu disse que ia ligar, mas o dia foi muito corrido.

"Foi?", pensou Casey. "Na verdade foi bem tranquilo."

Depois que os rapazes da ambulância conseguiram subir as escadas com a maca e a acomodaram em sua nova cama, ela passou a tarde praticamente sozinha. Patsy vinha regularmente ver como ela estava. Ligou a grande TV de tela plana na parede em frente, mediu sua pressão e conectou o acesso intravenoso ao tubo de alimentação. Warren metia a cabeça dentro do quarto de vez em quando para dar uma olhada nela e dizer oi. Mas, exceto pelo ruído constante da televisão, fora bastante tranquilo. É verdade que ela adormecera no meio da série *Guiding Light* e só acordou com as sirenes da vinheta do noticiário das 17 horas, então talvez tenha sido mais agitado do que ela imaginava.

– Sim, ela parece estar descansando confortavelmente. Teve um pico de pressão alta ao chegar, mas já está quase normal agora, e esperamos que continue assim. Por isso prefiro suspender as visitas ao menos por uns dias, se não se incomodar. Sei que estão ansiosas para vê-la. As flores que você e Janine mandaram são lindas, como sempre. Coloquei-as na mesinha, ao lado da cama da Casey.

Casey farejou o ar e distinguiu a sutil fragrância de lírios do brejo.

– Só quero dar à Casey um tempo para se readaptar – prosseguiu Warren. – E me certificar de que está sendo alimentada adequadamente, essas coisas. Se puder aguardar um ou dois dias... Obrigado. Sabia que você ia compreender. Claro, pode deixar. Se pudesse ligar para a Janine... Obrigado. Certo. Ótimo. Direi a ela. É claro. Tchau.

Desligou o telefone.

–A Gail está lhe mandando todo o seu amor e disse que mal pode esperar para vê-la, que tem *muita coisa* para lhe contar. O que quer que isso signifique. Também me pediu para lhe mandar um beijo.

Warren inclinou-se e lhe deu um beijo delicado na bochecha.

– Qualquer desculpa para beijar minha garota – disse ele.

O barulho de pedras de gelo se chocando contra o copo ecoou pelo quarto.

– Tudo bem? – perguntou Patsy, aproximando-se.

– Tudo bem – respondeu Warren. – Casey parece estar confortável.

– E você?

– Eu? Estarei bem depois de dar um gole nisso. Obrigado.

– Espero que não esteja forte demais.

– Não existe tal coisa.

Casey ouviu-o tomando um gole.

– Absolutamente perfeito.

– A sra. Singer disse que o jantar está guardado no forno. Eu disse a ela que já podia ir.

– Obrigado. Não me dei conta de que era tão tarde. Ela costuma sair às 17 horas.

"Quem é a sra. Singer?"

– Ela trabalha aqui há muito tempo? – perguntou Patsy.

– Não. Desde o acidente da Casey. Eu estava tendo dificuldade de cuidar de tudo sozinho.

– Não é de se espantar. Esta casa é enorme. Não tinham uma empregada fixa antes?

– A Casey nunca quis. Ela cresceu numa casa cheia de empregados. Traz más lembranças a ela.

– Entendo – disse Patsy, embora claramente não tivesse entendido.

– Nós dávamos conta de tudo muito bem, na verdade. Tínhamos uma faxineira que vinha duas vezes por semana. Era o bastante. Estávamos bem assim – explicou ele, o gelo tinindo no copo.

– Quem cozinhava?

– Bem, comíamos muito na rua, principalmente quando estávamos os dois trabalhando no centro. Outras vezes, improvisávamos. Se a Casey estivesse em casa, preparava uma massa. Se eu saísse do trabalho cedo, botava uma carne para grelhar.

– Como você gosta do seu bife? – perguntou Patsy.

– Mal passado – respondeu Warren. – Quase *bleu*.

– Eca.

– Eca? – repetiu Warren rindo.

– Acho que sou desses hereges que gostam de carne bem passada.

– Não! – disse Warren fingindo estar horrorizado. – Tira todo o sabor da carne.

– Já me disseram isso.

– Tem que experimentar meu bife.

– Será um prazer.

– Mas com uma condição: tem que ser mal passado.

– Minha nossa! Podemos chegar a um acordo? Ao ponto?

– Ao ponto para mal – retrucou.

– Encontro marcado.

"Ah, que gracinha!"

– Desculpe – disse Patsy imediatamente. – Não foi o que eu quis dizer.

– Eu sei.

"Você não sabe nada."

– Espero que goste de alho – disse Warren.

– Adoro.

– Ótimo. Porque meus bifes são bem puxados no alho. Não estou brincando. Vai ter que ficar dias sem beijar seu namorado.

– Que bom então que não tenho um.

"Ah, isso está ficando cada vez melhor. Mil vezes melhor que Guiding Light."

– Por que me parece difícil de acreditar? – perguntou Warren.

– Não é fácil conhecer pessoas nesta cidade. Acredite.

"Ah, sei."

– Sim. Acho que é preciso ter sorte.

– Como você teve – disse Patsy.

Casey sentiu dois pares de olhos virando-se em sua direção.

– Sim – concordou Warren. – Como eu tive.

– Fui casada uma vez – disse Patsy, quebrando um breve silêncio. – Meu casamento foi anulado – acrescentou rapidamente.

– É mesmo? O que aconteceu?

– Nada. – Patsy riu. – Absolutamente nada aconteceu. Quase literalmente. O casamento jamais foi consumado.

– Agora está fazendo hora com a minha cara.

– Eu achava que ele era tímido – disse Patsy, com um quê de melancolia na voz. – Mas na verdade era gay.

– Sério? E você não fazia ideia?

– Eu era muito nova. Tinha menos de 18 anos. Não sabia nada. Quero dizer, nessa idade você acha que sabe tudo, mas... Que idiota eu fui! Achava que o fato de nunca tentar avançar o sinal significava que ele me respeitava. Pode acreditar?

– E onde está ele agora?

– Não sei. Perdemos contato. Acho que se mudou para Los Angeles. Ele era muito bonito. Todo mundo dizia que ele devia ser ator ou algo assim.

– Bem, se conseguiu enganar você, era muito bom ator.

– Sei lá. Sou muito ingênua às vezes.

O telefone tocou de novo.

– Com licença – disse Warren. – Alô? – Um breve silêncio. – Oi, Janine! Como vai?

Casey imaginou-o virando os olhos para o teto.

– Quer mais um? – sussurrou Patsy.

– Seria ótimo. Obrigado – disse Warren. – Sim, Janine, era a Patsy. Ela me ofereceu uma xícara de chá. Está tudo bem com você? O.K., desculpe meu tom. Está sendo um longo dia... Sim, eu sei que eu disse que ia ligar. A Gail ligou mais cedo. Pedi a ela que lhe dissesse... Sim, isso... Porque acho que a Casey precisa de algum tempo para se acostumar com o novo ambiente. Ela passou muito tempo no hospital. Essa mudança deve ter sido um baque no organismo dela. A pressão dela subiu um pouco... Sim, está quase normal agora, mas acho que seria bom descansar por uns dias e, depois, a maratona *Middlemarch* pode recomeçar... Sim, sábado seria perfeito... Está ótimo. O.k.! Sim, prometo que ligo se tiver alguma novidade. Ah, e obrigado pelas flores. São lindas. Como de costume. O.k., ótimo. Vemos você e a Gail no sábado. Tchau!

Desligou o telefone.

– Era a Janine – disse a Casey. – Acho que ela não é grande fã da Patsy – deu um suspiro longo. – Bem, não se pode agradar a todos. E então, como você está, meu amor? Está com fome? Acho que a Patsy logo vai lhe dar seu jantar. É muito interessante como ela faz isso, aliás. Eu vi mais cedo. Ela abre uma válvula no tubo de alimentação, chamada válvula reguladora, e conecta o tubo do seu estômago ao acesso intravenoso. É tudo bem simples. As maravilhas da ciência moderna. A propósito, assim que estiver conseguindo engolir poderemos remover o tubo de alimentação de uma vez, o que será um grande alívio para você, tenho certeza. Aí vamos poder lhe dar comida de verdade, para você engordar um pouco. Talvez possa até se juntar a mim e à Patsy para saborear um dos meus famosos bifes.

Tomou a mão de Casey e levou-a aos lábios quando Patsy entrou no quarto.

– Aqui está – disse Patsy, e Casey imaginou-a entregando a Warren seu drinque.

Novamente, barulho de cubos de gelo se chocando contra o copo.

– Hum... Ainda melhor que o primeiro.

– Obrigada. Como está a Janine?

– Ela é indestrutível. Depois do Armagedom, só restarão as baratas e a Janine.

– Parece que você não gosta muito dela.

– Digamos que um pouco já é bastante.

Patsy riu e o telefone tocou novamente.

– Minha nossa! – disse Warren. – Isto aqui está parecendo a Estação Central hoje.

– Quer que eu atenda? – ofereceu-se Patsy.

– Não, tudo bem, eu atendo. Alô! – esbravejou.

Um longo silêncio, e em seguida:

– Desculpe. Eu me esqueci completamente da reunião. É do escritório – sussurrou para Patsy. – Sim. Só me dê um minuto para encontrar o documento...

– Posso ajudar? – prontificou-se Patsy.

– Minha pasta está lá embaixo, no escritório – disse a ela. – Aquela sala como uma mesa grande de carvalho e móveis de couro borgonha.

– Volto num instante.

– Desculpe fazê-la ficar subindo e descendo as escadas.

– Não tem problema. É bom para fazer exercício.

Casey ouviu os passos apressados de Patsy descendo o corredor.

– Sim, pedi para pegarem minha pasta... Por que diabos está ligando para cá? – vociferou de repente; sua voz quase chacoalhou o quarto.

"O que está acontecendo?"

– Não, não vou ficar calmo. Como ousa ligar para a minha casa?! Qual é o seu problema? Não sabe que ligações podem ser rastreadas?

"O que está havendo? Com quem está falando?"

– Sim, ela está aqui – prosseguiu Warren. – Estou ao lado dela neste exato momento, na verdade. Ela está mais forte a cada dia que passa.

Passos subindo a escada correndo.

– Aqui está – exclamou Patsy claramente ofegante, entrando no quarto.

Casey imaginou-a entregando a pasta a Warren.

– Está bem pesada.

– Obrigado.

– Quer que eu me retire?

– Desculpe, mas sim. É altamente sigiloso.

– Claro.

– Se não se incomodar de fechar a porta... Sim, desculpe, Steve. Obrigado pela sua paciência. Vou dar uma olhada no contrato...

A porta bateu. Passos de Patsy se distanciando.

O tom de voz de Warren mudou instantaneamente:

– Ouça bem, não posso falar com você agora. Não, não sei quando nem onde. Ligo para você outro dia. Não vou demorar muito, prometo. É tudo que posso dizer por ora. Nesse meio tempo, não ligue para cá novamente. E nem pense em passar aqui. Está entendido? Ligo para você nos próximos dias.

Bateu o telefone.

– Meu Deus! – exclamou.

Casey imaginou-o passando a mão nos cabelos.

– Como as pessoas são estúpidas!

"Era o homem que foi visitá-lo no hospital, não era? O homem que você contratou para me matar. Não vai perder tempo algum agora, não é? Vai terminar o serviço o mais rápido possível."

Ouviu Warren andando de um lado para o outro em frente à cama e compreendeu que seu tempo estava quase esgotado.

"Alguém me ajude. Tirem-me daqui! Janine, Gail. Drew! Alguém, por favor. Não deixem que ele saia impune. Porque ele vai se safar. Ele é mais esperto que o detetive Spinetti, mais esperto que toda a maldita força policial."

"Mais esperto que Deus", dissera Willy Billy.

– A pressão arterial está subindo novamente – Casey ouviu Patsy dizer.

"O quê? Quando Patsy retornara?"

– Quanto? – indagou Warren.

– 17 por 10.

– Está com febre?

– Não.

– Devemos ligar para o médico?

– Acho que não é necessário. O dr. Keith disse que isso podia acontecer. Vou verificar a pressão novamente daqui a pouco. Se subir, eu ligo para o hospital. Mas tenho certeza de que é apenas uma alteração temporária. Deve baixar sozinha até amanhã.

– Eu me sinto tão impotente – disse Warren.

– Está fazendo tudo que é humanamente possível para ajudar a Casey. Ninguém seria mais companheiro.

– Achei mesmo que vir para casa iria ajudá-la a melhorar.

– E vai.

– Acredita de verdade nisso?

– Só tem que dar tempo a ela.

"Eu não tenho tempo."

– Obrigado. Você é muito amável.

– Não precisa agradecer.

O telefone tocou.

– Deixe cair na caixa postal – disse Warren cansado. – Deve ser a Drew de novo. É a época do mês que ela liga. Por causa da mesada – explicou.

O telefone tocou três vezes e parou.

– Por que não vai comer alguma coisa? – sugeriu Patsy. – Eu fico aqui com a Casey.

Casey percebeu a hesitação de Warren.

– Acho que é uma boa ideia. Eu volto já, meu amor – disse ele tranquilizando-a.

Um silêncio e em seguida:

– Acha que ela faz ideia de quanto eu a amo?

– Tenho certeza de que sim – respondeu Patsy convicta.

CAPÍTULO 19

— M*EU DEUS, MAIS FLORES!* – *DISSE* Patsy, entrando no quarto.

"Que dia é hoje?", perguntou-se Casey, despertando de repente. "Onde estou?"

– Isto aqui está parecendo mais um velório. – Barulho de um vaso pesado sendo colocado sobre a mesa. – E não deixa de ser, de certa forma – completou Patsy alegre. – Não diga ao seu marido que falei isso – deu um risinho. – Esta última remessa é dos bons médicos e enfermeiros do Pennsylvania Hospital. Acho que sentem a sua falta.

Então estava em casa, concluiu Casey. Não tinha sonhado que deixara o hospital. Estava mesmo ali.

– Muito gentil da parte deles mandar flores para você, se quer saber o que eu acho. Mas ninguém nunca quer. Reparou que não mencionaram as auxiliares de enfermagem no cartão? Ninguém se lembra de nos incluir. Eu devia ter ficado na escola, tirado meu diploma de enfermagem, mas pensei... Sabe-se lá o que eu pensei. Provavelmente nem estava pensando. É o que a minha mãe diria. É o que ela sempre diz sobre mim.

Barulho de cortinas sendo abertas.

– Que tal deixar entrar alguma luz aqui? Aí está. Bem melhor assim. Bela vista você tem daqui.

Casey concordava. Sempre amara a vista daquela janela. Por isso escolhera aquele quarto, dentre os sete quartos da casa. Drew também queria aquele, mas Casey chegou primeiro. Sempre chegava primeiro, reconheceu Casey, sentindo aquela pontada de culpa que sempre sentia ao pensar na irmã caçula.

– Acho que não posso discordar dela – prosseguiu Patsy, claramente satisfeita conversando sozinha – Da minha mãe, digo. Tomei algumas decisões bem estúpidas ao longo da vida. Perder a virgindade aos 13 anos para aquele nojento do Marty Price. Largar a escola aos 16. Casar com o Jeff aos 18. Não tirar meu diploma de enfermeira. Desperdiçar dois longos anos esperando o Johnny Tuttle largar a mulher, o que obviamente ele jamais pretendeu fazer. Sem falar daquela vez em que o David Frey me chamou para sair, e eu recusei. Acredite, minha mãe jamais me deixaria esquecer essa. O David era um *nerd* cheio de espinhas e de dentes tortos que morava no fim da rua. Ele inventou um jogo de tabuleiro idiota que você deve conhecer. O jogo virou um sucesso monstruoso, e ele ganhou uma fortuna. Depois a pele dele melhorou, ele pôs jaquetas de porcelana nos dentes, e hoje em dia é lindo. E, é claro, só namora estrelinhas de TV e *socialites*. Até apareceu na revista *Us Weekly* umas semanas atrás, de braços dados com aquela periguete daquele programa de TV em que as pessoas são largadas na costa da África. Minha mãe teve a gentileza de me mandar a revista.

Patsy riu.

– Mães, não há nada igual a elas.

"Agora sou obrigada a concordar."

Imagens de Alana Lerner rondavam sua cabeça como moscas zumbindo: Alana com uma taça de cristal de champanhe na mão; Alana alheia escovando os cabelos louros e compridos; Alana afastando Casey impacientemente, quando esta tentava abraçá-la; Alana toda enfeitada e pronta para sair; o corpo inchado de Alana sendo resgatado das águas da baía Chesapeake.

Casey quisera amar sua mãe, tentara amá-la de verdade, mas era sempre repelida. Mesmo assim, chorou ao ser chamada para identificar o corpo.

Ao contrário de Drew.

– Ah, por favor, Casey! Esperava que eu fosse hipócrita? – dissera Drew.

– Esperava que mostrasse um pouco de respeito.

– Então estava esperando demais.

"Será?", Casey se perguntava agora. Será que esperara demais de Drew? Será que ainda esperava? Talvez fosse o contrário. Talvez não esperasse o bastante. Talvez nunca tenha esperado.

– Sua mãe era bem bonita – dizia Patsy, levantando ligeiramente a cabeça de Casey para afofar o travesseiro e soltando-a em seguida. – Warren me mostrou umas fotos dela. Tem uma em que está usando um vestido longo de lantejoulas e uma tiara de diamantes na cabeça. Uma tiara, meu Deus! Devia se achar a rainha da Inglaterra – riu novamente. – Estava mais para rainha do drama, pelo que entendi.

Outra imagem surgiu de repente na tela escura dos olhos de Casey: Alana Lerner, com seu vestido de lantejoulas manchado de champanhe derramada, a tiara ligeiramente torta, caindo para a direita, o rosto manchado de rímel preto-azulado, tropeçando em direção ao quarto. Ronald Lerner atrás dela. E a pequena Casey alguns passos atrás, seguindo-os em silêncio e despercebida.

– Meu Deus, escute só o que você está dizendo – dizia seu pai.

– Nem ouse me dizer que estou imaginando coisas. Nem ouse. Não imaginei que você estava enfiando a língua na orelha da Sheryl Weston. Todo mundo naquela sala viu.

– Não tinha língua nenhuma, meu Deus. Eu só estava contando a ela uma piada.

– Ah, é? Devia ser uma piada sobre mim, então.

Alana riu, uma gargalhada estridente que fez Casey tapar os ouvidos.

– Você é um desgraçado. Por que precisa ser tão descarado? Por que todo mundo em Rosemont precisa ficar sabendo da sua última conquista? Por que precisa me humilhar na frente de todos os meus amigos?

– Não preciso – disse Ronald Lerner impassível. – Você faz isso muito bem sozinha.

– Seu idiota presunçoso.

– Sua idiota bêbada.

– Seu miserável.

– Sua vagabunda ridícula.

Casey viu sua mãe cambalear até o criado-mudo, tropeçando em seus saltos agulha prateados, e bater o quadril, tentando abrir a primeira gaveta.

– Que diabos está fazendo agora? – indagou o pai.

– Então eu sou ridícula? – retrucou a mãe, conseguindo finalmente abrir a gaveta e vasculhando seu interior atabalhoadamente com a mão direita. – Sou ridícula? E isto aqui é ridículo?

O que sua mãe estava segurando?, perguntava-se Casey, chegando mais perto. Parecia a pistola d'água que o Kenny Yaeger tinha levado para a escola semana anterior.

– Pelo amor de Deus, Alana, solte isso antes que você machuque alguém.

– Vou lhe mostrar quem é ridículo.

– Solte esse revólver, Alana.

Um revólver? Sua mãe tinha um revólver?

– Vou matar você e depois me matar. Vou matar a nós dois.

O quê? Não!

– Não vai fazer isso.

E, de repente, deu um tapa na mão de Alana, jogando longe a arma, e começou a bater com força na cara dela. E de novo, e de novo.

– Vagabunda ridícula – repetia ele.

Chutou a arma em direção à janela e jogou Alana sobre a cama. Montou em cima dela, e começaram a brigar. A mãe dava socos na cabeça dele, enquanto ele tentava segurar as mãos dela acima da cabeça. Em seguida ele estava arrancando o vestido dela, e ela puxava seu paletó, e logo os gritos enfurecidos deram lugar a grunhidos, gritinhos e até mesmo risadas.

– Miserável – murmurava a mãe, enquanto Casey saía lentamente do quarto.

Ao acordar na manhã seguinte, Casey passou em frente ao quarto dos pais e os viu tomando café juntos na cama. Seu pai acenou com um dos braços; o outro estava sobre os ombros da mãe, caindo em direção ao seio. Estavam sorridentes e cochichando. Deu uma olhada rápida no chão e não viu arma alguma. Casey concluiu que toda aquela cena havia sido um sonho ruim, e apagou-a da mente.

Até agora.

Quanto tempo de sua vida ela negara o que estava bem diante de seus olhos?, Casey se perguntava.

"Achei que devia lhe contar, porque você seguia adiante como sempre faz, sem ver onde está, pisando no lugar errado", Janine havia lido. "Você sempre vê o que ninguém mais vê, e entretanto nunca enxerga o óbvio."

Teria mesmo visto sua mãe segurando uma arma?, Casey se perguntava.

Se tinha visto, onde estava essa arma agora? Será que a levaram quando se mudaram? Será que a arma ainda estaria naquela casa?

– Também sou meio dramática – Patsy dizia. – Tenho meus momentos de drama, com certeza. Só não tenho esse guarda-roupa.

Deu um suspiro exagerado.

– Aposto que você tem um belo guarda-roupa, não tem? Aposto que seu closet é cheio de roupas de marca caras, como as que sua amiga... Como se chama mesmo ela? Aquela mal humorada... Janine? Acho que ela não gosta de mim. Mas enfim, como as roupas que ela sempre usa. Posso dar uma olhadinha?

Casey ouviu Patsy andando ruidosamente até o grande *closet* à direita da cama.

– Não se incomoda, certo? Desde que cheguei aqui estou querendo dar uma olhada, mas não queria que o Warren me achasse abusada. Não se incomoda que eu chame seu marido de Warren, não é? Não que me importe o que você acha.

Casey ouviu a porta do *closet* se abrindo e o clique do interruptor de luz.

– Bem, isto é uma grande decepção. Você não é exatamente fissurada por roupas, certo? Quer dizer, tudo isto aqui é bonito, ainda que meio conservador para o meu gosto, mas não é exatamente o que eu esperava. Tem uma bela jaqueta de alta costura ali, e aquelas calças são bonitas. Ótimo corte. Mas, sério, Casey, que diabos é aquilo? Nem tem marca? Comprou num brechó, por acaso? E tem que ser tudo preto ou marrom? Achei que você fosse uma grande *designer*. Não sabe que cores são a tendência para a primavera e o verão? Se bem que você perdeu a mudança de estação este ano, não é? Não teve tempo de trocar o guarda-roupa antes de arrebentarem você toda. Você deve manter suas roupas de verão em algum dos outros três mil quartos, não é? Vou ter que fazer mais explorações na próxima vez em que o Warren for à academia. Que é onde ele está agora, a propósito. Na academia. Disse que estava ansioso e flácido porque não malha há meses. Mas não me parece nem um pouco flácido. Está em ótima forma, e eu disse isso a ele, mas também o estimulei a ir malhar. Disse que não podia ficar grudado em você 24 horas por dia, que isso não era saudável, que você ia gostar que ele saísse de casa e tocasse a vida. Ele está pensando em tirar licença no trabalho, sabia? Diz que não consegue se concentrar, que não consegue colocar seu coração no trabalho. Eu disse que o compreendia.

Deu um suspiro.

– Sim, essa sou eu, sempre compreensiva. Ah, isso é legal! – disse tomando fôlego. – Um lenço francês. É autêntico? Ah, claro que é! Você jamais compraria uma dessas falsificações horríveis. Não, você não precisa. Você pode comprar um original. Quanto será que custa um destes? 300 dólares? Mais? Por um pedaço de seda. Não se incomoda se eu usá-lo um pouquinho, não é? Amarelo e preto não são exatamente minhas cores prediletas, mas até que não fica tão mal. O que achou? Ah, desculpe! Você não pensa, não é? Mas não precisa preocupar essa sua cabecinha vazia. Eu estou pensando o bastante por nós duas. Sim, estou. E sabe o que estou pensando? Que estou progredindo um pouquinho a cada dia, no que diz respeito ao seu marido.

E continuou:

– Quer dizer, ele fica o tempo todo bradando por aí quanto ama você, coisa e tal, mas, particularmente, acho que está só tentando *se* convencer. Não sou cega. Eu vejo o jeito que ele me olha. Uma garota sabe quando um cara a acha atraente, e eu lhe garanto que ele está interessado. E ele é homem, meu Deus. Não consegue ficar muito tempo sem... se confortar. Sim, boa palavra essa. Ele precisa ser confortado. E já que você não está em condições de confortá-lo, terei que calçar seus sapatos.

Fez uma pausa, e então continuou:

– Falando nisso, você tem pés incrivelmente grandes. Qual é o tamanho, 38? Grande demais para mim. Eu calço 35, o que é uma pena, pois, devo admitir, você tem excelente gosto para sapatos. Embora você tenha muitos sapatos baixos para o meu gosto aqui. Sei que são confortáveis e práticos, que é melhor para os pés, coisa e tal, mas não sabe que os homens preferem saltos altos? Sério, como conseguiu fisgar um homem como o Warren usando tantos sapatos baixos? Ah, é! Esqueci. Você é rica.

Patsy puxou uma cadeira para perto da cama, sentou-se e falou no ouvido de Casey:

– Você acha que é verdade o que dizem, que o tamanho do pé de um homem corresponde ao tamanho do... Você sabe, das partes mais interessantes? Acha que é verdade? Seu marido calça quanto, 42? Talvez até 43? – deu uma risadinha marota. – Não importa. Tenho certeza de que ele é bem satisfatório nesse departamento. E também tenho certeza de que vou descobrir eu mesma num futuro não muito distante. Você entende alguma coisa do que estou dizendo?

Deu uma risadinha novamente, desta vez mais alta.

– De certo modo, torço que sim.

Barulho da porta da frente abrindo e fechando.

"Graças a Deus", pensou Casey. "Um fim para esta tortura."

– Acho melhor eu colocar estes sapatos de volta no lugar – disse Patsy rapidamente, correndo de volta para o *closet* e fechando suas portas.

Vozes enfurecidas chegaram aos ouvidos de Casey:

– O que está fazendo? Passou a manhã escondida nos arbustos, de tocaia? – indagou Warren, das escadas.

– Você não atende meus telefonemas. Não ia atender à campainha também.

"Quem era? Drew?"

– Parece que é sua irmã – disse Patsy.

– Já disse que seu cheque está no correio.

– Ah, essa é boa!

– Se você prefere pegar o cheque pessoalmente, posso providenciar isso lá no escritório, a partir do mês que vem.

– Muito generoso de sua parte, Warren. Até quando vai prolongar essa situação?

– Oh, a porcaria bateu no ventilador! – sussurrou Patsy, com um sorriso na voz. – Vou abrir a porta para ouvirmos melhor.

– O.k., Drew. Acho que já discutimos isso mais do que o suficiente – disse Warren. – Agora, se me der licença, gostaria de ir lá em cima dar um oi para a minha mulher.

– Por estranho que pareça, foi exatamente para isso que vim aqui.

– Veio aqui visitar a Casey?

– Ela é minha irmã. Nem sabia que ela tinha saído do hospital, meu Deus.

– Talvez porque não a visitasse há mais de um mês.

– Ainda assim, tenho direito de vê-la. Tenho direito de ser informada.

– Está igual à última vez que a viu, Drew. Não mudou nada.

– Gostaria de ver por conta própria, se não se incomoda.

– Eu me incomodo. Vá para casa, Drew.

– Esta aqui é a minha casa – afirmou Drew, demarcando território. – Ao menos metade dela.

– Não até fazer 30 anos.

– O que, caso tenha se esquecido, não está tão longe assim. Catorze meses, pelos meus cálculos.

– Muita coisa pode acontecer em catorze meses – disse Warren.

"O que isso quer dizer?", perguntou Casey silenciosamente.

– O que isso quer dizer? – perguntou Drew em voz alta.

– Preciso mesmo explicar?

– Sim, precisa.

"Precisa, sim."

– Bem, vejamos. Você usa drogas, bebe em excesso; aposto que até dirige depois de beber, provavelmente em alta velocidade. Eu diria que tem 50% de chance de não estar por aqui para a sua festa de 30 anos.

– Está me ameaçando?

– Não preciso ameaçá-la, Drew. Não preciso fazer nada. Você faz um ótimo trabalho em arruinar sua vida por conta própria.

– Vai mesmo me impedir fisicamente de subir? – indagou Drew.

– Se for preciso.

– Vou entrar com um mandado.

– Fique à vontade – disse Warren, pagando para ver.

– E se eu for na polícia e disser que está me impedindo de ver minha irmã?

"Sim. Vá à polícia."

– Ou talvez eu vá direto aos jornais.

"Não. Vá à polícia!"

– Não acha que esta família já sofreu o bastante com a imprensa? – perguntou Warren.

– Como é mesmo que dizem? – perguntou Drew em resposta. – Falem mal, mas falem de mim?

– Então para você é disso que se trata? Estar sob os holofotes? Seus 15 minutos de fama?

– Só quero ver minha irmã.

Um breve silêncio. Casey imaginou o marido recuando alguns passos, indo em direção à escada no centro do *hall* circular.

– Obrigada – disse Drew.

Barulho de passos furiosos apressados subindo os degraus.

– Segure firme! – alertou Patsy, sem esconder sua animação. – Lá vem confusão.

CAPÍTULO 20

Segundos depois, Drew irrompia no quarto.

Casey imaginou a irmã caçula agitando os braços, cruzando a porta em passadas largas, os cabelos escuros esvoaçantes, a face normalmente pálida vermelha de ódio, os dentes mordendo o lábio superior, enquanto vinha em direção à cama.

"Oh, Drew. Que bom que está aqui. Você tem que me ajudar. Tem que me tirar daqui."

– Quem é você? – indagou Drew.

"Como assim? Sou a Casey. Não está me reconhecendo?"

– Sou a enfermeira da Casey – replicou Patsy, e Casey suspirou por dentro aliviada. – Você deve ser a Drew. Meu nome é Patsy Lukas.

– Por que está usando o lenço da minha irmã?

– O quê?

"Ela ainda está usando meu lenço!"

Casey visualizou Patsy levando a mão rapidamente ao pescoço e um rubor constrangido tomando todo o seu rosto.

– Tire isso – ordenou Drew.

"É isso aí, irmãzinha."

Casey imaginou Patsy tirando o lenço do pescoço lenta e relutantemente, com um olhar desafiador faiscante.

– Não é o que pode estar parecendo. Eu estava só...

– Pegando as coisas da minha irmã sem permissão?

– Não. Claro que não. Eu estava só...

"Só o quê?"

– Só o quê? – repetiu Drew em voz alta.

– O que está havendo aqui? – perguntou Warren da porta.

– Parece que, enquanto o diabo veste Prada – respondeu Drew com um sorriso afetado na voz –, sua ajudante aqui prefere Hermès. O Hermès da minha irmã, ainda por cima.

– Sinto muito – disse Patsy. – Só estava procurando algo para animar Casey um pouco, deixá-la bonita para quando você chegasse em casa.

– Uau, você é boa! – exclamou Drew, com genuína admiração substituindo o sorriso na voz. – Só me diga uma coisa: você como enfermeira é tão boa quanto é mentindo?

– Já basta, Drew... – disse Warren.

– Mas isso ainda não explica como o lenço foi parar no seu pescoço, e não do da minha irmã – prosseguiu Drew, ignorando a interrupção de Warren.

– Eu já ia colocar nela quando ouvi vocês subindo as escadas – explicou Patsy, cada vez mais confortável com sua mentira. – Sinceramente, Warren. Eu estava tentando...

– Warren? – interveio Drew, lançando-se sobre o nome como um gato sobre um rato. – Então estamos nos tratando pelo primeiro nome aqui?

– Está sendo muito rude – disse Warren.

– Estou? Sinto muito. Só estava tentando sacar o que está rolando aqui, Warren – disse Drew, provocando.

Sua irmã sempre fora irascível, pensou Casey, acompanhando o diálogo entre Warren e Drew e se dando conta de que estava de fato se divertindo.

– Nada disso é da sua conta – disse Warren.

– Minha irmã é muito da minha conta.

– É mesmo? Desde quando? Perdoe meu cinismo, mas não me lembro de você demonstrando tanta preocupação *antes* do acidente.

– Não havia com que me preocupar então.

– E não há com que se preocupar agora – disse Warren. – Casey está sendo muito bem cuidada.

– Está?

O cheiro de lavanda de repente serpenteou em torno da cabeça de Casey. Mãos firmes seguraram sua nuca, enquanto um pedaço de seda deslizou por sua pele, como uma cobra fina e comprida, antes de se enrolar em seu pescoço.

– Aí está – disse Patsy. – Assim está melhor.

– Você acha? – perguntou Drew. – Particularmente, não acho que o lenço ajude muito a reavivar o rosto de Casey. Ainda parece terrivelmente pálida para mim.

– Sua irmã está bem – disse Warren. – Ficamos um pouco assustados outro dia, mas...

– Assustados por quê?

– A pressão dela subiu um pouco. Mas já está normal agora. O médico disse que provavelmente foi devido à remoção.

– Ele esteve aqui? Ele a examinou?

– Não foi necessário. Patsy tinha tudo sob controle.

– Uau, você é a melhor coisa que já inventaram, depois do pão fatiado.

– Drew...

– Perdoe meu cinismo – disse Drew, devolvendo a Warren suas palavras –, mas quando entrei neste quarto a Florence Nightingale aqui estava usando o lenço da minha irmã, então me desculpe se não estou tão bem impressionada com ela quanto você.

– Sinceramente, sr. Marshall, o lenço era para a Casey...

– Ah, então agora é sr. Marshall? – questionou Drew. – Muito bem, Patsy. Você aprende rápido.

– Não tem que explicar nada – disse Warren à auxiliar de enfermagem.

– Acho que tem, sim – discordou Drew.

– Acho que ela já explicou.

Drew deu um profundo suspiro.

– O.k. Se é assim que quer jogar...

– Ninguém está jogando aqui, Drew. Isto não é um jogo.

– Não, não é. Infelizmente.

Drew desabou sobre a cadeira mais próxima.

– Sabe de uma coisa? Um café cairia muito bem.

– Tem um Starbucks não muito longe daqui.

– Tem uma cozinha ainda mais perto. Patsy, querida, se importaria de...

– O.k., Drew, já basta.

– Tudo bem – respondeu Patsy. – Será um prazer.

– Não – protestou Warren. – Não é o seu trabalho.

– Sério, não tem problema – insistiu Patsy. – Pedirei à sra. Singer para fazer um fresquinho.

– Quem diabos é sra. Singer?

– Contratei uma governanta para me ajudar com Casey.

– Claro. Uma governanta é exatamente do que Casey precisa neste momento.

– Como gosta do seu café, Drew? – perguntou Patsy.

– Quente e preto.

– Quer que eu lhe traga um também? – perguntou a Warren.

– Não, obrigado.

– Ah, e caso a sra. Singer tenha feito um bolo para Casey ou qualquer outra coisa sem utilidade para ela – disse Drew amavelmente –, eu adoraria petiscar alguma coisa doce.

– Drew... – disse Warren.

– Vou ver o que tem – respondeu Patsy rapidamente.

– Muito obrigada.

– Por que essa atitude? – questionou Warren, depois que Patsy saiu.

– Essa mulher estava roubando coisas do *closet* da minha irmã.

– Tenho certeza de que não estava.

– Certo. O que exatamente ela faz?
– Ela é enfermeira, Drew. O que você acha que ela faz?
– Creio que foi essa a minha pergunta.
– Quer detalhes escabrosos?
– Quero uma resposta.

Casey sentiu Warren andando de um lado para o outro em frente à cama.

– Então está bem. Ela monitora a pressão sanguínea da sua irmã, insere e remove o tubo de alimentação, dá banho, verifica se tem escaras, ajusta o cateter...
– Cateter?
– Quer mesmo que eu continue?

"Não. Por favor, chega."

– Não – disse Drew baixinho.
– Não é um trabalho exatamente divertido, e tive muita sorte de Patsy aceitá-lo. *Tivemos* muita sorte. Então talvez você pudesse ser gentil e lhe pedir desculpa...
– Quem assume quando Patsy vai para casa?

Silêncio. Um suspiro curto, seguido de outro longo.

– Ela não vai para casa. Está morando aqui.
– Que fofo! E a sra. Singer? Ela também mora aqui?
– Não. Não faço ideia de onde ela mora.
– Mas Patsy mora aqui.
– Aonde quer chegar, Drew?
– Não estou gostando nada da vibração que estou sentindo aqui.
– E que vibração seria essa?
– Uma vibração do tipo "minha irmã está em coma e uma piranha está usando as roupas dela" – respondeu Drew.

Casey riu silenciosamente.

– Isso seria engraçado se não fosse tão ridículo – disse Warren.
– Eu achei bem engraçado.
– Eu amo sua irmã, Drew.

Silêncio.

"Não acredite nele. Sei que ele parece o megassincero, mas, por favor, não acredite nele."

– Sei que você a ama.

– Então por que estamos brigando?

Drew deu uma risada.

– Chama isso de briga? Quando Casey acordar, peça a ela que lhe conte como eram as discussões que nós tínhamos. Aquilo, sim, eram brigas.

– Quando Casey acordar – repetiu Warren, soando quase melancólico –, acho que teremos assuntos melhores para conversar.

– Acredita mesmo que ela vai melhorar?

– Tenho que acreditar.

"Não acredite em nada que ele diz. É tudo uma farsa. Não acredite em nada disso."

– A polícia entrou em contato com você recentemente? – indagou Drew.

– Não. E com você?

– Também não. Acho que perderam o interesse. Ouça, odeio ter que voltar a isso toda hora...

– Quer respostas sobre o seu dinheiro – afirmou Warren.

– Acho que tenho sido bastante paciente.

– Sinto muito que esteja levando tanto tempo, mas você tem que entender que é uma situação extremamente incomum, e não há repostas ou soluções rápidas. Vai demorar mais tempo...

– Quanto tempo? Meses? Anos?

Casey podia ouvir a raiva se infiltrando novamente na voz da irmã.

– Não sei.

– Não estou gostando disso, Warren. Não estou gostado nada disso.

– Ouça. Sei que está irritada, mas não é de mim que deve ter raiva. Não foi ideia minha nomear sua irmã testamenteira do espólio. Não foi ideia minha manter você em rédeas curtas e recebendo mesada.

Essas foras as instruções do seu pai, e eu estou apenas cuidando para que seus desejos sejam respeitados e Casey esteja protegida.

– Tarde demais para isso, não?

Um silêncio, seguido de um forte suspiro.

– O que quer que eu faça, Drew? Estou fazendo tudo que posso. Se tiver um pouco mais de paciência, talvez possa lhe conseguir algum dinheiro extra, até que tudo esteja resolvido.

– Seria ótimo.

– Vou ligar para o meu escritório segunda e ver o que consigo.

"Não. Não aceite tão facilmente. Por favor. Não faça disso uma mera questão de dinheiro."

– Mas ainda estou sentindo umas vibrações esquisitas – disse Drew.

"Boa, Drew. Esta é a minha irmãzinha."

Warren deu outro suspiro.

– O.k. Não me importa. Faça o que achar melhor. Agora, se me der licença, tenho trabalho a fazer para segunda.

– Pode perguntar à Patsy o que houve com meu café?

Ele riu novamente.

– Seu desejo é uma ordem.

– E se incomoda se eu abrir a janela? – berrou Drew depois que ele já havia saído. – Esse cheiro de perfume barato é sufocante.

– Apenas vá embora quando quiser – respondeu Warren.

Rangido da maçaneta de metal girando.

– Pronto, muito melhor assim. Livre daquele cheiro horroroso. Sempre achei lavanda tão enjoativo, não acha? Sei que supostamente é relaxante e tal, mas me deixa irritada.

Casey sentiu um toque suave na nuca e em seguida o lenço de seda deslizando pelo pescoço.

– Assim está melhor – disse Drew. – Não sou grande fã de Hermès. Você precisa de algo com um pouco mais de pegada. Já sei... Pode usar isto. Drew manipulou algo junto ao seu pescoço.

– Comprei outro dia.

Mais uma vez, Casey sentiu Drew apoiando sua nuca enquanto se inclinava à frente, pressionando a lateral do seio contra a bochecha dela e mexendo em algo sobre sua cabeça. Sentiu o algodão macio da blusa de Drew tocando sua pele e sentiu o cheiro gostoso de talco de bebê. Lembrou que quando era criança segurava Drew no colo e a embalava, quando ela ficava com medo de uma tempestade. Metia o nariz nos cabelos macios da irmã e prometia que tudo ia ficar bem.

Quando essas promessas pararam?

– É um colar – explicou Drew, colocando a cabeça de Casey de volta sobre o travesseiro. – Não é nada demais, na verdade. É só uma correntinha de prata com um pingente pequeno, um sapato de salto. Mas me lembrou dos meus Manolos; por isso, eu o comprei. Não foi caro nem nada. Mas gostei dele. Enfim, pode ficar para você. Fica melhor em você mesmo. O que acha? – perguntou, quase como se esperasse uma resposta.

Casey imaginou Drew voltando à janela, o olhar perdido na direção do enorme salgueiro no quintal.

– E então, quais as novidades? – perguntou após uma pausa de uns trinta segundos. – É, tudo velho comigo também. Ah, exceto que me livrei do Sean! Lembra-se do Sean? Ele foi ao hospital comigo uma vez. Alto, branco, meio viajandão. Tinha um quê de Owen Wilson. Mas, enfim, levou um pé na bunda. Não sei bem por quê. Ele estava começando a me irritar – deu uma risada. – Acho que muita coisa tem me irritado ultimamente.

Voltou para perto da cama, aboletou-se na beira no colchão e começou a esfregar os dedos dos pés de Casey distraidamente sob o lençol.

– Já sentiu isso com algum cara? Que tudo que ele faz subitamente começa a te irritar?

– Provavelmente não. Não teve tantos namorados assim, não é? Sempre foi muito mais seletiva. Diferente de certas irmãs caçulas que conheço. Mas, enfim, dispensei o bom e velho Sean. Para ser honesta, ele não me pareceu muito chateado. Só quem ficou meio triste foi a Lola. Ela gostava dele. Você me acha uma mãe horrorosa? – indagou

Drew de repente. – Sei que não sou a melhor mãe do mundo, mas sou uma mãe horrorosa?

Fez um pausa, como se estivesse dando a Casey uma chance de responder.

– Não é que eu não a ame. Eu amo. É só que ela está o tempo todo lá. Entende o que quero dizer? Toda vez que me viro, lá está ela. E tenho vontade de dizer: olhe, você é uma criança adorável, e tudo mais, mas pode me dar alguns dias sozinha? Mas como fazer isso? Não posso – disse Drew, respondendo à sua própria pergunta. – E ela está sempre olhando para mim, como se esperasse que eu fizesse algo. Só que eu nunca sei o que ela espera que eu faça e sempre tenho a sensação de que está decepcionada. É horrível sentir que está o tempo todo desapontando alguém. Embora eu já devesse estar acostumada a essa altura.

"Oh, Drew!"

– Eu pensava que seria diferente. Achava que, se eu tivesse um bebê, ele tinha que me amar.

"E ela ama você, Drew."

Um suspiro tremulou entre as duas.

– Ela ama você, no entanto. Antes do acidente, e agora todo mundo acredita que foi mesmo um acidente, ela sempre perguntava quando podíamos ir visitar a tia Casey. E, desde que a levei ao hospital, ela fica me enchendo o saco, perguntando quando pode ir vê-la de novo. Ela tem um monte de livros que quer ler para você. Bem, não sei se realmente consegue ler ou se apenas memorizou as histórias. A Janet já leu aqueles contos de fadas para ela tantas vezes que ela já sabe de cor. Janet é a babá dela. Tive que demitir a Elise depois que a flagrei pegando minha maconha. Sério mesmo, é tão difícil encontrar bons serviçais hoje em dia – ela riu. – Estou brincando.

O magnífico aroma de café fresco entrou flutuando pela porta. Casey sentiu a boca salivar e sentiu na língua o sabor forte e tostado de grãos de café.

– E por falar em serviçais...

Os cheiros incompatíveis de café e lavanda disputavam a supremacia, adentrando o quarto juntos, como um par de gêmeos siameses hostis.

– Aqui está seu café – disse Patsy.

– Obrigada.

– Cuidado. Está bem quente.

– Quente e preto. Do jeito que eu gosto. Obrigada – disse Drew novamente.

– Ouça, eu sinto muito pelo mal-entendido mais cedo. Compreendo o que deve ter parecido para você.

– Bem, eu compreendo sua compreensão, então vamos deixar isso para lá, pode ser?

A campainha tocou.

– Quem é? – perguntou Drew.

– Deve ser o fisioterapeuta.

– Quente e preto – disse Drew, com certa malícia na voz. – Do jeito que eu gosto.

CAPÍTULO 21

– *Ei! Olá!* – *disse Jeremy*, adentrando o quarto de Casey. – Faz tempo que não a vejo. – Como tem passado?

– Bem – respondeu Drew. – Bom vê-lo novamente.

Casey percebia na voz da irmã um esforço para soar casual.

– Você se atrasou um pouco – disse Patsy. – Está tudo bem?

– Teve um acidente feio na autoestrada mais cedo. Ainda estavam liberando a pista quando passei por lá, então fiquei parado por uns 20 minutos. Sinto muito por isso. A boa notícia é que já estou aqui e que esse café está com um cheiro delicioso. Será que consigo uma xícara?

Casey visualizou um sorriso demasiadamente simpático iluminando os olhos de Patsy.

– Como prefere seu café?

– Com creme e muito açúcar.

– Branco e doce – comentou Drew baixinho, enquanto Jeremy se aproximava da cama, e Patsy deixava o quarto.

Casey absorveu a intensidade do olhar de Jeremy, que se inclinava para dar uma olhada melhor nela.

– Olá, Casey! Como está se sentindo hoje? Feliz de estar de volta?

"Não, não estou feliz. Não estou nem um pouco feliz. Vocês têm que me tirar daqui."

– Parece que a pressão dela deu uma subida – disse Drew –, mas já voltou ao normal.

– Sim, isso é normal que aconteça.

– Foi o que me disseram.

– Mas ela parece um pouco pálida.

– Também achei.

– Bem, vamos tentar botar um pouco de cor de volta nessas bochechas com algum exercício.

– Quer que eu saia?

– De maneira alguma.

– Não quero atrapalhar.

– Não está atrapalhando. E tenho certeza de que Casey vai apreciar sua companhia. Eu vou.

Casey sentiu a mão dele em sua testa. Será que ele conseguia sentir sua mente funcionando? "Escute-me", pensou, o mais forte que podia. "Meu marido fez isso comigo. Ele tentou me matar, e vai tentar de novo assim que estiver seguro de que vai se safar. Não deve demorar muito, agora que aparentemente a polícia abandonou as investigações. Vocês têm que detê-lo. Vocês têm que me tirar daqui."

– Ela não está com febre, está? – perguntou Drew, aproximando-se.

– Não. A testa está fria. Bonito este colar que ela está usando. Você que deu a ela?

– Sim. Como sabe?

– Porque é a sua cara.

– Eu tenho cara de sapato?

Drew riu.

– Você entendeu.

– Bem, obrigada. Eu acho. Quer dizer, vou entender como um elogio.

– Ótimo. Pois era essa a intenção.

Jeremy tomou a mão de Casey e começou a manipular seus dedos.

– Posso lhe perguntar uma coisa? – perguntou Drew após alguns segundos de silêncio.

– Manda.

Uma breve hesitação.

– O que acha da Patsy?

– Profissionalmente?

– Profissionalmente e pessoalmente.

Um breve silêncio.

– Pessoalmente, não a conheço bem. Mas sempre me pareceu simpática. Profissionalmente, diria que ela é competente, sabe o que está fazendo e é sensível. Os pacientes gostam dela. Certamente é dedicada à sua irmã.

– Você acha?

– Você não?

– Não sei.

– Aconteceu alguma coisa?

– Não tenho certeza – disse Drew.

Casey imaginou a irmã dando uma olhada na direção da porta, deixada aberta, certificando-se de que Patsy não estava enrolando por ali.

– Quando cheguei aqui, ela estava usando um lenço caro da Casey. Aquele ali, na verdade – completou, certamente apontando para ele. – Eu fiquei zangada e mandei tirar o lenço. Provavelmente disse algumas coisas que não devia...

– Ela deu uma explicação?

– Disse que estava prestes a colocá-lo na Casey quando eu entrei.

– Não acredita nela?

– Você acreditaria?

Jeremy repousou a mão direita de Casey sobre a cama e ergueu a esquerda.

– Bem, normalmente minha tendência seria dar a ela o benefício da dúvida. Mas...

Ele começou a mover os dedos de Casey para trás e para a frente.

– Mas...?

– Mas algo me diz que seu instinto é apurado. Se seu instinto lhe diz que ela está armando alguma, então eu diria que ela está armando alguma.

Casey pôde de fato sentir a gratidão no sorriso de sua irmã.

– Obrigada – disse Drew.

– Por quê? O que o sr. Marshall acha? Ele sabe?

– Sabe. Acho que ele não confia nos meus instintos tanto quanto você.

– Bem, então torçamos para que tenha sido um incidente isolado.

– Sim – concordou Drew. – O mais importante é que ela é uma boa enfermeira, certo?

Jeremy começou a massagear os músculos da palma da mão de Casey com o polegar. Se ela ao menos pudesse agarrar aquele polegar, pensou Casey, tentando apertá-lo para dar algum sinal de que estava consciente do que se passava. Se houvesse algum jeito de dizer isso a eles...

– Bem, a rigor, ela não é uma enfermeira – disse Jeremy.

– Como assim ela não é enfermeira? Ela é o que então?

– Auxiliar de enfermagem.

– Não entendo. Por que o Warren a contrataria para cuidar da minha irmã se ela não é enfermeira? Não foi por falta de dinheiro...

Os dedos de Jeremy começaram a aplicar pressão no pulso de Casey, girando-o suavemente da esquerda para a direita.

– Não fique preocupada. A Patsy está mais que qualificada para o serviço que precisa ser feito aqui – explicou ele. – Sua irmã não precisa realmente de uma enfermeira.

Começou a girar o pulso de Casey na direção oposta.

– E, como eu disse, a Patsy é qualificada e competente. Ela costuma se esforçar para agradar seus pacientes. Além disso, está muito familiarizada com o quadro da Casey. Está cuidando dela há meses. Não fiquei surpreso quando soube que o sr. Marshall a contratara. Para ser honesto, achei que ele teve sorte.

Pôs a mão de Casey de volta sobre a cama, pegou a outra mão e começou a manipular o pulso.

– Mas você não gosta dela.

– Não gosto dela – confirmou Drew em voz baixa.

Barulho de passos na escada. Cheiro de café fresquinho se aproximando.

– Café – anunciou Patsy alegremente da porta. – Com creme e bastante açúcar.

– Pode colocar sobre o criado-mudo para mim? Obrigado – agradeceu Jeremy, movendo o braço de Casey para cima e para baixo, a partir do cotovelo.

Casey sentiu a vivacidade dos passos de Patsy, que atravessava o quarto para deixar o café de Jeremy sobre a mesinha ao lado da cama.

– Quer mais alguma coisa?

– Não, muito obrigado. Está ótimo.

– E você, Drew? Mais uma xícara?

– Não, obrigada. Na verdade, Jeremy estava me mostrando alguns exercícios que posso fazer com a Casey. Talvez queira ficar para aprender também.

– Que tal me ensinar outra hora? O sr. Marshall me pediu para cuidar de algumas coisas para ele.

– Pensei que estivesse aqui para cuidar da Casey.

– A Casey está em excelentes mãos no momento – disse Patsy cordialmente, recusando-se a morder a isca. – Pode me chamar quando tiver acabado.

Casey deduziu, a partir do silêncio que se seguiu, que Patsy havia deixado o quarto.

"Por favor. Vocês têm que me ajudar. Têm que me tirar daqui."

– Certo. Agora eu que sou a babaca – afirmou Drew. – Ela poderia ser mais amável que isso?

– Sei lá – disse Jeremy. – Tendo a suspeitar de pessoas amáveis demais.

Novamente, Casey sentiu o sorriso de Drew.

– E então, como a Casey está indo? Ela progrediu alguma coisa?

– É difícil avaliar o progresso de pacientes em coma, mas sua irmã tem boa flexibilidade e excelente base muscular, então vamos continuar trabalhando duro. Ei, por que não começa a fazer no outro braço? Isso... faça o que lhe mostrei da outra vez. Perfeito. Vou começar as pernas.

– Quais são as chances reais de ela voltar a andar?

– Bem, não há nenhuma razão física que a impeça. Não há lesão na medula e as fraturas consolidaram bem. Se continuarmos trabalhando estes músculos – disse ele, descobrindo as pernas de Casey e começando a massagear as solas dos pés –, quando ela acordar e seu cérebro começar a enviar as mensagens corretas, não vejo por que ela não voltaria a usar os braços e as pernas. Mas primeiro ela tem que acordar.

– Primeiro ela tem que acordar.

"Eu estou acordada, droga. Por que meu cérebro não está enviando as mensagens corretas?"

"O cérebro da paciente foi 'chacoalhado'", Casey lembrou que um dos médicos dissera.

Quanto tempo fazia isso? Quantas semanas? Quantos meses? Quanto tempo levaria para que seu cérebro parasse de chacoalhar? Será que teria tempo o bastante?

"Vamos lá, cérebro! Concentre-se! Comece a enviar os sinais certos. Dedos, apertem o polegar da minha irmã. Pés, chutem as mãos do Jeremy. Façam alguma coisa. Qualquer coisa."

– Há quanto tempo faz este tipo de trabalho? – perguntou Drew.

– Não muito – replicou Jeremy. – Pouco mais de quatro anos.

– E antes disso?

– Exército.

– Exército?

– É uma longa e triste história.

Deu um suspiro, como se debatesse internamente se contava ou não.

– Eu estava trabalhando como fisioterapeuta. Minha mulher e eu estávamos ralando para equilibrar as contas. Eu tinha uma montanha de dívida do crédito estudantil para pagar. O exército me ofereceu o pagamento desses empréstimos se eu me alistasse. O oficial de recrutamento disse que eu ficaria lotado em território nacional, que provavelmente jamais seria mandado para fora do país, e que, na remota possibilidade de isso acontecer, eu seria designado a uma unidade médica e provavelmente não veria nenhum combate direto. Fui estúpido e acreditei.

– Para onde foi mandado?

– Afeganistão.

Barulho de uma inspiração profunda.

– E como foi lá?

– Não foi o que eu chamo de diversão.

– Tudo que o oficial de recrutamento falou era mentira?

– Bem, aí que está. Ele não mentiu, exatamente. Não, ele foi muito cuidadoso na escolha das palavras. Ele disse que ficaria lotado no país, e eu fiquei, por seis meses. Disse que *provavelmente* não seria mandado para fora e que *provavelmente* não veria nenhum combate direto...

– Mas você *foi* mandado para fora e *viu* combate direto.

–Fui.

– Teve medo?

–Tive.

O tom de voz de Drew virou um sussurro:

– Você matou alguém?

Um longo silêncio.

– Sim.

– Isso deve ter sido terrível.

– Sim – disse de novo.

Casey sentiu-o esticando o braço por cima dela para pegar seu café e ouviu-o dando um gole.

– Acho que jamais conseguiria matar alguém.

– Ficaria admirada de ver do que é capaz. Especialmente quando alguém está tentando matar você.

– Quanto tempo ficou lá?

– 23 meses, uma semana e cinco dias. Mas quem está contando?

Ele tentou rir, porém o riso ficou preso na garganta e de lá não saiu. Tomou outro gole de café.

– Quando voltei, minha mulher já tinha praticamente se mudado. Retornou por um tempo. Fizemos uma última tentativa, mas não deu certo. Descobri depois que ela estava praticamente morando com outro cara enquanto estive longe. De qualquer forma, o que passou, passou. Não faz sentido ficar se lamentando por aquilo que não pode ser mudado.

Voltou a atenção para os pés de Casey.

– E você?

– Eu?

– Como estão indo as coisas para você?

Casey sentiu Drew dar de ombros.

– Acho que sou ainda um trabalho em andamento.

– Ainda não decidiu o que quer ser quando crescer? – perguntou Jeremy.

– Isso é terrível? Bem, eu deveria saber. Tenho quase 30 anos. Tenho uma filha.

– Você vai descobrir.

– Acha?

– Tenho certeza.

– Bem, agradeço o voto de confiança. Obrigada.

– Por quê?

– Posso lhe fazer outra pergunta? – indagou Drew.

– Vá em frente.

– Como é matar uma pessoa?

Silêncio. E em seguida:

– Não sei se posso responder a essa pergunta.

– Desculpe – disse Drew rapidamente. – Não é da minha conta. Eu não devia ter perguntado.

– Não, o problema não é a pergunta. O problema é que realmente não sei como responder. Não sei bem o que senti, para ser honesto. Estava com tanto medo.

Fez uma pausa, tomou outro gole de café.

– Você está num país estranho, não fala a língua, não sabe nada sobre a porcaria do Talibã. Tudo que sabe é que está muito longe de casa e que supostamente deve levar a democracia àquelas pessoas que estão tentando explodir seus miolos. E bombas estouram, minas terrestres explodem, e, no fim, você não liga a mínima para democracia, Talibã ou qualquer outra coisa, só quer sair vivo daquele fim de mundo. A adrenalina está lá em cima constantemente, e o coração está acelerado o tempo todo. E quando você dispara sua arma e vê um corpo tombar, você não sente nada; exceto, talvez, alívio por não ter sido você. Talvez no início você se sinta um pouco orgulhoso por ter conseguido acertar o alvo, ou talvez sinta um embrulho no estômago. Sei lá. Toda aquela destruição. Todo aquele sangue. Como não se abalar com aquilo? Mas, no fim, é isso o que acontece. Mais cedo ou mais tarde, você não sente mais nada.

Outra pausa, outro gole de café.

– Essa provavelmente é a pior parte. Matar outro ser humano e não sentir coisa alguma.

Era assim que Warren se sentia? perguntou-se Casey. Não sentia nada enquanto tramava sua morte? Absolutamente nada?

– Às vezes, não sentir nada é uma ótima sensação – dizia Drew.

– Acho que isso é o que chamam de contradição em termos – disse Jeremy.

– Sim... Mas não é por isso que as pessoas em geral usam drogas, para não ter que sentir?

– É por isso que você usa?

– As pessoas acham que usamos drogas para ficar chapado – respondeu Drew, falando mais consigo mesma agora. – Mas não é tanto para ficar chapado. É mais para ficar tão doido que você começa a flutuar sobre todo aquele lixo e toda aquela dor e assim não sente mais coisa alguma... – Drew parou de repente. – Estou falando como uma viciada precisando dar um pico – completou ela e tentou rir.

– É? – perguntou Jeremy, soltando a perna de Casey e colocando a xícara de volta sobre a mesinha ao lado da cama.

"Meu Deus. É?"

– Bem, eu não injeto, se é isso que está perguntando. Nunca usei heroína. Não por que não tenha me sentido tentada, mas tenho fobia de agulhas. Cheirei uma vez, misturada com cocaína. Mas me fez vomitar, e eu odeio vomitar tanto quanto odeio agulhas. Já usou cocaína?

– Experimentei poucas vezes – disse Jeremy. – Adorava a onda, detestava a ressaca. Concluí que não valia a pena.

– Sim, já concluí isso algumas vezes também – disse Drew, rindo.

– E a sua irmã? – perguntou Jeremy.

Voltou toda a sua atenção a Casey, dobrando seu joelho direito, depois esticando-o novamente, e repetindo várias vezes o movimento.

– Ah, não! A Casey jamais usaria drogas. Jamais. Nunca.

"Só porque tinha muito medo de baixar a guarda."

– Ela sempre andou na linha. Nunca matava aula, nunca ficava bêbada, não dormia com muitos caras, sempre fazia a coisa certa.

"Só porque tinha pânico de não fazer."

– Sempre no controle.

"Alguém nesta família tinha que assumir responsabilidades."

– Não está no controle agora – afirmou Jeremy.

– É, não está – concordou Drew. – E isso é justo?

Ela apertou a mão de Casey.

– Passou a vida toda sendo a boa filha, a esposa perfeita e a profissional séria, e veja que fim levou. Você entra para o exército para pagar o crédito estudantil e acaba matando gente. Eu passo metade da minha vida metendo no nariz uma quantidade de pó que mataria um pequeno elefante, mas estou aqui, viva e relativamente saudável. Então, qual é o sentido disso tudo, eu lhe pergunto?

"O sentido é que não temos controle. O sentido é que não temos garantias, nunca sabemos o que vai acontecer na vida, mas não podemos desistir. O sentido é que, por mais falíveis que sejamos, temos que continuar tentando, temos que continuar estendendo a mão aos outros..."

– Meu Deus! – exclamou Drew.

O que houve?

– Ela acabou de apertar minha mão.

– O quê? Tem certeza?

"Apertei? Eu apertei sua mão?"

– Estou falando, ela apertou a minha mão! – repetiu Drew, com a voz cada vez mais excitada.

Casey sentiu Jeremy tomando sua mão das mãos de Drew.

– Não estou sentindo nada – disse ele após alguns segundos.

– Não estava imaginando coisas – insistiu Drew. – Eu juro, ela apertou a minha mão.

– Pode fazer isso de novo, Casey?

Jeremy apertou os dedos dela, como se estivesse lhe mostrando como fazer.

"Sim, posso. Posso. Aqui. Estou apertando. Estou apertando."

– Sentiu algo? – perguntou Drew.

– Não tenho certeza.

"Como assim, não tem certeza? Estou apertando seus dedos com tanta força que eles vão quebrar. Preste atenção, droga. Estou apertando."

– Vamos, Casey. Você consegue – implorou Drew.

– Consegue o quê? – perguntou Patsy da porta do quarto.

– Casey acabou de apertar minha mão – disse Drew.

– O quê?

– Consegue fazer de novo, Casey? Consegue? – pediu Jeremy.

"Estou tentando, droga. Estou tentando."

– Nada – disse ele.

– Você deve ter imaginado – disse Patsy.

– Eu sei que senti – sustentou Drew.

Patsy aproximou-se da cama e segurou a outra mão de Casey.

– Certo, Casey. Se estiver me entendendo, aperte a minha mão.

"Droga, eu quebraria a sua mão se pudesse."

– Não estou sentindo nada.

– Ela apertou a minha mão – insistiu Drew. – Ela está entendendo.

– Mesmo que ela tenha apertado sua mão – explicou Jeremy –, isso não significa que estivesse reagindo a algo específico.

– O que isso quer dizer? – perguntou outra voz entrando no quarto.

Warren, Casey se deu conta, e sentiu um aperto no peito. Há quanto tempo ele estava ali?

– É mais provável que tenha sido um espasmo muscular – explicou Jeremy.

– Mas pode ser mais que isso – disse Drew. – Pode ser que a Casey esteja começando a recuperar o uso das mãos. Pode ser que esteja tentando se comunicar. Não pode?

– Sim, pode – admitiu Jeremy. – Mas não devemos ficar esperançosos demais ainda.

– O Jeremy tem razão – disse Warren.

Tomou a mão de Casey das mãos de Patsy, levou-a aos lábios e beijou a ponta de cada dedo.

– Temos só que esperar para ver.

Capítulo 22

Era madrugada, e a casa estava em completo silêncio.

Casey repousava imóvel em sua cama, totalmente desperta apesar de ser tão tarde. Quanto tempo se passara desde que apertara a mão da irmã? Quantas horas passara recapitulando cada detalhe do que tinha acontecido? Será que tinha mesmo apertado a mão de Drew? Caso tivesse, fora um gesto deliberado ou um mero espasmo muscular involuntário, como Jeremy sugerira?

Warren com certeza estava curioso para saber a resposta. Não saíra do lado dela a tarde toda. Ficou sentado próximo ao rosto dela, monitorando cada mínimo tremor. Almoçara sentado naquela cadeira e não jantara. De vez em quando pegava sua mão e lhe pedia baixinho que apertasse os dedos dele caso estivesse entendendo. "Eu a amo tanto", sussurrou mais de uma vez, alto o bastante para ser ouvido por quem estivesse no quarto.

Será que eram enganados tão facilmente?, perguntou-se Casey, e em seguida respondeu à própria pergunta. É claro que eram enganados. Ele engara a todos. Inclusive a ela, a mais tola de todas.

Jeremy partiu após o fim da sessão de fisioterapia, dizendo a Warren que estava muito satisfeito com o progresso de Casey e que voltaria na segunda. Drew ficara até o fim de *Guiding Light*. Deu um beijo na testa de

Casey e, após lembrar Warren de sua promessa de aumentar a mesada, prometeu voltar na tarde seguinte trazendo Lola. Patsy passara o dia entrando e saindo do quarto, supostamente cuidando de Casey, mas principalmente cercando Warren, até se recolher relutantemente por volta das 23 horas. Warren permanecera ao lado de Casey até o fim do programa de David Letterman. Depois desligou a TV pelo controle remoto, mergulhando o quarto no silêncio.

Sempre fora assim, pensava Casey agora, escutando os diversos rangidos e estalos que uma casa faz quando todos estão dormindo. Todos menos eu, pensou, dando-se conta de que nas últimas 24 horas não perdera a consciência um só instante; passara acordada cada hora, cada minuto, cada segundo do dia. Sem os apagões, sem alívio para as monótonas e intermináveis horas ali deitada, ouvindo as vozes da TV competirem com o falatório inútil de Patsy ou com as falsas juras de amor de Warren. Apenas Drew lhe proporcionara uma necessária dose de adrenalina. O fato de ter apertado a mão de Drew...

Será que tinha mesmo? Ou será que a irmã estava apenas iludindo a si própria?

E o fato de não ter mais longos lapsos de ausência era algo a comemorar ou a lamentar? Estava melhorando, ou estava ainda pior que antes?

Como poderia ficar pior, ela se perguntava, sentindo uma ligeira mudança no ar.

Algo estava acontecendo. Alguém estava chegando.

Casey sentiu o coração disparar. Alguém a observava da porta.

– Casey – disse seu marido após alguns minutos. – Está acordada? – perguntou, como se esperasse uma resposta.

O que ele estava fazendo aqui?, perguntou-se Casey. Viera terminar o serviço começado? Como? Enfiando um travesseiro em sua cara até ela parar de respirar? Injetando uma bolha de ar em suas veias com uma seringa?

"Não sei o que aconteceu", quase podia ouvi-lo dizendo aos enfermeiros da ambulância, que chegariam correndo – o marido transtornado tentando aceitar a nova tragédia. "Vim ver como estava e percebi imediatamente que havia algo errado."

Ou deixaria que Patsy descobrisse pela manhã?

Não era esse seu *modus operandi*, manter-se sempre um pouco afastado?

– Não consegui dormir – dizia Warren agora, com a voz firme.

Atravessou o quarto e parou junto à janela ainda aberta.

– E você?

"Ele veio até aqui só para falar à toa?", perguntava-se Casey. Será que estava tendo dificuldade para dormir, como às vezes tinha, e instintivamente procurara por ela, como sempre fazia, buscando aconchego no meio da noite?

"Por que você está aqui?"

– Está uma noite linda. Quente. Uma brisa suave. O céu cheio de estrelas. A Lua quase cheia. Você ia adorar.

"Eu amava você. Com todo o meu coração e alma. Como pôde fazer isto comigo?"

– Então é verdade? – perguntou, indo lentamente em direção à cama. – Você apertou mesmo a mão de Drew?

Ele segurou a mão dela.

– E se apertou mesmo, se não foi mero produto da imaginação extenuada da sua irmã, a questão é: foi apenas um espasmo muscular ou estava tentando se comunicar?

Havia passado as últimas horas sem conseguir dormir por causa das mesmas torturantes perguntas, pensou Casey, atormentada pelas mesmas coisas. Ainda estavam em sintonia, mesmo agora.

Só que jamais haviam estado realmente em sintonia. Tudo fora uma encenação.

"Preliminares", pensou irônica. "De um assassinato."

Warren apertou os dedos de Casey.

– Pode me contar, Casey – sussurrou sedutoramente. – Você sabe que jamais conseguiu esconder nada de mim.

"Ele tem razão", pensou Casey. Ela sempre fora um livro aberto para ele.

– Conte-me: no que fica pensando deitada aí noite e dia? Entende alguma coisa do que está acontecendo?

"Não. Não entendo coisa alguma, especialmente você."

– Imagino como deve ser frustrante, supondo que esteja entendendo. E aterrorizante. E entediante. E humilhante. E sabe lá Deus o que mais. Acho que eu ficaria completamente louco no seu lugar. Você está completamente louca, Casey?

"Talvez. Talvez eu esteja."

– Você tem consciência do tempo? Tem consciência das horas da sua vida lentamente passando por você?

"De cada hora, cada minuto, cada segundo."

– No que você pensa? Você pensa em mim? Pensa em como éramos felizes?

Ele se encostou na beira da cama e começou a acariciar distraidamente a coxa dela por cima da manta que a cobria.

"Oh, Warren!", pensou ela, o corpo formigando com seu toque, apesar de tudo. "Éramos felizes, não éramos?"

– Tenho que admitir: sinto sua falta. Tenho saudade dos nossos papos interessantes. Da sua risada. Tenho saudade de você se aconchegando em mim na cama, colando sua bundinha bonitinha na minha barriga. E tenho saudade do jeito como você me tocava.

Pegou sua mão e levou-a lentamente à perna dele.

– Aqui – disse ele, guiando a mão dela sob o roupão de seda até encontrar a coxa desnuda. – E aqui – puxou a mão dela até sua virilha. – Tem saudade disso? – sussurrou, movendo sua mão ainda mais alto.

"O que ele está fazendo?", perguntou-se Casey. "Não, isto não está acontecendo. Não está acontecendo."

– Faz tanto tempo – disse ele. – E tenho sido um menino tão bem comportado. Ficaria orgulhosa de mim. De fato, acho que depois do acidente eu tenho sido um marido melhor do que era antes. Mais atencioso, mais dedicado. Seguramente mais fiel.

"O que está dizendo agora? Que era infiel antes?"

– Nem imaginava, não é? – perguntou Warren. – Não fazia ideia, aposto. Isso sempre foi um dos seus maiores charmes, sua ingenuidade. Apesar da criação que teve, acreditava no casamento e na monogamia. Acreditava em contos de fadas.

Casey teve um arrepio ao se dar conta de que o marido se referia a ela no passado.

– Mas devo admitir que, ao contrário do seu pai, eu era muito discreto.

"Por que está me contando isso? Está esperando alguma espécie de reação?"

Warren se inclinou, aproximando-se mais, e roçou com os lábios o canto da boca de Casey.

"Até onde ele iria com aquilo?", perguntava-se Casey, desejando que pudesse virar a cabeça, soltar a mão e usá-la para lhe dar um tapa na cara. Era isso o que ele queria?

Sentiu a mão dele em seu pescoço de repente. Depois os dedos foram escorregando para baixo e pararam entre seus seios.

– Seus peitos vão ficar maiores – dissera Gail naquela última vez em que almoçaram juntas, logo depois que Casey contou que planejava engravidar. O fato de ter realmente considerado ter um filho com aquele homem lhe deu vontade de vomitar.

Será que ele podia notar sua repugnância?, perguntou-se Casey, prendendo o fôlego enquanto Warren tocava seu mamilo direito por alguns segundos.

– Parece que não consegue mesmo se mexer – disse, passados mais alguns segundos.

Warren levantou-se, largando a mão de Casey sobre o colchão, como um peixe morto.

– Desculpe. Eu precisava ter certeza de que não estava... Qual foi mesmo a palavra que o dr. Keith usou? Fingindo? Sim, era isso. Então, esse foi meu testezinho, talvez pouco ortodoxo. E embora deva admitir que achei desconcertantemente mais prazeroso do que imaginara, necrofilia não é minha onda.

Casey sentiu o marido movendo-se inquieto pelo quarto.

– E então, o que fazer, o que fazer? – murmurava. – Você é uma verdadeira charada, Casey. Sabia? O que faço com você?

"Já não fez o bastante?"

Subitamente precipitou-se sobre ela, agarrou seu queixo bruscamente e forçou sua cabeça para cima.

– Está vendo esta luz? Está?

O que estava fazendo? Acendendo alguma luz sobre seus olhos?

– Nenhuma piscada, forte ou suave – disse ele claramente aliviado.

Casey ouviu um ruído de tecido e deduziu que estava guardando uma pequena lanterna no bolso do roupão.

– Então sabemos que ainda não é capaz de enxergar. Mas é só questão de tempo, não é? E tempo é tudo. Certo? *Certo?* Caramba, Casey. Você está aí dentro? Pode me ouvir? Faz ideia do que está acontecendo? Droga! – exclamou, soltando o queixo dela.

– Algum problema? – perguntou Patsy da porta.

Casey ouviu Warren engasgar e sentiu-o dar um pulo.

– Sinto muito – desculpou-se Patsy imediatamente. – Não quis assustá-lo.

Casey imaginou os dois de pé em lados opostos da cama; Warren com seu roupão listrado de preto e dourado, Patsy usando uma camisola comprida fina, que sem dúvida revelava muito do colo.

– Faz muito tempo que está aí? – perguntou Warren.

– Apenas alguns segundos. Pensei ter ouvido vozes.

– Só a minha, infelizmente – disse Warren, pontuando a frase com um discreto risinho constrangido.

"Sagaz", pensou Casey.

– Algum problema? – perguntou Patsy. – Casey está bem?

– Está. É que eu não conseguia dormir – explicou Warren. – Então resolvi levantar e ver como estava.

"Tão atencioso. Sempre preocupado com os outros."

– Quer que eu lhe prepare algo para comer? Você não jantou. Deve estar morrendo de fome.

– Na verdade, não.

INEVITÁVEL

– Que tal um chá?
– Não. Obrigado. Você devia voltar para a cama. O dia amanhã promete ser agitado. Lamento tê-la acordado.
– Tudo bem. Tenho sono leve. Na verdade, você me salvou de um sonho muito desagradável.
– É mesmo? Como era?
– Um pesadelo típico. Um homem sem rosto, segurando uma faca, ficava me perseguindo por um beco escuro. Eu gritava, mas ninguém me ouvia. Ele se aproximava cada vez mais...
– Ele alcançava você?
– Não. Como eu disse, você me salvou.
"Que pena!"
– Meu herói – disse Patsy.
– Fico contente em ter ajudado.
– Você tem pesadelos? – perguntou Patsy.
– Não desde que era criança. Não que eu me lembre, ao menos.
– Você tem sorte. Eu me lembro de todos os meus sonhos. Tem um em que estou num palco, prestes a fazer um discurso. Sabe lá Deus de onde saiu isso, pois nunca fiz um discurso na vida. Aí eu olho para baixo e percebo que estou completamente nua.
"Boa, Patsy! Faça-o focar em seus atributos mais palpáveis."
Warren deu um risinho.
– Acho que esse é um sonho muito comum.
– O que acha que significa?
"Por favor, poupe-me de interpretações de sonhos rasteiras."
– Parece algum tipo de medo de fracassar.
– Já sentiu isso? Digo, no tribunal, não na... Sabe o que quero dizer.
"Com certeza, ele sabe."
– Não vou ao tribunal.
– Ah, não?
– Eu não faço audiências.

– Em que área você trabalha? – perguntou Patsy. – Perguntei uma vez à Janine, mas ela foi meio vaga.

– Vaga? – repetiu Warren rindo. – Não é uma palavra que eu normalmente associaria à Janine.

Casey suspirou. Ela era mesmo obrigada a testemunhar aquela grotesca mútua sedução? Sua condição já não era miserável o bastante?

– Trabalho principalmente na área do Direito Corporativo e Comercial – prosseguiu Warren. – E ultimamente tenho feito um pouco de planeamento estratégico também.

– O que é isso?

– Presto consultoria a empresas sobre a melhor forma de alcançar suas objetivos e os ajudo a estabelecerem um programa de metas.

"Você não é muito bom nisso, é?"

– Parece muito complicado.

– Tudo parece complicado às 3h da manhã.

– Que tal algo gostoso e simples como uma xícara de chocolate quente? – ofereceu Patsy.

"Boa transição, Patsy. Estou impressionada."

– Talvez o ajude a dormir – acrescentou.

– Não quero lhe dar trabalho.

– Não é trabalho nenhum. Sério.

– Está bem, um chocolate quente vai cair... – um soluço interrompeu a frase. – Desculpe – disse ele, com a voz subitamente inundada de lágrimas. – Desculpe.

"Acho que ele não é muito fã de chocolate quente."

Casey sentiu Patsy saltando na direção de Warren e abraçando-o, apoiando a cabeça dele em seu ombro, enquanto ele chorava.

– Tudo bem – ouviu Patsy dizer. – Bote para fora. Bote para fora.

– É tão terrível tudo isso.

– Eu sei.

"Vocês não fazem ideia."

– Desculpe.

– Não peça desculpa.

– Estou tentando me manter firme, pela Casey...

– Ninguém consegue ser forte 24 horas por dia.

– Às vezes, eu me sinto tão desesperado.

"Isso está para além do desespero. Sei que são 3 horas, Patsy, mas acorde, garota. O cara é um assassino frio e calculista."

Casey sentiu sua frustração começando a abrir um buraco em seu estômago. Queria agarrar Patsy pelos ombros e lhe dar uma sacudida para ver se ela se tocava.

"Claro. Como se estivesse em condições de julgar alguém. Precisei entrar em coma para acordar."

– Está fazendo tudo que é humanamente possível – disse Patsy.

– Mas não é o bastante, certo? Nunca é o bastante.

– Não faça isso com você mesmo, Warren – pediu Patsy.

– Eu me sinto um fracassado.

– Você não é um fracassado. Você é o melhor homem que já conheci.

E, de repente, o quarto ficou silencioso e, mesmo sem enxergar, Casey pôde ver que suas posições haviam se invertido, que agora era Patsy quem estava nos braços de Warren e que os lábios dele tocavam suavemente os dela.

– Meu Deus, eu sinto muito! – desculpou-se Warren imediatamente, recuando. – Perdoe-me. Por favor, perdoe-me.

– Está tudo bem – apressou-se Patsy em tranquilizá-lo.

– Não está tudo bem. Não sei o que me deu.

– Não tem problema. Eu compreendo.

– Como pude fazer uma coisa dessas?

– Nada aconteceu, Warren.

– Eu a coloquei numa posição que é insustentável. Entenderei perfeitamente se quiser ir embora.

– Não vou a lugar algum.

– Eu não tinha o direito.

– Você estava transtornado. Tem estado demasiadamente preocupado.

– Isso não é desculpa.

– Está tudo bem – repetiu Patsy. – Foi tanto minha culpa quanto sua.

Outro silêncio. Em seguida, a voz de Warren:

– Você é tão adorável. Casey tem sorte de contar com você. E eu também – acrescentou.

Casey sentiu um lento sorriso se formando no rosto de Patsy, iluminado pela Lua.

– Que tal se eu preparasse aquele chocolate quente agora?

"Que tal se você saltasse de um píer e se afogasse agora?"

– Acho melhor eu ir dormir – disse Warren, caminhando até a porta. – Está claro que não estou pensando direito.

– Vejo você pela manhã – disse Patsy, seguindo-o.

– Sinto muito mesmo...

– Por quê? – perguntou Patsy, como se realmente não entendesse.

– Obrigado.

– Boa noite, Warren.

– Boa noite, Patsy.

Segundos depois, Casey ouviu o barulho das portas dos quartos de Warren e Patsy batendo. E, então, sentiu um movimento nos dedos e percebeu que seus punhos haviam se fechado.

CAPÍTULO 23

— "Dorothea, *sentindo-se muito exausta*, chamou Tantripp e pediu que lhe trouxesse uma manta. Estava sentada imóvel havia alguns minutos, mas não em renovação do conflito anterior: simplesmente sentia que ia dizer 'sim' ao seu próprio fado: estava fraca demais, muito temerosa da ideia de infligir um golpe cortante em seu marido, e só lhe restava submeter-se completamente. Permaneceu imóvel e deixou que Tantripp lhe colocasse o chapéu e o xale, uma passividade incomum para ela..."

Janine interrompeu a leitura.

– O.k. – disse. – É o meu limite por hoje. Acho que a passividade de Dorothea está começando a me dar nos nervos. Que tal então passarmos para algo um pouco mais substancial, como a Vogue deste mês, que por acaso trago aqui comigo.

Objetos sendo movidos de lugar, barulho de páginas sendo viradas.

– Sabia que o estilo *hippie*, aquela coisa tenebrosa, está voltando no outono? Outono! Pode imaginar? Mal começou o verão, e já estão falando do outono. Não suporto isso.

Pôs a revista sobre a cama, esbarrando a mão na de Casey.

Lenta e cuidadosamente, Casey esticou os dedos, tentando alcançar os de Janine.

– Temos visita – anunciou Warren, entrando no quarto.

Imediatamente os dedos de Casey se retraíram. Será que ele tinha visto? E Janine?

– Detetive Spinetti – disse Janine, com evidente surpresa na voz.

"Detetive Spinetti? Graças a Deus que está aqui."

– Sra. Pegabo – respondeu o detetive. – Prazer em vê-la novamente.

"Drew ligou para você? Foi por isso que veio?"

– Temos novidades?

– Não, receio que não.

"Ah, você está enganado! O que mais temos são novidades. Tenho tanta coisa para lhe falar."

– O que afinal aconteceu com Richard Mooney? – indagou Janine.

– O porteiro do edifício da mãe dele confirmou seu álibi. Ele se lembra de tê-lo visto por volta da hora do acidente de Casey, então...

– Acidente? – repetiu Warren.

"Mas não foi um acidente. Não foi."

– Ainda não estamos completamente satisfeitos...

"Estou lhe dizendo que aquilo não foi acidente!"

– ... mas não temos prova alguma de que tenha sido outra coisa.

– Não encontraram a van que a atropelou? – perguntou Janine.

– Ainda estamos procurando. Mas, sendo realista, provavelmente já virou ferro-velho a essa hora.

– E suponho que não haja novos suspeitos. – disse Warren.

– Receio que não.

"Mas e os velhos suspeitos? E esse homem bem à sua frente?"

– Estamos de olhos abertos.

"Não, não estão. Está olhando para a pessoa que orquestrou tudo isto e não consegue vê-la. São todos cegos como Dorothea? Ninguém consegue enxergar o 'óbvio'?"

– Por favor, não pensem que estamos abandonando o caso. Não estamos. É que, às vezes, essas coisas demoram um pouco, e temos que ser pacientes, esperar que algo surja.

– Então, por que está aqui, detetive? – indagou Warren.

– Soube que a sra. Marshall tinha deixado o hospital e vim aqui ver como está.

– Obrigado pela gentileza – disse Warren, fazendo-se parecer sincero. – Como pode ver, nada mudou.

"Ao contrário, mudou muita coisa. Olhe para mim, detetive Spinetti. Olhe para mim."

– Como está lidando com tudo?

– Tudo bem. Tivemos uns sustos com a pressão arterial dela. Obviamente, ela ainda está muito frágil.

"Não estou frágil. Segure minha mão, detetive Spinetti. Vai ver só como estou frágil."

– Mas Casey está sendo bem cuidada. Ela tem uma enfermeira e um fisioterapeuta, e além disso os amigos vêm visitá-la todos os dias.

– E a irmã?

– O que tem ela?

– Tem vindo visitá-la?

– Sim. Por quê?

– Só para saber.

"Está perguntando sobre a pessoa errada. Drew nada teve a ver com isso."

– Bem, só dei uma passada para ver como sua esposa está.

– Agradeço por tudo que tem feito, detetive.

"Não, não vá! Olhe para mim! Segure minha mão!"

– Posso levar o detetive Spinetti até a porta – prontificou-se Patsy.

Há quanto tempo Patsy estava ali?, perguntou-se Casey, sentindo subitamente o cheiro de lavanda fazendo cócegas no nariz.

– Boa sorte, Casey! – disse o detetive Spinetti.

"Segure minha mão! Por favor, segure minha mão!"

Os dedos dele tocaram os dela, e Casey sentiu o corpo estremecer.

– Adeus, detetive – disse Janine.

– Sra. Pegabo, sr. Marshall – disse o detetive Spinetti, recolhendo a mão e deixando rapidamente o quarto em seguida.

"Não! Volte! Volte!"

– O que foi isso tudo? – perguntou Janine, após a porta da frente se fechar.

– Não sei.

– Pareceu que ele ainda considera a Drew suspeita.

– Pareceu, não? – concordou Warren, mal conseguindo esconder o tom de satisfação na voz.

– O que você acha?

– Não sei mais o que pensar. – Warren deu um longo e profundo suspiro. – Como vão as coisas no trabalho? Parece que não tem passado muito tempo por lá.

– Não. Deixei as coisas de lado um pouco.

– Não precisa vir visitá-la todo dia, você sabe.

– Eu sei.

Outro suspiro, seguido de um longo silêncio.

– Não tem que se sentir culpada por nada – disse ele.

– Quem disse que me sinto culpada?

– Não se sente?

– Você se sente?

"Do que vocês estão falando?"

– A vida é curta demais para arrependimentos – disse Warren, enquanto o cheiro de lavanda retornava.

"Arrepender-se de quê? Sentir-se culpado de quê?"

– Alguém quer alguma coisa? – perguntou Patsy. – Um café, um chá de ervas?

– Pensei que tivesse uma empregada para essas coisas – comentou Janine.

– Ela não trabalha nos fins de semana.

– Mas a Patsy trabalha?

– Por ora, sim.

– Fico feliz em poder ajudar – disse Patsy.

– É a própria Santa Teresa – disse Janine.
– Quem?
– Deixa para lá.
A campainha tocou.
– Vou atender – disse Patsy.
– Manhã movimentada – comentou Janine.

Segundos depois, a porta da frente se abriu, e ouviu-se uma voz estridente de criança subiu pelas escadas.

– Tia Casey! Cheguei!
– Mais brincadeiras e diversão – disse Warren.

Passos pesados nas escadas, acompanhados de uma série de gritos alegres.

– Tia Casey, espera só ver o que fiz para você.
– Calminha, Lola – alertou Warren enquanto a garotinha entrava no quarto pulando.

Casey imaginou a sobrinha num vestido branco de babados, com um laço rosa nos cabelos finos e compridos, embora fosse bem mais provável que estivesse vestindo *short* e camiseta, com os cabelos presos num rabo de cavalo, igual à sua mãe quando tinha aquela idade.

– Fiz um desenho para a tia Casey. Quer ver?
– Claro que quero – respondeu Warren. – Uau. O que é?
– É uma zebra.
– Eu achava que zebras eram pretas e brancas.
– Esta é uma zebra especial. Ela é preta, e branca, e laranja, e vermelha.
– É muito bonita – disse Janine. – Tenho certeza de que sua tia Casey vai adorar.
– Posso mostrar a ela?

Casey sentiu o corpo da criança colidindo contra a lateral da cama.

– Ela agora não está conseguindo ver, querida – explicou Warren. – Mas que tal isso: vou prender o desenho na parede, bem aqui, e assim ela o verá assim que acordar.

– Está bem.

– Vou pegar a fita.

– Não vá embora por minha causa – disse Drew a ele, entrando no quarto.

– Eu já volto.

– Ele foi buscar fita para prender meu desenho – explicou Lola, escalando a cama e se acomodando junto aos pés de Casey.

Casey sentiu um movimento nos dedos do pé.

– Oi, Janine! – disse Drew. – Que bom ver você!

– Por pouco não esbarrou com o detetive Spinetti.

– É mesmo? O que ele fazia aqui?

– Aparentemente, veio só ver como a Casey está.

Drew aproximou-se da cama e tocou a coxa da irmã.

– Interessante. E como ela está?

Drew retirou a mão assim que Casey começou a flexionar o tornozelo direito.

– Mesma coisa.

– Ainda lendo para ela aquele livro?

– É um presente que não se esgota.

Drew riu. Casey começou a mexer os dedos por baixo da coberta.

"Olhe para mim, Drew. Por favor, olhe para os meus pés."

– Eu também trouxe um livro – disse Lola. – Cadê meu livro, mamãe?

– Em algum lugar na minha bolsa. Bolsas são umas coisas tão grandes hoje em dia que dá para carregar sua vida inteira dentro delas. O problema é que ficam tão pesadas que destroem seus ombros. Minha nossa...

"Você viu isso? Viu meus dedos se movendo?"

– Meus olhos estão me pregando uma peça? – perguntou Drew.

– Essa é mesmo a última Vogue?

– Quentinha da gráfica.

– Nem sabia que já tinha saído. Posso ver?

"Olhe para mim, pelo amor de Deus!"

– Cuidado! É quase tão pesada quanto a sua bolsa.

– Quero meu livro – reclamou Lola.

– Desculpe, Lola. Acho que esqueci em casa. Não dá para improvisar?

– Como assim "improvisar"?

– Invente da sua cabeça – sugeriu Drew, desabando numa cadeira que estava perto e começando a folhear as páginas da revista. – Ah, que ótimo! O estilo *hippie* está de volta. Adoro.

– Está bem, vou improvisar – disse Lola risonha. – Como a tia Casey ainda está dormindo, vou contar para ela a história da Bela Adormecida.

– Muito apropriado – disse Janine.

– Era uma vez – começou Lola – um rei e uma rainha que se amavam muito. Certo, mamãe?

– O quê?

– Você não está escutando.

– A mamãe está lendo a revista. Mas a tia Casey está escutando, e é isso que importa. Continue. Conte a ela a história.

– O rei e a rainha tiveram um neném, então resolveram dar uma grande festa – prosseguiu Lola, com a voz cada vez mais animada, contando a história de memória. – Eles convidaram todo mundo no reino, e todas as fadas foram. Só que o rei se esqueceu de convidar uma fada, aí ela ficou zangada e entrou na festa de penetra. Quando chegou a vez dela de abençoar o neném, em vez de abençoar ela fez uma maldição. Ela disse que, quando a princesa fizesse 16 anos, ela ia espetar o dedo numa roca de fiar e ia morrer. Que maldade isso, não é, mãe?

– Uma maldade mesmo – respondeu Janine, já que Drew não o fizera.

– Entretanto – prosseguiu Lola, tropeçando naquela palavra difícil –, uma das fadas boas conseguiu mudar a maldição da fada malvada, aí a princesa não ia mais morrer. Ela ia só dormir por cem anos.

– Vejam o que encontrei – disse Warren, voltando ao quarto. – Um rolo de fita mágica.

– Ela é mágica mesmo? – perguntou Lola, com a voz cheia de espanto.

– Bem, vamos descobrir. Posso pegar o desenho?

– Pode botar bem do lado da cabeça da tia Casey?

– Podemos botar perto. Que tal aqui?

– Está bom. Acha que ela vai gostar?

– Acho que ela vai adorar – disse Warren.

– A Lola está nos contando a história da Bela Adormecida.

– A mamãe esqueceu de trazer o livro, então estou *improvisando* – esclareceu Lola.

A campainha tocou novamente.

– Pode deixar – berrou Patsy das escadas.

– Tão prestativa – disse Janine.

– Então, na esperança de se precaver da terrível maldição... – prosseguiu Lola de memória, retomando de onde tinha parado, como se não tivesse sido interrompida. – O que é "precaver"?

– Prevenir – explicou Janine. – Evitar que aconteça.

– Ah. O.k.! Então, na esperança de se precaver da terrível maldição – repetiu Lola –, o rei mandou destruir todas as rocas do reino. Mas se esqueceu de uma.

– Primeiro, eles se esqueceu de convidar uma das fadas. Depois, ele se esqueceu de destruir uma das rocas. Que rei mais desleixado! – comentou Janine.

– Olá, pessoal! – disse Gail, da porta.

– Olá, sumida! – respondeu Janine incisiva. – Está tão ocupada com o namorado novo que não a vejo mais.

– Não é verdade! – refutou Gail com um sorriso tímido. – Como vai a Casey?

– Muito bem – disse Warren. – Você se lembra da irmã da Casey, não lembra?

– É claro. Como vai, Drew?

– Bem. Estou me atualizando das últimas tendências.

Casey imaginou-a levantando a revista para mostrar a Gail.

– Eu sou a Lola – anunciou a filha da Drew.

– Muito prazer, Lola. Você é a cara da sua mãe.

– Estou contando a história da Bela Adormecida para a tia Casey.

– Que ótima ideia!

– Estou na parte em que a neném cresceu e virou uma linda princesa – especificou Lola. – Aí, quando fez 16 anos, ela achou um quartinho escondido no alto da escadaria, e lá dentro tinha uma roca.

– E aí, o que aconteceu? – perguntou Gail, conseguindo parecer realmente curiosa.

– Bem, ela não sabia o que era aquilo, aí foi chegando mais perto, mais perto, esticou a mão, e aí... ela encostou.

– Ah, não! – E, é claro, espetou o dedo e, na mesma hora, caiu no chão, adormecida.

Casey sentiu os dedos de ambos os pés se contraindo sob o lençol. Começou a movê-los para frente e para trás.

– Aí, o rei e a rainha dormiram, e depois os servos, e todo mundo no reino. As plantas cobriram os muros do castelo, e as vinhas cresceram tanto que não dava nem para alguém passar. Aí, cem anos depois... Ei!

– O que houve, meu anjo? – perguntou Warren.

– A tia Casey me cutucou.

"Meu Deus."

– O quê? – perguntaram três vozes em uníssono.

Todos se lançaram em direção à cama, enquanto Casey prendia o fôlego.

– Onde ela cutucou você? – perguntou Warren.

– No bumbum – respondeu Lola.

Rapidamente tiraram Lola de cima da cama e afastaram de lado o lençol.

– Ela apertou minha mão ontem – contou Drew.

– É mesmo? – perguntaram Janine e Gail simultaneamente.

– Provavelmente foi apenas um espasmo muscular – disse Warren.

– Casey, se puder nos ouvir, mexa os dedos dos pés – pediu Drew.

Casey não sabia o que fazer. Mais importante: o que Warren faria quando descobrisse que ela estava melhorando? Ainda faltavam semanas, provavelmente meses, até recuperar plenamente o uso dos membros. Se Warren soubesse que estava começando a readquirir controle sobre os músculos, que estava prestes a conseguir se comunicar, isso o levaria a acelerar os planos, enquanto ela ainda era um alvo fácil? Ela precisava ganhar tempo – tempo para se fortalecer, tempo para decidir o que fazer.

– Pode nos ouvir, Casey? – perguntou Drew. – Mexa os dedos.

"Desculpe, Drew. Não posso correr o risco. Não ainda. Não enquanto ele estiver por perto."

– Nada – disse Warren após alguns segundos.

– Tem certeza de que você não sentou em cima dos dedos dela? – perguntou Drew à filha, em tom acusatório.

– Não sei – admitiu Lola, choramingando. – Talvez.

– Casey, pode mover os dedos? – pediu Janine.

– Nada ainda – disse Gail após outros dez segundos.

– Sabem o que eu acho? – perguntou Warren, cobrindo novamente os pés de Casey. – Acho que esta é uma boa hora para tomar leite e comer *cookies*. O que acha, Lola?

– Que tipo de *cookie*?

– De creme de amendoim.

– É o que eu mais gosto!

– Imaginei que fosse. Por que não vamos lá embaixo e pedimos alguns para a Patsy?

– Por que não traz alguns aqui para cima? – sugeriu Drew, voltando a se sentar.

– Que bom que o estado de sua irmã não prejudicou seu apetite – disse Warren, saindo do quarto com Lola.

Casey respirou aliviada. Tinha de ser mais cuidadosa. Tinha de achar um jeito de informar os outros de seu progresso sem que Warren soubesse.

– E então, o que você nos conta? – perguntou Janine à amiga. – Como vão as coisas com o nosso Stan?

– Vão bem – respondeu Gail constrangida. – Está tudo bem.

– Quando vou conhecê-lo?

– Em breve.

– Ela está dizendo isso há semanas – contou Janine a Drew. – Até uns dias atrás, não me dizia nem o nome dele. Não estou convencida nem de que esse cara existe.

– Ele existe – afirmou Gail, com um risinho nervoso.

– Prove.

– Não tenho que provar nada.

– Vamos todos jantar juntos sábado que vem. Você também, Drew.

– Não posso – rebateu Gail rapidamente.

– Por que não?

– Vou viajar no próximo fim de semana.

– Como assim, vai viajar? Você nunca vai a lugar algum.

– Mas vou viajar no próximo fim de semana.

– Com o Stan?

A respiração de Gail tremulou no ar.

– Sim.

– Não acredito. Desde quando vêm dormindo juntos? Ele é bom de cama?

– Está vendo como Janine é? – disse Gail com uma risada constrangida no lugar do risinho nervoso.

– Mas ele é ou não? – perguntou Drew.

– Minha nossa, vocês duas...

– E então?

– Não sei – respondeu Gail. – Eu não... Nós não...

– Ah, não acredito! – irritou-se Janine. – O que você está esperando?

– O próximo fim de semana?

Desta vez, todas riram.

Mais tarde, após todas terem ido embora, Warren voltou ao quarto.

– Dia movimentado – comentou, descobrindo novamente seus pés. – Deve estar exausta. Com toda essa agitação. Com tanto esforço.

Casey sentiu os dedos dele fazendo cócegas na sola do seu pé, e contraiu o pé por reflexo.

– Então, conte-me, Bela Adormecida. Isso foi apenas outro espasmo muscular involuntário?

Apertou seus dedos com força, antes de cobri-la novamente.

– Que pena que o detetive Spinetti perdeu toda a farra.

"Ele vai voltar. Não pode enganá-lo para sempre."

– Você não está me enganando – disse Warren. – Sei que está melhorando. Sei que entende cada palavra que digo. E também sei que não está realmente dormindo. A Bela jamais adormece, não é? – perguntou, beijando sua testa.

Suas palavras permaneceram naquele quarto por muito tempo depois que ele saiu.

"A Bela jamais adormece", sussurravam as paredes. "A Bela jamais adormece."

Capítulo 24

– Muito bem...

Patsy entrou no quarto cantarolando e rodeou a cama, arrancando as cobertas de cima de Casey num movimento contínuo.

– Como estamos hoje? Dormimos bem?

"Não dormimos nem um pouco", pensou Casey, sentindo a jovem enfermeira puxar o cobertor e o lençol até conseguir soltá-los de baixo do colchão. O frio do ar-condicionado imediatamente envolveu as pernas nuas de Casey. Ela tremeu, porém duvidava que fosse visível – ou que Patsy notaria, mesmo que fosse.

– Hoje é segunda-feira – anunciou Patsy contente. – O que significa que é dia de lavar roupas, de acordo com a sra. Singer. Não que seja meu trabalho, mas, empregada dedicada que sou, disse para aquela velha que levaria sua roupa de cama para ela. No entanto, para pegar o lençol de baixo, vou precisar tirar você da cama e colocá-la na cadeira.

Deu um suspiro, como se tivesse ficado exausta só de pensar.

– Acho que vou esperar Warren chegar para me dar uma mão.

Outro suspiro, este agora claramente mais libidinoso que cansado.

– Ele está acabando de tomar banho, ficando limpo e cheirosinho depois da academia. Tão dedicado esse seu marido. Acorda às 6 e, antes das 7, já foi para a academia. Às 8h30, está de volta, pronto para começar o dia. Eu lhe contei que ele comprou um *capuccino* no caminho para mim? Tão atencioso. Enfim, estou de bom humor – prosseguiu Patsy. – Para sua sorte, pois costumo odiar segundas-feiras. E lavar roupa. Especialmente a dos outro. Vou pegar essa fronha.

Sem aviso, puxou o travesseiro grande de baixo da cabeça de Casey, deixando-a cair sem amparo de volta sobre o colchão. Casey estava de bruços sobre a cama e se perguntava se Patsy tentaria arrancar o lençol de baixo dela com um puxão, como se ele fosse uma toalha de mesa, e Patsy, um mágico. E isso faria de Casey... o que exatamente?

Um jogo de talheres? Uma tigela de frutas?

"Uma natureza morta", pensou. "É tudo que eu sou."

No entanto, já não mais tão morta, pensou, sentindo um arroubo de entusiasmo e contendo o impulso de esticar os dedos das mãos e contrair os dedos dos pés, com receio de que Patsy estivesse prestando mais atenção do que ela imaginava. Quanto menos Patsy soubesse, melhor, Casey concluíra nas horas em que passou acordada depois que Warren foi embora – horas que passou avaliando sua situação e tentando descobrir o que podia fazer.

Havia alguma coisa que pudesse fazer?

Não tinha dúvida de que seus sentidos estavam voltando e de que estava mais forte a cada dia. Podia ouvir; podia sentir cheiros; podia reconhecer a diferença entre quente e frio, duro e suave; podia distinguir o toque indiferente de Patsy do afago carinhoso de Gail; podia identificar a delicadeza dissimulada dos lábios de Warren tocando sua testa; podia reconhecer a crueldade subjacente a suas intenções, por trás da amabilidade superficial das palavras.

E agora podia esticar os dedos das mãos e contrair os dos pés. Podia fechar o punho e girar os tornozelos. Em uma semana, talvez fosse capaz de erguer as mãos acima da cabeça. E alguns dias depois disso, talvez pudesse botar os pés no chão. Talvez pudesse até andar e, depois, ver e falar.

Dizer a todos o que havia realmente acontecido.

"Eu sou mulher", pensou, relembrando os versos da antiga canção de Helen Reddy. "Ouça-me rugir."

Será que Patsy conhecia essa música?

Casey fez uma série de respirações profundas invisíveis, tentando conter seu crescente otimismo para evitar que suas esperanças fossem muito além de realidade. Era totalmente possível que já tivesse feito todo o progresso que viria a fazer, lembrou a si mesma. Talvez jamais voltasse a andar, a enxergar, a ter uma voz. Talvez ficasse presa daquele jeito até seu suspiro final. Talvez ninguém jamais viesse a conhecer a verdade.

Não, não queria acreditar nisso. Não podia acreditar nisso.

A cada dia, ela melhorava. Às vezes, uma melhora grande; às vezes, pequena; mas sempre significativa. Estava sendo, aos poucos, devolvida ao corpo do qual fora tão violentamente arrancada, à mulher que ela abandonara, ainda que não intencionalmente.

A ela mesma.

Será que ela se reconheceria ao se reencontrar? E será que se reencontraria a tempo de se salvar?

Casey ouviu passos se aproximando no corredor.

– O que está fazendo? – perguntou Warren, entrando no quarto, trazendo consigo uma diversidade de cheiros de banho: sabonete, xampu, talco.

Casey congelou. Será que seus pensamentos a haviam traído? Será que estava cerrando os punhos, movendo os dedos dos pés? Será que estava com a testa franzida, a boca entreaberta de expectativa, como se estivesse prestes a dizer: "Por favor, não precisa fazer isso"?

– Não precisa fazer isso – disse Warren, usurpando suas palavras.

– Ah, não tem importância! – tranquilizou-o Patsy.

Casey soltou um inaudível suspiro de alívio.

– Imaginei que poderia ser pesado para a sra. Singer. Ela não é tão jovem quanto eu.

"Não tão jovem quanto você. Boa, Patsy! Sua espertinha."

– Não é mesmo necessário.

– Bobagem. Casey é minha responsabilidade. Eu quero fazer.

– Obrigado.

– Obrigada pelo *capuccino*.

– Não pus canela demais?

– De jeito nenhum. Estava perfeito.

– Ótimo. Precisa de ajuda com isso?

Casey perguntou-se se Warren estaria se referindo à roupa de cama ou a ela. Teria se tornado *isso*?

– Não, mas vou precisar de ajuda para colocar sua esposa na cadeira.

– Pode deixar.

Casey sentiu imediatamente seus braços fortes sob seu tórax, passando pela cintura e por baixo dos joelhos.

– Cuidado! – alertou Patsy quando Warren ergueu-a do colchão. – Não vá se machucar.

– Estou acostumado a levantar muito mais peso que isto – disse Warren.

Certo, agora ela era *isto*.

Isso e *isto*. Casey riu, mas sem emitir som algum.

Warren, de repente, perdeu a pegada, e o corpo dela escorregou de volta para a cama.

– O que aconteceu? – perguntou Patsy. – Você se machucou?

– Acho que senti Casey... Não. Isso é maluquice.

– O que foi?

– Não – repetiu Warren.

– Que foi? – pressionou Patsy.

Um breve silêncio, e em seguida:

– Senti um ligeiro tremor. Foi quase como... Não sei. Como se a Casey estivesse rindo.

– Rindo?

"Você sentiu isso? Meu Deus, você sentiu isso?"

– Do que ela poderia estar rindo? – pensou Patsy em voz alta.

– Eu disse que era maluquice minha.

– Deve ter sido o estômago dela roncando – disse Patsy.

– É provável – Warren pegou-a de novo por baixo da cintura. – Ou minha imaginação.

O que aquilo significava?, perguntou-se Casey. Será que o fato de Warren perceber uma risada se agitando internamente significava alguma coisa? Será que estava mais perto de realmente rir?

– Podemos aproveitar e trocar a camisola dela – sugeriu Patsy.

Casey ouviu Patsy remexendo a gaveta de cima da cômoda, como um ladrão no meio da noite. Sentiu os músculos rígidos de indignação e perguntou-se se Warren podia sentir também aquilo.

Tinha de ser muito cautelosa. A qualquer instante, seu corpo – já um objeto estranho – poderia traí-la sem dar aviso.

– Esta aqui é bonita. Que acha, Casey? Está num astral azul hoje?

Warren colocou Casey delicadamente sobre a cadeira ao lado da cama, arrumando um monte de travesseiros em torno dela, de forma a sustentar todo o seu corpo, para que não caísse. "Parece ser a cadeira listrada", pensou Casey, ajustando-se aos contornos dela, enquanto seus braços eram erguidos, e sua camisola, retirada.

Deixando-a nua, exceto pela fralda, ela se deu conta. Na frente do marido e da futura amante dele.

Uma onda de repulsa correu por dentro, enquanto sentia os olhos de Patsy viajando pelo seu corpo. Será que Warren estava olhando para ela também?, perguntou-se, cobrindo mentalmente o tórax com as mãos, tentando se proteger daqueles olhares críticos.

– Que tal um banho de esponja? – perguntou Patsy, tão amável que Casey ficou na dúvida se estava se dirigindo a ela ou ao seu marido.

A ideia daquela mulher tocando seu corpo enquanto o marido observava, fazendo de Casey parte daquele mútuo e perverso jogo de sedução, era terrível demais para ser considerada.

– Acho que não há tempo para isso – disse Warren. –O Jeremy deve chegar a qualquer momento.

– Supondo que não se atrase de novo.

Casey sentiu uma camisola limpa caindo rapidamente sobre seu corpo, e os braços sendo passados pelos buracos apropriados. Sentiu a seda deslizar sobre os seios, a barriga, os joelhos, e finalmente aterrissar no chão como um paraquedas.

– Você não parece ser muito fã dele – comentou Warren.

– Ele é meio abusado para o meu gosto.

– E você não gosta de homens abusados?

Casey tentou não imaginar o brilho nos olhos de Warren; nem nos olhos de Patsy.

– Depende – disse Patsy com uma risada.

A campainha tocou enquanto ela puxava o lençol da cama de Casey.

– Falando no diabo... E veja só: chegou bem na hora. Vou levar estes lençóis para a sra. Singer.

– Pode pedir para o Jeremy subir?

– Será um prazer.

Casey imaginou Patsy saindo desfilando do quarto, rebolando exageradamente.

– Ela beija surpreendentemente bem – confidenciou Warren assim que Patsy saiu. – Quanto tempo acha que devo esperar antes de dormir com ela? Uma semana? Um mês? Quanto tempo você consideraria apropriado para um homem na minha situação?

"Por que está me dizendo essas coisas? Está tão convencido de sua própria invencibilidade que não tem mais medo de falar tais coisas em voz alta? Está tão certo assim de que não serei capaz de denunciá-lo?"

– Acho que eu não devia mesmo estar falando com você sobre essas coisas – prosseguiu, como se estivesse respondendo diretamente às questões dela. – É que suspeito que já tenha ouvido o pior e acho que já me acostumei a usá-la como confidente.

A porta da frente se abriu e fechou.

– Casey? – a voz da irmã chamando-a do *foyer*.

"Drew!"

– Droga – disse Warren. – O que ela está fazendo aqui?

– Casey – berrou Drew novamente, subindo correndo as escadas e entrando no quarto. – Meu Deus, olha só isso! Sentada numa cadeira. Uau. Você parece ótima. Veja, Jeremy, ela está sentada numa cadeira.

– Jeremy? – perguntou Warren, fitando o fisioterapeuta que vinha atrás de Drew. – Ah, que simpático! Vocês dois vieram juntos?

– Chegamos ao mesmo tempo – explicou Jeremy.

– Muito conveniente.

– O que quer dizer com isso? – perguntou Drew.

– Só que estou surpreso de vê-la de volta em tão pouco tempo, Drew. Você não costuma ser tão... constante.

– Hum... constante. Acho que nunca me disseram isso antes. Acho que gosto.

– Drew caiu de joelhos em frente à irmã. – Olhe só para você. Está tão bonita. Embora seus cabelos estejam meio bagunçados. Ninguém nunca penteia seus cabelos? Onde está sua escova?

– Patsy pode cuidar dos cabelos dela mais tarde.

– Tenho certeza de que a Patsy prefere cuidar de outras coisas – disse Drew. – Além do mais, eu quero fazer. A Casey sempre escovava meus cabelos quando éramos crianças, então sei exatamente como ela gosta.

– Aqui está a escova – ofereceu Jeremy.

Casey não precisava ver a expressão do marido para saber que ele não estava contente. Do outro lado do quarto, ela pôde senti-lo endireitando os ombros, erguendo a coluna e cerrando os dentes, enquanto Drew se posicionava atrás dela e juntava seus cabelos longos e sedosos com as mãos.

— Casey sempre teve cabelos lindos. Que bom que não precisaram cortar tudo. Só esse pedacinho aqui – disse ela, tocando a área raspada no couro cabeludo da irmã –, e já está começando a crescer de novo. Mas um retoque não seria mau – sussurrou no ouvido de Casey. – Da próxima vez que eu vier, talvez eu traga uma tintura para dar um jeito nessas raízes. Que foi? Achava que ela era loura natural? – perguntou, obviamente em resposta a um olhar que Warren dera.

— Acho que temos preocupações mais urgentes que as raízes dos cabelos da Casey.

— Vê-se que não entende as mulheres.

— Entendo que deveríamos sair daqui e deixar o Jeremy trabalhar.

— Não estou atrapalhando. Estou, Jeremy?

— Drew...

— Tudo bem. Não me atrapalha – disse Jeremy.

— Nesse caso, não se importaria se eu ficasse também – disse Warren.

— De forma alguma.

— Quanto mais, melhor – disse Drew, passando a escova pelos cabelos de Casey delicadamente, mas com firmeza.

— Na verdade, ela é loura natural – explicou Drew, enquanto Jeremy colocava uma cadeira à frente de Casey e começava a massagear seus dedos. – Até uns 12 anos, os cabelos dela eram dourados. A garotinha dourada do papai, era como ele costumava chamá-la. Lembra, Casey? Lembra que o papai a chamava de garotinha dourada?

"Lembro", pensou Casey, inspirando ecos do passado surpreendentemente próximos, e compreendendo que jamais haviam se afastado tanto.

— Mesmo depois que os cabelos começaram a escurecer, ele continuou a chamá-la de garotinha dourada.

— Mas aposto de que ele tinha seus adjetivos preferidos para você também – disse Warren.

Drew riu.

— Ah, pode ter certeza disso!

Suas mãos continuaram conduzindo a escova com destreza pelos cabelos de Casey.

"Que delícia isso!", pensou Casey, sentindo as cerdas macias da escova arranhando suavemente seu couro cabeludo, como se fossem centenas de minúsculos dedos. Sentia cada fio de cabelo sendo puxado e separado dos outros, depois puxado e separado de novo, e de novo, a cada sucessiva escovada. Ao mesmo tempo, Jeremy manipulava seus dedos e pulsos, e massageava os músculos dos antebraços. "Isso é tão gostoso", pensava Casey, entregando-se àquela mistura de sensações prazerosas, os olhos se fechando de tão relaxada que se sentia.

– Ela fechou os olhos – disse Warren.

"O quê?"

– Agora se abriram novamente.

Casey sentiu o marido se aproximando até seu nariz quase tocar o dela, sua respiração roçando os lábios dela, como o prenúncio do primeiro beijo entre dois amantes.

– É só um ato reflexo – disse Jeremy. – Não quer dizer nada.

– É o que todos sempre dizem.

– Algumas funções corporais são automáticas. Certamente os médicos lhe explicaram que a Casey não tem controle sobre...

– E se tiver? – perguntou Warren, interrompendo-o.

– O que quer dizer?

Drew parou de escovar os cabelos da irmã, ajoelhou-se ao lado dela e pôs a mão sobre seu braço, como que protegendo-a.

– Acha que Casey tem controle? Acha que está tentando nos dizer alguma coisa? É isso o que está tentando fazer, Casey? Está tentando nos dizer algo? Casey, pode me ouvir? Pisque uma vez se a resposta for sim.

Casey manteve os olhos absolutamente imóveis. Será que conseguiria piscar, mesmo que quisesse?

– Nada – disse Drew, com clara tristeza na voz.

O telefone tocou. Segundos depois, Patsy apareceu à porta.

– É para o senhor, sr. Marshall. Ele disse que é muito importante.

– Vou atender no meu escritório. – Warren levantou-se e andou até a porta. – Volto em cinco minutos.

– Não tenha pressa – disse Drew depois que ele saiu e segurou as mãos de Casey.

Casey ouviu os passos de Patsy seguindo Warren pelas escadas.

– Tem algo de estranho nele – disse Drew, não tão baixinho.

– O que quer dizer? – indagou Jeremy.

– Não sei dizer ao certo. Ele está parecendo confortável demais no papel de senhor do castelo, se é que me entende.

– Não sei se entendo.

– Sei que está tendo que lidar com muitas coisas... A Casey, o trabalho, eu... E sei que nem sempre respondo bem em momentos de crise, sei que não tenho ajudado muito...

– Ao contrário. Eu acho que tem ajudado bastante.

– Sério?

– Não se deprecie, Drew.

– Obrigada – disse Drew, e em seguida desabou em lágrimas.

– Ei, calma – disse Jeremy. – O que está acontecendo?

– Desculpe! – disse Drew. – Acho que não estou acostumada com pessoas sendo legais comigo.

"Oh, Drew!"

– Espere. Vou pegar um lenço de papel.

Jeremy levantou-se e dirigiu-se rapidamente ao banheiro suíte.

– Desculpe – repetiu Drew, apertando sem querer a mão de Casey.

Lentamente, deliberadamente, utilizando toda a força que foi capaz de reunir, Casey apertou a mão de Drew em resposta.

CAPÍTULO 25

— *Meu Deus!* – *exclamou* Drew.

Casey sentiu a irmã movendo a cabeça rapidamente em sua direção. Drew levantou-se num salto, mas não soltou a mão da irmã.

– Jeremy!

Casey apertou os dedos da irmã pela segunda vez, desta vez ainda mais forte que da primeira. O apertão dizia: "Não! Não pode contar a ele. Não pode contar a ninguém."

– Algum problema? – perguntou Jeremy da porta do banheiro.

Casey apertou pela terceira vez.

"Por favor, não diga nada! Ele vai contar ao Warren. Isto é importante, Drew! Não pode dizer nada a ninguém. Ainda não. Não até eu dar um jeito de lhe contar o que aconteceu."

– Encontrou um Kleenex? – perguntou Drew, como se de alguma forma houvesse entendido.

"Ah, obrigada! Obrigada."

– Tenho um punhado aqui – disse Jeremy, voltando rapidamente para perto dela. – O que houve? Está um pouco pálida. Você está bem?

– Não sei. Fiquei um pouco tonta por alguns segundos.
– É melhor se sentar.
– Já estou bem. Mesmo.
– Não discuta. Venha!

Drew soltou relutantemente a mão da irmã, que escorregou imediatamente para o colo. Casey ouviu Jeremy puxar uma cadeira e imaginou Drew sentando-se sem desgrudar os olhos dela.

– Respire fundo algumas vezes – orientou Jeremy, e Drew obedeceu. – Quer que eu traga algo para você? Água? Talvez um chá?

"Sim, deixe que ele vá lhe buscar um chá."

– Um chá seria ótimo.

– Eu já volto.

– Obrigada!

Assim que ele se foi, Drew voltou para perto de Casey. Agarrou a mão da irmã e colocou os dedos sob os de Casey.

– O.k., aquilo não foi acidente. Você está aqui, não está? Você está entendendo o que digo.

Casey apertou os dedos da irmã.

"Sim, estou aqui", ela estava dizendo com o aperto. "Sim, entendo o que diz."

– Certo, certo, certo – murmurou Drew, com uma série de respirações curtas. – Isto é incrível. Não estou acreditando. Não sei o que fazer.

Casey apertou a mão de Drew mais uma vez, implorando para que se acalmasse.

– O.k., o.k., você está aí dentro, pode me ouvir, está entendendo o que está acontecendo. Mas, por algum motivo, não quer que eu conte ao Jeremy. Correto?

Outro aperto.

– O.k., deduzo que isso quer dizer *sim*. Por que não quer que eu conte ao Jeremy? Não, complicado demais. Não vai funcionar. Quer que eu conte ao Warren? O que estou dizendo? É óbvio que quer que eu conte ao Warren.

Casey apertou os dedos de Drew o mais forte que podia.

"Não, não conte ao Warren. Tudo menos isso."

– Certo, não entendo direito o que isso significa. Está dizendo que quer ou que não quer que eu conte a ele?

Casey apertou a mão dela várias vezes sucessivamente.

"Não. Não conte a ele. Não conte a ele."

– Bem, isto não está dando certo. Precisamos bolar um sistema. Consegue piscar? Talvez seja mais fácil. Pisque uma vez para "sim", duas para "não".

Casey transferiu toda a sua energia para as pálpebras.

"Pisquem", ela dizia aos seus olhos. "Pisquem."

– Nada acontece.

"Pisquem, droga."

– Certo, voltemos aos apertos então – sugeriu Drew. – Um aperto para "sim", dois para "não". Quer que eu conte a Warren?

Casey apertou a primeira vez, mas ao tentar a segunda seus dedos se recusaram a cooperar.

"Meu Deus. Meu Deus."

Será que Drew pensou que ela quis dizer sim?

– Desculpe, não consegui perceber se foi um ou se foram dois. Pode tentar de novo?

"Graças a Deus. Sim, vou tentar de novo."

– Tentar o que de novo? – perguntou Warren de repente, junto à porta.

"Ah, não! O que será que ele tinha visto?"

Imediatamente, Drew soltou a mão de Casey.

– Caramba, Warren! Quase me matou de susto! Não tinha visto que estava aí.

"Não conte a ele. Por favor, não conte a ele."

Warren entrou no quarto.

– Onde está o Jeremy?

– Foi lá embaixo pegar um chá para mim.

– Não sabia que essa era uma de suas atribuições.

– Eu me senti um pouco tonta.

– Entendi. E isso evidentemente é mais sério que o coma da minha mulher.

– Jeremy só estava sendo gentil.

– Acredito que esteja sendo pago para ser gentil com a Casey.

– Não fique zangado com o Jeremy, Warren. Ele é um cara legal. Não fez nada de errado.

– Que tal deixar que eu julgue isso? E se está tonta, talvez seja melhor ir para casa e se deitar.

– Está tudo bem. Já estou me sentindo um pouco melhor.

– Interessante. Tentar o que de novo?

– O quê?

– Quando cheguei aqui, estava pedindo a Casey que tentasse algo de novo.

"Devagar, Drew. Não deixe que ele o confunda."

– Estava? – Drew limpou a garganta uma vez, e depois novamente. – Ah, sim! Não era nada. Só estava pensando alto, perguntando a Casey se achava que devia dar outra chance ao Sean. Lembra-se do Sean? Você o conheceu no hospital. Enfim... Ele tem me ligado ultimamente, pedindo que eu dê uma segunda chance ao nosso relacionamento.

– É mesmo? E qual foi o conselho da Casey?

Um longo silêncio.

– Ela acha melhor eu ser prudente.

"Bravo, Drew."

– Bem, certamente seria algo inédito para você, não?

Drew deu uma risada.

– Talvez.

– Mas não sei se concordo – disse Warren.

– O que quer dizer?

– Prudência talvez não seja a melhor escolha no caso. O Sean me pareceu um cara muito legal. Talvez valha a pena fazer mais uma tentativa.

– Você acha?

– Bem, as coisas têm estado bastante tensas por aqui desde o acidente. Não é o clima ideal para surgir um romance.

– É, acho que não.

– Talvez você e o Sean devessem pensar em viajar por algumas semanas. Fazer uma viagem romântica de navio.

– Uma viagem de navio? Agora? Com a minha irmã em coma?

– Não seria a primeira vez, Drew – lembrou Warren.

– Mas agora é diferente.

– Por quê?

– Acho que Casey precisa de mim. Acho que ela me quer aqui.

– Por que acha isso?

– É uma sensação que me dá às vezes.

– Casey quer que você esteja saudável e feliz – disse Warren. – Garanto que ela compreenderia.

– Acha mesmo?

– Tenho certeza.

Jeremy entrou no quarto. O aroma de chá de mirtilo foi viajando até as narinas de Casey.

– A não ser, é claro, que haja alguma outra coisa prendendo-a aqui.

– Cuidado! – alertou Jeremy. – Está bem quente.

– Obrigada – disse Drew.

– Está se sentindo melhor? – perguntou Jeremy.

– Ela está bem – respondeu Warren no lugar de Drew. – Já minha esposa está se sentindo um pouquinho negligenciada.

Jeremy sentou-se imediatamente, colocou uma das pernas de Casey em seu colo e começou a girar delicadamente seu tornozelo.

– Bem, vamos tentar remediar isso agora mesmo.

Continuou trabalhando concentrado e em silêncio por alguns segundos.

– Talvez devesse perguntar o que o Jeremy acha – sugeriu Warren.

– Sobre o quê? – perguntou Jeremy.

– Um dos ex-namorados da Drew está atrás dela, pedindo uma segunda chance. É um cara bem legal. Certamente, melhor que a maioria dos marginais com quem ela costuma se envolver. Então, acho que ela deveria tentar. O que você acha?

Casey sentiu a pressão da mão de Jeremy subitamente mais forte.

– Acho que esse tipo de decisão só Drew pode tomar – respondeu ele calmamente.

– Bem, esse é o problema. Drew nunca foi muito boa em raciocínio lógico. Raramente sabe o que é o melhor para si. Não é, Drew?

– Estou aprendendo.

Warren riu.

– Enfim, acho que seria bom se ela viajasse um pouco. Ela está tão fraca que você achou apropriado abandonar minha esposa para ir buscar uma xícara de chá para ela. Não queremos que ela pegue uma doença e passe para a Casey um desses vírus terríveis que circulam por aí.

– Não vou pegar doença nenhuma.

– A Lola está naquela idade em que tem contato com um monte de crianças, todas fervilhantes incubadoras de doenças. Onde está sua filha, aliás?

– Na escola – respondeu Drew. – Última semana de aulas.

– E depois? Vai despachá-la para a colônia de férias, como fez ano passado? A maioria dos pais prefere não mandar para colônias de férias filhos tão novinhos. Mas Drew é diferente. A Lola foi a campista mais jovem da história da colônia Arrowroot – contou a Jeremy.

– Arrowhead – corrigiu Drew. – E, não, ela não vai para lá este ano. Na verdade – emendou animada –, eu estava pensando em nos mudarmos para cá durante o verão. O que você acha?

Desta vez, foi Jeremy quem riu.

– Qual foi a graça? – perguntou Warren.

Jeremy não disse nada e começou a trabalhar na outra perna.

– Acho que já basta de fisioterapia por hoje – anunciou Warren abruptamente.

– Mas acabamos de começar – argumentou Jeremy.

– Pelo contrário, acho que seu trabalho aqui já está encerrado.

– Não sei se entendi.

– Acho que entendeu perfeitamente.

– Está me demitindo? – perguntou Jeremy.

– Isso é ridículo – disse Drew.

– Isso não é da sua conta, Drew.

– Está o demitindo porque ele foi pegar chá para mim?

– Estou o demitindo porque não o contratei para buscar chá para você. Eu o contratei para cuidar da minha mulher, e não para se aproveitar da situação para transar com a irmã dela.

– Ei, espera aí... – interveio Jeremy.

– Não, espere aí você. Eu o contratei para fazer um trabalho e, pelo que vejo, você não está fazendo. Chega atrasado, é negligente, é rude...

– É inaceitável o que está dizendo.

– Você tem uma arrogância...

– Que monte de merda! Saia já da minha casa – disse Warren com uma calma enfurecedora.

– Esta é minha casa também – lembrou Drew.

– Fique fora disso, Drew!

– Minha irmã está fazendo progressos. Quero que o Jeremy fique.

– Sua irmã continuará fazendo progressos com outro fisioterapeuta. O Jeremy vai embora. A não ser, claro, que pretenda começar a pagar pelos serviços dele. – Drew não respondeu. – Não imaginei que pretendesse.

– Ei, cara, pega leve – alertou Jeremy.

– Qual parte de "você está demitido" você não entendeu? Agora, por favor, retire-se antes que eu seja obrigado a chamar a polícia.

– Warren, pelo amor de Deus. Que loucura!

– Sugiro que vá com ele, Drew.

– Eu não vou a lugar algum.

– Não querem trocar telefones? Ou já fizeram isso?

– Vá para o inferno – disse Drew.

– Acredite, eu já estou lá. – Warren deu um suspiro profundo. – Certo, Jeremy. Hora de ir.

"Não, por favor. Fique."

Silêncio. E em seguida:

– Creio que você me deve algum dinheiro – disse Jeremy.

– Trata-se sempre de dinheiro, não é? Bem, venha comigo então, Jeremy. Eu lhe farei um cheque pelos serviços realizados.

– Espere... – berrou Drew depois que saíram do quarto.

– Adeus, Drew! – respondeu Jeremy. – Cuide bem da sua irmã.

Casey ouviu seus passos descendo as escadas.

– Meu Deus. Que diabos foi isso que aconteceu? – exclamou Drew exasperada.

"O.k., Drew. Segure minha mão. Não temos muito tempo antes do Warren voltar."

– Meu Deus – exclamou Drew. – Ouviu isso tudo, não ouviu? Ouviu o que aconteceu?

Drew segurou a mão de Casey.

Casey apertou os dedos de Drew. Uma vez. Com força.

– Uma vez para "sim" – disse Drew. – Está bem. E então, o que fazemos agora? Diga-me o que fazer. Não sei o que fazer.

Casey apertou a mão de Drew e segurou firme até começar a perder a força.

"Você tem que se acalmar", ela estava dizendo. "Tem que focar."

– Certo. Tenho que pensar em perguntas simples. Perguntas que possam ser respondidas com sim ou não. Que perguntas? Não sei que perguntas. O.k., o.k.! Pense! Pense! – Drew respirou fundo várias vezes. – O.k., primeira pergunta: você não quer que eu conte ao Warren? Não, desculpa, esqueça. Dupla negativa, certo? Complicado demais. Quer que eu conte ao Warren? Melhor assim. Quer que eu conte ao Warren?

Casey apertou a mão da irmã duas vezes. Será que Drew sentiu?

– Apertou duas vezes. Então não quer que o Warren saiba. Por que não? Quer dizer, de fato ele tem agido de um jeito meio estranho, mas ele tem passado por muito estresse. E talvez eu estivesse mesmo flertando com o Jeremy. Não sei. Tem certeza de que não quer que eu conte a ele?

Casey apertou a mão de Drew.

– Por que não? O que está havendo? Droga! Que idiota eu sou! Certo, como vamos fazer isso? Como vai me explicar?

Casey sentiu os olhos de Drew buscando uma resposta pelo quarto.

– Está bem. Está bem. É isso que vamos fazer: vamos tentar soletrar. Vi isso uma vez na TV. O cara estava paralítico, mas ele soletrava piscando os olhos. Só que você não consegue piscar. E esse negócio de ficar apertando a mão é muito confuso. Consegue dar uma batidinha com o dedo? Consegue bater com o dedo na minha mão?

Drew colocou a mão por baixo dos dedos de Casey.

Casey se concentrou com toda a força em seu indicador direito. Seu cérebro ergueu-o no ar e deixou-o cair sobre a mão da irmã. Uma vez. Duas. Três vezes.

Drew deu um gritinho.

– Muito bom. Muito bom, Casey. Excelente.

"Está dando certo. Eu consigo fazer isso."

– O.k., o.k.! Então, uma batida é A, duas é B, e assim por diante. O.k., isso pode demorar um pouco, e não sei quanto tempo temos até o Warren voltar, mas vamos lá: por que não quer que ele saiba?

Casey bateu cinco vezes na mão de Drew.

"A... B... C... D... E... E – repetiu Drew. – Certo, temos um E.

Em seguida, bateu 12 vezes para a letra L.

E... L... Ele? Ele...

"Ele tentou me matar!"

Casey apertou a mão da irmã, e começou a bater a letra T.

– Espere – interrompeu Drew. – Perdi a conta. Vai ter que começar de novo. Desculpe, Casey. – Recomeçou a contar as batidas em voz alta. – A... B... C... D... E...

Parecia levar séculos para chegar à letra T.

– T! – exclamou Drew, com tanto entusiasmo que deixou a mão de Casey cair, e a pegou de volta em seguida.

Casey começou a bater a letra E. Por que tinha que demorar tanto?

– A... B... C... D... E... F?

Casey apertou duas vezes.

"Não!"

– Não é F?

O barulho da porta da frente se fechando reverberou pelas escadas, seguido imediatamente pelos passos de Warren.

– Merda. Não temos tempo o bastante. Tem alguém para quem eu possa contar isto?

"Será que há alguém?", perguntou-se Casey. Quem seguramente não contaria a Warren?

Os passos se aproximavam.

– Warren? – chamou Patsy lá de baixo.

Os passos pararam.

– Sim? – respondeu ele.

– A sra. Singer quer saber se gostaria que ela preparasse algo especial para o jantar.

"Jeremy. Warren acabara de demiti-lo. Certamente Jeremy não contaria nada a Warren agora."

Casey começou a bater as letras furiosamente nos dedos de Drew.

– Espere. Vamos fazer de outro jeito. Eu falo as letras e você aperta minha mão para eu parar. Está bem? Pronta? A... B... C... D...

"Mais rápido. Mais rápido."

– Diga a ela que qualquer coisa está bom – berrou Warren para Patsy.

– H... I... J... J?

Casey apertou os dedos de Drew.

– Jeremy? Não, espere. Janine? É Janine ou Jeremy?

Passos nas escadas. Drew soltou a mão de Casey.

– Parece que o Jeremy já se foi – disse Warren, sua presença preenchendo todo o quarto. – E acho que é hora de você fazer o mesmo.

– Acho que vou ficar, se não se importa.

– Receio ter que insistir. Acho que minha esposa já teve muita agitação por hoje.

"Você não sabe nem da metade", pensou Casey, ciente de que Drew pensava a mesma coisa.

– Está bem, vou embora – disse Drew.

Ela levantou-se da cadeira e inclinou-se à frente, afundando o rosto nos cabelos de Casey.

– Não se preocupe, Casey! – sussurrou. – Eu volto logo.

CAPÍTULO 26

— VOCÊ ESTÁ BEM?

A voz de Patsy era calorosa, solícita. Casey percebeu imediatamente que Patsy não estava falando com ela.

– Não sei – respondeu Warren, sentado na cadeira junto à cama de Casey. – O dia está sendo muito cansativo.

– Quer que lhe traga alguma coisa? Um sanduíche, talvez? Um *brandy*?

– Acho que não.

– Mal tocou seu jantar.

– Não estou com fome.

– A irmã da Casey tira mesmo você do sério – observou Patsy.

– Drew foi uma egoísta caótica a vida toda, e de repente vira a melhor irmã do mundo. Não sei o que pensar sobre isso.

– Talvez seja só uma fase, talvez se canse disso em algumas semanas.

– Não sei...

– Que foi? Parece preocupado.

– Não acha que...

– O quê? – repetiu Patsy.

– Não acha que ela poderia machucar a Casey, acha?

"O quê?"

– Como assim?

– Não, é maluquice minha. Esqueça o que eu disse.

– Você acha que a Drew tem algo a ver com o que aconteceu?

– Não. É claro que não. Quer dizer, a polícia ainda considera essa possibilidade, mas...

"O que está tentando fazer, Warren?"

– Não acredito nem que estou pensando essas coisas, ainda mais dizendo em voz alta.

"Está tentando incriminar minha irmã? É isso, seu filho da mãe?"

– No mínimo, suas visitas estão afligindo a Casey – disse Warren. – Você viu como a pressão dela subiu depois que a Drew foi embora.

– Acha que tem relação?

– Não sei mais o que achar.

Casey imaginou o marido afundando o rosto nas mãos e tentou não ver um lento sorriso surgindo por trás de seus dedos.

– Tem uma parte de mim que queria barrar a Drew nesta casa definitivamente – continuou. – Trancar a porta e impedi-la de entrar, não importa o que ela diga ou o que ela faça. E, acredite, tem hora que chego muito perto de fazer isso. Mas ela parece um cavalo selvagem, a reação dela seria imprevisível. Ela pode sair de mansinho com o rabo entre as pernas ou pode cumprir a ameaça de procurar a imprensa. Que é a última coisa de que esta família precisa.

"A última coisa de que você precisa, quer dizer."

– Será que deveria falar com o detetive Spinetti sobre ela?

– E dizer o quê? Que estou preocupado porque a Drew dá demonstrações de preocupação com a irmã?

– O que fazemos então?

– Temos que ser supervigilantes quando ela estiver por perto. Não perdê-la de vista. Jamais deixá-la a sós com a Casey. Acha que consegue?

– Farei o melhor que posso.

– Sei que fará. Você é a única pessoa na minha vida neste momento com quem posso contar.

Casey sentiu os dedos se agitarem por baixo da coberta e concentrou-se em aquietá-los, sabendo que a menor contração levantaria as suspeitas de Warren. Ele praticamente não saíra de perto dela depois de colocá-la de volta na cama. Alguém como Patsy talvez achasse que aquela presença constante significava preocupação com o bem-estar dela, mas Casey sabia que apenas seu próprio bem-estar o preocupava.

– Você vai denunciar o Jeremy ao conselho do hospital? – perguntou Patsy.

– Denunciá-lo? Não? Para quê? Não quero metê-lo em encrenca.

– Você é uma boa pessoa.

"Ah, sim! O sr. Gente Boa."

– Não estou querendo sangue.

"Não o próprio sangue."

– Já pensou num substituto para ele? – perguntou Patsy.

– Na verdade, já contratei uma pessoa.

– Do hospital?

– Da minha academia – respondeu Warren.

Casey sentiu o corpo inteiro adormecer.

– Ele virá aqui esta noite.

"O quê?"

O que Warren estava tramando? Será que seu tempo já estava esgotado? Será que ele planejava matá-la já esta noite?

– Devo fazer um café? – perguntou Patsy.

– Acho que ele não é chegado em café.

– Que tal um sorvete?

Warren deu uma risada.

– Meu Deus, você é adorável.

– Só quero ajudar.

– Eu sei. E está ajudando, só de estar aqui.

"Ah, por favor! Se eu fosse capaz, teria vomitado agora."

– Ouça, ainda é cedo – disse Warren. – Tire o resto da noite de folga. Vá ao cinema ver um filme ou algo assim.

Não, não vá! Não vá! – Estou meio cansada. Acho que vou ficar no meu quarto, assistir a um pouco de TV e dormir cedo.

– Está bem.

– Se precisar de alguma coisa, é só me chamar.

– Pode deixar.

Patsy afofou o travesseiro de Casey fazendo uma grande performance. O cheiro de sabão em pó explodia como fogos de artifício em torno de sua cabeça.

– Boa noite, Casey. Até amanhã.

Ela andou em direção à porta.

– Boa noite, Warren.

– Tenha bons sonhos.

– Você também.

Casey sentiu Patsy pairando sob a soleira da porta antes de sair. "E aí, o que acontece agora?", pensou, ouvindo o marido puxar a cadeira para mais perto da cama.

– E aí, o que acontece agora? – ecoou ele.

"Você é quem manda."

Ficou ali sentado por uns dez minutos, sem nada dizer. Seu olhar flamejante abria buracos do tamanho de uma moeda em sua pele. Será que estava pensando no que faria em seguida? Ou na melhor forma de implementar o que já havia decidido?

– Como foi que tudo se tornou tão complicado? – perguntou, por fim.

A campainha tocou.

– Bem, como você pode saber? Parece que seu novo fisioterapeuta chegou. E, diferente do seu antigo fisioterapeuta, está até um pouco adiantado. Evidentemente, está ansioso para começar.

– Quer que eu vá abrir? – Patsy berrou de longe.

– Não, tudo bem – respondeu Warren. – Pode deixar – tocou o braço de Casey. – Não se levante! – disse antes de sair.

"Eu *tenho* que me levantar", pensou Casey, enquanto o marido descia as escadas. "Tenho que sair daqui. Não há mais tempo."

Projetou toda a energia que tinha para seus pés. *Movam-se, droga! Movam-se!* Milagrosamente, sentiu uma agitação quase imediata nas pernas e nas coxas. Os braços se esticaram ao máximo, as mãos se contraíram. O corpo estava respondendo. Estava reunindo forças, usando todas as suas reservas, preparando-se para tirá-la daquela cama.

E então... nada.

As costas continuavam grudadas no colchão. A cabeça permanecia inerte sobre o travesseiro.

Ela não estava indo a lugar algum.

O que ela estava imaginando? Mesmo que pudesse se mover, não podia enxergar. Não podia falar. Não podia gritar por socorro. Além do mais, quem a ouviria se ela gritasse? Patsy?

Achava mesmo que Patsy viria em seu socorro?

Casey ouviu vozes conversando baixinho lá embaixo no *foyer*, e, em seguida, o barulho de várias pessoas subindo as escadas.

– Casey – anunciou Warren segundos depois. – Gail está aqui para ver você.

– Como vai minha garota? – perguntou, aproximando-se da cama e dando um beijo em seu rosto.

– Nenhuma mudança real – disse Warren.

– Acho que está melhorando notoriamente – insistiu Gail. – Está com uma cor melhor que da última vez.

– Você acha?

– Não se deixe enganar por esses traços delicados – disse Gail. – Casey é forte. Ela já passou por muita coisa na vida. E acredite em mim: se ela sobreviveu à mãe dela, pode sobreviver a qualquer coisa. Até mesmo a isto. Isto não é nada comparado com Alana, certo, Casey?

"É, isto talvez seja pior que a minha mãe."

– Ela vai superar – afirmou Gail. – Casey não vai deixar um coma de nada detê-la por muito tempo. Vai, Casey?

Gail inspirou fundo. Estremeceu um pouco e soltou o ar em curtas expirações.

– Estou me sentindo culpada por viajar este fim de semana. Talvez não devesse.

– Para onde está indo? – perguntou Warren.

– Martha's Vineyard. Acredite ou não, nunca fui lá.

– Vai adorar. É lindo.

– É o que o Stan vive me dizendo, mas...

– Mas nada. Vá e se divirta! É o que a Casey diria.

– Estou um pouco nervosa – confessou Gail.

– Por quê?

– Você sabe – disse Gail. – A Janine me convenceu a comprar uma camisola nova. É preta e provocante, com um corpete rendado e decotado. É bem lindo, e custou uma fortuna. Não acho que esteja ruim. É só que não é algo com que estou habituada, e eu queria muito que a Casey estivesse aqui para me dar um conselho.

– Se me permite que lhe dê um pequeno conselho no lugar da Casey – disse Warren amavelmente –, apenas seja você mesma.

– Acha que isso será o bastante?

– Se não for, ele é um tolo que não a merece.

O suspiro de gratidão de Gail preencheu o quarto.

– Obrigada – disse, inclinando-se sobre Casey e beijando-lhe o rosto. – Encontrou um dos bons – sussurrou. – Entendo por que é louca por ele. Bem, tenho que ir. Tchau, Casey! Vejo você daqui uns dias.

– Eu levo você até a porta.

"E então, o que faço agora?", pensou Casey enquanto deixavam o quarto, fechando os punhos. Warren enganara até sua melhor amiga. Ele ia matá-la e ia se safar. Não havia nada que pudesse fazer quanto a isso.

Tinha que haver alguém que pudesse ajudá-la. Mas o que poderiam fazer?

Casey tentou dobrar os joelhos, sentindo câimbra em cada músculo da perna com o esforço. Mas algo havia se movido, ela se deu conta, percebendo um leve tremor nas coxas. Tentou erguer um dos pés, sentindo-o pressionar o lençol preso. Tentou levantar os braços e dobrar os cotovelos. Tentou virar a cabeça para um lado e para o outro. Havia mesmo se movido alguma coisa?

– Minha nossa! – disse Patsy da porta. – O que aconteceu com você?

Há quanto tempo Patsy estava ali?

– Parece que sua amiga exagerou nos abraços. Veja o que ela fez com sua pobre cabecinha.

Patsy foi até a cama e tomou a cabeça de Casey nas mãos, reajustando sua posição.

– Isso não devia estar muito confortável. Ainda bem que tive a ideia de vir dar uma olhada em você.

"Eu mexi a cabeça? Realmente mexi a cabeça."

Patsy deu um passo atrás, como que examinando seu trabalho.

– Essa foi uma visita bem rápida. Mas é assim mesmo, não é? As visitas vão se tornando cada vez mais curtas, e os intervalos entre elas cada vez mais longos. Logo será uma vez por semana, por cinco minutos; depois, a cada mês ou dois; depois, talvez uma vez por ano. Até que você nem será mais capaz de se lembrar da última vez em que alguém esteve aqui. É assim que acontece.

Patsy deu um suspiro.

"Mexi a cabeça", pensou Casey.

– Particularmente, no entanto, odeio quando as pessoas dão só uma passadinha. Minha mãe é assim. Sempre aparece na minha porta sem avisar, aí fica toda chateada se não fico entusiasmada por vê-la. Vivo dizendo a ela para ligar antes, e ela diz: "Por quê? Está escondendo alguma coisa?" Imagine o que ela diria deste lugar aqui – Patsy riu. – Bem... Talvez um dia eu descubra. Eu poderia ser a nova senhora do castelo. Nunca se sabe. Coisas estranhas acontecem.

– Tudo bem por aqui? – perguntou Warren por trás de Patsy.

Ela virou-se rapidamente. Casey imaginou-a passando a mão nos cabelos, num esforço para esconder seu constrangimento.

– Está tudo bem. A Casey estava com a cabeça caída para o lado. A Gail deve tê-la abraçado ao dizer adeus.

– Estava com a cabeça virada de lado?

– Está tudo certo agora.

A campainha tocou.

"Quem será agora?", perguntou-se Casey.

– Quer que eu abra? – perguntou Patsy.

– Se não se importar...

O barulho da porta da frente abrindo e fechando. Depois, a voz abafada de um homem e uma troca de cortesias quase inaudível, seguida de passos pelas escadas.

– Olá, Warren! – disse um homem segundos depois.

"Meu Deus."

Aquela voz era inconfundível.

"Socorro. Alguém, por favor, me ajude!"

O homem se aproximou mais.

– Olá, Bela! – disse ele.

Capítulo 27

— Como você está? – prosseguiu o homem, pairando sobre Casey como uma gigante cobra-real.

– Parece que ela mexeu a cabeça – contou Warren.

– O que isso significa?

– Pode não significar nada – respondeu Warren. – Pode significar que a Bela Adormecida está se preparando para acordar.

O homem baixou o cobertor até a altura dos joelhos de Casey, e ela sentiu os olhos dele percorrendo seu corpo.

– Para mim, ela parece mortinha. Embora, tenho que dizer, esteja bem atraente para um cadáver. Já pensou em...

– Sua mente é imunda – disse Warren, conseguindo parecer sinceramente indignado.

O homem riu.

– Uma vez transei com uma garota que estava tão bêbada que desmaiou no meio do negócio? Já te contei isso? Cara, ela desmaiou no meio. Eu lá transando e, de repente, ela vira os olhinhos e... apaga. – ele riu de novo. – Sensação esquisita, vou falar para você.

– Você é doente.

– Para sua sorte.

– E aí, o que você fez? – perguntou Warren.

– Com a garota? O que eu ia fazer? Parar no meio? Continuei até terminar. Ela já era praticamente supérflua àquela altura mesmo.

– Supérflua? Palavra difícil para você, não?

O homem riu do insulto.

– Ela já estava lá deitada mesmo. Não fazia muita diferença. – Sua risada se tornou um ronco baixo. – Claro que depois eu virei o corpo dela e fiz umas coisas que ela não ia me deixar fazer se estivesse acordada.

– Você é mesmo um príncipe.

– Faço o melhor que posso. Falando nisso, aquela enfermeira lá embaixo é bem bonitinha. Aceitei o convite dela para um café, espero que não se incomode.

– Depois de terminarmos aqui.

– É claro. Vamos dar uma olhada. Vejamos exatamente o que temos.

O homem estendeu o braço e pegou a mão dela. Moveu-a para cima e para baixo, dobrou o cotovelo, girou o pulso.

– E aí? – perguntou Warren.

– Não estou sentindo nada, para falar a verdade. Nenhuma resistência, com certeza. É peso morto, cara.

Soltou a mão de Casey, que desabou sobre a cama como um peixe morto.

Os dedos do homem deslizaram lentamente pela coxa dela, em direção ao joelho. Casey teve que reunir todas as suas forças para evitar que o corpo se retraísse com o toque.

Ele segurou o tornozelo direito, levou o joelho na direção da cintura e torceu a perna para um lado e para o outro.

– Ela tem boa extensão de movimento. Se continuar trabalhando estes músculos, eles vão ficar cada vez mais fortes. É claro que músculos fortes não a levarão muito longe enquanto estiver em coma.

– E se ela sair do coma?

– Acha mesmo que tem boa chance disso acontecer?

– Acho que tem grande chance.

– E não podemos deixar que aconteça.

– Não, não podemos.

– Então me diga o que quer que eu faça. E eu farei.

– Coisa simples: você chega, enfia um travesseiro na cara dela e sai sem ser visto por ninguém – disse Warren calmamente, como se estivesse lendo uma receita num livro.

"Você chega, enfia um travesseiro na cara dela", repetiu Casey silenciosamente, sentindo lágrimas se formando nos cantos dos olhos. Eram reais? Será que Warren as veria?

– Acha que pode fazer isso? – indagou Warren.

– Quando seria?

– Este fim de semana.

– Já?

A lágrima escorreu do olho de Casey, traçando um risco fino até a bochecha.

– As coisas estão acontecendo mais rápido do que eu esperava – disse Warren, com a atenção claramente focada em seus pensamentos homicidas. – Não posso desperdiçar mais tempo algum. Vou me certificar de que ninguém esteja em casa. Enquanto estivermos fora, você entra, faz o que tem que ser feito e some daqui.

– Parece um bom plano.

– Não estrague tudo.

– Pode deixar.

– Ei, pessoal! – berrou Patsy de repente lá de baixo. – O *espresso* está pronto. Venham!

– Wendy Jackson, venha para cá. Você é a próxima concorrente de *O preço certo*!

Casey imaginou Wendy Jackson como uma loura oxigenada de 40 anos, com uma pança sacudindo que escapava por baixo do moletom rosa a cada pulo que dava empolgada.

"Onde está Drew? Por que ainda não está aqui?"

– Não estou acreditando. Não estou acreditando – berrava Wendy Jackson, certamente aos pulos.

– Olá, Wendy! – disse o apresentador.

"Olá, Bela."

– O.k.! Tente se acalmar agora, Wendy, e preste bastante atenção – pediu o apresentador. – Vejamos qual é o próximo artigo.

"Onde está você, Drew? Por que está demorando?"

– Um novo jogo de sala de jantar! – exclamou o locutor, provocando um coro de *ohs* e *ahs*.

– Que monte de lixo! – proferiu Patsy, sentada na cadeira ao lado da cama de Casey, enquanto o locutor começava sua hiperbólica descrição dos artigos. – Não acredito que estão tão empolgados com essa mesa e essas cadeiras vagabundas. Se bem que eu mesma talvez ficasse entusiasmada, antes de vir morar aqui. Quando se vê a mobília que vocês têm... – cortou a frase no meio. – Jamais acredite quando lhe disserem que dinheiro não compra felicidade. O dinheiro compra coisas bonitas, e coisas bonitas são meio caminho para a felicidade. Acredite.

"E sabemos que se trata sempre de dinheiro."

– 2.500 dólares – apostou Wendy Jackson.

– 3 mil – foi o segundo palpite.

– Sabia que eles têm que pagar impostos sobre os prêmios que ganham? – perguntou Patsy, enquanto os palpites se sucediam. – E têm que assinar um contrato prometendo que não vão vendê-los. Então, se não gostarem realmente do produto, estão meio ferrados.

"Onde está você, Drew? Meu tempo está se esgotando."

Uma sirene alta tocou.

– A sirene significa que todos vocês estouraram – explicou o apresentador alegremente.

– Eu falei que não prestava – disse Patsy.

Os quatro competidores rapidamente deram novos palpites, e desta vez um deles ganhou, mas não foi Wendy Jackson.

"Adeus, Bela."

– Pobre Wendy! Não vai ganhar nada – disse Patsy com desprezo. – Dá para ver. Ela é uma perdedora nata.

"Ela enxerga, anda, fala... Caramba, ela pode até berrar. Isso faz dela uma vencedora para mim", pensou Casey, perguntando-se novamente por que sua irmã demorava tanto.

– Eu gostava mais do Bob Barker que desse cara novo. Ele morreu, ou algo assim?

– Você chega, enfia um travesseiro na cara dela e sai – ouvira o marido dizer. Ou algo assim.

Tinha mesmo chorado?

E, se as lágrimas não só haviam se formado, mas também escorrido dos olhos, será que Warren tinha visto?

"Improvável", concluiu Casey, considerando suas ações subsequentes.

– O *espresso* está pronto – dissera ele com uma risada, e depois cobriu Casey novamente, como se ela já estivesse morta.

A campainha tocou.

– Pode atender, sra. Singer? – berrou Patsy lá de cima. – Deve ser sua irmã – disse à Casey.

Segundos depois, Drew berrava:

– Olá!

– Não falei? – disse Patsy orgulhosa.

"Drew! Graças a Deus! Onde você esteve? Tenho tantas coisas a lhe dizer, e temos tão pouco tempo."

Segundos depois, Drew entrou agitada no quarto e, então, parou abruptamente.

– Ah, oi, Patsy! Não sabia que estava aqui.

– Onde mais eu estaria?

– Como está a Casey hoje? – Drew segurou a mão de Casey e apertou-a de modo conspiratório. – Desculpe ter me atrasado. Teve um probleminha na escola da Lola. Parece que esqueci de assinar a autorização para a excursão da turma. E, quando cheguei lá, ninguém sabia quem eu era. Pode acreditar? Estão acostumados a ver a babá. Tive que mostrar a eles minha carteira de motorista. Que, é claro, estava vencida. Tenho que ir renová-la semana que vem. Mas a escola pediu milhões de desculpas. Na verdade, foi muito engraçado. Acha que pode me arrumar uma xícara de café? – pediu a Patsy.

– Terá que ir lá embaixo e pedir à sra. Singer – disse Patsy. – Tenho ordens estritas de não sair de perto da Casey até o sr. Marshall voltar.

– É mesmo? E por que isso?

– Acho que está apenas sendo especialmente cauteloso.

– Por quê? Aconteceu alguma coisa?

– A pressão arterial dela anda um pouco irregular. E ela andou tendo uns espasmos.

– Como assim, espasmos? Desde quando?

– Desde ontem à noite. Primeiro estava com a cabeça caída para o lado. Mais tarde, antes de ir dormir, vim dar uma olhada nela e ela estava virada de lado. – Ela riu. – O sr. Marshall disse que parecia que estava tentando sair da cama.

– Casey estava tentando sair da cama?

– O quê? Não! É claro que não. Como poderia?

– Não sei. Eu só...

– Warren ligou para o médico dela de manhã cedo. Ele correu para cá imediatamente. Disse que provavelmente estava tendo espasmos musculares e que podem ser muito dolorosos. Então deu a ela uma injeção e prescreveu analgésicos e um relaxante muscular. Por isso o Warren saiu, para comprar os remédios.

"Não. Não quero mais nenhum remédio. Eles só me deixam dopada."

Que era exatamente o objetivo dele, ela se deu conta. Warren não ia correr nenhum risco.

– Bem, eu posso cuidar dela agora – disse Drew. – Tenho certeza de que o Warren não se importaria se você tirasse meia hora de descanso.

– É hora do último produto em *O preço certo*! – anunciou o locutor.

– É melhor não. Além do mais, é hora do produto final. Não quero perder isso.

"Por favor, Drew, tire essa mulher daqui. Precisamos conversar."

Drew puxou uma cadeira e sentou-se ao lado da cama, colocando a mão sob a coberta e segurando a mão da irmã.

– Você está bem, Casey? Está sentindo dor?

Casey apertou o polegar da irmã duas vezes, enquanto o locutor começava a descrever a primeira vitrine.

– É um jogo de enciclopédias – disse ele, seguido de um coro exageradamente empolgado.

– Como se alguém ficasse tão entusiasmado com uma porcaria de um jogo de enciclopédias – comentou Patsy com desprezo.

– Essa maravilhosa enciclopédia Britannica é encapadas em couro legítimo... e você pode usá-la para aprender sobre qualquer coisa, de A a Z, começando com... Acrópoles – prosseguiu o locutor. – Informação essa que pode ser útil em sua próxima viagem à... Grécia!

Uma prolongada série de *ohs* e *ahs*. Uma salva de palmas.

– Sim, você e um acompanhante ganharão uma passagem de primeira classe para Atenas, ficarão hospedados por cinco noites no fabuloso hotel King George II e conhecerão muitos lugares fantásticos da Grécia Antiga. E depois seguirão para um espetacular cruzeiro pelas Ilhas Gregas.

– Você gosta de cruzeiros, não gosta? – perguntou Patsy. – Já foi à Grécia?

– Estive lá há alguns anos – respondeu Drew.

– É tão espetacular como ele faz parecer?

– É bem incrível.

– Nunca fui a lugar nenhum.

– Devia ir.

"Deveria ir agora mesmo."

– Não tenho dinheiro. – Patsy deu um risinho, como se soubesse algo que elas não sabiam. – Mas quem sabe? Talvez um dia.

– Vou pular esta vitrine – declarou a concorrente.

– Ela acha que a próxima vitrine será melhor – disse Patsy.

"Tem que haver um jeito de me livrar dessa mulher", pensou Casey. "Tem de haver um jeito de contar a Drew o que aconteceu ontem à noite. Tem de haver um jeito de contar a ela tudo sobre Warren."

– Tentei entrar em contato com o Jeremy – disse Drew, passando a informação para Casey enquanto fingia conversar com Patsy. – Mas o hospital não quis me dar seus contatos. Então passei lá ontem à noite e deixei um recado para ele. Disseram que iam entregar a ele o bilhete, mas até agora ele não me retornou.

"Sim, você tem que achar Jeremy."

– Sua vitrine começa com equipamento de *camping* – anunciou o locutor na televisão.

– Por que quer entrar em contato com ele? – perguntou Patsy.

– Só para saber se ele está bem – respondeu Drew.

Apertou a mão de Casey mais uma vez. O apertão dizia: "Para lhe falar da Casey."

– Warren foi muito rude com ele ontem.

– Não mais que o merecido.

– Mas eu posso fazer com a Casey alguns exercícios que ele me ensinou – sugeriu Drew.

– Não creio que seja uma boa ideia – disse Patsy.

– Por que não?

– Porque Casey já tem um novo fisioterapeuta, e ele deve ter o jeito dele de trabalhar.

– E você pode levar todo esse equipamento no seu carro novo! – prosseguia o locutor, provocando uma estrondosa ovação.

– Warren já contratou um novo fisioterapeuta? – perguntou Drew. – Quem é ele?

– O nome dele é Nick alguma coisa. Margolin... Margolis? Algo assim. Ele é bem bonitinho.

– Bem, isso é importante num fisioterapeuta. Onde o Warren o encontrou?

– Ele é instrutor na academia onde o Warren malha.

– O Warren contratou um *personal trainer* para cuidar da minha irmã?

– Ele é muito bem qualificado.

– E como você sabe disso?

– O sr. Marshall jamais contrataria alguém que não fosse altamente qualificado para cuidar da esposa dele.

– Ele contratou você – disse Drew.

– E se você se cansar de dormir na natureza – anunciou o locutor –, pode passar a noite no seu trailer novo.

– Eu cuido muito bem da Casey – rebateu Patsy, ofendida. – Não tem o direito de julgar assim as pessoas.

– Só estou preocupada com a minha irmã.

– Não faz ideia de como ele é bom para ela – continuou Patsy, sem ser perguntada. – Você devia todos os dias se ajoelhar e agradecer a Deus pelo sr. Marshall existir, em vez de lhe criar tantos problemas.

– Eu devia me ajoelhar?

– Por que não? Pelo que sei, é uma posição com a qual está acostumada.

– Uau! – disse Drew. – Boa, Patsy.

– Meu palpite é: 23.500 dólares – disse o competidor.

– Muito baixo – comentou Drew alheia.

– O Warren é um homem maravilhoso – insistiu Patsy. – Se a Casey estivesse consciente, aposto que estaria zangada com você por causa do modo como o trata.

– Você acha? – os dedos de Drew envolveram os de Casey sob a coberta. – O Warren é um homem maravilhoso, Casey? É o que você acha?

Casey agarrou os dedos de Drew.

– Certo, vamos ver quem chegou mais perto do preço, sem estourar...

Casey apertou uma vez.

E depois de novo. Duas vezes para não.

– Foi o que pensei – disse Drew.

– O que você pensou? – perguntou Patsy.

– Que o palpite dela era muito baixo. Agora essa outra mulher vai ter que ir lá para Grécia ver umas ruínas antigas para as quais não dá a mínima. Ouça, eu lhe devo um pedido de desculpas – disse Drew de um só fôlego.

– Deve?

"Deve?"

– Tenho sido muito rude. Desculpe. – Drew apertou os dedos de Casey, como se dissesse: "Confie em mim." – Sei que está fazendo o melhor pela Casey. É que é tão difícil vê-la neste estado, dia após dia.

– Eu sei que é.

– E eu tenho descontado minha frustração em você e no Warren.

– Ele não merece isso.

– Eu sei que não.

Casey percebeu a sinceridade fingida na voz da irmã, lembrando-se das tantas ocasiões em que já vira aquilo. Imaginou Drew com os olhos baixos, um ligeiro tremor nos lábios, as mãos tremendo suavemente, como se buscasse as palavras certas para expressar seu arrependimento.

– Uau! Não estou acostumada a pedir desculpa. Isso foi difícil para mim. – Drew riu, uma risada suave e irresistível que flutuou no ar como um nuvenzinha de fumaça. – Acho que você não reconsideraria a ideia de pegar um café para mim.

– Sem chance.

"Droga."

– Vagabunda – murmurou Drew baixinho.

A porta da frente se abriu.

– Voltei – berrou Warren do *foyer*.

No minuto seguinte, estava entrando no quarto.

– Oi, Drew! Bom ver você.

Casey sentiu-o se inclinando para dar um beijo no rosto de sua irmã. Era evidente que estava tentando uma nova abordagem.

– Soube que a Casey teve uma noite difícil – disse Drew.

– O médico acha que está tendo espasmos musculares.

– A Patsy me falou. Mas parece bem agora.

– Vamos lhe dar uma injeção mais tarde, para garantir que descanse bem à noite.

"Não, não quero injeção nenhuma. Preciso estar com a mente clara."

– Acha mesmo que remédios são uma boa ideia? – perguntou Drew. – Não irão apenas atrapalhar seu progresso?

– Sinceramente, não tenho visto muito progresso, Drew. Você tem?

– Bem, não. Mas nunca se sabe...

– Não quero que sinta nenhuma dor.

– Nem eu.

– Então deixemos o médico decidir. Patsy, estou louco por um café. E você, Drew?

– Ah, não quero dar trabalho à Patsy – disse Drew amável.

– Você se incomoda? – perguntou Warren a Patsy.

– Claro que não.

– Obrigada, Patsy – disse Drew. – Você é muito gentil.

– E então, como vai minha sobrinha? – perguntou Warren a Drew, enquanto Patsy saía do quarto.

– Está bem.

– Eu estava pensando: poderia levá-las a Gettysburg no domingo. Se gostar da ideia.

– Você quer nos levar a Gettysburg?

"Ele quer um álibi."

– Achei que podiam gostar. Sei que *eu* iria. A Casey e eu nos divertimos tanto quando fomos lá. E me daria uma chance de me redimir por ter sido tão babaca ultimamente.

"Não. Não caia nessa."

– Eu também não tenho sido só amores – disse Drew.

– E então, que tal?

"Não faça isso."

– Acha que pode me dar uma segunda chance?

Alguns segundos de silêncio.

"Não. Por favor, não."

– Domingo me parece ótimo – respondeu Drew.

Capítulo 28

— "Dorothea raramente saía de casa sem o marido, mas vez ou outra tomava a carruagem sozinha para ir a Middlemarch, para fazer compras ou trabalhos de caridade, como qualquer senhora rica que more a menos de cinco quilômetros da cidade" – estava lendo Janine.

"Onde eu estou? O que está acontecendo?"

– "Dois dias após aquela cena na estrada dos Teixos, decidiu aproveitar a oportunidade para, se possível, encontrar-se com Lydgate e perguntar a ele se seu marido tinha realmente sentido uma mudança nos sintomas que o deprimiam e que estivesse escondendo dela, e se ele havia insistido em saber tudo o que estava acontecendo."

Estava de volta ao hospital? Será que toda a semana anterior não passara de um sonho?

– "Sentia-se quase culpada por fazer perguntas sobre ele a outra pessoa, mas o medo de não saber, o medo da ignorância que a tornaria injusta ou dura, venceu seus escrúpulos."

"Medo, sim", pensou Casey. Essa era uma boa palavra para descrever o que estava sentindo.

– "Estava certa de que o marido passara por uma crise: ele tinha iniciado no dia seguinte um novo método de arrumar suas notas e a tinha associado à execução de seu plano. A pobre Dorothea precisou fazer um estoque de paciência." A pobre Dorothea precisa dar um jeito na vida – disse Janine.

"O que estava acontecendo? Alguém por favor pode me contar o que está acontecendo?"

– Quase acabando esse livro? – perguntou Patsy, a voz nadando em algum lugar acima da cabeça de Casey.

– Página 315.

– Muita coisa pela frente.

– Acho que posso dizer o mesmo sobre a nossa Casey aqui – disse Janine.

– Acho que sim.

– A Gail me disse que ela estava fazendo progresso.

– Acho que é um caso de excesso de otimismo.

– Ela não abriu os olhos desde que cheguei aqui.

– Isso não quer dizer nada – disse Patsy. – E pelo menos ela não está mais sentindo dor.

"Quando eu senti dor?"

– Devemos ficar contentes por isso.

Casey se movia entre as nuvens em sua cabeça, tentando montar o quebra-cabeça do que estava acontecendo. Uma série de imagens, em lampejos, cruzavam sua mente, como que refletidas por um desses globos espelhados que ficam girando no teto. Num desses lampejos ela viu Patsy de pé ao lado da cama, sua voz penetrando a escuridão, fazendo comentários sobre sua pressão alta e seu constante sofrimento, garantindo que aquilo a faria se sentir melhor. Depois, a picada de uma agulha no braço; e começou a flutuar entre a consciência e a inconsciência.

"Há quanto tempo estava flutuando? Que dia era hoje?"

– Casey – ouviu a irmã chamando-a. – Casey, está me ouvindo? Se estiver, aperte a minha mão.

Quanto tempo fazia aquilo? Teria conseguido reunir forças o bastante para contar à irmã que ainda estava consciente?

– Casey, escute-me – dissera Drew em outra ocasião. Ou teria sido na mesma ocasião?– Uma vez para sim, duas para não.

"Que dia será hoje? Quanto tempo fiquei ausente?"

– Warren vai nos levar a Gettysburg no domingo. Ele está sendo superlegal comigo, de uma hora para outra. Não sei dizer se está realmente tentando se redimir por ter sido um babaca ultimamente, ou se está tramando alguma.

"Ele vai me matar."

– Você chega, enfia um travesseiro na cara dela e sai sem ser visto por ninguém – dissera Warren.

"Quando ele dissera isso?"

– Adorei sua camiseta – dizia Patsy agora. – Quem é Ed Hardy?

"Ed Hardy? Quem diabos é Ed Hardy?"

– O estilista – respondeu Janine.

– Camisetas de grife. Uau! Devem ser caras, não?

– Razoavelmente.

– O que chama de razoável?

– 200 dólares.

– 200 dólares por uma camiseta? Não soa muito razoável para mim.

Uma sirene tocou.

– Essa sirene significa que todos vocês estouraram.

"O quê?"

– O que é isso? – perguntou Patsy.

– Meu BlackBerry. Meu Deus. Outra mensagem de Richard Mooney.

"O idiotinha?"

– Quem?

– Um cliente. Consegui arrumar outro emprego para ele, mas ainda não está satisfeito. Vou ligar para ele de volta e me livrar dele de uma vez por todas. Tem algum quarto que eu possa usar por uns minutos?

– Só uns 80.

– Estarei no fim do corredor.

– Fique à vontade.

"Que horas são?"

Quanto tempo havia perdido?, perguntou-se Casey. Quantos dias teriam se passado desde a última vez em que estivera plenamente consciente? Quanto tempo até ser sedada de novo?

– Sua amiga tem mesmo gostos caros. Imagine só, gastar 200 dólares numa camiseta.

Casey tentou mexer os dedos sob a coberta, mas não sentiu nada. Tentou mover os dedos do pé, mas eles se recusaram a cooperar.

– Aperte minha mão – ouviu a irmã pedir. – Casey, aperte minha mão.

Quando ela dissera isso? Hoje? Ontem? Anteontem? Quando foi a última vez que Drew estivera lá?

– Que bom que a Janine continua vindo com tanta frequência – dizia Patsy. – Até na hora do almoço ela vem.

"Hora do almoço. Então era um dia de semana."

– Mas só Deus sabe se continuará vindo tanto depois de terminar aquele maldito livro.

A porta da frente se abriu. Seria Drew? Mais uma vez, Casey tentou flexionar os dedos. Se fosse Drew, teria de estar totalmente consciente e preparada.

– Cheguei! – berrou Warren lá de baixo.

Não era a Drew. Warren. Onde ele tinha ido?

– Oi! – disse ele da porta do quarto momentos depois. – Como está a Casey?

– Parece estar descansando serenamente – disse Patsy. – Como foi na academia?

– Mais ou menos. Acho que distendi alguma coisa no ombro.

– Ah, não! Deixe-me dar uma olhada.

– Não, está tudo bem.

– Vamos lá! – disse Patsy. – Eu tenho mãos mágicas, está lembrado? Agora senta aí e me deixa dar uma olhada. Perdão – desculpou-se imediatamente. – Eu não queria ser abusada...

– Tudo bem – disse Warren sorrindo.

Despencou na cadeira mais próxima.

– Onde está doendo? – perguntou Patsy. – Aí. E um pouquinho aí.

– Certo. Respire fundo e relaxe. Isso aí.

– Meu Deus, que bom isso. Você tem mesmo mãos mágicas.

– Esses parecem ser seus pontos problemáticos.

– Em vários sentidos – disse Janine impassível, retornando ao quarto.

– Janine – disse Warren.

– Acho que é nessa hora que eu chego.

– Não percebi que estava aí.

– Nota-se. Acho que já basta, Patsy.

– Obrigado, Patsy – disse Warren.

– Precisamos conversar – disse Janine.

– Claro. Algo em especial?

– Em particular.

– Estarei no meu quarto – disse Patsy.

Segundos depois, Casey ouviu a porta do quarto de Patsy bater.

– Algum problema? – perguntou Warren a Janine.

– Você é quem me diz.

– Você quer dizer além do fato da minha mulher estar em coma?

– O que está rolando entre você e a Florence Nightingale aí?

– Se está insinuando...

– Não estou insinuando nada. É uma pergunta direta. Está dormindo com ela?

– Não seja ridícula.

– Não respondeu à minha pergunta.

– É claro que não estou dormindo com ela. Machuquei o ombro na academia. Patsy estava apenas sendo...

– Oferecida?

– Sério, Janine, ouça o que está dizendo.

– Sério, Warren, veja o que está fazendo – rebateu Janine.

– O que exatamente você viu de tão terrível?

– O que quer que seja aquilo, foi a segunda vez que vi. E não gosto nadinha. E, mais importante, a Casey não ia gostar.

– A Casey também não teria gostado que eu dormisse com você, mas você não parecia muito preocupada com isso na época.

"O quê?"

Silêncio. E em seguida:

– Não é a hora nem o lugar apropriado para conversarmos sobre isso.

– Talvez sejam.

Janine fechou a porta do quarto e inspirou fundo, ruidosamente.

– O que aconteceu entre nós já tem muito tempo.

– Menos de um ano – corrigiu Warren.

"O quê? Não, não pode ser. Estou tendo um pesadelo. São os remédios que o médico me deu. Estou tendo alucinações de novo. Nada disto está acontecendo."

– Jamais devia ter acontecido – disse Janine.

– Talvez, mas aconteceu.

"Não acredito nisso. Não vou acreditar nisso."

"O que é tão difícil de acreditar?", Casey perguntou a si mesma. Se seu marido era capaz de cometer um assassinato, era capaz de traí-la com uma de suas melhores amigas.

Não era a traição de Warren o que ela estava tendo dificuldade de digerir, ela se deu conta. Era a de Janine.

– Ouça. Não tenho orgulho do que fiz – disse Janine. – Eu estava passando por um momento difícil, a Casey tinha rompido a sociedade... Eu estava zangada, cheia de ódio, e me deixei seduzir...

– Pelo que me lembro, foi *você* quem me seduziu – corrigiu Warren mais uma vez.

– Eu estava flertando. Não achei que você fosse corresponder.

– Está se iludindo, Janine.

– Talvez. Você iludiu a Casey, com certeza.

– Eu amo a Casey.

– Tem um jeito interessante de demonstrar.
– Estou demonstrando bem agora.
– Um pouco tarde, não?
– Acho que ambos teremos que aprender a viver com essa culpa.
– Você me parece ter aprendido muito bem.
– Não posso mudar o passado – disse Warren. – O que aconteceu, aconteceu. Passou. Hora de seguir adiante.
– Afinal, a fila anda, não é?
– Melhor que pagar penitência em Middlemarch.
– É simples assim?
– Não é tão complicado.
– Você é inacreditável.
– Você é ciumenta.
– Eu lhe asseguro de que a última coisa que sou é ciumenta.
– Então por que estamos tendo esta conversa?

Janine respirou fundo.

– Estamos tendo esta conversa porque estou deprimida. Deprimida porque traí minha melhor amiga com seu marido canalha; porque seu marido não é o homem que ela pensava; porque ela está em coma, quando era eu quem merecia isso.
– Ah, por favor, Janine! Desista! Nobreza não combina com você.
– E, acima de tudo – prosseguiu Janine, ignorando a interrupção feita por Warren –, estou deprimida porque você tem tão pouca decência que é capaz de se envolver com outra mulher na frente da sua esposa em coma.
– Papo furado – disse Warren friamente. – A única coisa que a incomoda é o fato de essa mulher não ser mais você.
– Eu a quero fora daqui, Warren. Eu a quero fora daqui ainda hoje.
– O quê?
– Você me ouviu. Quero a enfermeira Patsy fora daqui.
– Perdão, mas creio que essa decisão não cabe a você.

— Ou ela vai embora, ou conto a todo mundo tudo sobre nós dois, juro. E isso inclui o detetive Spinetti.

— E por que diabos você faria uma coisa tão estúpida?

— Porque é tudo que posso fazer por Casey agora.

— E acha que ela vai lhe agradecer por isso? Supondo, claro, que ela venha a acordar.

— Não sei. Provavelmente, não. Mas sei que, enquanto tiver alguma chance de acordar, ela precisa dos melhores cuidados. E, francamente, não creio que a Patsy possa lhe propiciar isso.

Houve um silêncio de longos segundos.

— Talvez tenha razão — disse Warren por fim.

— Eu *tenho* razão.

— Não sou estúpido. Nem insensível. Posso nem sempre ter sido o melhor dos maridos, mas, acredite ou não, amo minha esposa e quero o melhor para ela.

— O que quer dizer... — insistiu Janine.

— Vou dizer à Patsy que seus serviços não são mais necessários.

— Quando?

— Assim que você for embora — disse ele enfático. — Ah, e Janine...

Casey ouviu Janine juntando suas coisas e andando em direção à porta.

— Sim.

— Acho que seria bom darmos um tempinho. Quando vier visitá-la de novo, ligue antes. Eu dou um jeito de não estar aqui.

Sem dizer nada, Janine saiu e fechou a porta.

— Ouça, sinto muito... — Casey imaginou Warren dizendo a Patsy algum tempo depois. — Não está dando certo.

— Como assim? — ouviu Patsy responder.

— Você não fez nada de errado. Você tem sido fantástica. É que subestimei os cuidados de que Casey iria precisar.

— Podemos contratar alguém para me ajudar. Posso ligar para a Donna...

– Casey precisa de uma enfermeira, alguém com mais experiência...

– Ainda assim posso ajudar.

– Não vai dar certo.

– Não entendo. Pensei que nós...

– É esse o ponto – Casey quase pôde ouvir Warren sussurrar. – Não há "nós". Não pode haver "nós".

– Se isso é por causa da Janine, por causa do que ela acha que viu...

– Janine é uma mulher muito astuta, Patsy. Ela não vê coisas que não existem.

– Eu lamento muito...

– Não tem que lamentar nada. Eu é que deveria pedir desculpa. Você é adorável. Esse é o problema, basicamente. Você é linda, amável, gentil, atenciosa, e eu me vejo atraído por você de formas que jamais poderia esperar. E não posso deixar que isso aconteça. Não ainda – Casey o imaginou acrescentando, deixando uma porta aberta, talvez até permitindo que uma lágrima surgisse em seus olhos. – Talvez em outro momento. Caso as circunstâncias mudem...

"Ou algo assim", pensava Casey agora, ouvindo Patsy fungando enquanto tirava sua mala do quarto. Algo para dar esperança à jovem, um motivo para não ficar zangada por ser demitida sem aviso nem motivo.

– Quero que fique com isto – disse Warren, da porta do quarto de Casey.

– O que é isso?

– É só uma pequena ajuda, para ajudar nas despesas até encontrar outro emprego.

– Não, por favor. Não posso aceitar.

– É justo.

– É bem mais que justo. É dinheiro demais. Não posso aceitar.

– Pode, sim. Pode e vai. Por favor. Quero que aceite.

"Ah, pegue logo! O dinheiro é meu mesmo. E eu estarei morta em poucos dias."

– Posso dar adeus à Casey?

– É claro. Fique à vontade.

Casey imaginou Warren pegando a mala de Patsy e carregando-a escada abaixo, enquanto Patsy entrava no quarto e se posicionava aos pés da cama. Sentiu os olhos de Patsy perfurando seu cérebro.

– Sua vagabunda – disse ela.

E se foi.

– Bem, até que tudo deu certo, dadas as circunstâncias – dizia Warren minutos depois, puxando uma cadeira e se sentando. – A sra. Singer não vem no fim de semana, a Patsy está fora da história, a Gail está viajando, e não tenho que me preocupar com a Janine ao menos por alguns dias. Então parece que domingo é o dia. Isso é depois de amanhã, caso esteja contando.

"Depois de amanhã", repetiu Casey. Onde estava Drew? Só tinha mais um dia para contar a ela.

– Chamei uma enfermeira nova, ela vem amanhã. E o médico está vindo mais tarde para lhe dar a injeção. Para que você não fique travessa demais quando a Drew vier visitá-la – disse Warren, como se os pensamentos dela estivessem estampados na testa. – Então vamos tentar relaxar um pouco, sim? – disse ele.

Pegou a mão dela, levou aos lábios e beijou-a.

– Logo estará tudo acabado.

Capítulo 29

Ela sonhou que estava no assento do passageiro de um bimotor Cessna, que entrou numa zona de forte de turbulência e saiu girando fora de controle, atirando seus passageiros no vazio gelado, como se tivessem sido disparados de um canhão.

– Papai! – gritou Casey, vendo a mãe dar uma cambalhota no céu em seu vestido de *chiffon* rosa, como uma Alice bêbada desaparecendo no buraco do coelho.

– Tente relaxar, garota dourada – dizia a voz de seu pai por trás de uma nuvem cinzenta. – Segure minha mão.

Casey esticou o braço o máximo que pôde, os dedos se agitando desesperadamente no vácuo, buscando as mãos reconfortantes de seu pai. Mas elas nada agarraram, não encontraram mão alguma. Seu pai não estava lá, ela se deu conta. Jamais havia estado.

Ele não podia salvá-la. Ninguém podia.

Casey deitou-se na cama, retornando lentamente à consciência. Mesmo em meio àquela confusão que ocupava sua cabeça como uma esponja se expandindo, ela compreendeu que, embora não estivesse mais despencando no ar rumo ao seu fim, o risco que corria não era menor. Ela ia morrer, percebeu, tentando imaginar como seus pais se sentiram naquela tarde em que o avião deles mergulhou na baía Chesapeake.

Ela jamais pensara realmente sobre isso antes, notava agora; jamais se permitira a introspecção necessária para embarcar naquele avião condenado, sentir o que seus pais deviam ter sentido, pensar o que eles certamente pensaram enquanto o avião despencava descontrolado pelo céu antes de desaparecer no mar. Será que sua mãe agitou os braços desesperadamente e chorou de medo? Será que xingou o marido, atacando-a com sua fúria movida pelo pânico? Ou será que tentara abraçá-lo, tê-lo em seus braços pela última vez, quando as ondas já se elevavam para recebê-los, como um coro enlouquecido? Será que sua mãe estava consciente? Ou será que tinha apagado logo no início do voo, de excesso de álcool e fadiga, a cabeça sendo jogada de um lado para o outro, enquanto o pai lutava freneticamente com os comandos do avião? Será que estava bêbado demais para compreender o perigo em que estava? Nos seus últimos segundos de vida, será que ele tinha se lembrado das filhas? E será que a mãe tinha?

Isso tinha importância?, pensava Casey agora. Alguma coisa tinha importância?

Será que ela realmente significara alguma coisa para alguém?

Seu pai a amara apenas como um reflexo de suas próprias realizações. Sua mãe era autocentrada demais para compartilhar amor com qualquer pessoa. O amor de sua irmã fora sempre temperado com a mesma medida de ressentimento. E Warren? Ele amava o dinheiro dela, pensou Casey com tristeza.

E tinha ainda Janine, com quem morara nos tempos de faculdade, sua ex-sócia, supostamente uma de suas melhores amigas. Sim, haviam tido muitos desentendimentos ao longo dos anos. Sim, haviam discutido, brigado e, por vezes, disseram coisas de que se arrependeram. Mas Casey jamais imaginara as proporções do ódio de Janine, jamais pensara que ela poderia ir tão longe por vingança.

No entanto, por mais chocada e decepcionada que estivesse, notou que não sentia raiva de Janine. Sua amiga apenas incorrera no mesmo erro de Casey: Warren. Deus sabia que ela estava arrependida. E uma pessoa que se redime de seus pecados lendo *Middlemarch* em voz alta dia após dia, semana após semana, merece não só compaixão, mas também uma segunda chance.

Pena que não estaria aqui para lhe dar essa segunda chance, pensou Casey. E pensou em Gail. Gail, a pessoa que sempre estivera ao seu lado, que a amava incondicionalmente desde a infância. Ela estava em algum lugar em Martha's Vineyard com o novo homem de sua vida, e ficaria arrasada ao saber da morte de Casey, quando voltasse. Casey jamais teria a chance de pedir desculpa a ela e a Stan pelas suas suspeitas infundadas a respeito dele.

"Perdão, Gail", ela dizia agora.

"Perdão por tudo", pedia silenciosamente, tentando projetar dois dias adiante, imaginando como seria quando enfiassem um travesseiro em sua cara até ela parar de respirar. Será que ficaria ofegante, lutando para puxar o ar? Levaria muito tempo para morrer, ou seria uma morte rápida e indolor? Haveria um anjo esperando para recebê-la? Como seria a morte?

"Poderia ser pior do que isto?"

Entretanto, apesar do horror que foram os últimos meses, apesar das revelações, e das mentiras, e das traições; apesar da perda da visão, da fala, dos movimentos e de tudo que a tornava a pessoa que era; Casey percebeu que não estava preparada para morrer.

Não agora. Não estando tão próxima de recuperar tudo que perdera.

Não sem lutar, com certeza.

Claro, haveria alguma luta, pensou no instante seguinte. Ao mesmo tempo, foi tomada por uma onda de vertigem, resultado das fortes drogas em seu organismo. Não seria exatamente uma luta justa.

"Que sentido faz lutar se a luta for justa?", ouviu o pai perguntar, seguido de sua imensa risada, enquanto entrava no quarto e olhava pela janela que dava para o pátio.

– Papai! Oi! – disse Casey, sentando-se na cama.

– O que ainda faz na cama?

Deu meia volta e fitou Casey com ar de reprovação.

– Não estou me sentindo muito bem.

– Bobagem. Está só com pena de si mesma. A mente sobre a matéria, Casey. Apenas coloque um pé na frente do outro. Veja aonde eles o conduzem.

– Mas não consigo ver.

– Então abra os olhos – disse o pai, antes de desaparecer na escuridão.

Casey abriu os olhos.

A primeira coisa que viu foi a luz da Lua entrando pela janela em frente à qual seu pai antes estava.

Piscou uma, duas, três vezes. A cada vez a luz ficava mais forte.

"O.k., tente não se empolgar demais", alertou a si mesma. "É óbvio que está sonhando."

Só que não parecia um sonho.

"Está tendo uma alucinação."

Alucinações são mais reais que sonhos.

Mas esta não se parecia com nenhuma das alucinações que tivera antes.

"São as drogas. Estão pregando peças na sua mente. Você está alterada. Está tonta."

Não tão tonta. Não tão alterada.

"Eu estou enxergando", pensou, piscando novamente. Com força.

"Não seja ridícula", disse a si mesma. "Está se empolgando demais sem motivo. Está escuro. É madrugada. Está apenas imaginando a curva da Lua por trás da grande janela saliente. Não consegue realmente ver as cortinas de cor lilás nem as poltronas de estampa floral à frente da janela. Não está vendo a cadeira listrada ao lado da cama nem a grande TV de tela plana na parede em frente, ladeadas por quadros de orquídeas e narcisos silvestres. Não vê a lareira nem a cama em que dorme, cujos lençóis brancos são visíveis mesmo na escuridão. Não pode ver o cobertor lilás cobrindo seus pés, não pode ver a silhueta dos seus dedos sob ele."

"Não posso. É impossível."

Os olhos de Casey se moviam freneticamente de um lado para o outro, para cima e para baixo, para trás e para frente. "Eu estou enxergando", compreendeu ela, e o entusiasmo se espalhou pelo corpo como fogo pela madeira seca.

"Não se empolgue demais. Isto já aconteceu antes. São as drogas. A qualquer momento você vai despertar."

– Relaxe, Casey – ouviu Warren dizer. – Tudo logo vai acabar.

"Não. Agora, não. Não estando tão perto."

Deitada na cama, ficou sentindo a respiração cada vez mais ofegante, fitando o lustre redondo no centro do teto extenso, tentando se acalmar.

"Eu vou sair disto. Eu vou. Eu vou."

Ouviu os passos de Warren no corredor e sabia que estava vindo ver como ela estava. Disse a si mesmo para fechar os olhos, pois mesmo naquela penumbra Warren imediatamente perceberia que ela estava enxergando. Não podia correr esse risco. No entanto, não conseguia fechá-los, tamanho era seu medo de que, se o fizesse, sua visão desaparecesse novamente, e quando abrisse novamente os olhos tudo seria escuridão, como antes.

Warren entrou no quarto.

Casey respirou fundo, proferiu uma prece silenciosa e fechou os olhos.

– Oi, meu amor! Como está você?

Sentou-se na beira da cama, e Casey pôde sentir o hálito de bebida.

– Não estava conseguindo dormir, de novo, então resolvi vir ver como você estava. Acho que tenho sentido falta dos nossos papos ultimamente – acariciou a perna dela. – Sua respiração parece um pouco pesada. O que isso? Não vá morrer agora, sim? – ele riu. – Não seria irônico? Imagine só se você morresse de repente, depois de tudo que me fez passar estes últimos meses – Casey sentiu-o sacudindo a cabeça.

– Seria engraçado, não? Mas, se for isto o que está acontecendo, agradeço se puder esperar até amanhã de manhã, até a enfermeira chegar. Acha que pode esperar até lá? Talvez até eu sair de casa? Assim ninguém poderia levantar suspeitas sobre mim nem me acusar de ter feito algo inapropriado. – Levantou-se e foi até a janela. – A Lua está quase cheia. Está um espetáculo. O que é mesmo que dizem sobre a Lua cheia? Que ela incita o mal nas pessoas? – desta vez, seu riso foi mais de desprezo. – Sabia que, de fato, mais crimes são cometidos durante a Lua cheia? Interessante, não? Jamais encontraram uma explicação para isso.

Fez uma pausa e prosseguiu:

– Então... sua irmã ligou mais cedo. Estava pensando em passar aqui amanhã. Disse a ela que seria ótimo, que poderíamos pedir uma pizza e fazer um piquenique no quintal. Ela adorou a ideia. E quer saber? Eu também. Para que perder tempo e energia brigando, quando todos sabemos que sou um amante, não um guerreiro? – ele riu novamente, um *rá* ruidoso que ecoou nas paredes e ricocheteou na cabeça de Casey como uma bola de borracha sem rumo. – Tenho pensado muito sobre essa situação com a Drew e, de repente, eu me dei conta de que é tudo muito simples. Não sei como não percebi antes. Eu devia estar irritado demais. Mas agora vejo que a Drew é como um cachorrinho triste que só quer ser amado, mas que todos chutam paro canto. Então, em vez de ser mais um chutando, em vez de tratá-la como uma merdinha que veste Gucci, como está acostumada a ser tratada pelos homens, decidi tratá-la como uma princesa dos contos de fadas da Lola. Vou lustrar minha armadura, chegar em meu cavalo branco e tomá-la em meus braços.

Continuou:

– Como?, deve estar se perguntando. Bem, vou lhe dizer, embora a prudência me aconselhe a manter a boca fechada. Quem é essa tal de Prudência, afinal? E como ela ousa me dizer o que fazer? – ele riu. – Mas dane-se. Estou bêbado, e você não estará mais por perto depois de domingo. E quando você estiver morta, será no meu ombro forte que ela vai chorar. O viúvo em luto confortando a cunhada desconsolada. Tão compreensivo. Tão compassivo. Como ela poderá resistir? Como ela poderá não se apaixonar?

Como se estivesse expondo suas argumentações finais ao júri, ele prosseguiu:

– E quem poderia condenar tal amor? Um amor nascido do luto, de uma grande perda compartilhada. Perfeito, não acha? Tudo devagar, é claro. Vamos esperar ao menos um ano antes de anunciar nosso noivado, seguido de uma cerimônia rápida, porém elegante. Talvez até convidemos a Gail e a Janine para serem madrinhas. Bem, a Janine talvez não.

Fez uma pausa e continuou:

– Mas enfim... Drew e eu nos casaremos e viveremos felizes para sempre. Ou ao menos por um ou dois anos. E então, outro terrível golpe do destino. Mãe e filha perdem a vida quando o veleiro vira nas traiçoeiras águas da costa do México; marido desconsolado quase se afoga tentando salvá-las. Já posso ver as manchetes.

Riu, e acrescentou:

– É claro que haverá rumores sobre o acidente. Sabe como as pessoas gostam de falar. Fofocas, insinuações, você sabe bem como é. Você cresceu em meio a isso. E como era mesmo a filosofia do seu pai? Danem-se as fofocas e as insinuações! Quero ver as provas. Sei que questionarão a probabilidade de um raio cair duas vezes no mesmo lugar, de duas jovens irmãs morrerem em acidentes dissociados e igualmente trágicos. O detetive Spinetti sem dúvida virá xeretar de novo. Mas suspeito que a investigação vai dar com os burros n'água, como a última. E acho que posso tolerar alguns meses de suspeitas em troca de uma vida inteira de luxo. E, desta vez, nem terei que dividir. Será tudo meu. Tudo que seu pai conquistou com suor. E com trapaças. E com roubos. Porque seu pai, na verdade, não era um homem muito legal, Casey. Nesse caso, os rumores e insinuações eram todos verdadeiros. Sei disso porque acompanhei a carreira dele por anos. Pesquisei tudo a respeito dele. Não sou capaz de explicar quanto eu o admirava, quanto queria ser ele. Até fiz um trabalho sobre ele na faculdade. Acho que nunca lhe contei isso, contei? Não, é óbvio que não. Você achava que eu jamais ouvira falar de Ronald Lerner antes de conhecê-la.

Casey sentiu as pálpebras palpitando de indecisão. Queria ver aquele homem; o homem que amara e com quem se casara, que a iludira e enganara, que a manipulara e usara, e que, por fim, tentara matá-la. Simplesmente precisava olhar para a cara dele, precisava ver aquele ogro grotesco por trás da máscara de príncipe encantado pela última vez antes de morrer.

Era arriscado, ela sabia. E se ele não estivesse mais olhando a Lua? E se estivesse olhando diretamente para ela? Será que conseguiria enganá-lo, fazê-lo acreditar que não estava enxergando nada? Seria capaz de enganá-lo por apenas alguns segundos com a mesma facilidade que ele a enganara por mais de dois anos?

Lenta e cautelosamente, Casey abriu os olhos.

Ele estava próximo à janela, mas não mais olhava a noite lá fora. Seu olhar estava focado na parede em frente, seu belo perfil em contraluz, como brilho redondo da Lua por trás.

"Ele está exatamente igual", pensou Casey, quase deixando escapar um profundo suspiro de saudade. "Saudade de quê?", perguntou-se impaciente. Saudade da vida que tivera, da vida que perdera? Uma vida construída sobre mentiras e farsas. Como podia sentir saudade de um homem que só desejava sua morte?

No entanto, lá estava ela, a saudade – decerto que misturada ao medo, à raiva, ao nojo, mas ainda assim saudade. Havia alguma dúvida de que Drew iria sucumbir do mesmo jeito àquela atração magnética? Eram ambas filhas de Ronald Lerner, afinal, e ele as preparara muito bem para homens como Warren Marshall.

Warren deu um suspiro e passou a mão pelos cabelos castanhos e grossos, mais compridos que da última vez que Casey o vira. Apertou o cinto de seu roupão de seda, um dos muitos presentes que Casey lhe dera no último Natal, e suspirou de novo.

– E então, o que acha do meu plano, Casey?

Casey imediatamente fechou os olhos.

– Acha que vai funcionar? – disse, andando até a cama. – Acha que Drew vai cair no papo do príncipe encantado que nem você? Acha que vai querer se tornar a nova sra. Marshall? Eu acho que sim – acrescentou imediatamente. – É isso, então. Acho que vou voltar para a cama agora. Dei tantos tapinhas nas minha próprias costas que fiquei exausto.

Inclinou-se à frente e deu um beijo no canto dos lábios de Casey.

Casey ficou curiosa para saber se ele a beijava de olhos fechados e teve que se controlar para não abrir os seus.

– Vou mesmo sentir falta destas nossas conversas – disse ele.

Casey permaneceu acordada pelo restante da noite. Seus olhos abertos se recusavam a ceder à tonteira ou à fadiga, e ficou ouvindo os toques do relógio de pé no *foyer*, que anunciavam a passagem de cada quarto de hora. Ficou observando a Lua desvanecendo, enquanto o céu ia substituindo sua palidez escura por tons mais pastel. Viu o azul tênue do princípio da manhã tornar-se cinza-aço por volta das 7 horas, quando os céus foram tomados de nuvens soturnas que prenunciavam chuva. Enquanto ouvia Warren cantando no chuveiro, uma hora depois – "Quando eu chegar a Phoenix, ela estará dormindo..." –, relâmpagos cortavam o céu, como se tivessem sido lá colocados por um desenhista, e trovões faziam tremer o quarto.

"Um show de som e luz só para mim", pensou Casey, apreciando o espetáculo apesar de tudo. Ou talvez por causa de tudo. Quando fora a última vez em que sentira tanto prazer vendo a chuva bater no vidro da janela? Pensou em Drew, e perguntou-se se ainda estaria dormindo, ou se os trovões e relâmpagos a teriam acordado.

Drew sempre morrera de medo de tempestades. Quando era pequena, costumava correr para o quarto de Casey no meio da noite e se enfiar em sua cama, enterrando-se sob as cobertas e agarrando a irmã a cada trovão. E Casey beijava a cabeça de Drew e lhe garantia que logo a tempestade ia passar. Drew invariavelmente adormecia naquela posição, enquanto Casey permanecia acordada, protegendo a irmã caçula até que a tempestade tivesse de fato passado. De manhã, Drew descia da cama sem dar uma palavra e voltava para seu quarto.

Seu orgulho a proibia de deixar escapar um mero obrigado. Conforme foram crescendo e se afastando cada vez mais, Drew foi deixando de ir para o quarto da irmã. Por fim, encontrou outros braços para confortá-la e outras camas para dividir.

O telefone tocou.

Casey ouviu Warren atender em seu quarto.

– Sim, aqui é Warren Marshall. Certo. Estávamos aguardando você. Houve algum problema? – fez uma breve pausa, e então: – Bem, não posso dizer que estou surpreso com este mau tempo. Imagino que esteja presa aí. Espero que a polícia libere logo a via. Certo. Está bem. Eu posso cuidar de Casey até lá. Que azar! Você está pertinho da saída. Sim, não há muito que possamos fazer. O.k., venha o mais rápido que puder! Obrigado.

Momentos depois, junto à porta do quarto de Casey, ele anunciou:

– Acidente na autoestrada Schuylkill.

Por causa de um trovão, Casey não o ouviu chegando e não teve tempo de fechar os olhos.

"Por favor, não entre", suplicou. "Por favor, não olhe para mim."

– A enfermeira está presa no engarrafamento, a menos de dois quilômetros da saída de Rosemont. Parece que a polícia está liberado a autoestrada.

De canto de olho, Casey o viu sacudir a cabeça.

– Não sei o que acontece com as pessoas – disse ele, as palavras acompanhadas por mais um trovão. – Basta caírem umas gotas, e elas desaprendem como se dirige. Enfim, ela deve chegar em meia hora. Pode esperar até lá para comer, não pode?

O telefone tocou.

– Deve ser a enfermeira Friedlander de novo – disse ele, indo até a mesinha de cabeceira.

Casey fechou os olhos.

– Ah, olá, Drew! – disse segundos depois, a voz macia como caxemira. – Sim, estou vendo como está o tempo. Horrível. E, de acordo com a previsão do tempo, ainda vai piorar. Mas a boa notícia é que deve limpar até de noite, então o dia deve estar bom amanhã para irmos até Gettysburg. Não, eu não sairia de carro hoje se fosse você. É claro. Entendo totalmente. Também não vou sair dirigindo com esse tempo. Não se preocupe. Comemos aquela pizza amanhã. Com certeza. Ligo para você mais tarde para dar notícias. O.k., tente não se preocupar e dê um grande beijo na Lola por mim... Bem, diga a ela que mal posso esperar também.

Desligou o telefone.

– Era a sua irmã – disse ele, afundando na cadeira ao lado da cama de Casey e ligando a TV. – Ela não vem aqui hoje.

CAPÍTULO 30

— Muito bem – disse uma suave voz feminina. – Como está se sentindo nesta bela manhã de domingo, sra. Marshall? A tempestade de ontem a perturbou? Sua pressão arterial ainda está um pouco alta.

Casey reconheceu a voz de Harriet Friedlander da tarde anterior e sentiu seu toque suave. Como era de diferente do toque de Patsy, pensou, enquanto Harriet retirava o aparelho de pressão que lhe apertava o braço e, depois, afastava delicadamente com a palma da mão os cabelos da testa de Casey. Prosseguiu com seus cuidados, passando um pano úmido quente no rosto e nas mãos de Casey e, depois, cuidando de seu tubo de alimentação.

– Pronto – disse ao terminar. – Agora já pode encarar seu dia.

"Encarar minha morte", Casey corrigiu, ouvindo a mulher andar até o banheiro da suíte. Abriu os olhos apenas o bastante para ver de relance seus cabelos grisalhos bem penteados e seu uniforme rosa-claro.

– Como está minha esposa hoje? – perguntou Warren, entrando no quarto e aproximando-se da cama.

Segurou as mãos de Casey, que a sra. Friedlander deixara sobre a coberta.

– A pressão dela ainda está mais alta do que eu gostaria. Talvez devesse falar com o médico.

– Vou ligar para ele amanhã cedo. A não ser que a senhora ache que eu deva levá-la ao hospital imediatamente...

– Não, não. Acho que não é necessário. Domingo nunca é um bom dia para ir ao hospital. Só vai encontrar internos e residentes. Casey não corre risco imediato.

"Aí é que a senhora está enganada", pensou Casey. Redondamente enganada.

– Então, ela ficará bem até hoje à noite? – perguntou Warren.

– Volto aqui para substituir seu tubo de alimentação às 17 horas.

– Perfeito. Então nos vemos às 17 horas.

– Há algo mais que eu possa fazer enquanto estou aqui?

– Não, obrigada. A senhora foi muito atenciosa. Foi muito gentil em vir aqui hoje, ainda mais tendo sido chamada tão em cima da hora.

– Fico contente em poder ajudar. Adeus, Casey. Até mais tarde.

"Por favor, não vá!"

– Vou levá-la até a porta – ofereceu Warren.

– Obrigada.

Assim que partiram, Casey abriu os olhos. Um espetacular sol de verão brilhava pela janela, levando Casey a piscar várias vezes seguidas. Era um daqueles dias de tirar o fôlego, do tipo que colocam em capa de folhetos. "Que desperdício morrer num dia assim!", pensou Casey, flexionando os dedos dos pés e das mãos, girando os tornozelos e pulsos. Lentamente, com enorme cuidado, começou a girar a cabeça. Parou ao ouvir a porta da frente se fechar. Warren estaria de volta em segundos, Casey sabia, e cuidadosamente retornou a cabeça à posição original.

– Que senhora simpática – comentou Warren, reaparecendo na porta. – Vai ficar muito chateada quando retornar esta tarde e descobrir que você faleceu. Provavelmente vai se culpar por não ter insistido para que eu a levasse ao hospital. Bem, o que se pode fazer? – disse e parou, como se aguardasse uma resposta. – O.k., adoraria ficar e conversar mais, mas tenho que terminar de me arrumar para o meu encontro. Não quero deixar sua irmã esperando. Então, se me dá licença...

Casey manteve os olhos fechados durante os dez minutos que seu marido levou para fazer o que quer que tivesse de fazer e voltar ao quarto dela. Ao entrar de novo, cheirava a enxaguatório bucal e colônia.

– Como estou? – disse, sentando-se na beira da cama, mais uma vez tomando as mãos dela. – Não, acho que tem razão. Realmente não é a melhor hora para piadas infames. O Nick estará de volta em poucas horas. Espero que não fique por muito tempo. E espero que eu a esteja mandando para um lugar melhor. Então, cuide-se em sua viagem.

Warren inclinou-se à frente e lhe deu um beijo, bem na boca.

Casey conteve o impulso de arrancar seus lábios com os dentes. Será que ela conseguiria fazer isso?, perguntou-se. Teria força suficiente?

– Adeus, Casey.

Ela sentiu-o saindo de perto dela e parando na porta para olhá-la pela última vez. Será que ele se arrependia de algo?, ela se perguntou. Segundos depois, a porta da frente se fechou. Só então Casey se arriscou a abrir os olhos. O quarto imediatamente entrou em foco.

"Tenho que sair daqui."

Como? O que ela poderia fazer?

Casey tentou se virar de lado. Mas seu corpo se recusava a cooperar, permitindo apenas movimentos limitados, enquanto ela lutava para trazer o braço direito em direção ao lado esquerdo. Após vários minutos frustrantes e infrutíferos, Casey desistiu. Olhando para o teto, os olhos se encheram de lágrimas.

Se ao menos conseguisse sair da cama, pensou. Se conseguisse chegar ao telefone e ligar para o 911. Mesmo não conseguindo falar, a polícia seria alertada, e mandariam alguém lá. Alguém viria. Alguém a salvaria.

Mas como sairia da cama, se não conseguia nem se virar de lado, com os músculos atrofiados após meses de inatividade, fraca como um recém-nascido?

"Tem que haver um jeito."

Não podia simplesmente ficar ali deitada esperando passivamente que um estranho desalmado a sufocasse até a morte. Warren dissera que ela tinha algumas horas. Certamente, com um esforço concentrado, conseguiria sair da cama, chegar ao telefone e sair daquela casa.

Após o que lhe pareceu uma eternidade, Casey conseguiu virar a cabeça alguns centímetros para a esquerda. Lentamente, viu o quarto deslizar em sua linha de visão, o azul intenso do céu desaparecendo no lilás sutil da cortina e no violeta suave da parede. Continuou o esforço, o olhar passando pela TV de plasma na parede oposta, pela cadeira listrada, e aterrissando no criado-mudo ao lado da cama, enquanto a bochecha tocava o travesseiro. Eu consegui, pensou, vendo a hora no relógio digital que ficava sobre a mesinha: 11h15, anunciavam os números vermelhos e grandes.

"Tenho muito tempo", pensou Casey acalmando a si mesma. E recomeçou o árduo processo, lutando contra a tontura e a náusea enquanto trazia a cabeça de volta à posição original. Em seguida, virou a cabeça para o outro lado, vendo a porta fechada do *closet* e a porta do quarto aberta.

"Tudo que tenho a fazer é sair desta cama, pegar o telefone e teclar 911."

Seus dedos já estavam teclando no ar, enquanto movia meticulosamente a cabeça na direção do telefone à sua esquerda. Lembrou-se da mesinha de cabeceira que ficava ao lado da cama de sua mãe e perguntou-se se a arma ainda estaria na gaveta de cima, onde sempre a guardava.

Seria possível?

Ninguém voltara a usar aquele quarto antes de Warren.

Drew sempre se recusara a mexer nos pertences de seus pais, dizendo que era como roubar túmulos e adiando visitas, até que isso perdeu a urgência. Por sua vez, Casey também não estava ansiosa para vasculhar as coisas dos pais. Algum dia fariam isso, pensava. Tinham muito tempo.

E agora chegara a hora, ela deu-se conta, tentando forçar seu corpo a sentar e sentindo cada músculo do corpo protestando, recusando-se a cooperar. Além do mais, mesmo que a arma estivesse lá, mesmo que conseguisse pegá-la, teria força para puxar o gatilho?

E sua consciência a permitiria fazer isso, mesmo que tivesse?

"Meu Deus!", pensou Casey ao olhar novamente para o relógio: 11h52, indicavam os números. Não podia estar certo. Era impossível que tivesse se passado mais de meia hora desde a última vez que olhara as horas. Era impossível que tivesse levado tanto tempo para fazer tão pouco.

"O que devo fazer? Será que alguém pode me dizer que diabos devo fazer?"

"Continue tentando", repetia para si mesma, quando o telefone começou a tocar. Uma, duas, três vezes. Alcance a atenda o maldito telefone. Quatro vezes. Cinco. *Alô? Alô?* Mas, enquanto Casey esticava a mão no ar, o telefone parou de tocar.

Isto não era justo. Não era justo.

"Ah, cresça", ouviu Janine repreendendo-a, lá num canto distante do cérebro. "Quem disse que a vida era justa?"

"Acha que eu estava preparado para morrer?", perguntou seu pai.

"Acha que gostei de afundar nas águas geladas da baía Chesapeake?", sua mãe indagou.

"Meu marido morreu de leucemia ainda jovem", lembrou-a Gail. "Acha que isso foi justo?"

"Têm razão", consentiu Casey silenciosamente, trazendo a cabeça de volta à posição original no travesseiro. Justiça nunca fez parte da equação. Se você pergunta "Por que eu?" quando as coisas vão mal, tem que fazer a mesma pergunta quando as coisas vão bem. No fim das contas, você tem que jogar com as cartas que estão na mão. No caso de Casey, ela podia subir a aposta ou sair do jogo. "Não estou pronta para sair do jogo", pensou.

Ainda não.

Começou a fazer os exercícios que Jeremy praticava com ela, dobrando os cotovelos e tentando dobrar os joelhos. Só que estava tão metida nas cobertas que suas pernas quase não tinham espaço para se mover. Ainda assim continuou pressionando os dedos dos pés contra a coberta, determinada a soltá-la. Após dez minutos, Casey finalmente sentiu a coberta começar a se desprender. Fechou os olhos, exausta.

Ao abri-los novamente, eram 12h10.

"Não pode ser. Não pode ser."

Como pôde ter adormecido, mesmo que por alguns minutos? Seu tempo estava se esgotando. Tinha que sair da cama. Tinha que sair da casa.

Mais uma vez, Casey tentou levantar as pernas. Desta vez, conseguiu trazer os joelhos na direção do peito antes de desabar de cansaço. Seu coração batia descompassado. Não tinha dúvida de que, caso a sra. Friedlander entrasse agora para verificar sua pressão, daria um pulo de susto e iria parar no teto.

"Tenho que me levantar. Tenho que sair desta cama."

– Eu ten...

Casey ouviu o estranho som que parecia vir de algum lugar do outro lado do quarto. Quem estava lá? Será que Warren chegara enquanto ela dormia? Será que estava sentado na cadeira junto à janela, rindo e assistindo às suas inúteis tentativas de fuga?

Casey lentamente virou a cabeça na direção da janela.

Não havia ninguém lá.

Percorrendo o quarto com o olhar confirmou que estava sozinha.

– O que...

"Meu Deus. Meu Deus."

Os sons vinham de sua própria boca, deu-se conta, e rapidamente começou a produzir mais sons. A maioria deles se quebrava instantaneamente em contato com o ar, surgindo como uma série de grunhidos e murmúrios.

"Não posso morrer agora. Não posso."

– Não...

O telefone tocou novamente. Casey moveu a cabeça na direção do som. Não rapidamente, mas não tão lentamente quanto da última vez.

"Continue. Continue."

Quem estava ligando? Será que era Nick, o homem terrível que Warren contratara para matá-la? Estaria ligando para dizer que não conseguiria chegar, que estava preso no tráfego na autoestrada Schuylkill? Ou talvez tivesse mudado de ideia, afinal atingir alguém com uma máquina era bem diferente de sufocá-la com as próprias mãos, sentindo seu último suspiro roçando os próprios dedos. Certamente, até matadores de aluguel tinham seus limites.

O telefone parou de tocar, desta vez após apenas quatro toques.

"Você não tem tempo para isso", repreendeu-se Casey, forçando um dos joelhos contra o peito, e depois o outro. Mas ao tentar erguer ambas as pernas ao mesmo tempo, viu que isso era impossível.

"Tudo bem. Tudo bem. Continue tentando. Continue tentando."

– Con...

Ao olhar novamente para o relógio, ele marcava 12h30.

"Continue tentando. Continue tentando."

12h35. 12h42. 12h47.

O telefone tocou novamente.

Talvez alguém estranhasse o fato de ninguém atendê-lo. Talvez fossem até lá checar. Talvez tivessem alertado a polícia, talvez tivesse pedido que verificassem se estava tudo bem.

Mais quatro toques e parou.

Cinco minutos depois, foi a campainha que tocou, seguida de fortes batidas na porta.

"Graças a Deus!", pensou Casey. Alguém estava lá. Alguém viera para salvá-la.

"Socorro! Por favor, alguém me ajude!"

– So... – Casey deu suspiro, o som tênue saindo com a respiração, enquanto alguém abria a porta.

"Ele está aqui", Casey se deu conta. O assassino estava na casa.

Mas por que ele tocaria a campainha e bateria na porta? É claro que Warren havia dado uma chave a ele. Por que a charada?

– Olá? – disse uma voz feminina no *foyer*. – Alguém em casa?

"Patsy?"

– Olá! – berrou de novo.

O que Patsy estaria fazendo ali? Será que ela fazia parte do plano? O que estava acontecendo?

– Warren? Você está em casa? – perguntou Patsy, subindo as escadas e virando na direção do quarto dele. – Warren?

Casey baixou as pernas, colocou as mãos de volta sobre a coberta, e sua cabeça encontrou o sulco habitual no meio do travesseiro. Manteve os olhos abertos, olhando para frente. O que quer que fosse acontecer, pensou, ela queria ver.

– Muito bem... – disse Patsy, entrando no quarto de Casey e largando sua bolsa grande de lona no chão. – Você está aqui! Achei que talvez a tivessem levado de volta para o hospital ou algo assim. Onde estão todos, afinal? Não acredito que todos saíram e a largaram aqui sozinha. Não foi muito legal da parte deles, não é? Mas não pode dizer que não a avisei.

Ela riu, debruçando-se sobre o pé da cama e entrando no campo de visão de Casey.

Ela era como Warren a descrevera, porém mais bonita do que Casey esperava. Os olhos eram de um tom escuro de castanho, um pouco atenuado pela sombra cinza e pelo excesso de rímel preto. A pele era clara, e os cabelos avermelhados estavam presos num coque desobediente no alto da cabeça. Os seios exuberantes saltavam para fora do profundo decote em V de sua camisa roxa. O umbigo, com uma argolinha dourada, era visível sobre o jeans branco e apertado, de cintura baixa.

– Onde está Warren? Malhando? – perguntou Patsy. – Não encontrou ninguém para cuidar de você? Talvez não devesse ter se apressado tanto em me demitir. É difícil achar alguém do meu naipe.

Ela riu novamente, no entanto sua risada era um tanto amarga.

– Você está meio corada. Está suando?

Patsy aproximou-se mais e, então, recuou rapidamente.

"Será que percebeu que posso enxergar?", perguntou-se Casey. "Devo mostrar a ela?"

– O que estou fazendo? – indagou Patsy, afastando-se. – Isso não é mais o meu trabalho. – Andou em direção à janela. – Esta vista é realmente bonita. Vou sentir falta. Enfim. Talvez eu volte. – Deu um suspiro. – Deve estar se perguntando o que estou fazendo aqui.

"A pergunta me passou pela cabeça."

– Parece que esqueci um suéter no fundo de uma gaveta no meu quarto. Esqueci de propósito, claro. Então, meu plano original era dar uma passada aqui, pedir a Warren para me ajudar a procurá-lo, tentá-lo com algumas palavras doces e um pouco de decote e torcer para ir parar na cama dele. Tentei ligar, só para checar se tinha mais alguém em casa, mas ninguém atendeu. Liguei até mesmo quando já estava na porta. E bati, bati, e esperei, esperei. Quase fui embora para casa. Aí pensei: que sentido faz vir até aqui e voltar de mãos abanando? Então decidi entrar. Ainda tenho a chave. Eu me esqueci de devolvê-la, de propósito. Mas, como disse, achei que você estivesse de novo no hospital. Jamais me ocorreu que estaria aqui sozinha.

Patsy fez uma pausa e continuou:

– Mas está, e aqui estou eu. E, já que aparentemente não vou conseguir dormir com esse seu lindo maridinho tão cedo, o que significa que você ganhou a aposta, posso ir embora levando umas lembrancinhas. Como fazem nesses programas a que costumávamos assistir na TV.

Andou até o *closet* de Casey, abriu a porta e entrou.

– Como este lenço de seda, por exemplo – disse ela, voltando instantes depois com o lenço Hermès preto e amarelo de que gostara antes. – Aquele que deixou sua irmã toda nervosinha. – Patsy colocou-o em torno do pescoço. – Afinal, de que ele lhe servirá? Além do mais, fica muito melhor em mim. Não acha?

"Pode ficar com a droga do lenço. Leve o que quiser. Apenas me tire daqui."

– Socorro! – murmurou Casey baixinho.

A súplica quase inaudível despencou de sua boca como uma folha de uma árvore.

Patsy congelou. Arregalou os olhos. O queixo caiu.

– O quê?

Casey tentou formar palavras novamente, mas elas se recusavam a cooperar; as letras tropeçavam na língua, incapazes de se reagrupar.

Patsy fitou-a por longos segundos, e então explodiu numa gargalhada.

– Meu Deus, que susto você me deu! Achei que você tinha falado alguma coisa. Nossa, quase molhei as calças. Eu, hein! Droga, tenho que dar o fora daqui.

"Não! Não, espere! Por favor!"

– Só vou pegar mais algumas coisas – disse Patsy, desaparecendo dentro do *closet* mais uma vez. Bem, essa calça Prada é pequena demais, mas devo conseguir um trocado nela no eBay. E gostei desta jaqueta Armani, mas vou ter que mandar alargar um pouco no busto.

"Você tem que me ajudar. Tem que me levar com você. Não pode me deixar aqui."

Casey começou a chutar a coberta desesperadamente, como se estivesse dentro d'água. Ergueu a cabeça do travesseiro com esforço e levantou a mão direita, agarrando o ar como se fosse uma boia salva-vidas.

"Socorro. Você tem que me ajudar."

– Certo, acho que isso é tudo – disse Patsy, surgindo do *closet* com os braços cheios de roupas de Casey. – Meu Santo Pai! – gritou, derrubando tudo no chão, quando seus olhares se encontraram.

Casey desabou de volta no travesseiro, exaurida com o esforço que realizara, e Patsy desabou no chão.

Capítulo 31

"Patsy? Patsy? Onde está você? Que diabos aconteceu?"

Será que ela teria fugido? Casey tentou erguer o tronco da cama para ver melhor, mas seu corpo se recusava a cooperar.

"Patsy, pelo amor de Deus, onde está você? Volte aqui. Tem que me ajudar. Tem que me tirar daqui."

Alguns minutos se passaram até Casey ser capaz de reunir forças suficientes para levantar a cabeça de novo. Primeiro, tudo que viu foram suas roupas espalhadas como folhas varridas pelo carpete marfim.

E então ela a viu.

Patsy estava meio sentada, meio deitada no chão, encostada na porta do *closet*, a cabeça pendendo para a direita, os olhos fechados.

"Não vá inventar de desmaiar agora, sua ladrazinha idiota. Acorde! Não está me ouvindo? Acorde!"

"Não acredito nisso", pensou Casey, incapaz de sustentar a posição e desabando sobre o travesseiro. "Não, não, não, não, não, não, não."

Patsy gemeu.

'Sim! Acorde. Acorde, droga."

O murmuro tornou-se um gemido. Patsy estava retornando ou apagando ainda mais? O que estava acontecendo?

– Nossa! – sussurrou Patsy longos segundos depois.

No minuto seguinte, estava levantando-se com dificuldade e, com visível relutância, indo em direção à Casey.

– Não acredito nisto – disse sem se mover. – Você pode me ver, não pode? Você está consciente – deu dois passos trôpegos em direção à cama. – Quando isso aconteceu? Onde está Warren? Alguém já ligou para o hospital? – ela foi em direção ao telefone, com o braço esticado.

"Ah, obrigada! Obrigada!"

E então, o inconfundível clique de uma chave girando na fechadura. A porta da frente se abrindo.

– Warren – gaguejou Patsy, olhando para a pilha de roupas atirada no chão.

"Não é Warren", pensou Casey, ouvindo a porta se fechar.

É a morte.

Casey viu a confusão estampada nos olhos de Patsy.

Barulho de passos subindo as escadas.

– Droga – murmurou Patsy, recolhendo às pressas as roupas de Casey no chão e enfiando-as no *closet*. – O que vou dizer a ele? Como vou explicar...

– Bela? – murmurou uma voz de forma sedutora do corredor. – Seu príncipe chegou.

Casey viu os olhos de Patsy se estreitarem, e as sobrancelhas franzirem.

"O que está acontecendo?", os olhos dela perguntavam a Casey. "Esse não é Warren. O que devo fazer agora?"

"Apenas mostre que está aqui. Isso bastará para detê-lo. Ele ficará tão confuso quanto você."

– Salve-me – gritava Casey silenciosamente.

Patsy virou-se na direção dela, estendeu as mãos para Casey, e depois as deixou cair, conforme os passos se aproximavam.

"Não. O que está fazendo?"

Patsy de repente se virou e correu para dentro do *closet*, fechando a porta. Quase imediatamente a porta se abriu de novo, e Patsy pulou para fora.

Tinha mudado de ideia? Será que sua formação de enfermeira enfim triunfara sobre seus instintos?

"Graças a Deus! Graças a Deus!"

Mas o instinto de Patsy era mesmo só o de salvar a si própria. Pegou a bolsa no chão e correu de volta para dentro do *closet*. Desta vez, não teve tempo de fechar a porta.

Será que estava observando?, Casey se perguntou. Será que ela iria ver o que estava prestes a acontecer? Haveria alguma chance de vir salvá-la?

De canto de olho, Casey viu o corpo musculoso de Nick surgir na porta. Ele ficou lá por alguns segundos, sem se mexer. Casey rezou para que estivesse reconsiderando. Para que, agora que estava ali confrontando o que teria de fazer, talvez percebesse que não era capaz.

"Por favor, não se aproxime mais."

Mas ele já estava vindo na direção dela. Avançou suavemente e, então, parou junto ao pé da cama. Os olhos dele percorreram toda a extensão do corpo dela e pararam ao chegar ao rosto.

– Você é mesmo bem bonitinha – disse ele. – Que pena eu ter que fazer isto!

Casey se viu fitando o homem que seu marido contratara para matá-la, analisando-o de forma distanciada, quase clínica. Tinha estatura mediana, talvez pouco mais de 1,75 metro, tórax robusto e bíceps pronunciados, desproporcionais aos quadris estreitos. Seu cabelo era escuro e bem curto; o nariz, reto e estreito; os olhos, castanhos, com rajados dourados provocantes; os lábios, surpreendentemente carnudos e femininos. Em circunstâncias normais, talvez o achasse atraente.

Ele enfiou as mãos nos bolsos e puxou um par de luvas de látex. Os olhos de Casey se arregalaram de medo, mas o homem estava preocupado demais em colocar as luvas e não percebeu.

– Não posso deixar que nenhum DNA que me denuncie – disse ele, dando a volta na cama e parando junto à cabeça dela. – Agora seja uma boa menina e fique aí quietinha. Vou tentar fazer isso da forma mais rápida e indolor possível.

Sem mais demora, agarrou o nariz de Casey, tapando suas narinas com a mão direita, enquanto a esquerda cobria firmemente sua boca.

Casey lutou desesperadamente para respirar. O cheiro de látex invadia as narinas, e o quarto começou a girar. Seus braços se debatiam por reflexo, e os pés se contraíam inutilmente sob o lençol. Ouviu um suspiro forte escapar dos lábios.

Só que não tinha sido dela aquele suspiro, deu-se conta. A pressão sobre o nariz e a boca subitamente diminuiu, e as mãos do homem recuaram.

– Que diabos foi isso? – perguntou ele, afastando-se de Casey.

A boca de Casey abriu-se imediatamente, sugando o ar à sua volta como um potente aspirador de pó. Ela viu o quarto girar fora de controle, o chão trocando de lugar com o teto, as poltronas junto à janela escorregando de um lado do quarto para o outro, os diversos quadros deslizando pela parede.

Nick caminhou resoluto na direção do *closet*. Deu dois passos para dentro e então reapareceu, arrastando Patsy, soluçante, para o meio do quarto.

– O que diabos você está fazendo aqui?

– Por favor... – disse chorando. – Não me machuque. Não me machuque.

Sua resposta foi atirá-la contra a cama de Casey.

– Deve estar brincando comigo – esbravejou, dando um tapa forte no rosto dela.

Patsy berrava, tentando se livrar das mãos dele.

Agarrou a cadeira listrada, tentando colocá-la entre os dois, mas Nick era muito mais ágil e forte. Ele empurrou a cadeira de lado como se fosse um bicho de pelúcia e agarrou Patsy pelo pescoço, apertando o lenço Hermès com força. Patsy ergueu as mãos, rasgando sua luva e arranhando seu rosto.

– Merda! – gritou ele quando Patsy conseguiu cravar as unhas, e o sangue escorreu.

Tomado de fúria, apertou o lenço com tanta força em torno do pescoço de Patsy que ele desapareceu sob as dobras da pele.

Casey observava horrorizada os pés de Patsy sendo erguidos do chão e chutando freneticamente o ar, os dedos lutando para afrouxar a seda mortal que a sufocava, os olhos esbugalhados frente à visão de seu próprio fim.

"Não, por favor, não!"

Então Casey ouviu um estalo, e de repente Patsy parou de lutar. Seus pés pararam de chutar, suas mãos pararam de se debater. Casey fechou olhos, sabendo que Patsy estava morta.

Ao abri-los novamente, Nick estava soltando o lenço, deixando o corpo de Patsy deslizar desajeitadamente até o chão.

– Merda – xingava ele repetidamente, andando de um lado para o outro.

Esfregou as costas da mão no rosto e fez uma careta ao ver o sangue no látex branco.

– Olha só o que você fez na minha cara, sua vagabunda! Merda! – disse, dando um chute no corpo sem vida de Patsy. – E ainda rasgou a porcaria da luva!

Ele arrancou as luvas, atirou-as no chão e olhou para Casey.

Casey se esforçou para manter a expressão impassível e olhar para o nada.

Nick permaneceu absolutamente imóvel por ao menos dois minutos, claramente considerando as opções que tinha e tentando decidir o que fazer.

– Certo – disse ele, parecendo ter chegado a uma decisão. – Parece que você conseguiu um adiamento, Bela. Estou sangrando. Minhas luvas estão rasgadas. Essa vadia tem meu DNA embaixo das unhas. E não tem nenhuma chance de eu fazer dois pelo preço de um. Definitivamente, isso não fazia parte do acordo. Temos que renegociar antes de seguir adiante.

Casey tentou evitar que um berro de agradecimento lhe escapasse da garganta.

Observou-o enquanto ele arrumava o quarto, colocando a cadeira na posição original e certificando-se de que tudo estava no lugar. Então ele parou e olhou ao redor, como se procurasse por algo em particular.

– Ela deve ter deixado uma bolsa em algum lugar por aqui – disse ele, os olhos varrendo o chão.

Pulou o corpo de Patsy e foi em direção ao *closet*. Retornou segundos depois com a bolsa grande de lona de Patsy nas mãos. Remexeu dentro dela, encontrando a carteira.

– Eu me perguntei quem era o idiota estacionado lá fora – comentou, guardando as chaves do carro de Patsy no bolso. – Vou ter que me livrar de um carro também. Parece que meu bônus aumentou mais um pouco.

Voltou à cama e parou por minuto, ajeitou a coberta, e até limpou a saliva no canto da boca de Casey.

– Até mais, Bela!

Então retornou a Patsy, pegou seu corpo nos braços e jogou-o sem cerimônia sobre o ombro, com o lenço ainda apertado em torno de seu pescoço. Sem nem olhar para trás, a Morte deixou o quarto.

Só depois de ouvir a porta bater lá embaixo e ter certeza de que ele tinha mesmo ido embora, Casey soltou um berro gutural, primitivo como a própria vida.

Duas horas depois, a porta da frente se abriu, e Lola entrou correndo, seguida por Drew e depois por Warren, os três rindo de alguma piada feita entre eles. Já formavam uma pequena família feliz, pensou Casey, perguntando-se como Warren reagiria ao ver que ainda estava viva.

– Tia Casey – berrou Lola subindo as escadas. – Tia Casey, estou aqui!

– Eu também – disse Drew rindo, atrás da filha.

Será que Warren vinha logo atrás? O que faria quando a visse? Casey se deu conta de que na verdade estava ansiosa para descobrir.

Sua sobrinha correu em direção a ela, escalou a cama e se aninhou ao seu lado.

– A gente foi para Gettysburg – anunciou. – Foi tão divertido. Não foi, mamãe?

– Foi muito divertido – concordou a mãe. – Ah, que bom! Está de olhos abertos.

– A tia Casey está acordada?

– Não sei, querida. Está acordada, Casey? – Drew segurou a mão de Casey.

Casey apertou-a, o mais forte que foi capaz.

– Quer saber de uma coisa, Lola? – disse Drew. – Tive uma ideia. Por que não vai lá para a cozinha e faz um desenho para a sua tia, mostrando o que a gente viu em Gettysburg?

– A gente viu um montão de pedras grandonas – disse Lola. – Como elas se chamam, mãe?

– Matacão.

– Posso fazer os matacões verdes e azuis?

– Por que não?

Lola pulou da cama e correu para a porta, colidindo contra as pernas de Warren na soleira.

– Algum problema? – perguntou ele.

– Vou fazer um desenho dos matacões para a tia Casey.

Casey pôde sentir a confusão de Warren, que adentrava lentamente o quarto. Será que não repararam que sua esposa estava morta?, ela quase podia ouvi-lo pensar.

– Como está a Casey? – perguntou ele.

– Os olhos dela estão abertos de novo – disse Drew. – Sei que dizem que isso não quer dizer nada, mas...

Warren aproximou-se e tomou de Drew a mão de Casey. Verificou seu pulso furtivamente, claramente tentando entender o que estava vendo.

– Mas você acha que é um bom sinal – disse ele, finalizando a frase de Drew.

– Talvez apenas para me sentir melhor.

– Eu também.

Warren colocou a mão de Casey de volta sobre a cama e olhou bem em seus olhos.

Casey retribuiu o olhar, sem piscar.

– Onde está a Patsy? – perguntou Drew repentinamente.

– Tive que dispensá-la.

Os olhos de Warren jamais se desviavam dos de Casey.

– Você mandou a Patsy embora?

– Não estava dando certo.

– Uau. Primeiro, o Jeremy. E agora, a Patsy. Vem promovendo grandes mudanças.

– É bom aprender com os erros.

– E a Patsy definitivamente foi um erro. Quem está cuidando da Casey agora?

– Contratei uma enfermeira temporária.

– Onde está ela?

– Disse a ela para voltar às 17 horas. Agora me dê licença um instante. Preciso dar um telefonema.

– Fique à vontade! – disse Drew, pegando a mão de Casey, enquanto Warren saía do quarto.

– Você ainda está aí?

Casey apertou a mão de Drew.

– So-cor-ro... – conseguiu balbuciar, ainda que com as palavras grudando na língua como arroz empapado.

– Meu Deus! Você disse alguma coisa?

– Socorro... – repetiu Casey, mais forte desta vez, embora as palavras fossem ainda indistintas, indecifráveis mesmo para os seus próprios ouvidos.

– Meu Deus. Warren! – gritou Drew. – Volta aqui!

– Não! – disse Casey.

Desta vez a palavra foi clara como a água.

– Não entendo. Por que não quer que eu conte ao Warren? Ele ama tanto você, Casey. Não parou de falar de você o dia todo. E nos divertimos tanto. Ele foi tão amável com a Lola. Percebi como venho sendo injusta com ele.

– Não! – repetiu Casey.

"Tem que me tirar daqui. Ele vai me matar. Chame a polícia. Ligue para o 911. Tire-me daqui."

– Por que não quer que eu conte a Warren? – perguntou Drew novamente.

"Porque ele tentou me matar. Porque você é a próxima. Porque nós temos que sair daqui."

Mas as palavras se recusavam a se formar, tropeçando de seus lábios como uma série desconexa de vogais e consoantes.

– A tia Casey está cantando? – perguntou Lola, entrando saltitante no quarto.

– Pensei que fosse fazer um desenho para a sua tia – disse Drew, claramente confusa.

– Não achei os lápis.

– Acho que estão no armário embaixo da pia.

– Procurei lá.

– Procure de novo – disse Drew ríspida enquanto Lola escalava a cama novamente.

– Não quero. Quero que a tia Casey cante uma música para mim.

– Ela não consegue cantar, meu anjo.

– Consegue sim. Eu ouvi.

– Você me chamou? – perguntou Warren de repente do corredor.

– A tia Casey está cantando!

"Não!"

– Lola...

– O quê?

– Ela não estava cantando – disse Drew.

– Estava, sim. Eu ouvi.

"Não. Não."

– O que exatamente ela estava fazendo? – Warren atravessou o quarto com dois passos gigantes.

– Foi mais um gemido que qualquer outra coisa.

Drew olhou preocupada para Casey.

– Por que está olhando para ela desse jeito? – questionou Warren. – Acha que ela pode ver você?

Subitamente, esticou o braço, arrancou da parede a zebra que Lola desenhara e agitou-a em frente aos olhos de Casey.

– Consegue ver isto? Consegue?

– Está estragando meu desenho! – berrou Lola.

Casey tentou fechar os olhos, mas era tarde demais.

– Você piscou – disse Warren. – Meu Deus, você piscou.

– O que isso significa? – perguntou Drew.

– Que ela pode ver.

– É mesmo? Casey, você está enxergando? – Drew agarrou a mão da irmã. – Aperte uma vez se estiver.

– O que está fazendo? – a expressão de Warren foi primeiro de choque, e depois de perplexidade. – Está dizendo que ela pode responder? Pelo amor de Deus, Drew. Se sabe algo sobre o estado da minha mulher que eu não saiba, diga para mim. Não acha que tenho o direito de saber?

Um longo silêncio.

"Não. Não conte a ele. Por favor, não conte a ele."

– Casey está consciente – disse Drew finalmente.

"Não. Ah, não!"

– O quê? Desde quando?

– Não tenho certeza. Provavelmente apenas alguns dias.

– Alguns dias? – repetiu ele. – E como você sabe?

– Ela tem apertado a minha mão para soletrar palavras.

– Soletrar palavras? – repetiu Warren pasmo. – Por que diabos não me contou isso?

– Não sei – disse Drew novamente. – Desculpe.

Warren afundou na cadeira ao lado da cama e enfiou o rosto entre as mãos.

– Por favor, não se zangue – pediu Drew. – Essa é uma ótima notícia. Deveríamos estar celebrando. Casey pode enxergar. Pode compreender. Está começando a se comunicar. Logo estará andando e falando como antes. Isso não é maravilhoso, Warren? Casey está voltando.

Capítulo 32

— Ela está dormindo? — perguntou Warren ao lado da cama de Casey, horas mais tarde.

Drew entrou no quarto.

— Como uma pedra. Acho que ficou exausta. Primeiro, aquela farra em Gettysburg, depois toda aquela empolgação com a Casey.

— Foi um dia e tanto — concordou Warren.

— Com certeza. Como está minha irmã?

— Parece estar dormindo tranquilamente. Parece que o Valium que a enfermeira deu a ela está finalmente fazendo efeito.

— Acha que era mesmo necessário? — Drew aproximou-se da cama da irmã. — Sei lá, acho uma pena botá-la para dormir logo quando está começando a voltar a si.

— Casey estava terrivelmente inquieta, Drew. Você viu como estava agitada quando a sra. Friedlander chegou. Ela está confusa e em pânico. Não quero que caia da cama e se machuque.

— Acho que tem razão. Conseguiu falar com algum dos médicos?

– Ainda não. Liguei para o hospital, deixei recados pela cidade toda. Até agora, nada. Domingo à noite também... O que esperava? Vou continuar tentando.

– Desculpe não ter lhe contado antes.

– Como pôde esconder uma coisa dessas de mim? – perguntou Warren, com a voz incrédula.

– Não sei. Estava só com raiva de você, acho. Não estava pensando direito. Aí hoje... nós nos divertimos tanto, e você foi tão incrível com a Lola... Eu queria lhe contar, eu ia contar...

– Tudo bem – disse Warren após alguns segundos de silêncio. – O importante é que agora eu sei – fez outro silêncio. – Que tal um champanhe?

– Champanhe?

– Para celebrar as boas novas.

Drew hesitou.

– Não sei. Na verdade, eu não deveria...

– Ah, por favor! Você vai dormir aqui hoje. Não vai dirigir. Uma tacinha. Não deixo você beber mais que isso.

– Acha mesmo que é uma boa ideia?

– Acho que Casey merece um brinde em sua homenagem.

Drew riu feliz.

– Acho que sim.

– Já volto.

Assim que ele saiu, Casey escapou da névoa densa que envolvia sua mente e alcançou a mão de Drew.

Drew engasgou assustada.

– Meu Deus, Casey! Você me deu um susto. Pensei que estivesse dormindo.

– So-cor-ro... – disse Casey, abrindo os olhos, sem ter certeza de que havia mesmo dito algo.

– O quê? Não estou entendendo.

"Ele está tentando me matar."

– Não faz sentido o que diz. Apenas tente relaxar. Quer que eu chame o Warren?

Casey se contorceu, apertando a mão de Drew com toda a força que tinha. "Não!"

– Está bem, está bem. Por favor, tente se acalmar. O Warren tem razão. Vai acabar se machucando se continuar se mexendo desse jeito.

"Warren não ligou para o hospital. Ele não pretende tentar falar com os meus médicos. Ele vai embebedar você e, depois, vai me matar. Esta noite. E aí vai achar um jeito de jogar a culpa em você."

– Desculpe. Não consigo entender o que está tentando me dizer.

"Ele vai tentar me matar! Você tem que me tirar daqui."

– Por favor, tente se acalmar, Casey! Sei que é frustrante, mas não está fazendo sentido. Durma um pouco. Prometo que estará se sentindo bem melhor quando acordar pela manhã.

"Não vou acordar amanhã. Será tarde demais."

– Ah, acho que o Warren está voltando com o champanhe.

Drew olhou para a porta.

"Não beba nada. Por favor, Drew. Preciso que fique sóbria."

– Algum problema? – perguntou Warren, entrando no quarto.

Casey fechou os olhos e soltou a mão da irmã.

– Casey estava gemendo um pouco, mas parece melhor agora. Deixe-me ajudá-lo com as taças.

"Por favor, Drew", pensou Casey, recusando-se a ceder ao sono, que pairava sobre sua cabeça como uma sacola plástica. "Não beba."

– Dom Pérignon – disse Drew. – Que delícia!

– Vinha guardando esta garrafa para uma ocasião especial – disse Warren.

– E esta definitivamente é uma ocasião especial – concordou Drew.

Casey ouviu o espocar da rolha, seguido da risada estridente da irmã.

– Cuidado! Está derramando no carpete.

– Então compraremos um carpete novo – disse Warren, agora rindo também. – Levante sua taça!

"Não! Não faça isso! Por favor, não tome um gole. Um gole levará a outro. Você sabe disso. Você sabe o que vai acontecer."

– E então? Qual é o veredito? – perguntou Warren.

– Absolutamente fabuloso.

– Ouviu isso, Casey? É absolutamente fabuloso – disse Warren. – Ao amor da minha vida.

– Bem-vinda de volta, Casey – completou Drew.

Casey imaginou o marido e a irmã erguendo as taças em sua direção.

– Melhore rápido – pediu Drew –, para poder experimentar este champanhe incrível.

Casey imaginou a irmã esvaziando o conteúdo da taça rapidamente.

– Nossa, tinha esquecido como champanhe pode ser bom.

– Vamos fazer outro brinde – sugeriu Warren – Sua vez de propor o brinde.

– Minha vez – repetiu Drew. – Acho que preciso de mais champanhe primeiro. Obrigada. Bem, vejamos. À minha irmã, que amo com todo o meu coração, mesmo que nem sempre saiba demonstrar.

– Tim-tim – disse Warren. – E à saúde, à riqueza e...

– Ao estilo de vida americano.

Warren riu.

– Ao estilo de vida americano.

– Acho que não devo pedir que encha minha taça mais uma vez – disse Drew instantes depois.

"Não, Drew. Por favor, não faça isso."

– Vou deixar você tomar só mais um pouquinho.

– Você é o cara. Ah, por favor, Warren! Pode fazer melhor que isso. Minha irmã acaba de voltar dos mortos. Temos que festejar.

– Está bem. Mas parou aqui.

Casey ouviu o barulho do líquido despejado na taça.

– Ao amor verdadeiro – disse Drew.

– Ao amor verdadeiro – ecoou Warren.

Casey sentiu o sono massageando delicadamente suas têmporas. Precisava se concentrar fortemente para não sucumbir.

– Acha que algum dia vou encontrá-lo? – perguntou Drew melancólica.

– O amor verdadeiro? E por que não? Você é uma garota bonita...

– Uma garota bonita e rica – corrigiu Drew.

Warren riu.

– E engraçada, e espirituosa... – disse Warren.

– E extraordinária.

– E extraordinária.

– Como este champanhe – disse Drew, dando um risinho. – Que tal só mais uma taça? Prometo que não peço mais.

– Está bem. Mas é a última mesmo.

– Desce bem suave para algo tão borbulhante.

– De fato.

– Gosto de coisas que descem suavemente – Drew deu um risinho de novo.

– E por falar nisso – disse Warren –, o que houve entre você e o Sean?

– Quem?

– Sean? Seu ex-namorado? Aquele que queria voltar a namorar com você?

– Queria?

– Não? – perguntou Warren.

– Devia querer – disse Drew, e riu de novo. – Quero dizer, por que não ia querer? Eu sou engraçada, e espirituosa e... o que mais eu sou?

– Extraordinária.

– Sou extraordinária.

– Sim, é. E bebe rápido. Não acredito que já esvaziou sua taça.

– É você que serve devagar.

– Bem, deixe-me corrigir isso então.
– Você é um homem gentil e generoso.
– E você é uma mulher doce e sensível.
– Obrigada. Não me deixe beber tanto assim.
– Nem pensaria nisso.
– Sou muito tolerante a álcool, sabe?
– Estou vendo.
– Muito tempo de prática.
– Todo mundo precisa ter um *hobby*.

Drew riu como se fosse a coisa mais hilária que já ouvira.

– Você é muito engraçado. Sabia? Engraçado e espirituoso.
– E extraordinário, não?
– Você é muito extraordinário, na verdade.
– Obrigado.

Novamente, o barulho do líquido enchendo a taça.

– Teve notícias do Jeremy? – perguntou Warren.
– Quem?
– Jeremy. O fisioterapeuta de Casey. Eu tinha certeza de que ele ia procurar você.
– Ah, sim! Ele. Realmente ele me ligou. Ontem, na verdade.
– Não perdeu muito tempo.
– Acho que você sacou qual é a dele.
– O que ele queria?
– Eu deixei um recado para ele no hospital, pedindo que me ligasse. Você sabe. Só para saber se estava bem.
– E está?
– Ele disse que ficou muito chateado a princípio, então tirou uns dias de folga. Mas está bem agora.
– Boa pessoa.
– Sim, boa pessoa.
– Beba – disse Warren.
– Você é uma boa pessoa também.

Warren riu.

– E então, aonde ele a levará no primeiro encontro?

– Quem disse que ele vai me levar a algum lugar?
– Já saquei qual é a dele, esqueceu?
Drew riu novamente.
– Ainda não decidimos. Ele disse para eu pensar em algo diferente. Combinamos que eu ligaria para ele.
– E vai ligar?
– Talvez.
– Tome mais um pouco.
Warren encheu a taça dela mais uma vez.
– Não me diga que esta garrafa já está quase vazia.
– Tudo bem. Eu tenho outra.
– Por que não estou surpresa?
– Ele não é bom o bastante para você, sabe disso – disse Warren.
– O quê? Quem?
– O Jeremy.
– Provavelmente não. Mas tem que admitir que ele é um gato.
– Não faz meu tipo.
Drew riu.
– Você consegue coisa melhor.
– Tem alguém em mente? – perguntou ela.
– Talvez.
– Espere, não diga. Por acaso o nome dele seria Willy Billy?
Drew deu uma gargalhada estridente.
– Asseguro que o nome dele definitivamente não é Willy Billy.
– Por que não? Algum problema com o bilau do Willy Billy?
Drew teve um acesso de riso.
– Algo me diz que você já bebeu o bastante.
– Ah, dá um tempo, tio Warren! Vamos matar a garrafa.
– Parece que já matamos.
– Mas você disse que tinha mais uma.
– Eu disse, não foi?
Drew levantou-se num salto.
– Onde está? Vou pegar.
– Não sei se isso é uma boa ideia.

– É uma ótima ideia. Estamos celebrando.

– É verdade. Está na geladeira. Cuidado na escada.

– Eu estou bem. Não se preocupe comigo.

– Está bem. – Warren afundou na cadeira ao lado da cama de Casey. – Já tenho preocupações o bastante no momento. Não acha, Casey? Nosso velho amigo Nick arruinou tudo mais uma vez – disse e começou a acariciar o cabelo dela. – Liguei para ele mais cedo. Estava cheio de desculpas: eu não avisei que podia ter alguém em casa; o que ele poderia fazer; não teve escolha senão matar a Patsy – a mão parou na testa de Casey. – E agora quer receber o dobro. Dá para acreditar? Ele ferra tudo, e eu que tenho que pagar pelo erro dele. O que diabos a Patsy estava fazendo aqui, afinal? Garota estúpida!

Casey abriu os olhos e viu Warren olhando para ela. "Quem é este homem?", ela se perguntou, vendo a imagem dele se duplicar e girar em torno da sua cabeça.

"Você sempre vê o que ninguém mais vê", ouviu Janine ler.

– Pare de tentar lutar, Casey! – dizia Warren, a voz baixa e quentinha como o pelo de um gatinho. – Está apenas tornando tudo mais difícil para todo mundo. – Inclinou-se sobre ela, e voltou a acariciar seus cabelos. – Esta tem mesmo que ser a última vez que conversamos. Como foi que você disse à Janine? Que era hora de seguir adiante? Bem, parece que essa hora chegou novamente.

Casey viu dois Warrens beijarem as costas de dois pares de mãos, as pálpebras se tornando cada vez mais pesadas.

"Mas nunca enxerga o óbvio", ouviu Janine ler. Segundos depois, incapaz de manter as pálpebras abertas, rendeu-se ao peso delas.

– Muito bem, garota! – disse Warren quando seus olhos se fecharam.

Casey esforçou-se para se manter consciente. "Fique acordada!", dizia a si mesma. Não torne isso tão fácil para ele. Ele vai só esperar Drew apagar, e depois... o quê? Atirá-la escada abaixo e fazer parecer um acidente? Ou a sufocaria com um travesseiro? Talvez até a estrangulasse, dando um jeito de jogar a culpa em Drew?

"Estou tão cansada."

Ele não se dera conta do ódio que Drew sentia da irmã, Casey podia ouvi-lo dizer aos prantos ao detetive Spinetti, repreendendo-se por sua estupidez. Drew obviamente se cansara de esperar pela herança, especialmente agora que Casey mostrava sinais concretos de melhora. E tinha bebido – de fato estava tão embriagada que ele insistira para que dormisse lá. Como pôde ter sido tão descuidado?

Drew estava bêbada demais para se lembrar direito. E mesmo que ela devolvesse as acusações a Warren, seria a palavra dela – a palavra de uma garota bêbada inconsequente, com motivo e oportunidade – contra a dele, um advogado de reputação impecável e uma tese incontestável.

Drew não tinha a menor chance contra ele. E nem ela.

"Tem que continuar lutando. Não pode deixá-lo vencer."

Ele já havia vencido, ela se deu conta. Ele vencera no momento em que Drew bebeu o primeiro gole de champanhe.

Warren saltou de repente da cadeira e caminhou para a porta.

– Drew – berrou ele, como se ela tivesse dito o nome da irmã em voz alta.

Será que ela tinha dito mesmo?

– O que está fazendo aí embaixo? Tomando a garrafa sozinha?

– Já estou indo – respondeu Drew. – Preparado ou não – gritou ela das escadas segundos depois –, aqui estou eu.

– Por que demorou tanto?

Drew gargalhava ao entrar no quarto.

– Sentiu minha falta? – perguntou ela.

– Senti falta do sr. Pérignon.

– Que bom então que o encontrei! Não foi fácil. Ele estava escondido lá no fundo da geladeira. Aqui está.

– Obrigado.

– Parece que Casey finalmente relaxou.

– Parece que sim. Afaste-se – alertou Warren. – A rolha espocou, como o disparo de uma arma.

– A que vamos brindar agora? – perguntou Drew.

– Que tal à paz mundial?

– Um clássico. À paz mundial.
– À paz mundial.
– E a Madonna – disse Drew.
– A Madonna?
– Ela é meu ídolo. Adoro o modo como sempre se reinventa.
– A Madonna – disse Warren rindo.
– E a Angelina Jolie. Aquela mulher é uma santa.
– A Angelina.

Drew tropeçou e bateu na cama de Casey, caindo na cadeira em que Warren antes estava sentado.

– Opa. Alguém derramou champanhe no cobertor da Casey.
– Deixe-me servir um pouco mais.
– À Casey.
– À Casey – repetiu Warren. – Drew, o que é isso no seu nariz?
– No meu nariz?

"O quê? Não! Por favor, não!"

– O que exatamente estava fazendo lá embaixo?

Havia um sorriso na voz de Warren.

– Você sabe – respondeu Drew defensiva. – Estava pegando o champanhe.
– Champanhe produz borbulhas, e não pó branco.

Casey sentiu a irmã recuando, enquanto Warren estendia a mão na direção do rosto de Drew.

"Não", pensou Casey. "Não, não, não."

– É só bicarbonato – disse Drew, fungando alto.

Casey imaginou-a cobrindo o nariz com as mãos.

– Bicarbonato? Quer mesmo que eu acredite nisso?
– Talvez eu estivesse fazendo um bolo.
– O que andou fazendo, Drew?
– Nada.
– Não acredito em você.
– Está se estressando por...
– Nada?

– Está bem, foi só um pouco. Só para dar uma aliviada. Aconteceu muita coisa hoje.

"Meu Deus, Drew! O que você fez?"

– Quanto cheirou?

– Só duas carreiras. Não é grande coisa.

– Drew...

"Você caiu feito um patinho."

– Francamente, Warren. Não é grande coisa. Dá um tempo. Devíamos estar celebrando. Vamos tomar mais uma taça.

"Você assinou minha sentença de morte."

– Acho que já bebeu o bastante.

– Está brincando? Isso não foi nada. Por favor. Não seja um estraga-prazeres. Sirva outra taça.

Warren deu um suspiro.

– Tem certeza de que é isso que quer?

– Tenho. E aproveite e sirva outra taça para você também.

– Façamos um trato. Terminamos esta garrafa, depois vamos para os nossos quartos e tentamos dormir um pouco. O que acha?

– Fechado.

Em algum momento na hora seguinte, enquanto sua irmã e seu marido ainda celebravam ruidosamente sua recuperação, Casey desistiu de lutar e se rendeu ao inevitável, deslizando para a inconsciência.

Capítulo 33

Quando Casey acordou, algumas horas depois, estava sozinha.

"Que horas são?", perguntou-se ainda grogue, virando a cabeça na direção do relógio sobre a mesinha de cabeceira.

2h07, diziam os números grandes vermelhos.

"2 horas", pensou, deixando os números se assentarem em sua mente e se perguntando o que a fizera acordar.

E então ouviu suaves rangidos nas escadas que a avisavam da aproximação de alguém.

Quem seria desta vez?, perguntou-se Casey, congelando sob os lençóis. Warren? Ou o homem que contratara para fazer o trabalho sujo? Será que o marido estava na cama dormindo, aguardando que a Morte viesse pegá-la e atirá-la escadas abaixo, como se fosse um cesto de roupa suja? Ou talvez fosse o próprio Warren, que, após facilmente induzir Drew ao estupor da embriaguez, viera terminar o trabalho pessoalmente?

Casey esforçou-se para ver algo na escuridão, olhando para a porta do quarto. A luz da Lua entrando pela janela ocultava o quarto numa tênue névoa. Uma silhueta surgiu na porta. Ele parou por um instante, e então cruzou o quarto, rápida e suavemente, como um grande felino. Os olhos de Casey encheram-se de lágrimas, que turvaram sua visão. Será que teria forças o suficiente para berrar?, ela se perguntou, enquanto o homem aproximava-se de sua cama com os braços estendidos. Adiantaria alguma coisa se conseguisse berrar?

– Não! – Casey ouviu-se gritar, o coração batendo descontroladamente, ameaçando explodir dentro do peito, enquanto uma mão rapidamente cobria sua boca.

Seus olhos se arregalaram, incapazes de compreender o que viam.

– Shh – sussurrou o homem.

Estava sonhando? Como era possível?

– Está tudo bem – disse o homem acalmando-a e, lentamente, aliviando a pressão sobre sua boca. – Está tudo bem.

O que ele estava fazendo aqui? Como havia entrado na casa?

O homem puxou suas cobertas e levantou-a cuidadosamente da cama.

"Jeremy."

– Nós vamos tirar você daqui – disse ele.

"Nós?"

Foi só então que Casey notou outra silhueta observando-a da porta.

– Rápido – murmurou Drew, apressando-o.

"Drew. Meu Deus. É a Drew."

– Aguenta firme, Casey – disse Jeremy, carregando-a para o corredor.

– Vou pegar a Lola – disse Drew, afastando-se enquanto Jeremy ia para as escadas.

E de repente surgiu um terceiro vulto. Ele parou no meio do corredor, bloqueando a passagem.

"Warren."

– Vão a algum lugar? – perguntou ele, de modo quase casual. Estava vestindo a mesma camisa de listras azuis e brancas e o mesmo jeans escuro que usava mais cedo; e mesmo na escuridão Casey pôde ver nitidamente o revólver em sua mão direita.

A arma de sua mãe, ela reconheceu. Ele a encontrara.

— Largue minha mulher — ordenou Warren. — Já.

Lentamente, Jeremy colocou Casey no chão, com as costas apoiadas na parede, no topo da escada.

— Calma aí, cara...

— Cale a boca — disse Warren. — Que diabos acha que está fazendo?

— Estamos tirando minha irmã daqui — disse Drew, desafiando-o.

— Estão sequestrando minha mulher?

— Estamos tirando-a de perto de você.

— E por que motivo?

— Porque é isso que ela quer.

— Entendo. E como sabe disso?

— Porque conheço minha irmã. E conheço você — completou Drew após uma pausa.

— E o que é que você acha que sabe?

— Sei que está tramando alguma coisa. Não sei o que é, mas sei que você tentou me embebedar.

— Não me lembro de ter torcido seu braço.

— Você quase me enganou, sabia? Eu estava começando a duvidar dos meus próprios instintos. Estava até me sentindo culpada por ter criado tanto problema para um cara tão legal. Mas aí você sugeriu que celebrássemos, e eu pensei: por que está me oferecendo champanhe, se ele sabe o que acontece quando começo a beber? No entanto, o que você não sabia é que é preciso mais de duas garrafas de champanhe e um pouco de bicarbonato velho para me derrubar. E era mesmo bicarbonato, aliás. Encontrei no fundo da geladeira, quando procurava o champanhe.

— Você se acha muito esperta, não é?

— Só tentei ser o mais convincente possível bancando a drogada.

– E o Jeremy?

– Liguei para ele depois que fomos para cama, disse a ele que tinha tido uma ideia bastante diferente para o nosso primeiro encontro.

– Baixe a arma – pediu Jeremy. – Nós vamos embora, e ninguém se machuca.

Em resposta, Warren apontou a arma direto para a cabeça de Drew.

– Acho que não.

– Vai matar a nós todos? – perguntou Drew.

– Se for preciso.

– Você jamais...

– Eu jamais o quê? Por favor, não diga que eu jamais iria me safar dessa. Pois, além de ser uma frase batida e clichê, eu com certeza vou me safar dessa. Quer dizer, é claro que você não chamou a polícia, pois não havia a menor chance de permitirem que você levasse Casey daqui, sem qualquer evidência de crime. Portanto, sem chance de a cavalaria vir salvá-la. E de cara já consigo pensar em algumas histórias para contar ao detetive Spinetti quando ligar para ele mais tarde. Que tal esta? Drogada invejosa recruta a ajuda de ex-empregado descontente para ajudar a matar a irmã. O corajoso e altruísta marido, ainda abalado com o trágico acidente que deixou sua esposa em coma, confronta os dois assassinos quando eles tentam escapar e é obrigado a atirar neles. O que acha? Acha que o bom detetive vai comprar a história? Não é perfeita, eu sei, mas até os policiais chegarem já será.

– Meu Deus – murmurou Drew, o olhar viajando entre Warren e a irmã. – O detetive Spinetti tinha razão, o que aconteceu com a Casey não foi um acidente.

– Ao contrário – corrigiu Warren. – O coma da sua irmã foi precisamente um acidente. Ela devia ter morrido.

– Era isso que ela vinha tentando me dizer.

– E quase conseguiu. Não é muito legal esconder as coisas de seu marido, Casey – disse ele, apontando o revólver na direção dela.

– Por favor, cara – disse Jeremy. – Baixa essa arma antes que machuque alguém.

– Essa é a ideia, não é?

Warren apontou a arma para Jeremy e apertou o gatilho.

– Não! – gritou Casey, ecoando o grito de Drew, enquanto tiros eram disparados.

Jeremy desabou no chão, ensanguentado. Drew imediatamente correu para junto dele, enquanto Warren calmamente apontava a arma para a cabeça dela e se preparava para disparar novamente.

– Mamãe? – disse uma voz baixinha, vindo detrás de Warren. – Que barulho foi esse?

Warren se virou. No instante seguinte, Casey viu a irmã dar um salto, atirando-se em cima de Warren, de braços e pernas abertos, chutando suas canelas e cravando as unhas em seus olhos e em seu pescoço. A arma voou da mão dele, aterrissando perto dela.

Lentamente, esticou o braço na direção da arma.

"Você consegue. Você consegue."

Após algumas tentativas fracassadas, Casey conseguiu tocar o metal gelado do cabo do revólver. Com a ponta dos dedos, puxou a arma para perto de si, centímetro a centímetro, até estar quase ao seu alcance.

Ao mesmo tempo, Warren conseguiu prender as mãos de Drew atrás das costas dela. Erguendo-a no ar, arremessou-a contra a parede com facilidade, como se ela fosse uma bola de tênis. Drew despencou no chão como um monte disforme, resfolegante.

– Mamãe! – gritou Lola, correndo para perto da mãe.

Warren caminhou resoluto na direção de Casey, ao mesmo tempo em que ela conseguiu segurar o cabo do revólver.

– Agora me dê essa arma, Casey – disse ele, abaixando-se e equilibrando-se sobre os calcanhares.

Casey ergueu o revólver, apontando-o direto para o coração do marido. "Será que ele tem um?", ela pensou.

– Você sabe que não tem força para puxar o gatilho – disse Warren.

Será que ele tinha razão?

"Bata uma vez para sim, duas para não", ouviu Drew dizer.

– E mesmo que tenha força, não é capaz de fazer isso – disse Warren, a voz tranquila e hipnótica como uma canção de ninar. – Eu sou seu marido, Casey. Eu amo você. Você sabe disso. E você me ama. Você sabe que me ama. Sinto muito por tudo que fiz você passar. Sabe disso em seu coração, não sabe? Sabe o quanto amo você. Não é tarde demais. Podemos recomeçar. Por favor, deixe eu me redimir.

"Uma vez para sim, duas para não", ouviu Drew dizer de novo.

– Você não quer realmente atirar em mim, quer, Casey?

"Achei que devia lhe contar, porque você seguia adiante como sempre faz, pisando no lugar errado. Você sempre vê o que ninguém mais vê e, entretanto, nunca enxerga o óbvio."

Casey olhou nos olhos castanhos e calorosos do marido e viu o óbvio monstro de sangue frio por trás deles. Quando ele estendeu o braço para pegar o revólver, ela apertou o gatilho determinada.

Uma vez para sim.

Capítulo 34

— "ELA NÃO SE MOVEU, e ele se aproximou com mais dúvida e timidez no rosto do que ela já tinha visto" – lia Janine. – "Ele estava tão inseguro que temia que um olhar ou uma palavra pudesse condená-lo a ficar novamente distante dela; e Dorothea temia sua própria emoção. Ela parecia estar sob um encanto que a mantinha imóvel e incapaz de desunir as mãos, com um anseio intenso aprisionado nos olhos." Você está bem? – perguntou Janine, repousando o livro sobre o colo e estendendo a mão para segurar a de Casey.

– Ela está ótima – disse Gail, sentada na cadeira junto à lareira. – Não está, Casey?

– Ela só quer ir embora de Middlemarch – disse Drew, inclinando-se para atiçar o fogo.

Algumas fagulhas errantes voaram da lareira sobre o assoalho escuro da sala de estar. Drew imediatamente as apagou com as solas de suas botas Manolo de salto.

– Não acredito que ainda não terminou esse livro – disse a irmã.

– Só faltam mais 20 páginas. Aposto que quer saber o que acontece no final. Confesse.

– Você quer dizer que alguma coisa aconteceu nas primeiras 600 páginas? – indagou Drew. – Está bem, eu admito. Estou gostando. Nossa, será que isso quer dizer que estou amadurecendo?

– Acontece até com os melhores.

– Estou bem longe dos melhores.

– E também dos piores.

– Obrigada por notar.

– Você passou por muita coisa nesses últimos quatro meses – comentou Janine.

– É o que minha terapeuta me diz.

– A Casey diz que ela é fantástica – disse Gail. – Que está as ajudando muito a reconectar.

Todas se viraram ao mesmo tempo para Casey, com sorrisos estampados no rosto.

– Estamos trabalhando nossas questões – disse Drew. – Não é, Casey?

– Que tal um chá? – sugeriu Gail.

– Acho ótimo – disse Janine.

– Deixa que eu faço – prontificou-se Drew.

– Não, pode deixar – disse Gail. – Só me diga onde estão as coisas.

– Os saquinhos de chá estão na despensa; as canecas, no primeiro armário à direita do fogão; a chaleira, em cima do fogão – explicou Drew. – Dá para acreditar que eu esteja tão caseira?

– O que não acredito é em como esfriou tão de repente – disse Janine.

– Sempre esfria perto do Halloween – disse Gail, levantando-se da cadeira e indo até a cozinha. – Essas pobres crianças congelam o traseiro todo ano. O Stan diz que seus filhos acabam vestindo casaco por cima da fantasia, então ninguém nunca sabe de que estão fantasiados.

– Vai levar a Lola para pedir doces este ano? – perguntou Janine a Drew.

– Vou. Ela vai fantasiada de gatinha.

– Gatinha? Eu imaginaria que ela iria de princesa de conto de fadas.

– Ah, princesa é *tão* ano passado. Este ano, ela quer ser gatinha. – Drew abriu um sorriso orgulhoso. – Que nem a mãe – disse radiante. – Eu sempre me fantasiava de gatinha no Halloween. Lembra, Casey?

Casey sorriu com aquela lembrança distante.

– Então, quando a Lola chegar da escola, vamos fazer orelhas de gato.

– Parece divertido – disse Janine sem empolgação.

– A Gail vai com a gente. E a Casey também. Elas vão de gatinha.

Janine virou-se para Casey.

– É esse o preço a pagar para ficar aqui até estar totalmente boa?

– Ela adora estar aqui. Não é, Casey? – perguntou Drew. – Ela nunca mais vai embora.

– Tem certeza de que pode fazer tanto esforço?

– O Jeremy acha que sim – respondeu Drew no lugar de Casey. – Vamos andar só algumas quadras.

– Como está o Jeremy?

– Está ótimo. O ombro dele está quase curado. Ele espera voltar a trabalhar no início do ano.

– E vocês dois?

– Cada vez mais firmes – respondeu Drew, tomando emprestado o risinho infantil de Gail.

– Que bom – disse Janine, parecendo sinceramente contente. – Fico muito feliz por vocês. E por você também – disse para Gail, que voltava à sala. – Ainda que toda essa sua atividade sexual recente esteja deixando você bem insuportável.

– Você vai encontrar alguém.

– Não está no topo da minha lista de prioridades no momento – disse Janine, apertando a mão de Casey.

– Como vão os negócios? – perguntou Drew.

Jogou-se no sofá cor de café em frente à grande janela que dava para o lago.

– Parece que está engatando. Ah, nem imagina com quem esbarrei outro dia... Richard Mooney! Disse que arrumou um emprego no Goodman e Francis.

– Não são os caras que defenderam Warren? – perguntou Gail.

– Não, esses eram Goodman e Latimer. São melhores que Goodman e Francis. Não que tenha servido de muita coisa para o Warren.

– Acho que ficaram de mãos atadas depois que o Nick Margolis fez o acordo para testemunhar contra ele, em troca de se livrar da cadeira elétrica.

– Até agora não consigo acreditar que ele tentou matar a Casey e depois estrangulou aquela pobre enfermeira – disse Gail após um momento de silêncio, com suspiros profundos substituindo seus habituais risinhos.

– Sei lá – disse Janine. – Tinha hora em que eu mesma queria esganar aquela garota.

– Não acredito que disse isso – disse Gail, ajeitando um cachinho rebelde atrás da orelha direita, os olhos arregalados de espanto.

– O quê? Que foi que eu disse?

– Pelo menos o Warren teve o que mereceu – disse Gail.

– Não acho – discordou Drew. – Ele ainda está vivo, não é?

– Se você chama de vida passar o resto da vida atrás das grades.

– Melhor que passar o resto da vida em coma. Certo, Casey? – perguntou Drew. – Que pena que minha irmã atira tão mal. Se tivesse acertado aquela bala cinco centímetros para a direita, não estaríamos tendo esta conversa.

A chaleira começou a apitar na cozinha.

– Aí está – disse Gail, saindo da sala.

– Eu a ajudo – disse Drew, indo atrás dela.

– Está muito quieta hoje – disse Janine a Casey, após alguns segundos de silêncio. – Isso a aborrece? Ouvir a gente conversando essas coisas?

– Não exatamente – disse Casey, as palavras lentas e medidas.

Ainda estava se reacostumando com o som da própria voz, assim como o corpo ainda estava se reacostumando aos movimentos.

– Devo ter soado muito insensível há pouco.

– Eu sei – disse Casey baixinho.

– Desculpe. Não quis...

– Você e o Warren – explicou Casey. – Eu sei.

Houve um momento de silêncio. Janine acenou com a cabeça, como se não estivesse totalmente surpresa com a revelação.

– Você me odeia.

– Não.

– Eu odiaria você – disse Janine.

– Eu sei disso.

– Quer que eu vá embora?

Casey sacudiu a cabeça.

– Como poderia ir embora agora? Ainda faltam 23 páginas.

Janine deu um sorriso triste, com os cantos da boca ligeiramente curvados para baixo.

– Não precisa de mim para ler para você.

– Ao contrário – disse Casey. – Honestamente, não creio que conseguiria enfrentar essas páginas sem você.

Janine baixou a cabeça e explodiu em lágrimas.

– Ah, Casey! Eu lamento muito.

– Sei disso.

– Fui tão estúpida.

– Sim, foi.

– E odeio estupidez.

Casey sorriu.

– O Warren enganou a todo mundo, Janine.

– Se eu pudesse voltar no tempo...

– Mas não pode.

– Eu sei.

– Temos que seguir em frente.

– Se houvesse algo que eu pudesse fazer para me redimir, você sabe que eu faria.

– Você pode vir conosco pedir doces esta noite.

– O quê?

– Tenho certeza de que a Lola vai adorar fazer outro par de orelhas de gatinha.

– Você me odeia mesmo – disse Janine.

Casey riu alto.

– Este é um belo som – disse Drew, voltando para a sala.

Trazia uma bandeja de esmalte laranja contendo uma travessa de *cookies* em forma de abóbora, quatro canecas e um açucareiro. Gail vinha logo atrás com a chaleira. Drew colocou a bandeja sobre a otomana de couro marrom em frente ao sofá e ajoelhou-se sobre o tapete de lã creme. Gail sentou-se ao lado dela. Casey desceu da cadeira bege e marrom de veludo para sentar-se com elas no chão.

– Cuidado – disse Janine.

– Devagar – ecoou Gail.

– Eu estou bem – disse Casey, cruzando as pernas.

– Não sei como consegue fazer isso – disse Janine, enquanto Gail servia o chá herbal de cheiro adocicado. – Sempre que cruzo as pernas, acabo com os joelhos junto às orelhas.

– Por falar em orelhas – disse Casey –, Janine decidiu ir conosco esta noite.

– Fantástico – disse Drew.

– Excelente – concordou Gail.

– Como poderia perder a chance de fazer parte desse grupo de gatas safadas – brincou Janine, e as outras mulheres riram.

– Só espero que não fale assim na frente da minha filha – alertou Drew. – Aqui. Experimente meu *cookie*. Eu que fiz.

– Meu Deus, tem alguma coisa pior que uma ex-drogada? – perguntou Janine retoricamente, mordendo um dos *cookies*. – Está ótimo – admitiu, dando outra mordida.

– A receita é minha – disse Drew. – Pasta de amendoim, açúcar e um pouco de haxixe. Brincadeirinha – acrescentou, gerando mais risadas. – Juro, Casey. É brincadeirinha.

Casey riu junto com as outras mulheres, sentindo o fogo da lareira aquecer suas costas.

– À minha irmã – disse ela, pegando a caneca com a mão direita e levando-a aos lábios –, que salvou minha vida.

– À minha irmã – ecoou Drew baixinho. – Que salvou a minha.

Casey segurou entre os dedos o sapatinho de prata, desejando sentir-se segura daquele jeito para sempre. Bebeu lentamente o chá, sentindo o sutil sabor de morango e baunilha, enquanto o líquido serpenteava ao redor da língua e descia suavemente pela garganta. Respirou fundo, com os olhos flutuando carinhosamente entre a irmã e as duas melhores amigas, e deu um suspiro.